La Voluntad de Antonio

Una Historia de Sacrificio, Amor,
Tragedia e Injusticia

Yasmín Tirado-Chiodini

La Voluntad de Antonio

Una Historia de Sacrificio, Amor, Tragedia e Injusticia

Yasmín Tirado-Chiodini

Black Hammock Books
Black Hammock Enterprises, LLC
Oviedo, Florida, U.S.A.
www.blackhammockbooks.com

Para solicitudes de permisos, diríjase a:
Black Hammock Enterprises, LLC
P.O. Box 622249, Oviedo, FL 32762
email: info@antonioswill.com
www.blackhammockbooks.com
Página web: www.antonioswill.com

Publicado en el 2016 por Black Hammock Enterprises, LLC
ISBN: 978-0-9984217-1-1

12 11 10 9 8 7 6 5 4 3 2 1

Dedicatoria

A

Tom e Isabella
Raúl Tirado Gracia Pontón, M.D.
La familia Pontón y sus descendientes

Contenido

Agradecimiento

Debo a mi padre el legado del apellido Pontón. ¡Ojalá pudiera compartir los descubrimientos contigo, papá!

Gracias, Tom e Isabella, por cederme el tiempo para embarcarme en este largo viaje y por su amor y apoyo sin fin.

Gracias a mi familia y amigos, quienes me escucharon sin queja durante este proyecto.

Mi sincera gratitud a todos aquellos que proporcionaron comentarios sobre esta novela en diferentes etapas; valoro su tiempo y su visión.

A personas y miembros de las organizaciones que consulté, algunas de las cuales menciono en la "Nota de la Autora", su orientación, sus recursos y su profesionalismo hicieron la diferencia.

Y a mi fuente de inspiración, mi asistente silencioso, donde quiera que estés, gracias por el legado.

Prefacio

Ella investigaba cuando el mundo entero dormía. En el silencio muerto, su mente funcionaba con más claridad. Sin interrupciones, sin preocupaciones. A veces, incluso imaginaba que sus antepasados le guiaban. Que viajaban a través del pasado para compartir sus historias con ella.

«¡Abracadabra!» sonreía, pensando en las palabras mágicas mientras indagaba en su computadora. Se hacía bromas a ella misma como fuente de inspiración.

Pero su imaginación no era descabellada.

Ella es la historiadora de la familia. Su abuelo era mi primo. Es también abogada. Por eso la elegí. Necesitaba que me hiciera un favor. Yo la escogí, a pesar de que su práctica es en derecho comercial y no penal. Para mí bastaba. No es como si mis abogados hicieran un trabajo excepcional en mi defensa. Fui injustamente ejecutado. Hace cien años.

Una noche, la convencí a quedarse investigando más tarde de lo habitual para que profundizara en la línea ancestral del apellido Pontón. Mi apellido. Había desviado su atención a la investigación de otra rama en su árbol genealógico, pero hice que regresara a la mía. Insistí en que se centrase en mi nombre.

«José Antonio Pontón Santiago», le susurré en varias ocasiones.

Antonio Pontón, para abreviar.

«¡Sigue en la investigación de Antonio! –le rogué–. ¡Por favor, sigue excavando! ¡Es importante!».

Le insistí que indagara más a fondo. Y así lo hizo.

«¿Abracadabra?», susurró con gesto inquisitivo, su ceño fruncido. Esta vez no bromeaba.

Si me preguntan, creo que ella sabía que yo estaba allí junto a ella, de pie, asomándome sobre su hombro. Pero estoy divagando. Al menos, ella tenía la sensación de que se acercaba a un descubrimiento

2

importante.

Cuando se enteró, no lo creía. Mi historia no se había transmitido a través de las generaciones en su familia. Mi historia fue enterrada cuando me enterraron a mí.

«¿Por qué? —se preguntó—. ¡Este acontecimiento es enorme! ¿Por qué?».

Ella preguntó: «¿Por qué?».

Se levantó un gran peso de mis hombros. La dejé sola para que reflexionara. No había necesidad de asustarla. Ya había logrado mi cometido. Ella sabía lo que tenía que hacer a continuación. Yo estaría allí por si me necesitaba.

Su asistente silencioso.

Ahora quedaba en sus manos el desenterrar los detalles de un relato tan doloroso que se ocultó de la historia. Quedó el investigar, el conectar los puntos. Y yo confié en ella. Sabía que ella representaría bien mi caso. Cien años más tarde.

Estaba seguro de que cuando mi historia emergiera a la superficie, ella la expondría. Se sentiría comprometida a redimir la reputación de un hombre atropellado por la injusticia. Ella tendría que restaurar el nombre de mi familia. Es lo menos que yo le debía a mi padre Manuel, después de todo su sacrificio, y a mi madre Etervina, después del sufrimiento que le causé. Ahora ellos lo saben todo.

¡Pero el mundo nunca lo supo!

Mi dolor y pesar por el delito que cometí me han perseguido hasta la eternidad.

Dirigí a mi nueva abogada para que pudiera recorrer el transcurso de mi travesía. Ésta es mi historia, y para entenderla, usted tiene que saber la historia de mi padre, porque mi voluntad—mi voluntad y mi legado—se entrelazan con su vida y con la historia de mi querida isla de Puerto Rico.

Sea usted el juez. Cien años más tarde.

José Antonio Pontón Santiago

Prólogo

Lo llamaban "Ponce de León", porque actuaba como si pudiera conquistar cualquier cosa o persona. Encantaba con piropos y dulces galanterías a cada jovencita que encontraba en su camino.

—¿Ha comenzado la primavera? ¡Pues acabo de ver la primera flor! —Antonio exclamó al encontrarse a un grupo de señoritas sonrojadas, inclinando su sombrero blanco de Panamá y enviando un saludo silencioso—. ¿Qué tal estáis?

Nunca le faltaban palabras.

—¿Qué estás haciendo fuera esta mañana? ¿No sabes que las estrellas sólo salen en la noche? —era una de sus frases favoritas. Y tenía muchas.

En un buen día.

Los hombres del pueblo le miraban con admiración. «¿Cómo lo hace? ¿Cómo puede encantar tan fácilmente a las damas?», pensaban. Quizás, aprenderían una cosa o dos de José Antonio Pontón Santiago y también capturarían un poco de esa preciada atención femenina, aunque fuera por una fracción de segundo.

Antonio Pontón, su nombre corto, podía ser un hombre realmente encantador. Vestía a la última moda, iba bien perfumado, afeitado y recortado, y siempre llevaba un montón de dinero en su bolsillo. Independientemente de su paradero, su natal Puerto Rico o en Nueva York, al momento de pagar sacaba un fajo de billetes bien envueltos de su bolsillo derecho y empezaba a contar sus bendiciones. Una vez, un compañero de estudios le vio sacar $300, una fortuna en el año 1912, sobre todo para un estudiante. Antonio se aseguraba de desplegar sus billetes en el momento oportuno para que todos le viesen. Disfrutaba grandemente el ser el centro de atención.

Pero los torrentes de atención a veces pueden transformarse en maldiciones.

El rubio ceniza, el conquistador de ojos verdes, era uno de cinco hijos nacidos en una familia adinerada del pueblo de Comerío en Puerto Rico. La isla tropical se había convertido en un territorio de los Estados Unidos en el año 1898, cuando Antonio era un muchacho. Como resultado de la Guerra Hispano-Americana, en virtud del Tratado de París, España cedió Puerto Rico a los Estados Unidos y los puertorriqueños han estado viviendo la transición desde entonces, atrapados entre dos mundos.

"Encajar" con los demás podía ser un proceso interminable para muchos, incluso para personas de bien haber como Antonio. Detrás de la gran fachada que erigía, emanando seguridad en sí mismo, Antonio luchaba por alcanzar la armonía con su propia familia y con sus amigos.

Y sobre todo consigo mismo.

A pesar de su encanto y su crianza privilegiada, la armonía no estaba en las cartas para Antonio.

Su padre, Manuel Pontón Fernández, nació en España y emigró a Puerto Rico en el 1870 a la temprana edad de 14 años, huyendo de la economía española en deterioro y alentado por sueños de oportunidad. Manuel se abrió camino con enorme sacrificio, se convirtió en uno de los plantadores de tabaco más prominentes de la isla, se casó y formó una hermosa familia. Se había hecho él mismo por su propio puño y esfuerzo, y juró que sus hijos nunca tendrían que padecer las adversidades que él había sufrido.

Pero Manuel nunca vio venir el destino de su hijo. No tenía ni idea de que su hijo Antonio se convertiría en un asesino y que su vida se quemaría hasta la obscuridad de la tumba.

Parte I. De Asturias a Puerto Rico

«Asturias, Patria querida, Asturias de mis amores;
¡Quién estuviera en Asturias en todas las ocasiones!».

- Segmento del himno de Asturias, España
(El cual se dice fue compuesto en Cuba)

~

«La tierra de Borinquen ... es un jardín florido de mágico primor ...
Es Borinquen la hija, la hija del mar y el sol».

- Segmento del poema "La Borinqueña",
compuesto en el 1903 por Manuel Fernández Juncos y
adaptado como el himno de Puerto Rico en el 1952

Capítulo 1. El Asturiano Pontón

Manuel Pontón Fernández nació alrededor del año 1856 en la provincia de Oviedo, España, en un pequeño pueblo llamado Viyao (también conocido como Villar). El pueblito es parte de Borines, una de las 24 parroquias del Concejo de Piloña situadas en el noroeste de España. Borines es parte de Infiesto, la capital de Piloña. Esta región del noroeste de España es también conocida como Asturias. En aquel entonces, Piloña tenía una población de unos 16,000 habitantes e Infiesto unos 3,000. Estas cifras disminuyeron al pasar el tiempo como resultado de la gran migración de los asturianos a las Américas.

Manuel vino a esta tierra en un momento de gran agitación en España, un país que aún sufre las repercusiones de la invasión de Napoleón Bonaparte en el siglo XIX. En el 1814, la Guerra de la Independencia Española dio lugar a la expulsión de España de Napoleón y su hermano José, a quien Napoleón había instalado como rey de España. En el 1815, España promulgó la Real Cédula de Gracias, una ley orientada a abrir los circuitos comerciales y a otorgar incentivos a los españoles que buscaban fortuna en las colonias. Del año 1815 al 1836, la ley ayudó a poblar y a cultivar la tierra española en el territorio de lo que llamaban "Las Indias". Como resultado del decreto, muchos españoles dejaron a sus seres queridos atrás en España para perseguir oportunidad en las colonias.

A través de los años, la Madre Patria española estableció una fuerte conexión con sus colonias. Muchos "indianos" (como se les llamaba a los que habían emigrado a "Las Indias") se hicieron de dinero a base de trabajo y sacrificio en los territorios y regresaron a España, invirtiendo en sus comunidades. Crearon empleos y construyeron escuelas, así como "casonas" muy hermosas. También infundieron sus pueblos con una cultura de mejoramiento, inspirando a todos, en especial a la juventud local.

Los indianos eran prueba viviente de que las aspiraciones más elevadas podían producir recompensas. "Alcanzar el sueño" era posible, a pesar de la inestabilidad política persistente tras el derrocamiento de Bonaparte en el 1814, la cual continuaba rasgando a España en pedazos.

Cuando Manuel era un muchacho joven, el futuro en España no era claro para muchos, pero había esperanza en América.

. . .

En el 1870, cuando Manuel tenía unos 14 años de edad, los barcos navegaban en un horario regular desde España a La Habana, Cuba, y a San Juan, Puerto Rico. El prometedor viaje se anunciaba en varios periódicos españoles. Uno de estos anuncios corrió en el Boletín Oficial de Oviedo, un periódico local publicado por el gobierno que imprimía los anuncios a diario. El anuncio publicado el viernes, 7 de enero de 1870 leía:

«*Los paquetes de vapor de la línea peninsular en combinación con los vapores-correos de D. Antonio López y Compañía, del porte de 3.000 a 3.500 toneladas de desplazamiento, recogerán en Avilés o Gijón los pasajeros para Puerto-Rico y la Habana que serán transbordados de Cádiz a los vapores-correos que salen todos los días 15 y 30 de cada mes para la Habana.*

Las comodidades que proporcionan estos magníficos y sólidos vapores, y el ir los pasajeros en sus literas, desde Cádiz o la Habana, y el acreditado trato de sus inteligentes y simpáticos capitanes que están haciendo sus felices viajes de 16 y 17 días, hace que el número de pasajeros, tanto para la ida como para la vuelta, sea de mucha consideración.

La compañía sólo por 50 duros se obliga a darle la manutención desde el momento que el pasajero se embarque en Avilés o Gijón, hasta ponerle en la Habana, pero si algunos días tuviese que estarse en Cádiz esperando la salida del correo para la Habana, estos serán por cuenta del pasajero. El consignatario en Avilés, D. Feliciano Suarez, informará a las personas interesadas.

El citado Suarez también despacha billetes de primera, segunda y tercera para Puerto-Rico y la Habana, para que por este medio puedan los pasajeros cuando lleguen a Cádiz contar con seguridad con sus localidades.

Se advierte a los pasajeros de tercera que van por tierra a Cádiz que se les hará un gran beneficio en el pasaje. -Suarez».

- Boletín Oficial del Principado de Asturias núm. 4, viernes, 7 de enero de 1870

Antonio López y López, el hombre tras la empresa de la nave transatlántica mencionada en el anuncio, estableció por primera vez su compañía con su hermano en la Cuba colonial del 1847. Antonio López y Hermano hizo negocios con los buques que viajaban entre las colonias. Comenzó operaciones con un velero híbrido de 400 toneladas con ruedas de vapor laterales. En el 1857, formó una compañía naval en Alicante, España, bajo el nombre de Compañía de Vapores Correos A. López, para establecer una línea regular de vapores entre Cádiz en España y Marsella en Francia, con paradas intermedias en el camino.

En el 1861, Antonio López y López obtuvo la concesión del gobierno español para el transporte marítimo de correo y pasajeros entre España, Puerto Rico y Cuba. Encargó buques nuevos para tal fin y extendió posteriormente sus rutas. Antonio López recibió el título nobiliario de marqués de Comillas en el 1878. A través de los años, su compañía se convirtió en la respetada Compañía Trasatlántica Española e incluso asistió a España con embarcaciones auxiliares durante la Guerra Hispano-Americana en el 1898.

En el 1870, el precio de las tarifas del viaje en barco a Puerto Rico desde Oviedo, España era cerca de 50 duros o 250 pesetas, el cual, ajustado a salarios modernos para labor no especializada, equivale a alrededor de $6,800 y basado en el PIB (Producto Interno Bruto) de los Estados Unidos, equivale a aproximadamente $1,200. Esto constituía un enorme gasto para familias con ingresos medianos o bajos, especialmente familias con muchos hijos.

Debido al alto costo de la travesía, no era raro que las familias enviasen a sus hijos pequeños solos, para reunirse con familiares o amigos ya establecidos en América. El joven Manuel fue uno de estos niños. Su padre, José Pontón Figaredo, viajó a Puerto Rico antes que él. Manuel se quedó en España con su madre María Fernández Sánchez, su hermana Carolina y el resto de la familia. Algún tiempo después de que María, la madre de Manuel, muriera, José envió a buscar a su hijo. Carolina, ya casada y asentada, permaneció en Infiesto.

Manuel tenía conocimiento del difícil viaje a América, por referencia de los que habían viajado antes que él. Sabía que la transición no iba a ser sin dificultad. Aun así, estaba decidido. Mientras se preparaba para su viaje, sus pensamientos le acosaban. Pensaba acerca de su salida de Asturias y en el resto de su familia que se quedaría allí.

Pero él era joven.

Capítulo 2. La Asturias de Manuel

Las aguas del Océano Atlántico y del Mar Céltico se unían para besar la costa norte de Asturias. Las hermosas montañas cantábricas protegían el sur. El Infiesto de Manuel fue infundido con exquisita belleza natural, donde las abundantes montañas y los pequeños valles combinaban su verde con el cielo más azul, dando forma al paisaje más perfecto. El clima era húmedo y templado. Había cantidad de lluvia, ríos abundantes como el Piloña, y maravillas naturales, como La Cueva de Sidrón. La tierra asturiana fue provista de una amplia variedad de árboles, incluyendo manzanos, robles, castaños, avellanos y eucaliptos.

Sigue siendo así hoy.

La gente en el pueblo natal de Manuel Pontón lograba su sustento a través de la agricultura y la ganadería, pero los mariscos de Asturias no tenían igual. Aun así, el plato favorito de Manuel era la tradicional fabada, un rico guiso que se originó en el siglo XVI. Se cocinaba con frijoles blancos grandes, carne de cerdo y dos tipos de salchichas (morcilla negra y chorizo picante). Los asturianos también disfrutaban de beber sidra de manzana, la bebida alcohólica tradicional de la región–de la cual Manuel se suplía a veces en una bodega, a pesar de su corta edad–y el queso de Cabrales, delicadeza cremosa verde-azul que hacía la boca agua.

Todavía lo hacen.

Los agricultores de Infiesto vivían vidas sencillas y frecuentemente largas. No era raro encontrar a un hombre que todavía trabajara la tierra a los 90 años de edad, aferrado a su fe y su idiosincrasia, con una gran ética de trabajo, ante todo, anclada en la creencia de que Dios le enviaría una señal cuando Él deseara que el trabajo se detuviera. Muchos agricultores no sabían leer ni escribir, pero su sabiduría y carácter compensaban de sobremanera su falta de alfabetización. Mientras que la generación más joven se esforzaba por evitar la guerra, otros buscaban "la tierra prometida" y, tal vez sin saberlo, algunos encontrarían una existencia complicada y no necesariamente más feliz.

Sólo querían más. ¿Y quién podía culparles? La hierba aparentaba ser más verde en otros lugares, como va el dicho, sobre todo cuando la inestabilidad política amenazaba el futuro. Soñaban con el Nuevo Mundo, aun cuando conducían sus vidas en medio de un legado de siglos de historia.

El abundante patrimonio asturiano se origina al principio de los tiempos. La influencia celta se reflejaba a través de la música (con sonidos de la gaita asturiana) y transpiraba en el aspecto físico de las personas. Muchos de ellos eran de piel, cabello y ojos claros. Las raíces celtas también permeaban a través del idioma. Antes de hablar el idioma castellano español, los asturianos hablaban el asturiano o bable, una lengua derivada del latín con influencia celta.

Todavía lo hablan.

La influencia romana en Asturias (durante los siglos XXIX-XIX a. C.) es evidente. Puentes y estructuras romanas antiguas se esparcen como pimienta en la tierra asturiana. Y puesto que las montañas servían como escudo de defensa ante los moros, los reyes vieron en Asturias un sitio conveniente para su refugio. Estos dejaron el legado de sus muchos castillos y palacios como adornos para embellecer el paisaje del antiguo Reino de León.

Al igual que en muchas otras ciudades españolas, un sinnúmero de estructuras eclesiásticas, algunas tan antiguas como del siglo XVIII, bendicen la región de Asturias. En su vecina Galicia, la Catedral de Santiago de Compostela, la cual comenzó a construirse en el año 1075, alberga los restos de Santiago Apóstol. Es el punto final para los peregrinos del famoso Camino de Santiago que acuden allí desde toda Europa. La Santa Cueva de Covadonga, en el noroeste de Asturias, guarda los restos de Pelayo, el primer rey de Asturias, el cual antes de morir en el año 737 d. C. afirmó haber visto a la Virgen María en la cueva. Una antigua estatua de la Virgen de Covadonga permanece en el lugar que conmemora la ocasión sagrada. Éste es también el punto de la famosa Batalla de Covadonga, donde las tropas del rey derrotaron a los moros. En el 1901, la Basílica de Covadonga fue consagrada en el sitio del santuario original. Más cerca del Infiesto de Manuel se encuentra la Catedral de San Salvador, fundada en el año 781 d. C. Estas estructuras históricas antiguas siguen en pie hoy en día como una parte integral de la vida cotidiana local y atraen la admiración de los visitantes.

Familia, amigos, lugares, comida, cultura antigua y rica historia. Había mucho que perder y no había forma de saber cuando o si Manuel volvería alguna vez a su Asturias.

¿Qué sería de su vida en el *Nuevo Mundo*?

Capítulo 3. Viaje a Puerto Rico

Para ahorrar, el joven Manuel atravesó en tren el país. Viajó desde Infiesto, en el norte de España, hasta Cádiz, su puerto de partida en el sur. El viaje por tierra se tomó más de 14 horas. Manuel no era un muchacho de constitución fuerte. Era un flaco rubio de ojos verdes, bajito y pecoso. Pero su mente poseía toda la fortaleza que él necesitaba. El niño aprendió a ser resistente y encontraba soluciones para todo problema.

—¿Ayudáis al débil? —el joven Manuel dijo a un grupo de pasajeros tan pronto llegó a Cádiz, enlistándolos a que le ayudasen a cargar su baúl—. ¡Subid por la cuesta! ¡Hay un atajo! ¿Lo veis? ¡Vamos a arrastrarlo cuesta arriba! —instruyó a sus asistentes. Al ver a otros pasajeros hacer lo mismo, los ayudantes acordaron arrastrar el equipaje cuesta arriba, desde la estación, a través del acceso directo al puerto, conforme a lo solicitado.

Su baúl no pesaba tanto. Manuel empacó los elementos básicos: un sombrero, una gorra, un par de botas negras, tres pares de pantalones, una chaqueta, una manta, tres pares de calcetines, seis pares de calzoncillos, seis camisas, seis camisetas, un juego de sábanas, dos toallas y seis pañuelos. Llevaba en su persona 150 pesetas, el billete de embarque a San Juan, su partida de nacimiento y su visa.

—¡Muchísimas gracias! ¡Que Dios se lo pague! —Manuel mostró agradecimiento a sus ayudantes, inclinando su boina—. ¡Nos vemos dentro del barco!

Manuel nunca había visto un barco de vapor. Estaba ansioso por embarcar.

—Príncipe Alfonso —leyó el nombre de la nave en voz alta, mientras examinaba el buque de izquierda a derecha—. ¡Ahí estás! —sonrió, con la mirada clavada en la nave—. ¡Gusto en conocerte! ¡Impresionante bestia! —susurró—. A ver si sobrevivimos la travesía —

sonrió con sarcasmo, invadido por una mezcolanza de sentimientos de gran emoción y miedo a lo desconocido.

El Príncipe Alfonso fue construido en el Reino Unido en el 1863 por la empresa naval de Antonio López y Compañía. Pesaba 3,475 toneladas de peso muerto, medía 281.2 por 32.1 por 18.7 pies y tenía una capacidad para 1,010 pasajeros.

–¡Con permiso! ¡Disculpe! –Manuel estrujaba su cuerpo entre la multitud, tratando de acercarse a la entrada del barco–. «¡Ay madre! ¡Qué de gente!», pensaba.

Había familias diciendo su último adiós, pasajeros cargando su equipaje, amantes compartiendo su abrazo final y gente tratando de resolver problemas con su billete o documentación.

Después de abordar, un asistente le guió hacia su camarote, el cual compartiría con otros tres pasajeros. La disposición en tercera clase era de dos literas por habitación.

Manuel pasaría más de dos semanas en alta mar, recordando todo lo que había dejado en su pueblo natal de Infiesto y preguntándose lo que estaba por venir. Le sobrevino un mareo insoportable, provocado por el vaivén del buque de carga y la pestilencia de la nave. Pero llegó en una sola pieza a San Juan y a su destino final, el pequeño pueblo de Comerío.

Poco después, envió por correo su primera carta a casa.

«Comerío, Puerto Rico, 31 de enero de 1870

Mi querida hermana Carolina y familia:

He llegado a la isla de Puerto Rico sano y salvo después de lo que he de confesar fue probablemente el peor viaje que un ser humano jamás haya soportado. Es mi opinión que el mejor castigo para un criminal sería enviarlo a través del océano en un viaje como el que acabo de sufrir. El viajar en un barco de vapor de carga fue repugnante. No puedo ni imaginar cómo aquellos que viajan a Argentina pueden sobrevivir los treinta y cinco días de pura tortura. Tengo que dar gracias a Dios que sólo tuve que padecer quince días en alta mar.

Al principio, el Príncipe Alfonso (mi barco) no se comportó tan mal. El primer día pude ver como los otros pasajeros cargaban todo tipo de instrumentos musicales: violines, flautas, guitarras, un acordeón, incluso una gaita. Estos pasajeros probablemente sabían (o alguien les dijo) que este viaje iba a ser arduo y desearon añadir una cierta alegría a la jornada. Todo el mundo se fue a dormir después de la primera noche de música y baile. Pero no sabíamos lo que venía el día después de salir. El océano no estaba en calma, sino todo lo contrario. Las montañas gigantescas de agua rodearon la nave y la mecieron en todas las direcciones posibles, haciéndola temblar. En cada esquina se podía escuchar a la gente enfermándose con cada movimiento de la embarcación (me incluyo), y los sonidos y olores eran insoportables. Se calmó un poco cuando nos detuvimos en Canarias, pero al partir la angustia comenzó de nuevo.

Muchos pasajeros decían que si pudiesen dar la vuelta al barco y regresar a España, así lo harían. Unos de alguna manera soportaban el mareo mejor que otros; en su mayoría la gente de tercera clase. La desgracia nos ha hecho más resistentes y más fuertes que la mayoría de los de primera clase. Los arreglos para dormir dejaban mucho que desear. No quiero describir la comida, aunque no pudimos comer mucho porque estábamos enfermos la mayor parte del tiempo. Yo bebí líquidos durante los primeros seis días, ya que mi estómago no podía contener los sólidos.

Algo bueno es que de vez en cuando, cuando el mar decidía tranquilizarse, se podía oír la música e inclusive bailar con los otros pasajeros. Eran gente de buen humor, alegres y tocaban la gaita. Esto hizo que el viaje fuera mucho más llevadero.

Durante la travesía (y el mareo), tuve tiempo de pensar en mis bendiciones y en que tengo que aprovechar la oportunidad que se me ha otorgado. Doy gracias a Dios que estoy ahora en tierra firme y me siento seguro. A mi llegada a Comerío, mi padre y los demás me ofrecieron una cálida bienvenida. Ésta es una tierra muy verde, con montañas que me recuerdan a Infiesto. Sin embargo, el sitio es extremadamente caluroso y húmedo, aunque la brisa de la montaña es muy agradable.

Os prometo que mis acciones aquí os harán sentir orgullosos de mí.

Trataré de escribir a menudo.

Vuestro,

Manuel Pontón Fernández».

La escritura de Manuel no era de las mejores. Dictó su primera carta desde Puerto Rico a su padre José, el cual la escribió y envió en su nombre.

Capítulo 4. Alejandro Villar, Conde de Laviana

Manuel sabía que estaba destinado a establecerse en el pueblo de Comerío antes de abandonar Asturias. Su padre, José, se había instalado en el vecino pueblo de Bayamón con una nueva esposa y ya tenía una nueva familia. José dispuso que, a su llegada, Manuel trabajase en la tienda mixta de un amigo de la familia, Alejandro Villar y Varela, el cual también era el padrino de bautismo de algunos de los hijos puertorriqueños de José.

Alejandro Villar era un empresario asturiano original del pueblo de Miyares en Infiesto. Llegó a Puerto Rico en el 1866, a la edad de 18 años, y se convirtió en alcalde de Comerío en el 1879. Era bajito y grueso, con poco pelo y tenía un gran bigote de color rojizo que le daba un aire distinguido. El señor Alejandro lucía impecable y andaba siempre vestido con traje, corbata y sombrero. Su afán y perseverancia, y su participación en el ejército español y en la Cámara de Comercio de la isla, le proporcionaron una gran reputación con las empresas locales y con la corona española. Como resultado, fue capaz de amasar una fortuna respetable.

La sabiduría de Manuel sobrepasaba su edad y también era un joven muy trabajador y ambicioso. Tan pronto ahorró lo suficiente, se propuso contratar a un profesor particular para ayudarle con su lectura y escritura, al igual que con su conocimiento general de la isla. Villar observaba de lejos la iniciativa de Manuel, su dedicación y su gran potencial de éxito. Sabía que Manuel era especial y se convirtió en su mentor, enseñándole todo lo que conocía acerca de los negocios.

Un día, cuando Manuel había ahorrado una cantidad seria para hacer buena impresión, tomó la iniciativa. Fijó sus ojos verdes en los de Villar y le dijo: «Señor Alejandro, quiero comprarle su tienda».

Y Alejandro Villar, sin vacilación, le respondió: «¡Pues a ti sí te la vendo!». Y Villar le traspasó la tienda a Manuel.

Después de trabajar en su tienda mixta por buen tiempo, el joven

Manuel invirtió todo lo que pudo en la compra de terrenos, embelesado por la promesa del negocio del tabaco. Aunque la economía del pueblo constaba de café y frutos, Comerío también se destacaba como una de las mejores regiones de la isla para la siembra de tabaco, debido a la riqueza de su suelo y su proximidad al Río de la Plata.

Manuel adquirió tanta tierra como pudo pagar y se negó a venderla a ningún postor, incluso cuando no la estaba plantando.

«La tierra no se acaba», se le oía decir a menudo.

En el 1894, Manuel Pontón apareció en directorio de negocios de la isla junto con otros industriales de renombre, incluyendo Alejandro Villar. Ese mismo año, Pablo Ubarri Capetillo falleció, dejando vacante su cargo de Presidente de El Partido Incondicionalmente Español en Puerto Rico. También de origen español, Ubarri nació en el 1824, en un pueblo llamado Santurce (*Santurtzi* en idioma vasco), ubicado en la región norte de la provincia de Vizcaya. En el 1839, llegó a Puerto Rico con una concesión real para desarrollar ferrocarriles en las colonias. Tenía también terrenos en la isla, al igual que una variedad de negocios. En el 1880, Ubarri desarrolló el tranvía a vapor de la Plaza Colón en San Juan, el cual pasaba por Miramar hasta el pueblo de Río Piedras. Ese año, recibió el título nobiliario de conde de San José de Santurce, y el área de Cangrejos en el sector de Miramar de San Juan cambió su nombre por el de Santurce. En el 1898, la empresa *Puerto Rico Railway Light and Power Company* adquirió el tranvía de vapor y, en el 1900, se le convirtió a que funcionara con energía eléctrica. La famosa zona de *El Condado* de San Juan lleva el nombre de la tierra controlada una vez por Ubarri.

Debido a su excelente reputación como un empresario honesto y trabajador, así como un español leal a la corona, Alejandro Villar fue llamado a ocupar la vacante que dejó Ubarri. Eran grandes zapatos a llenar, pero Villar lo hizo espléndidamente. En el 1896, la reina María Cristina de Austria, la segunda esposa del rey Alfonso XII de España, honró a Villar con un título nobiliario, convirtiéndolo en el conde de Laviana.

Pocos meses después de la Guerra Hispano-Americana del 1898, el conde Alejandro Villar, para entonces un noble rico y exitoso, regresó a Infiesto, tornándose en uno de los legendarios indianos de la región. Allí construyó una hermosa casona, a la cual llamó Villa Villar (hoy conocida como *Les Camelies*), una escuela, una capilla y ayudó a

21

expandir el cementerio local, entre otras contribuciones. También estableció una casa de retiro en Gijón, a la cual llamó Villa Puerto Rico, donde pasó parte de su jubilación.

Don Alejandro y su esposa, Matea Alicea Méndez, tuvieron hijos cuando residían en Puerto Rico. Su hijo Eduardo Villar Alicea nació en Comerío en el 1879 y permaneció en la isla para administrar los asuntos de negocios de su padre. Después de que Alejandro Villar falleció, Eduardo heredó su título nobiliario y continuó la relación de la familia con Manuel Pontón.

Y así, no sólo Manuel Pontón Fernández se convirtió en un plantador y empresario, también disfrutaba de profundos vínculos con la nobleza española.

Capítulo 5. La Perla del Plata

Comerío era diferente a Infiesto, pero de alguna extraña manera le recordaba a Manuel a su patria. El pueblo descansaba en la zona norte de la Cordillera Central de la isla, la cual se extiende aproximadamente 28.22 millas cuadradas.

—Cuénteme acerca de la historia de Comerío —Manuel le pidió por primera vez a su tutor, Rafael, cuando lo contrató.

—Bueno, Manuel —el tutor comenzó—. El pueblo tiene más de un nombre, no sólo Comerío. Cuando se fundó en el 1826, lo llamaron Sabana del Palmar debido a las palmeras reales que adornan la zona. El nombre más tarde fue cambiado a Comerío, inspirado por el nombre de un jefe indio taíno de la región que era hijo del jefe Caguax. Nosotros los locales a veces lo llamamos La Perla del Plata debido a que el Río de la Plata, el río más largo de Puerto Rico, atraviesa el pueblo.

—Sus valles me recuerdan tanto a los valles de Asturias —dijo Manuel.

Comerío fue bendecido con vívidos paisajes verdes, un suelo fértil para cosechar y una gran cantidad de lluvia, como el Infiesto de Manuel. No fue difícil para él enamorarse de Comerío. Aunque era tan diferente a Infiesto, lo sentía tan familiar.

Manuel se adaptó muy bien a la cultura puertorriqueña y a sus influencias africanas y taínas, las cuales impregnaban al idioma local. Palabras taínas como tabaco, barbacoa, canoa y hamaca permanecen en uso hoy en día, no sólo en el idioma español, pero también en inglés y en otros idiomas del mundo. Precisamente, la palabra cigarro se deriva de la palabra taína *sik'ar*, el cual era un festival taíno donde el tabaco jugaba un papel principal.

—Algunas de las personas del pueblo todavía tienen características físicas del indio taíno —Manuel observó.

—Claro que sí —dijo Rafael—. La sangre taína todavía corre por las venas de muchos de los isleños. Algunos españoles y africanos se casaron con indios, por lo que, aunque los taínos se han extinguido como pueblo desde la conquista, todavía se puede ver el indio taíno en los rostros de algunos de los locales.

—Son gente preciosa, con los cabellos tan lustrosos y la tez de color cobre —dijo Manuel.

—Muchos de los descendientes de españoles en la isla tienen la piel curtida, dando impresión de que es cobriza, pero usted sabe, su color de piel viene de trabajar bajo el sol durante tantas horas —dijo Rafael—. Algunos extranjeros no notan la diferencia. Ellos no se preocupan de aprender acerca de nuestras raíces, nuestra historia, lo que nos ha llevado a ser lo que somos hoy. Debemos ser responsables de aprender sobre nuestra historia, como estamos haciendo en este instante, y de transmitirla, para asegurarnos de que no se olvide.

Manuel asentía mientras Rafael hablaba. También tomaba notas en un pequeño cuaderno que llevaba consigo a todas partes.

—Los taínos fueron uno de los pueblos *arawak* de Suramérica, autóctonos de Las Bahamas, Antillas Mayores y del norte de las Antillas Menores, mucho antes de la llegada del explorador español Cristóbal Colón —continuó Rafael—. Habitaron la isla de Puerto Rico, a la cual llamaban Borikén, o "La Isla del Gran Señor". Agueybaná I, cuyo nombre significa "El Gran Sol", era el cacique o jefe taíno en Puerto Rico al momento de su descubrimiento, el 19 de noviembre de 1493, durante el segundo viaje de Cristóbal Colón. Agueybaná dio la bienvenida al conquistador Juan Ponce de León a su llegada en el 1508, pero el cacique murió en el 1510. Su hermano, Agueybaná II, lo reemplazó y continuó la lucha en contra del sometimiento español.

—Eran hombres valientes, los taínos. Al principio, dieron la bienvenida a los españoles pacíficamente, pero cuando su acogida fue abusada, lucharon y esto causó su destrucción —dijo Manuel, reconociendo la injusticia.

—Por desgracia, sí —el tutor prosiguió—. Los taínos pronto perecieron como pueblo, víctimas de la esclavitud y las enfermedades infecciosas transmitidas por los españoles, como la viruela, a la cual los taínos no habían sido expuestos hasta la llegada de los conquistadores.

—Me entristece aprender cómo los seres que habían estado viviendo aquí durante siglos perecieron en tan poco tiempo a manos de los conquistadores —dijo Manuel.

—La historia se repite, como dicen.

—Maestro Rafael, debo confesar, y le pido disculpas de antemano, pero cuando llegué a Puerto Rico, sentí un poco de miedo de los africanos.

—¡He escuchado esto a menudo! —el maestro se rió entre dientes—. Es normal tener ansiedad sobre lo desconocido. Pero las personas son personas, no importa su cultura ni parecido. Los negros africanos poseen una cultura y creencias diferentes y debemos respetar y tratar de entenderlas. La esclavitud ha dejado profundas cicatrices. Han llevado una vida ardua. Muchos de ellos fueron abusados. Perdieron su dignidad como seres humanos. Pero no todos los africanos llegaron a Puerto Rico como esclavos, ¿sabes?

—He oído que algunos africanos vivían en el sur de España como personas libres, aunque muchos fueron esclavizados. Nunca llegaron a Asturias, sin embargo. Al menos no he visto ninguna gente de tez obscura en el norte, ni siquiera moros —dijo Manuel—. Vi algunos cuando viajé a Cádiz, de camino a América.

—Has oído bien, Manuel —confirmó el tutor—. Los primeros africanos llegaron a Puerto Rico como hombres libres que acompañaban a los conquistadores españoles. El primer hombre africano llegó a Puerto Rico en el 1509. Su nombre era Juan Garrido, un conquistador que viajó con Juan Ponce de León. Garrido era hijo de un rey nacido en la costa de África Occidental. Luchó junto a los españoles para subyugar a los taínos a la esclavitud. Garrido pasó más tarde a luchar en México junto al conquistador Hernán Cortés.

Manuel interrumpió:

—Así que, ¿usted me dice que un hombre africano ayudó a un hombre blanco a conquistar a los indios?

Rafael asintió.

—Extrañas alianzas —dijo Manuel. Supongo que todo se centra alrededor del deseo de poder.

—¡La mayor parte del tiempo! —Rafael sonrió—. Pero no siempre estaban en guerra. ¡Se enamoraron entre sí, también! Pedro Mejías fue igualmente un hombre africano libre que acompañó a las tropas de Ponce de León. Mejías casó con Yuisa, una jefa taína o cacica. El comercio de esclavos africanos comenzó en las islas después de que los indios taínos esclavos comenzaron a perecer. Ya estaba en marcha a mediados del 1500, y el resto, bueno, ya sabes el resto.

—Es simplemente incorrecto esclavizar a un ser humano. Parece que seguimos cometiendo los mismos errores a través de la historia – dijo el joven Manuel a su tutor.

–Sí, los mismos errores –dijo Rafael–. La gente muere y se llevan lo que aprenden con ellos a la tumba. Las nuevas generaciones repiten los errores del pasado. La esclavitud se remonta a miles de años, y sin embargo, sigue presente en nuestras vidas. Los taínos también sufrieron los ataques de los indios caribes, los cuales esclavizaron a las mujeres y niños taínos. En la esclavitud moderna, algunos africanos esclavizaron otros africanos e incluso ayudaron a Europa y al mundo occidental a obtener esclavos. Ellos actuaban como intermediarios, traficantes de personas de su propia raza. ¡Vendiendo a seres de su propio pueblo! Muchos de los esclavos también pertenecían a tribus enemigas, cuyos miembros los comerciantes africanos secuestraban y vendían a traficantes blancos de esclavos.

Manuel movía su cabeza de izquierda a derecha, negando lo incomprensible.

–Esto no es evidente para muchas personas –Rafael continuó–. Africanos vendiendo africanos. Africanos esclavizando a los africanos. Pero así sucedió. Algunos piensan que de alguna manera Dios los hizo superiores a otros por el color de su piel, la tribu a la que pertenecen, su país de origen, o la cantidad de riquezas materiales que poseen. Pero Dios nos hizo a todos iguales –dijo Rafael–. Por alguna razón, tendemos a usar la religión para justificar actos que Dios no aprobaría. Pero éstas son las acciones del hombre en la tierra, no las de Dios, y debemos aceptar responsabilidad por dichos actos.

–¿Cómo es que la Iglesia Católica apoyó algo tan inhumano como la esclavitud? –preguntó Manuel–. Me enteré de que cuando los barcos llenos de esclavos llegaron al puerto de San Juan, no hace mucho tiempo, cada esclavo tenía que ser bautizado, de lo contrario no se les podía vender.

–Cierto. Creo que la iglesia percibió la esclavitud como una oportunidad para salvar almas. Pensaban erróneamente que el bautismo y la nueva religión salvarían las almas de los africanos, y que por medio de la esclavitud se les aseguraba el empleo y una vida mejor –dijo Rafael–. Pero ésta es una perspectiva simplista. Nadie se molestó por entender que lo que los esclavos africanos dejaron atrás era mucho más valioso para ellos: dejaron sus familias y su cultura. No eran animales, como el ganado. Eran seres humanos. Las personas que apoyaban la esclavitud nunca anticiparon ni se preocuparon por el daño causado por ésta. Los abusos. El horror. Debido a que la apariencia de los africanos era diferente y actuaban diferente a los esclavistas, fueron considerados como una raza inferior. Debido a que no compartían las mismas creencias, 'había que salvarlos'. Este comportamiento surgió de la ignorancia.

—Sé acerca de los niños que tienen que trabajar al servicio del que ha pagado por su viaje a las colonias. Ésta es otra forma de esclavitud, ¿no? —preguntó Manuel—.

—A eso se le llama servidumbre por contrato y algunos dicen que es otra forma de esclavitud, debido a los muchos abusos cometidos con los sirvientes.

—Afortunadamente, mi padre fue capaz de pagar por mi viaje e hizo los arreglos para mi trabajo con el señor Villar, donde actualmente gano un sueldo.

—Tienes suerte de que tu padre pudo ahorrar para pagar por tu viaje —dijo Rafael.

—Es bueno que nos hemos apartado de la esclavitud —dijo Manuel—. Sé que esto afectó los bolsillos de los dueños de esclavos, pero es un precio que nuestra sociedad tenía que pagar para hacer lo correcto.

—La corona española ofreció un plan de transición, pero la transición ha sido difícil. La gente no puede apartarse del sistema de la esclavitud e integrarse a la sociedad en un día. Va a tomar tiempo, años, quizás siglos. Nadie lo sabe. Y mucho trabajo y paciencia de ambas partes. Una gran cantidad de paciencia —predijo Rafael.

—Entiendo —dijo Manuel—. Somos muy diferentes en muchos sentidos. Es difícil creer que personas tan disímiles puedan de alguna manera llevarse bien, e incluso casarse entre ellos, pero estoy viendo indicios aquí de que es posible.

—No es tan difícil de entender, cuando se vive en una pequeña isla y se tienen los mismos sueños que los vecinos. Tener un hogar, comida y una familia. Ser feliz. Nuestros deseos y necesidades básicas no son tan diferentes, después de todo —dijo Rafael.

—Cierto —dijo Manuel—. ¡Pero algunos de nosotros queremos lograr más que otros! —agregó Manuel, revelando su vena de ambición.

—Sólo recuerda, Manuel —dijo Rafael, sonriendo—. Puedo ver que eres un joven ambicioso. Puedes luchar por más, y eso es cosa buena, pero cuando logres tus sueños, cuando tengas tu tierra, tu familia y tengas trabajadores, recuerda que debes tratarlos con respeto, no importa de dónde vengan. Todos nos necesitamos los unos a los otros. Todos somos criaturas de Dios.

Rafael era un sabio maestro. Conocía por experiencia. Descendía de esclavos africanos.

. . .

En sus primeras clases con Rafael, Manuel también aprendió que las influencias africanas y taínas eran un gran componente de la cocina puertorriqueña o *cocina criolla*, así como lo eran el arte local, la música y la literatura. Puerto Rico poseía una impresionante flora, similar a Infiesto, y su comida era variada y exótica, influenciada por los alimentos procedentes de África, India, América del Sur y el Pacífico, además de España.

—Verduras como la yautía (malanga), yuca (mandioca) y ñame (taro); frutas como la guanábana, papaya, quenepas (limoncillo), guayaba y piña; granos como las carillas (guisantes de ojo negro) y el maíz; y especias como el ají (pimiento pequeño), recao (cilantro espinoso) y achiote eran componentes integrales de la nutrición taína. El cacao también era indígena, de la región amazónica de América, y se ha consumido en Puerto Rico desde hace muchos años —dijo Rafael.

—Sé que los españoles trajeron las palmeras de coco a Puerto Rico desde Islas Canarias, y que éstas eran originalmente oriundas de África —dijo Manuel—. Pero, ¿qué otras frutas y verduras se dan en la isla, y de dónde proceden?

—El chayote, el aguacate y el mamey se originaron en México. La caña de azúcar, el mangó y el tamarindo vienen de India, y la papa (patata) proviene de Perú. El jengibre procede de Oceanía en el Pacífico por vía de México. La pana (panapén) también vino desde el Pacífico y la parcha (maracuyá) de la Amazonia. El plátano (plátano verde) y el guineo (plátano amarillo) vinieron de África durante el siglo dieciséis; el café, el quimbombó (okra), los gandules y la gallina de guinea llegaron en el siglo dieciocho, también de África —dijo Rafael.

—Las influencias africanas y taínas en los alimentos de Puerto Rico son abundantes —Manuel observó—. Mucho más de lo que yo pensaba.

—Sí, hay muchos platos con sabores africanos y taínos. La alcapurria es una fritura hecha de puré de plátano, yautía, yuca, o de una mezcla de estos, rellena con una variedad de carnes o pescados. Los pasteles son similares a la alcapurria, pero estos están envueltos en una hoja de plátano verde, atados con un cordel fino y cocidos, no fritos. El mofongo se hace con plátano verde frito y majado con ajo – dijo Rafael.

–Me di cuenta de la gente aquí en la isla fríe mucho la comida – dijo Manuel.

–Sí –dijo Rafael–. Los esclavos africanos introdujeron la práctica de freír.

–Me complace ver que comen tostón. ¡Es uno de mis platos favoritos! –dijo Manuel.

–Aquí lo llaman "lechón asado" –dijo el tutor–. Asan un cerdo en una vara a fuego abierto, como hacen en algunos lugares de España.

–¡Delicioso!

. . .

Al paso del tiempo, Manuel viajaba frecuentemente a San Juan por asuntos de negocios y visitaba La Mallorquina, un restaurante español establecido en la calle San Justo en el 1848. Allí podía saborear platos típicos españoles, como la paella, y delicias como la mallorca, una pastelería de bollo suave cubierta de azúcar en polvo, la cual se disfrutaba como desayuno o merienda.

El ron *pitorro* o *cañita*, una bebida clandestina con un elevado contenido alcohólico, era uno de los favoritos en Puerto Rico. El líquido se destila de la melaza de caña de azúcar, y a veces se cura con frutas y se entierra durante meses. La bebida se disfrutaba a menudo durante las festividades. El sabor del ron pitorro era diferente al del aguardiente asturiano de sidra, pero su sabor también era considerado sabroso.

Un español residente en Puerto Rico como Manuel podía disfrutar de la variada gastronomía local sin dejar de consumir los sabores tradicionales de España. El aceite de oliva, el ajo, la cebolla, el pimiento, el jamón, el queso y los vinos finos se importaban a la isla de España desde hacía ya tiempo, y Manuel ofrecía muchas de estas delicias a la venta en su tienda mixta.

. . .

Los ritmos musicales españoles, como la danza, el *seis chorreao* y el aguinaldo de Navidad convertían las reuniones en fiestas y las celebraciones en festividades. Instrumentos y sonidos taínos, africanos y españoles inyectaban vida a la música puertorriqueña de la época.

A poco de llegar a la isla, Manuel escuchó el *güiro* taíno, instrumento adaptado de la época precolombina hecho de una calabaza ahuecada y con muescas, la cual al frotarse con un alambre creaba un ritmo muy agradable para bailar. Los esclavos africanos introdujeron sonidos de percusión emitidos por tambores (troncos de árboles ahuecados cubiertos de piel de animal estirada) y *maracas* (calabazas llenas de piedras o frijoles secos y montados en unas manijas). Estos instrumentos son la base de los sonidos y ritmos de la *bomba y plena* que los trabajadores tanto disfrutaban, y con los cuales se convirtieron en poetas y cantautores del pueblo, improvisando versos y cantando y bailando con regocijo. Instrumentos de cuerda, como la guitarra española clásica de seis cuerdas, y *el cuatro*, un instrumento parecido a la guitarra pero de diez cuerdas pareadas en cinco, se integraron a la música y letra del querido folklore local y continúan formando una parte importante de la música puertorriqueña moderna.

En ocasión, se daba la oportunidad de disfrutar de una zarzuela en el teatro de la capital, uno de los centros culturales de la isla. Este género lírico-dramático español se caracterizaba por poseer escenas habladas y cantadas, incorporando la canción y la danza operática con la popular. Incluso en medio de la agitación de la Guerra Hispano-Americana, la zarzuela "Marina" se presentó en el teatro San Juan.

En las noches emanaba la música de la naturaleza. La pequeña rana conocida por los locales como *el coquí*, emitía un nuevo sonido atesorado, una canción de cuna armonizada por la especie nativa de Puerto Rico. A veces, cuando yacía despierto en su cama en la obscuridad, Manuel trataba de imitar el cantar de la ranita. Al principio intentó copiar el sonido. Pero pronto aprendió que podía lograr la ansiada melodía simplemente silbando.

—¡Coquí! ¡Coquí! —Manuel silbaba. Practicaba su cantar de coquí a diario, perfeccionándolo hasta que ya sonaba idéntico al de la ranita. La gente del pueblo se reía de Manuel cuando practicaba su cantar de coquí. A veces, se podían oír sus silbidos desde fuera de la tienda, como si Manuel estuviera conversando largamente con las pequeñas criaturas.

La melodía nocturna del diminuto coquí serenaba el sueño de Manuel, haciéndole compañía y recordándole que no estaba solo.

. . .

Con la ayuda de su tutor Rafael, Manuel se convirtió en un ávido lector. Disfrutaba de los escritos de autores de la isla, los cuales emitían un fuerte sentido de la identidad puertorriqueña. Dichas obras hicieron que Manuel se acercara más a Puerto Rico y su gente. *El Gíbaro*, escrito por Manuel A. Alonso en el 1849, describe la vida cotidiana criolla. Retrata los patrones del habla y las costumbres del Puerto Rico rural, y daba esperanza a los jíbaros o campesinos pobres a que alcanzaran su educación y obtuvieran empleo, incluso en los tiempos más difíciles.

Las obras maestras de José Gautier Benítez (*Poesías*), Alejandro Tapia y Rivera (*La Cuarterona*), Eugenio María de Hostos (*La Peregrinación de Bayoán*), Lola Rodríguez de Tió (autora del himno de Puerto Rico, *La Borinqueña*, y descendiente de Juan Ponce de León) y el autor y activista cubano José Martí (apodado "El Apóstol de la Independencia de Cuba"), al igual que el liderazgo de los autores, fueron profundas fuentes de inspiración para Manuel.

El arte de Puerto Rico fue también una gran causa de orgullo y de enriquecimiento. Las obras del siglo XVIII del pintor de San Juan, José Campeche y Jordán, y del pintor impresionista de Bayamón, Francisco Oller y Cestero, no sólo poseían belleza sin igual, sino que también retrataban la historia y la cultura de la isla, su fe y su gente. Campeche fue el primer pintor nativo de Puerto Rico, considerado uno de los mejores artistas rococó de las Américas, y Oller estudió en los museos *El Prado* y *El Louvre* en España y Francia, fue maestro del famoso pintor Cézanne, y exhibió junto a Monet y Renoir, entre otros ilustres pintores.

. . .

Manuel pronto disfrutó de las tradiciones introducidas por los esclavos africanos como *el baquiné*, también conocido como *el velorio*.

—Señor Manuel —dijo Juan Expósito, uno de sus trabajadores, al entrar en la tienda una mañana.

—Sí, Juan. Dime.

Juan removió su sombrero y lo sostuvo sobre su pecho con ambas manos y un gran respeto.

—Perdone que lo moleste, patrón, pero mi esposa y yo queríamos preguntarle si podemos utilizar uno de los graneros vacíos para celebrar el baquiné de Ana. Sería un honor si usted también pudiera venir a celebrar con nosotros.

—¿Un baquiné? —preguntó Manuel.

—Señor Manuel, Ana, nuestra bebé, falleció anoche. El doctor dijo que tenía gastroenteritis. Queremos celebrar un baquiné antes de sepultarla —dijo Juan, con voz entrecortada y ojos llorosos.

Su niña había muerto y la familia celebraría una fiesta, en lugar de un funeral.

—Juan, lamento tanto lo de Ana. ¡Por supuesto! Podéis utilizar uno de los graneros vacíos y yo estaré allí con vosotros. Por favor, avísame qué otra cosa puedo hacer por vosotros, lo que necesitéis —dijo Manuel, todavía sacudido por la triste noticia y algo sorprendido por la tradición.

—Nada, señor Manuel. Sólo tiene que celebrar con nosotros. ¡Ana va al cielo! —Juan dijo con tristeza, mordiéndose el labio, pero con una profunda fe.

El apellido de Juan era "Expósito", el cual se le daba a los recién nacidos de padres desconocidos. En aquel tiempo, muchos niños eran abandonados a la puerta de una residencia; a veces, con una nota indicando su nombre y explicando que los padres carecían de recursos para cuidar del pequeño. Otras veces, los bebés simplemente aparecían abandonados a la puerta de la iglesia, sin nota y sin más.

La miseria de la pobreza.

Cuando llegó Manuel al baquiné, notó que el cuerpo diminuto de Ana descansaba en un altar, vestido de blanco y rodeado de flores, algunas frescas y otras hechas a mano con papeles de colores. Habían limpiado el granero a fondo.

—Juan, gracias por invitarme a la celebración —dijo Manuel—. Ana luce hermosa. Un ángel. ¡El lugar está impecable!

—Gracias, Patrón —Juan respondió—. Hemos fregado cada esquina del granero para asegurarnos de que el espíritu de Ana no se contamine con suciedad. ¡Es mala suerte!

Manuel notó que las mujeres estaban vestidas de blanco y tenían tocados, mientras que los hombres llevaban camisas blancas. Un guía espiritual, el cual llevaba un collar de cuentas de semilla con una gran cruz de madera colgando, comenzó a rezar el rosario, y otros le siguieron en oración devota y con mucha emoción. Una vez que la oración llegó a su conclusión, comenzó la música, y con ella el canto y el baile.

La mayor parte del canto era improvisado. Las estrofas relataban la historia de la niña, cómo había perdido su último aliento, y cuánto sus padres habían sufrido para salvarla. Algunas canciones giraban en torno a su viaje a los cielos. Otras trataban acerca de la tristeza de los padres por tan dolorosa pérdida. Los asistentes cantaban con gestos exasperados para que los malos espíritus fueran exorcizados del cuerpo de la niña.

–¡*Zape!* ¡Vete, vete, espíritu maligno! –cantaban–. ¡Regresa a donde viniste!

La celebración musical armonizaba las oraciones y las canciones con la danza expresiva al ritmo de instrumentos de percusión y de cuerda que acompañarían el ascenso de la niña al cielo, donde se convertiría en un ángel. Mujeres, hombres y niños comían, bebían, rezaban, cantaban y bailaban. También participaban en juegos como *la gallina ciega*, en el cual los niños trataban de escapar del alcance de otro niño, a quien se le había vendado los ojos y cuya misión era andar a ciegas tratando de atraparlos. Al que lograra alcanzar sería descalificado del juego.

El baquiné duró toda la noche.

En un tiempo en el que tantas criaturas sucumbían a las enfermedades, ésta era una costumbre para que los seres queridos dieran su último adiós y pudieran soportar tan sombría pérdida. Pero al final, cuando todos se habían ya marchado, la cruda realidad se apoderó del lugar. Manuel nunca olvidaría la imagen de esos pobres padres, devastados por el dolor, sentados solos junto al altar que acunaba el cuerpo sin vida de su hijita, llorando desesperadamente su pérdida.

Él rogó por el alma de Ana. Rogó por aquellos padres.

Y rogó que nunca tuviese que sufrir la agonía de perder a un hijo.

. . .

Los españoles introdujeron tradiciones antiguas y alegres de la madre patria de Manuel, como *La Noche de San Juan* y *Los Tres*

Reyes Magos, las cuales todavía viven en la cultura puertorriqueña.

La Noche de San Juan se celebra todos los años en la noche del 23 de junio. En Puerto Rico se reúne la gente en las playas para celebrar el nacimiento de San Juan Bautista. Todos disfrutan de la música y el baile. Al filo de la medianoche, se alinean de espalda a la orilla del mar y caminan hacia atrás, sumergiéndose de espaldas en el agua. Esto se repite tres veces para que la buena suerte persista el resto del año.

La tradición de Los Tres Reyes Magos o *Los Reyes*, todavía se celebra cada 6 de enero en España, Puerto Rico y América Latina (como en otras culturas en todo el mundo, de una manera u otra). En algunos lugares se le llama "La Epifanía". Se extiende la celebración del nacimiento de Jesucristo del 24 de diciembre al 6 de enero, y hasta ocho días después, al 13 de enero (estos ocho días se conocen como *las octavitas* u *octavas*). La tradición del 6 de enero representa el viaje de cada uno de los tres reyes magos desde Europa, Asia y África; Melchor, Gaspar y Baltasar siguieron una brillante estrella hacia Belén hasta encontrar al niño Jesús en el pesebre donde nació. Los reyes honraron a Jesús con dones de mirra, incienso y oro, símbolos de Hombre, Dios y Rey, respectivamente. Cada año, en la noche del 5 de enero, los niños llenan una caja con hierba fresca o heno para los camellos de los reyes. Se dice que los camellos se comen la hierba y los reyes dejan regalos para los niños. Esta tradición es similar a la celebración de la Navidad en los Estados Unidos y de Papá Noel en Europa, donde los niños dejan leche y galletas la noche del 24 de diciembre, y disfrutan de sus regalos en el día de Navidad, el 25 de diciembre.

Con su belleza intrínseca, comida exótica, las variadas tradiciones y cultura, Puerto Rico, *La Isla del Encanto*, el *Borikén* de los taínos, se había convertido en el hogar de Manuel.

Era como si viviese en un pequeño paraíso.

Capítulo 6. El Arte del Tabaco

L a agricultura del tabaco a finales del siglo XIX requería un conocimiento especializado, destreza y una gran inversión de capital humano. Manuel aprendió a dominar el cultivo de tabaco mediante la lectura y la práctica. Se sumergió en el arte de la siembra tabacalera mientras operaba su tienda mixta.

–¿Qué lee, señor Manuel? –preguntó uno de los clientes de la tienda al entrar y verlo leyendo.

–Uno de mis libros favoritos, *Manual del Cultivo de Tabaco,* por R. C. Aguayo –orgullosamente respondió–. Estoy aprendiendo a cómo convertirme en un buen agricultor de tabaco.

El libro fue escrito en el 1876. Es aquí donde Manuel leyó por primera vez la frase «la tierra no se cansa». Aprendió que si un agricultor cultiva y nutre su tierra, ésta proveerá.

«La tierra no se acaba», Manuel creó su propio dicho. «La tierra no perece», aseguraba. «La tierra provee. Usted sólo tiene que trabajarla de la manera correcta. Es un oficio. Un arte. Una ciencia».

Aunque los europeos descubrieron su potencial comercial cuando Cristóbal Colón lo llevó a Europa en el 1492, no fue hasta la década del 1900 que el tabaco comenzó su mayor producción comercial en Puerto Rico, en la cual Manuel jugaría un papel importante. En el 1901, el pueblo de Comerío fue uno de los pioneros en la producción del tabaco en Puerto Rico, con 2,000 acres de siembra a lo largo del Río de la Plata, y era conocido por producir la mejor hoja.

El tabaco más comúnmente cultivado en los valles de Comerío era el *hoja prieto*, el cual brindaba la mejor calidad de hoja para envolver cigarros. Después de que Manuel adquirió su tierra, plantó el *hoja prieto* para maximizar su ganancia. Esta clase de tabaco se vendía entre $50 a $100 por quintal (100 libras), mientras que los otros tipos de tabaco se vendían por mucho menos.

Antes del 1915, una cuerda (aproximadamente un acre) de tierra sembrada de tabaco producía de \$200 a \$600 en ganancias brutas anuales por cosecha para el plantador. Esta cantidad fluctuaba en función al peso cosechado, el tipo de tabaco procesado y la pérdida de tabaco a merced de las plagas, enfermedades o el clima adverso. A veces, para reducir al mínimo el *tiempo muerto* (cuando no se trabajaba) los plantadores generaban dos y hasta tres cosechas anuales, pero el rendimiento de la segunda y tercera cosecha era de menor calidad, y el tamaño de la hoja era mucho más pequeño. Para maximizar las cosechas, los plantadores que tenían suficiente tierra y trabajadores podían escalonar la siembra, si el tiempo lo permitía.

Los gastos eran altos, y si un plantador se descuidaba, estos podían superar las ganancias. La empresa tenía gastos indirectos tangibles, siendo el costo de los trabajadores una gran parte de estos. Manuel nunca poseyó esclavos africanos para trabajar su tierra, ya que España abolió la esclavitud en el 1873 en Puerto Rico, tres años después de la llegada de Manuel a la isla. Manuel pagaba un sueldo a sus trabajadores y no discriminaba si eran antiguos esclavos, descendientes de esclavos, mestizos, blancos, si nacieron en el extranjero, o si eran *criollos* (nacidos en Puerto Rico.)

Nunca olvidó lo que su maestro Rafael le había dicho cuando era más joven. «Cuida de tus trabajadores».

Y así lo hizo.

Manuel era responsable por sus trabajadores y también por sus familias. No sólo les pagaba un sueldo por su trabajo, sino que también suplía su alimentación, atención médica y su hogar. Todos dependían de *El Patrón*. Todos vivían en su tierra.

Excluyendo los alimentos, la atención médica y otros gastos, el costo de la mano de obra constituía alrededor del 70 por ciento del costo total de producción. El resto se dividía entre materiales, mercadeo y otras expensas. Alrededor del 80 por ciento del costo total de la producción se debía al procesamiento de las hojas de tabaco.

De hecho, no había mucho margen de ganancia. Manuel tuvo que afinar su destreza empresarial. Sabía que tenía que convertir su propio tiempo en dinero. El corretaje del producto y servicios de consultoría a otras empresas fueron fuentes adicionales de ingresos para Manuel.

. . .

Un aspecto crítico en la siembra del tabaco comenzaba con las plántulas en los semilleros donde crecían las matitas que se habrían de trasplantar más tarde al campo. A menudo, se presentaban obstáculos en la producción de plantas sanas, en parte porque el tiempo para sembrar los semilleros coincidía con la temporada de huracanes, y en parte debido a las numerosas plagas que podían invadir las plantas.

Los meses de agosto y septiembre traían lluvia abundante, lo cual creaba el ambiente perfecto para la preparación del suelo. Pero la lluvia que nutría el tabaco también alimentaba las malas hierbas, hongos e insectos. Antes del advenimiento de la maquinaria industrial agrícola, fertilizantes químicos y pesticidas modernos que ayudaban a generar un mejor rendimiento y diezmaban las plagas, Manuel utilizaba los métodos y recursos más avanzados de su tiempo, los cuales maximizaban el crecimiento de las plántulas para convertirlas en plantas de tabaco maduras de alta calidad.

La selección y cuidado de las semillas de tabaco también era un factor fundamental para una cosecha productiva. Durante el proceso de selección de las semillas de una especie de tabaco, los trabajadores de Manuel cubrían las cápsulas de floración de las plantas seleccionadas con bolsas de papel para que las semillas pudieran secarse bajo el sol. Antes de esto, para prevenir el crecimiento de gusanos, removían las flores que ya habían abierto. Después de que las cápsulas de las semillas se habían secado, las cortaban y almacenaban en un área ventilada, lejos del alcance de los roedores. Más tarde, procesaban las cápsulas de las semillas en un trillo, removiendo la paja, la suciedad y el polvo.

Para obtener mejores resultados, Manuel insistía en tratar de sembrar las semillas jóvenes de la temporada anterior. Nunca sembraba semillas de más de dos años de edad.

«¡No quiero semilla vieja!», recordaba a sus trabajadores. Era muy estricto en cuanto a esa regla.

Cuando las condiciones climáticas eran favorables, los trabajadores de Manuel araban la tierra con la ayuda de bueyes o caballos. Araban una vez en mayo y de nuevo en julio, cuando comenzaban a preparar el terreno para la próxima temporada. Araban en varias direcciones y con diferentes tipos de arados, hasta que el suelo estaba completamente suelto. A veces, quemaban la tierra para deshacerse de todos los insectos, las enfermedades y las malezas restantes.

Ya para el último cuarto del siglo XIX, los agricultores de tabaco en Puerto Rico seguían las directrices de organizaciones de ciencia agrícola, como la *Academia de Ciencias de París*. Ésta recomendaba el uso de productos químicos, como el naftaleno, para exterminar los insectos en el campo, al igual que el uso de nitrógeno y otros compuestos químicos para el tratamiento del suelo y eliminación de plagas, en preparación para la siembra de tabaco. Los trabajadores enriquecían el suelo, según fuese necesario, con mezclas de abonos o fertilizantes recomendados por los ingenieros agrícolas. Estos compuestos constaban de fertilizantes naturales, hechos con *huano* y estiércol de ave y de vaca. Algunos agricultores importaban el *huano* de Perú, cuya reputación era de excelente calidad. Dependiendo de las deficiencias del suelo, Manuel también utilizaba abono verde hecho con *compost* vegetal que había sido curado durante meses.

La preparación de los semilleros a menudo se escalonaba por unos 14 días para tener una reserva de plantas disponibles en caso de que un semillero se comprometiera. Para asegurar la germinación adecuada, ya que las semillas de tabaco eran bastante pequeñas, éstas se mezclaban con ceniza o arena. Dicha técnica facilitaba la siembra y la distribución uniforme de las semillas.

Después de haber sembrado las semillas, los trabajadores cubrían los semilleros con paños o *cheesecloth* (tela llamada así porque también se utilizaba para envolver quesos en los Estados Unidos). Esta tela protegía del sol a las plantas jóvenes. También cubrían el tabaco que crecía bajo la sombra de una manera similar, usando un material de lona blanca. Desde la distancia, la lona blanca daba una apariencia como si las montañas estuvieran cubiertas de nieve. Al ver la imagen del campo "plantado de nieve", cualquier ser humano podía apreciar el esfuerzo tan masivo que constituía la operación de la siembra de tabaco.

Los trabajadores frecuentemente cambiaban los paños que cubrían los semilleros por paños limpios, para así proteger las plantas contra las enfermedades. Regaban las plantas todos los días, temprano en la mañana. Regaban desde varias direcciones, cerca del suelo, con mucho cuidado de no mojar el terreno demasiado, ya que esto podía estropear el crecimiento de las plantas.

A pesar de que cerca de dos libras de semilla era cantidad suficiente para sembrar aproximadamente una cuerda de terreno (potencialmente rindiendo de tres a cuatro millones de plantas), muchas de las plantas sucumbían a las plagas o enfermedades. Los trabajadores usaban un nombre coloquial para cada enfermedad que infectaba las plántulas. Por ejemplo, entre las diversas enfermedades de los cultivos se hallaban: *El sancocho* (hongos que pudrían toda la planta), la *pata prieta* (un hongo que pudría la raíz) y el *ojo del sapo* (el cual creaba manchas circulares en las hojas). Además, al menos ocho tipos de insectos podían invadir la cosecha de tabaco, entre ellos la *hormiga brava*, la *changa*, el *grillo*, el *gusano cuerudo*, el *gusano verde*, la *pulga* y la *lapa*.

Una vez que las matitas estaban listas para ser trasplantadas, alrededor de los meses de diciembre y enero, los trabajadores las trasplantaban al campo donde habían preparado el terreno. Las plantaban una a una, a cerca de 12 pulgadas de distancia. Éste era un proceso largo y tedioso, frecuentemente realizado bajo un sol ardiente. Los trabajadores continuarían regando las plantas y controlando las plagas y enfermedades, así como los hierbajos. A veces, las mujeres y los niños asistían con el control de las plagas, eliminándolas a mano, prestando especial atención a los gusanos. Los trabajadores empleaban mucho cuidado al tirar de las plantas muertas, las cuales reemplazaban con otras nuevas de los semilleros de relevo. Todas las plantas enfermas serían quemadas.

Antes de la cosecha, los trabajadores removían las hojas exteriores de cada planta en un proceso conocido como *desbotonar*. Cada planta generaba aproximadamente de 16 a 18 hojas y al menos cuatro eran removidas de cada planta, pero nunca más de ocho. Esta práctica aseguraba el crecimiento de hojas de buena calidad para la cosecha, ya que si las plantas crecían demasiado grandes podían frotar contra las demás, rompiendo sus hojas. Además, las hojas exteriores eran demasiado gruesas y no eran adecuadas para la manufactura de puros de alta calidad.

Las plantas se tomaban alrededor de 80 a 90 días para madurar y crecían lo suficientemente altas como para cubrir a un niño de diez años de edad. La cosecha principal se hacía en los meses de marzo y abril. Durante estos meses, las hojas se habían vuelto de un color verde-amarillo pálido y mostraban algo de brillo. Después de cortar las plantas del campo, los trabajadores las ordenaban por tamaño, las ataban en manojos con un cordel de paja y las colgaban boca abajo en largos palos colocados a diferentes alturas dentro de graneros o *secaderos* cubiertos, diseñados para el secado y curado del tabaco.

Manuel hacía que los secaderos se construyeran con orientación de este a oeste para maximizar el beneficio del sol y del viento. Después de dos o tres días de cobertura total, los trabajadores rotaban las ramas de tabaco dentro del granero para exponerlas a ventilación y a un poco de sol, según fuese necesario para ayudar al secado y evitar el moho. Este proceso se realizaba con un gran cuidado, a fin de no romper las hojas. Cuando las hojas ya estaban secas, los trabajadores reducían la ventilación. Y si no había sitio para todo el tabaco en el granero, las hojas se secaban al sol, pero esta forma de secado producía un tabaco de calidad inferior.

En todo el mes de abril, *despalilladores* (en su mayoría mujeres y niñas) trabajaban las hojas de tabaco con rodillos para comprimir las hojas y ayudar a fermentarlas. Esta práctica distribuía las resinas dentro de la hoja, lo cual le daba un color uniforme. La fermentación se podía tardar hasta 30 días.

Después de completar la fermentación, los trabajadores clasificaban las hojas de acuerdo a su tamaño y calidad, preparándolas para el *despalillo* a mano. Este proceso consistía en remover la vena central o tallo de las hojas de tabaco. El despalillador retiraba la mitad de la vena de las hojas reservadas para la *tripa* o el interior del cigarro; removía una cuarta parte de la vena de las hojas destinadas para el *capote* o capa intermedia entre el interior y el exterior del cigarro; y removía toda la vena de las hojas seleccionadas para la *capa* externa. Para quitar la vena, el despalillador utilizaba una herramienta cónica de metal llamada *uña*. Después de hacer incisiones con la uña, la vena se removía con cuidado de no romper la hoja.

Luego del despalillado, se humedecían hojas selectas con una mezcla hecha de hojas de tabaco majadas, para así ablandar y mejorar su aroma. Este proceso se conocía como *embetunar*. Como último paso en la preparación del tabaco para su venta comercial, los trabajadores ataban los manojos de hojas con una hoja de tabaco de menor calidad. Los paquetes eran ensamblados en fardos más grandes, los cuales se envolvían con hojas de plátano para ser transportados.

. . .

Para hacer el trabajo de los despalilladores más llevadero y ayudar a su concentración en el trabajo, Manuel contrataba a un lector para que les leyera libros o el periódico en voz alta mientras los despalilladores trabajaban. A veces, incluso se presentaba con un trovador que tocaba la guitarra y cantaba. Manuel siempre hacía notar su presencia en el campo y los graneros, especialmente durante el despalillado.

«Hay que estar presente. ¡Los trabajadores necesitan verte!», decía Manuel. «Necesitan saber que ellos importan».

Manuel creía en sentar conducta con su propio ejemplo. También creía en educar a sus trabajadores acerca de la historia del tabaco. Cada vez que comenzaba una nueva temporada de cosecha, el lector dedicaba unos minutos a la lectura de la historia del tabaco, aun cuando algunos de los trabajadores la habían escuchado antes.

—El tabaco se origina en las Américas —el lector comenzaba—. Ha crecido en esta tierra desde unos 6,000 años antes del nacimiento de nuestro señor Jesucristo. Los indios taínos lo utilizaban con fines medicinales y religiosos. Ellos fumaban las hojas, curaban heridas y aliviaban el dolor con las hojas. La palabra cigarro tiene sus raíces en una celebración taína centrada en fumar tabaco. Dicha convención se llamaba *sik'ar* y en ella todos los taínos de las islas se reunían, negociaban con hojas de tabaco e intercambiaban semillas, cigarros y ron. También discutían asuntos importantes, como la división de la tierra y la guerra en contra de su tribu enemiga, los indios *caribes*. Hacían puros colocando un bulto de hojas de tabaco en un molde de piedra, lo ataban con cuerdas y lo enterraban hasta el próximo *sik'ar*. Cuando los taínos retiraban el tabaco añejado de su molde, lo enrollaban con una hoja de tabaco, lo ataban más y se lo fumaban.

Algunos trabajadores escuchaban. Algunos otros charlaban entre sí.

—Pero esto no es lo que hacemos hoy, ¿cierto? —dijo, solicitando la atención de su audiencia y deteniendo la lectura hasta que recibiera una respuesta—. ¿Verdad? —repitió.

—¡Cierto! —se escucharon unas voces. Muchos de los trabajadores eran mujeres y chicas que cuchicheaban y se reían cuando el lector les hacía preguntas.

El lector continuó con la inquisición.

—¿Y cómo aprendió el español acerca del tabaco?

—¡Por los indios taínos! —algunos de los trabajadores respondieron, mientras que otros gritaban: —¡Cristóbal Colón!

—¡Cierto y correcto! —respondió el lector—. El 15 de octubre de 1492, mientras éste visitaba las Bahamas, los taínos obsequiaron a

Cristóbal Colón unas hojas de tabaco seco. Luego de observar cómo los indios usaban las hojas, Colón llevó consigo a algunos de ellos en su regreso a Europa, donde se cultivó el tabaco y se le utilizó por sus propiedades medicinales.

El lector dejó de leer.

—¡Muy bien! Con esto concluye la lección de la historia del tabaco. ¡Ahora a trabajar! Se acabó el *cuchicheo* —exclamó el lector con una gran sonrisa—. Ahora les voy a leer el periódico. Todo el mundo tome sus puestos de trabajo. No voy a comenzar a leer hasta que todos estén sentados y listos para trabajar —dijo, medio en broma, medio en serio, tratando a los trabajadores casi como estudiantes de escuela. Los despalilladores se rieron, al igual que Manuel, el cual se despidió para continuar con su día de negocios.

Al final de la temporada, los trabajadores agrícolas retiraban todas las plantas que quedaban en el terreno para evitar el crecimiento de hongos o plagas. Después de ello, los campesinos comenzaban de nuevo a preparar el suelo para la próxima temporada.

Todos rogaban por que los huracanes se mantuvieran lejos, muy lejos.

Capítulo 7. San Ciriaco

E l huracán Santa Juana arribó en el 1871, un año después de la llegada de Manuel a Puerto Rico. El huracán pasó cerca de 20 millas al norte de la isla con vientos de alrededor de 120 millas por hora, causando pocas pérdidas.

La situación fue muy diferente con el huracán San Felipe, el cual arrasó la isla el 13 de septiembre de 1876, con un impacto directo de vientos de 100 millas por hora que azotaron durante diez horas seguidas, pasando de este a oeste, devastando toda propiedad y cultivos, y robando al menos 19 vidas.

Pero el peor huracán que Puerto Rico sufrió en el siglo XIX fue San Ciriaco, el cual arribó el 8 de agosto de 1899, justo en medio de la preparación de la tierra para la temporada de tabaco. Las ráfagas del viento alcanzaron 112 millas por hora, siendo acompañadas de 28 días seguidos de lluvia, con 23 pulgadas de precipitación en un período de 24 horas. Tenía un diámetro de aproximadamente 85 millas, cubriendo la gran parte de la pequeña isla que sólo mide 100 por 35 millas. Insatisfecho con las graves pérdidas de más de 20 millones de dólares en propiedades, unos 250,000 hogares, el 90 por ciento de las cosechas del año, nivelando los bosques y matando cientos de animales de granja, San Ciriaco reclamó la mayor tragedia humana que Puerto Rico había sufrido a través de los tiempos: 3,369 vidas.

Las escenas en el Cementerio de San Juan después de San Ciriaco eran miserables. Cientos de personas se acumularon en fila fuera de las instalaciones del cementerio esperando para enterrar a sus muertos, mientras *Pateco*, el sepulturero, acarreaba los ataúdes de madera de los desgraciados para sepultarlos, uno a uno, bajo las temperaturas húmedas y calurosas de 100 grados Fahrenheit y el ambiente infestado de mosquitos. Cuando el ataúd de un ser querido se perdía—había tantos—a la multitud que esperaba se le oía decir al ansioso pariente que andaba vagando en busca de su paradero: «¡Se lo llevó Pateco!», indicando que el sepulturero ya se había apoderado de la sagrada caja de pino para depositarla en su aposento final de descanso. Éste fue el origen de la famosa frase. Desde San Ciriaco hasta la fecha de hoy, el dicho «¡Se lo llevo Pateco!» es de uso frecuente en Puerto Rico para describir cualquier tipo de desgracia, enfermedad, accidente o muerte.

Aunque Manuel y su familia sobrevivieron la destrucción y devastación del huracán San Ciriaco, no se eximieron de pérdida. Un mes después que la tormenta resolvió liberar a la hermosa isla verde de sus garras, la hija de Manuel de 11 años de edad, dulce Etervina, pereció, víctima de *fiebre muermoidea infecciosa y bronconeumonía*, producto de la vasta ola de enfermedad causada por las inundaciones del huracán.

Los ruegos de Manuel en el baquiné de Ana no le fueron concedidos. El hecho de que la enfermedad fuese tan común en aquella época no hacía el sufrimiento de perder a un hijo menos doloroso.

Tristemente, las tragedias de Manuel no habían terminado.

Capítulo 8. La Guerra Hispano-Americana

—Es cuestión de tiempo —dijo Manuel Pontón a su gran amigo y alcalde de Comerío, José de la Rosa Carmona—. No podemos soportar las tarifas. España necesita relajar sus normas, o nuestros negocios no va a sobrevivir. Nadie va a subsistir.

—Tienes razón, Manuel —dijo Carmona—. Algo tienen que conceder. La gente no puede seguir viviendo así.

Con el tiempo, la agitación política interna en España obligó a que ésta sacrificara su apoyo económico a sus colonias, lo cual resultó en insurgencias. España se vio enmarañada tratando de mitigar los levantamientos en sus territorios de las Américas y elevó los impuestos de importación y exportación en la mayoría de los productos en Puerto Rico y Cuba, para poder subsidiar sus asuntos internos y sus esfuerzos por la supremacía política. En el 1897, las únicas colonias españolas que quedaban en el Nuevo Mundo eran Cuba y Puerto Rico.

Puerto Rico, como Cuba, sufrió a consecuencia de la falta de atención de España a las necesidades de la isla y ya no podía soportar los impuestos tan onerosos. Muchas de las personas que se habían arriesgado a dar el salto a "la tierra de las oportunidades" se vieron consumidos por la enfermedad y la pobreza. Los nuevos impuestos crearon obstáculos injustos para muchos industriales que se habían hecho a través del sacrificio y esfuerzo. No había ningún incentivo para seguir luchando por el éxito en virtud de lo que se percibía como el abandono y el abuso por parte de la corona española.

—No veo cómo podemos seguir rompiéndonos la espalda para que la corona nos sobrecargue más y nos exija ceder la mayoría —dijo Manuel—. Me temo que esta actitud haga que el pueblo se levante y haya una revuelta como la que ocurrió hace treinta años, sólo que mucho más extensa.

A consecuencia directa de las políticas condenatorias de España, hubo varias rebeliones fallidas y manifestaciones por los locales, tales como *El Grito de Lares* en el 1868, destinadas a derrocar el dominio de España sobre la isla.

—Y no ha sido fácil hacer la transición de una economía basada en esclavitud a una economía libre. España intentó ayudar al principio, pero el plan de transición no ha funcionado como se esperaba —dijo Carmona.

El 22 de marzo de 1873, la Asamblea Nacional Española abolió la esclavitud en Puerto Rico, tres años después de la llegada de Manuel, debido a la presión de abolicionistas como Ramón Emeterio Betances, Segundo Ruiz Belvis (ambos también dirigentes de *El Grito de Lares*) y Román Baldorioty de Castro, entre otros. Los propios esclavos se unieron a la causa con gran perseverancia. Se organizaron para asegurar su libertad y luchar en contra las injusticias cometidas hacia ellos.

Después de la abolición de la esclavitud, los isleños trataron de poner en práctica el plan de transición propuesto por la corona. El gobierno español asignó un presupuesto de 35 millones de pesetas para indemnizar a los dueños de esclavos, pero los esclavos libertos estaban obligados a seguir trabajando por tres años más. Una vez que el tiempo de transición terminó, muchos de los antiguos esclavos que no podían asegurar puestos de trabajo como libertos corrieron su propia suerte y se unieron al resto de las personas de raza blanca y de color libres, quienes también se encontraban desempleados o en la pobreza.

—Cuba ha estado negociando su independencia. Quizás, Puerto Rico le seguirá los pasos —dijo Manuel—. Soy un español leal. Dios lo sabe. Pero tengo que alimentar a mi familia y a mis trabajadores. La Madre Patria no nos está dejando otra opción.

Al igual que el sentimiento que impulsó las colonias británicas de América del Norte a alcanzar su independencia, y siguiendo las iniciativas contemporáneas de Cuba por lograr su autonomía, muchos líderes puertorriqueños estaban ansiosos por separarse de España y establecer su propio gobierno autónomo. Un grupo de españoles residentes en la isla (como el conde de Laviana, Alejandro Villar) se encontraban muy ligados a España y no se identificaban con este pensar, pero este grupo era una minoría.

—Bueno, vamos a ver qué pasa —dijo Carmona—. Estoy seguro que el resultado de las conversaciones entre el líder puertorriqueño doctor José Julio Henna y el líder cubano José Martí con el presidente McKinley sea positivo. Ellos están tratando de negociar la independencia de Puerto Rico y de Cuba con España y llegar a un acuerdo.

—Luis Muñoz Rivera está abriendo el diálogo con España sobre la autonomía de Puerto Rico. He oído que las conversaciones están avanzando —dijo Manuel—. Sólo podemos esperar que lleguemos a una solución proactiva, tarde o temprano, pero es mejor temprano. Si logramos la autonomía, deseo preservar una buena relación con España. La mayor parte de mis ventas son en Europa, como ya sabes. Debo proteger la relación.

—Hay mucho en juego —dijo Carmona.

. . .

España finalmente llegó a una resolución. En noviembre del 1897, la corona acordó conceder a Puerto Rico su independencia a través de la *Carta Autonómica*.

—Una gran noticia la de la Carta Autonómica, ¿te parece? —dijo el alcalde de la Rosa Carmona a Manuel, durante la reunión del concejo del pueblo.

—No estoy seguro —dijo Manuel—. Es una buena noticia, pero no voy a estar convencido hasta que celebremos las elecciones para un nuevo gobierno de Puerto Rico, las cuales no ocurrirán hasta marzo del próximo año.

Carmona escuchaba.

—Las transiciones traen consigo vulnerabilidades —continuó Manuel—. Las tensiones entre los Estados Unidos y España han estado supurando desde hace algún tiempo. Ruego que no pase nada entre hoy y el próximo marzo que haga retroceder el proceso de autonomía de nuestra isla.

—Pero Manuel, ¡hay que tener fe! —dijo Carmona.

—Sí, pero sigo siendo escéptico. Una cosa no me queda clara: ¿Cuál es el incentivo de los Estados Unidos en dejar libres a Cuba y Puerto Rico, cuando puede tomar a estas islas como sus territorios? —dijo Manuel—. Hay que pensar estratégicamente. ¿Por qué dejarían pasar la oportunidad de tener tierras en el Atlántico?

—¿Qué quieres decir? —dijo el alcalde—. Puerto Rico ya ha ganado su independencia de España. ¿Estás sugiriendo que Estados Unidos tomaría al país por la fuerza? —dijo Carmona.

—Todo es posible. Todavía hay tiempo. El nuevo gobierno de Puerto Rico no se ha instalado y el gobierno de Estados Unidos sabe que la isla se encuentra en una condición precaria. Todavía estamos en transición. Tengo una sospecha, eso es todo —dijo Manuel.

El libro escrito por el oficial de inteligencia naval Alfred T. Mahan en el 1890, *The Influence of Sea Power upon History, 1660-1783* (La Influencia del Poder Marítimo en la Historia, 1660-1783), influenció la política de los Estados Unidos. Este libro abogó por que Estados Unidos adquiriera las islas del Caribe, Hawái y las Islas Filipinas para instituir su supremacía naval y establecer bases para proteger el comercio de los Estados Unidos. También abogó por la construcción del Canal de Panamá para facilitar el transporte interoceánico. Mahan se convirtió en el asesor militar del presidente William McKinley.

Aunque Estados Unidos había estado desarrollando su estrategia de dominio naval para América Latina desde hace años, no fue hasta principios del 1898 que Estados Unidos inició los preparativos navales para poner en práctica su plan contra España. Las ideas de Mahan tuvieron gran influencia en esta decisión, pero los medios de comunicación también ejercieron un impacto dramático en la opinión pública de Estados Unidos en favor de la guerra.

—Los medios de comunicación de Estados Unidos están persuadiendo al país para que entre en batalla con España, se apodere de Cuba y Puerto Rico y así obtenga supremacía sobre el Atlántico —dijo Manuel—. Los periódicos han estremecido la opinión pública. No me sorprendería que los países se vayan a la guerra y que a nosotros nos pillen en el medio.

El pronóstico de Manuel fue el correcto. A la Guerra Hispano-Americana se le conoce como "la primera guerra de los periódicos", porque fue en gran medida incitada por estos. William Randolph Hearst, el acaudalado y poderoso dueño y editor del periódico *New York Journal*, sabía que la guerra iba a vender sus periódicos y le impulsarían a una posición de prominencia nacional. Sus reporteros asignados a Cuba escribieron historias de primera plana, describiendo eventos que tocaban los corazones de los lectores y los persuadieron a que exigieran la intervención de los Estados Unidos. Narrativas sobre ejecuciones, encarcelamientos de mujeres, la lucha persistente por parte de los valientes rebeldes, la enfermedad y el hambre, ocupaban las primeras planas de los periódicos de Hearst. Más tarde arribaron las historias sobre el hundimiento del acorazado USS Maine en el puerto de La Habana, indudablemente culpando a España, aunque hasta el día de hoy no existe prueba alguna de que España causara la explosión a bordo.

. . .

—¡Hundieron el Maine! —dijo Manuel a su esposa Etervina, mientras leía el periódico, el 16 de febrero de 1898.

—¿Quién? ¿Qué? —preguntó la delicada mujer de cabello castaño, deteniendo su tejido de punto al oír la noticia.

—¡Aquí dice que España hundió el USS Maine, el acorazado americano! —respondió Manuel—. ¡Ay madre! ¡La que se va a formar!

—¡Pero, léeme la noticia en voz alta! ¿Qué dice, Manuel?

—Dice que Estados Unidos había enviado el acorazado USS Maine a Cuba para proteger sus intereses en la lucha cubana por la independencia contra España. Dice que hubo una 'misteriosa explosión' del acorazado en el puerto de La Habana ayer en la noche, matando a 266 hombres a bordo —dijo Manuel.

—¡Ay, Dios mío! —dijo Etervina—. ¡Las vidas de doscientos-sesenta-y-seis-hombres!

La explosión se convirtió en el punto de inflexión para que Estados Unidos le declarase la guerra a España, el 21 de abril de 1898.

Las tropas de Estados Unidos ocuparían sucesivamente a Manila, Cuba y Puerto Rico.

. . .

—Me voy a reunir con Carmona —dijo Manuel a su esposa—. Se ha convocado una reunión en el pueblo. El gobierno español está organizando tropas voluntarias. Hay noticia de que Estados Unidos intenta ocupar Cuba y Puerto Rico. Voy a tener que llevar a los muchachos conmigo a la reunión.

—¡Ay, Manuel! —dijo Etervina, aferrándose a su brazo—. ¡Estoy tan asustada!

Manuel trató de calmar a Etervina besándola suavemente en la frente.

—Sí. Esto es serio —dijo—. Os dejaré saber lo que sucede.

El alcalde José de la Rosa Carmona comunicó a los militares españoles que había reclutado a un grupo local de voluntarios para apoyar a la corona mediante la creación de la *Guerrilla Volante Montada*. Los hombres de Comerío estaban listos y dispuestos a luchar. Esfuerzos voluntarios parecidos se organizaron a través de toda la isla.

España autorizó a Manuel Fernández Juncos, tesorero de Puerto Rico, a que empleara un millón de pesos en la defensa de la isla. En total, había alrededor de 18,000 soldados, de los cuales unos 8,000 eran veteranos. Las tropas españolas se organizaron en seis batallones de unos 800 soldados cada uno, incluyendo a los *Tiradores de Puerto Rico*, con sede en San Juan. Las tropas de voluntarios se organizaron en 14 batallones con cerca de 6,000 soldados. También había unas seis guerrillas mixtas con unos 100 soldados cada una y otras fuerzas en cada pueblo, incluyendo las guerrillas montadas. Las fuerzas navales españolas tenían unos seis barcos, incluyendo el preciado destructor español *Terror*. Las murallas de los castillos de *San Felipe del Morro* y *San Cristóbal* protegían a San Juan, con el general Ángel Rivero Méndez a la cabeza de la artillería en el San Cristóbal. A ellos se sumaron unas diez fortalezas y estructuras dispersadas a través de toda la región, armadas con cañones y otra artillería.

. . .

Como parte de la *Campaña de Puerto Rico* que comenzó el 12 de mayo de 1898, las fuerzas estadounidenses dispararon al Castillo de San Felipe del Morro y otras estructuras de fortificación ubicadas en la capital de San Juan, y planearon una invasión terrestre en otros puntos de la isla, incluyendo el pueblo de Fajardo.

El 12 de mayo de 1898, Luis Muñoz Rivera, jefe de gobierno en San Juan, envió un telegrama a todos los alcaldes de los pueblos de la isla:

«*Desde el amanecer once barcos enemigos atacan esta ciudad. La plaza responde vigorosamente. Espíritu tropas y paisanos levantadísimo. Proyectiles causan poco daño. Hay algunos heridos y contusos. Créese nuestras piezas producen averías escuadra yankee que se retira alejándose fuego y suspendiendo cañoneo. Mantenga tranquilidad redoblando vigilancia exterior y estimulando valor, patriotismo pueblo.–Luis MUÑOZ RIVERA*».

Los ataques de Estados Unidos continuaron en el puerto de San Juan con plan de bombardeo en Arecibo y Fajardo, incluyendo posicionamiento para cortar cables telegráficos submarinos como fuera necesario para interrumpir las comunicaciones. Tropas con unos 15,000 soldados de Estados Unidos estaban preparadas para desembarcar en varios puntos de la isla.

El 25 de julio de 1898, unos 3,300 soldados sentaron pie en la ciudad sureña de Guánica y procedieron a Coamo bajo la dirección del general Nelson A. Miles, el cual había cambiado su estrategia en el último minuto, sorprendiendo tanto a los militares españoles como al Departamento de Guerra de Estados Unidos. Miles envió un telegrama al Departamento de Guerra acerca de su cambio de rumbo tres días después de su desembarco en Guánica:

«Las tropas españolas se están retirando de la parte sur de Puerto Rico. Éste es un país próspero y hermoso. El ejército pronto estará en la región de la montaña. Tiempo agradable; tropas en la mejor salud y espíritu. Anticipo no haya obstáculos insuperables en los resultados futuros. Resultados hasta la fecha se han logrado sin la pérdida de una sola vida».

Al principio, las tropas locales tenían gran voluntad de luchar contra la ocupación estadounidense, pero una serie de pérdidas lamentables, como la destrucción de la flota española en las Filipinas, la pérdida del acorazado español *Terror* ante el ataque del *USS St. Paul* en el puerto de San Juan, la pérdida de la flota española en Santiago de Cuba, el incendio del barco de vapor *Antonio López* y la invasión de Guánica y Coamo por tropas estadounidenses, debilitaron la voluntad de los militares españoles. En muchas ciudades, los locales recibieron a las tropas invasoras con los brazos abiertos, viéndoles como sus salvadores. No fue así en otras regiones.

En general, la ocupación por los Estados Unidos fue un indudable éxito, a pesar de que muchos soldados enfrentaron dificultades con el clima de la isla y las enfermedades tropicales. Uno de los soldados en este grupo fue William Leslie Edison, el hijo del famoso inventor Thomas Alva Edison, el cual estaba estacionado en el pueblo de Coamo y se encontraba ansioso de volver a los Estados Unidos, debido a una enfermedad que contrajo.

. . .

—Se acabó —dijo Carmona a los hombres del pueblo en la casa alcaldía—. He oído que la bandera de Estados Unidos ondea en Guánica, Coamo y en los castillos de El Morro y San Cristóbal en San Juan. Puerto Rico es ahora territorio de los Estados Unidos.

—¡Otra transición! —Manuel suspiró—. ¿Qué va a traernos esta vez?

El 13 de agosto de 1898 España accedió a firmar un acuerdo de paz. El 4 de septiembre de 1898, el líder puertorriqueño Luis Muñoz Rivera concedió una entrevista al periódico *The Chicago Tribune* indicando que la relación adecuada con Estados Unidos para Puerto Rico sería el de convertirse en un estado. La isla no quería seguir siendo una colonia.

La última de las tropas españolas dejó Puerto Rico en octubre del 1898 y Estados Unidos estableció un gobierno militar bajo el mando del general John R. Brooke. El 10 de diciembre de 1898, se firmó el *Tratado de París*, poniendo fin a la Guerra Hispano-Americana. Como resultado, España perdió lo que le quedaba de su imperio en el Nuevo Mundo. España transfirió Puerto Rico y Guam a los Estados Unidos sin compensación alguna, aceptó recibir $20 millones por las Filipinas, y Cuba obtuvo su independencia.

. . .

El 12 de abril de 1900, el Congreso de los Estados Unidos promulgó la *Ley Foraker*, la cual estableció el gobierno civil de Estados Unidos en Puerto Rico. El Presidente McKinley nombró a Charles H. Allen como primer gobernador de la isla. Allen se había desempeñado como subsecretario de la marina de los Estados Unidos, bajo el gobierno de McKinley.

Algunos oficiales del ejército estadounidense no estaban satisfechos con el nombramiento de Allen y preferían a un líder más fuerte para la isla. En una carta personal al general Robert P. Kennedy el 2 de mayo de 1901, William A. Glassford, cuyo rango era entonces un mayor de los cuerpos de señal del Departamento de Guerra de los Estados Unidos, expresó que prefería a Kennedy sobre Allen para el rol de gobernador de Puerto Rico, debido a la experiencia previa de Kennedy en este lugar. En el 1899, el presidente McKinley había nombrado a Kennedy como presidente de la comisión insular dirigida a investigar y reportar las condiciones en Cuba y Puerto Rico, y como tal, Kennedy desarrolló un conocimiento de la isla y de su gente que, en la opinión de Glassford, Allen no poseía.

En su carta a Kennedy, Glassford confesó su racismo contra el pueblo puertorriqueño y declaró que gobernar la isla no sería tan fácil como algunos pensaban. Indicó que se necesitaba un líder más fuerte para dicha tarea.

«La mayoría de la gente llega allí pensando que esa gentuza de mezcla india, negra y mediterránea favorece a los anglosajones, y por supuesto están erróneos, porque en verdad personas no civilizadas no van a disipar las antipatías raciales, excepto de una manera gradual que no consideren tan a la fuerza», declaró Glassford a Kennedy.

La transición de un gobierno español a uno estadounidense introdujo nuevas influencias y procesos económicos, culturales, religiosos y políticos que afectaron la cultura y forma de vida en Puerto Rico. Llevó a algunas personas con mentes estrechas, como Glassford, el cual pensaba que los puertorriqueños eran "gentuza", una raza inferior. Pero también llevó pensadores educados, como el comisionado de educación de Puerto Rico, el doctor Martin G. Brumbaugh.

Durante su administración, del año 1900 al 1902, Brumbaugh se dedicó a la isla, aprendió a conocer a su gente y reconoció su potencial como seres humanos. Además de sus muchos logros, el doctor Brumbaugh, un republicano de Pensilvania nacido en el 1862, se había criado en una granja y comprendía bien la naturaleza de la población rural. Tuvo la difícil tarea de implementar la transición del sistema educativo español que entonces había en Puerto Rico, el cual estaba integrado con la Iglesia Católica Romana, a un sistema de educación estadounidense, donde los maestros eran laicos. Creó un sistema de becas para que los estudiantes pudiesen estudiar en el extranjero y en Estados Unidos, entrenó maestros puertorriqueños en el sistema estadounidense, comenzó escuelas de comercio agrícola, y eventualmente adoptó una política de enseñanza bilingüe en español e inglés, a todos los niveles. También comenzó el sistema de escuela superior (*high school* o "alta escuela"), una escuela de negocios y el curso de preparación necesaria para la entrada de los estudiantes a universidades estadounidenses. Además de la apertura de varias escuelas nuevas a través de la isla, instaló el Departamento de Educación en San Juan. Hasta la fecha, existen dos escuelas en Puerto Rico que llevan su nombre, una en San Juan y una en Santa Isabel.

Además de los numerosos cambios en la infraestructura, la transición a un gobierno basado en el de Estados Unidos levantó las barreras de entrada para las empresas estadounidenses, los inversionistas y las iglesias protestantes. Sus líderes ya se habían hecho la boca agua con los prospectos de mercado de negocios y de almas en Puerto Rico, mucho antes de que la pequeña isla se convirtiera en un territorio de Estados Unidos.

Había gran preocupación entre los líderes puertorriqueños sobre la manera en que Puerto Rico se convirtió en un territorio de los Estados Unidos. Muchos puertorriqueños se preocupaban por el impacto que el cambio a un sistema de gobierno estadounidense tendría en los cuatro siglos de cultura y religión de la isla, ya que las raíces del país seguían entrelazadas con la madre patria española. Muchos se alarmaron ante el hecho de que Estados Unidos, un país que predicaba la democracia, usara la fuerza para apoderarse de un pequeño país que acababa de adquirir su propia autonomía e independencia de España de manera democrática, y se hallaba encaminado a la implementación de su nueva y ansiada libertad.

Muchos abogaron en contra de la justificación que ofrecía Estados Unidos para su toma de Puerto Rico. La posición del gobierno estadounidense, apoyada por partidarios religiosos e industriales, fue que la nación americana estaba salvando la economía de Puerto Rico, la vida de su pueblo, y que incluso estaba rescatando las almas de su gente al evangelizarlos en la 'verdadera fe protestante', distanciándolos del catolicismo.

Sin embargo, los argumentos políticos anticoloniales sucumbían ante la necesidad humanitaria en la isla, bajo la cual las personas pobres carecían de alimentos, puestos de trabajo y atención médica. España había dejado a Puerto Rico en un precario estado, y las profundas cicatrices de este abandono se mostraban mayormente en las zonas rurales.

La mayoría de la gente pobre acogió al nuevo gobierno con los brazos abiertos, incluso cuando el nuevo régimen arribase a expensas de la cultura y la fe del país. Algunos líderes locales opinaban que la estrategia de ayuda de Estados Unidos fue como una droga que adormeció las mentes y la voluntad de muchos puertorriqueños, quienes se habían esforzado exitosamente por alcanzar la autonomía e independencia de España, aunque ésta durase tan poco tiempo.

Para otros, quienes canjearon los ideales de la independencia por una solución más pragmática que resolviera las necesidades de la pobreza, la enfermedad y el desempleo en la isla, si Puerto Rico no estaba destinado a ser un país independiente, entonces merecía la dignidad de convertirse en un estado de los Estados Unidos. Merecía un futuro lejos de ser una colonia. Merecía una identidad.

En medio de todos los argumentos sobre el estatus de Puerto Rico, un beneficio de la transición fue claro: La isla ahora formaba parte de la red comercial de Estados Unidos, ampliando oportunidades para los agricultores de tabaco en la isla y proporcionando protección arancelaria para el tabaco de Puerto Rico. Dentro de un marco de exportación libre de impuestos, el cultivo de tabaco se convirtió en un elemento clave, y quizás el más importante cultivo comercial en Puerto Rico.

Y este incentivo fiscal favoreció el negocio de tabaco de Manuel Pontón.

La cantidad de tabaco plantado en Puerto Rico se triplicó del 1897 al 1909. La pequeña isla produjo cerca de 35 toneladas de tabaco al año desde el 1900 al 1927.

Capítulo 9. La Red de Tabaco

Aunque el huracán San Ciriaco del 1899 arrasó casas, ahogó miles de almas y diezmó plantaciones enteras de café en toda la isla, la industria del tabaco fue capaz de recuperarse del azote huracanado más rápido que la industria de cualquier otro producto. De hecho, con los incentivos arancelarios introducidos después de la ocupación de la isla por Estados Unidos, la inversión en este sector aumentó, sobre todo por los peninsulares (españoles) y los descendientes de los primeros colonos que vivían en los pueblos de Comerío, Corozal y Bayamón.

Manuel Pontón continuó desarrollando relaciones a todos los niveles, no sólo con sus colegas, sino también con clientes existentes, clientes potenciales y los trabajadores. Como parte de su estrategia empresarial exitosa, reconocía la necesidad de integrarse tanto con los trabajadores, como con las personas influyentes. La red de Manuel con otros peninsulares y sus descendientes se extendía de Comerío a pueblos vecinos e incluía las familias Cobián, Valiente, Longo y Martinó, las cuales también emigraron de Infiesto; la familia Umpierre, cuyos antepasados emigraron de las Islas Canarias; y la familia Carmona, cuyos antepasados se decía emigraron a Puerto Rico de Sevilla. Estas familias estaban todas involucradas en la agricultura y utilizaban sus conocimientos y relaciones entre sí en Puerto Rico, y cuando fuese posible, con sus familiares que quedaban en España.

La calidad y la productividad del tabaco de Comerío ganaron reconocimiento con la ayuda de Manuel y otros industriales locales. Los cigarros de Comerío fueron galardonados con una medalla de oro en una exposición de tabaco en la ciudad de Nueva York en el 1901. En el siglo XX el pueblo ya contaba con tres fábricas de cigarros: *Cobián y Compañía*, *La Comerieña*, propiedad de Sánchez y Compañía, y *El Privilegio*, propiedad de Santiago Umpierre y Compañía, siendo esta última la más grande en ventas, así como en fuerza trabajadora.

Después de asociarse con *Manuel Valiente y Compañía*, una empresa de gran alcance con sede en el vecino pueblo de Corozal, en el 1902 Manuel también se convirtió en un agente de *Manuel Pérez y Compañía*, una empresa con sede en el pueblo contiguo de Bayamón. Este acuerdo permitió a Manuel Pontón convertirse en el corredor de tabaco para los plantadores de los pueblos. También vendía el tabaco cosechado de sus propias granjas en los sectores Cedrito, Piñas, Doña Elena y Paloma, en Comerío. Además de estas responsabilidades, Manuel contrataba para cuidar las plantaciones de terceros y para la cosecha, el acondicionamiento, clasificación y empaquetado de tabaco. La red en la cual participaba asimismo ofrecía financiamiento a las empresas de otros plantadores.

Manuel había adquirido una ventaja competitiva clave: Era más que un proveedor de productos; también era el corredor de productos y financiaba a otros plantadores.

Algunos de los socios de Manuel eran además sus compadres (padrinos de bautizo de los hijos de Manuel, y viceversa). Por ejemplo, Manuel Valiente fue el padrino de bautizo de Sixto, el tercer hijo de Manuel. El conde de Laviana, Alejandro Villar, fue el padrino de bautizo de Manolo, el primer hijo de Manuel, así como de algunos de los medio-hermanos de Manuel en el pueblo de Bayamón.

La familia Pontón se extendía más allá de los municipios de Comerío y Bayamón. En el 1879, José Pontón González viajó desde Piloña, Asturias, al pueblo de Fajardo, Puerto Rico, como parte del cuerpo militar español y más tarde se estableció en Ponce, se casó con Juana Rodríguez Vázquez y levantó una bonita familia. Al igual que Manuel, José era muy querido en su comunidad. Donó el terreno para la escuela local, la cual todavía lleva su nombre. Los Pontones asturianos también vivían en la isla de Cuba. Algunos frecuentemente cruzaban el Atlántico a España, pasando a formar parte del grupo de asturianos "indianos". Algunos viajaban a menudo a Nueva York. Otros Pontones viajaron desde Cuba a Florida y establecieron empresas en *Ybor City*, Tampa, en el condado de Hillsborough. Otros Pontones viajaron desde Asturias a México y Perú, y allí se establecieron.

. . .

Treinta años después de su llegada a Puerto Rico, Manuel Pontón

Fernández era parte de una de las más robustas redes de negocios del tabaco en la isla. A principios del siglo XX, no sólo se había convertido en un prominente industrial en Comerío, era también un líder, contribuyendo al crecimiento de otras empresas y de su comunidad. Manuel sirvió como juez municipal suplente y como concejal, pagó impuestos consistentemente, participó y votó en las elecciones del pueblo.

Manuel era además un hombre de fe, de profundos vínculos con la Iglesia Católica Apostólica Romana, la cual lo apoyó en los tiempos más oscuros de su existir.

Capítulo 10. La Religión de Manuel

La Iglesia Católica Apostólica Romana poseía una larga historia de influencia en Puerto Rico y las demás colonias españolas desde los tiempos de la conquista. Según la ley española, cada pueblo debía tener una plaza central, donde se encontraba la iglesia y la Casa del Rey (el ayuntamiento), localizados uno frente al otro en los extremos opuestos de la plaza. Los sacerdotes católicos ocupaban una posición social alta en la isla durante cuatro siglos, pero esto comenzó a cambiar con la llegada de las muchas iglesias protestantes de diversas denominaciones después de que Puerto Rico se convirtiera en territorio estadounidense.

Para el 1905, había 88 parroquias católicas en la isla y 120 sacerdotes. Cerca de 23 de ellos establecieron sede en el área de San Juan. También existían varias escuelas católicas, conventos, asilos, orfanatos y misiones que ofrecían cuidado de ancianos, servicios médicos y asistencia a los pobres. Antes de la ocupación estadounidense, la única iglesia protestante en Puerto Rico era una iglesia episcopal en Ponce, establecida ya por unos 20 años. La *Iglesia Episcopal* se extendió a San Juan y a otras tres ciudades después del 1898. En el 1899, los metodistas ya tenían alrededor de 80 congregaciones en Puerto Rico, con 13 misioneros y 18 predicadores, y los bautistas ya habían establecido misiones en 25 municipios de la isla. Los presbiterianos comenzaron la construcción de edificios eclesiásticos después de la ocupación y edificaron 66 edificios y cinco escuelas en las ciudades más grandes de la isla. También construyeron un gran hospital en Santurce. Los adventistas entraron en Mayagüez en el 1903, la *Alianza Cristiana* estableció una misión en Manatí, la *Iglesia Cristiana* tenía misiones en Ponce y Salinas, la *Iglesia de Cristo* tenía una misión y un orfanato en Bayamón, y la *Iglesia de Jesús* tenía una misión y un orfanato en Quebrada Limón. La *Iglesia Congregacional* tenía una misión en Fajardo y una escuela de misión en Santurce, los luteranos tenían una misión en San Juan y una iglesia en Cataño, y los *Hermanos Unidos en Cristo* se habían establecido con misiones en Ponce y Juana Díaz.

. . .

La primera parroquia católica en Comerío fue *Santo Cristo de la Salud,* la cual todavía permanece. La estructura de la iglesia original, donde el padre Amador Bisbal casó a Manuel Pontón con su esposa Etervina y más tarde bautizó a su hijo José Antonio, el 15 de septiembre de 1883, fue construida en el 1829, poco después de la fundación del pueblo. Ha sido remodelada desde entonces, pero el edificio original sigue en pie.

Aun después de que las iglesias protestantes se establecieran en Puerto Rico, Manuel Pontón permaneció un católico devoto. Confiaba profundamente en el padre Andrés Echevarría, un sacerdote prominente de la *Congregación del Espíritu Santo* en el vecino pueblo de Cayey, donde el padre de Etervina se crió. El padre Echevarría fue el notario eclesiástico de la Iglesia Católica en la isla de Puerto Rico desde el 1905.

El sacerdote era un conservador, inculcando en sus seguidores la importancia de respetar los santos sacramentos y participar en la oración. Brindó su apoyo incondicional a Manuel en los momentos más difíciles para él y su familia.

El padre Echevarría se mantuvo al lado de Antonio. Hasta el final.

Capítulo 11. Una Familia Privilegiada

C uando él tenía alrededor de 24 años de edad, Manuel Pontón Fernández y Josefa Ramos Vázquez tuvieron una hija, María Pontón Ramos (nac. 1880). La relación de Manuel con Josefa fue de corta duración. Poco después del nacimiento de María, Manuel se casó con Etervina Elvira Santiago Rivera (nac. 1863) y tuvieron cinco hijos: Manuel (nac. 1881), José Antonio (nac. 1882), Etervina (nac. 1888), Sixto (nac. 1890) y Mercedes (nac. 1895).

José Antonio, o Antonio, como le llamaban en casa, tuvo la fortuna de haber nacido en el seno de una familia privilegiada. No sólo su padre Manuel se convertiría en un hombre adinerado e influyente, sino que su madre Etervina provenía de la cuna de una familia que engendró una línea prominente de políticos, intelectuales y líderes puertorriqueños. El primo segundo de Antonio por parte de su madre era Luis Muñoz Rivera, fundador del movimiento independentista en Puerto Rico cuando la isla era aún territorio español. Después de la ocupación estadounidense, Muñoz Rivera se convirtió en el primer Comisionado Residente de Puerto Rico en el Congreso de Estados Unidos, el primer delegado de la isla a la Cámara de Representantes, y abogó por la concesión de la ciudadanía estadounidense a los puertorriqueños, como alternativa a la independencia.

Muñoz Rivera, nacido en el 1859 en el pueblo de Barranquitas, era hijo de la tía de Etervina por parte de su madre, Monserrate Rivera Vázquez, y de Luis Muñoz Barrios, un político puertorriqueño cuyo padre, Luis Muñoz Iglesias, fue un español que luchó en la Guerra de la Independencia de España contra la invasión de Napoleón Bonaparte en el 1808, posteriormente emigrando a Puerto Rico. El hijo de Luis Muñoz Rivera, Luis Muñoz Marín, se convertiría en el primer gobernador electo de Puerto Rico en el 1948 bajo el Partido Popular Democrático.

Antonio y sus hermanos, especialmente Manuel hijo (Manolo),

tenían una estrecha relación con su primo Manuel Tirado Pontón (nac. 1890), hijo de María Pontón Marrero (nac. 1875) y Manuel Tirado Rodríguez (nac. ~ 1870). María Pontón era media hermana de Manuel Pontón Fernández, nacida en el pueblo de Bayamón de la unión entre el padre de Manuel, José Pontón Figaredo (nac. ~ 1830) con María de los Ángeles Marrero (nac. ~ 1852). A través de la familia Tirado, Antonio conocía a la familia Barbosa, también de Bayamón. José Celso Barbosa Alcalá, uno de los líderes más admirados en la historia de Puerto Rico, formaba parte de esta familia.

El doctor José Celso Barbosa Alcalá, nacido en el 1857 en Bayamón, tenía casi la misma edad que Manuel, el padre de Antonio. Un médico graduado de la escuela de medicina de la Universidad de Michigan, Barbosa era un líder reconocido y el fundador del movimiento pro estadidad de Puerto Rico. El doctor Barbosa también era mulato y perdió a su madre, María del Carmen Alcalá Román (nac. ~ 1823), cuando sólo tenía diez años de edad. Ella era una venezolana de raza blanca que emigró a Puerto Rico con su hermana Lucía y su madre Eugenia como resultado de la guerra de la independencia de ese país.

Hermógenes Barbosa Tirado (nac. ~ 1825), padre del doctor Barbosa, también era mulato. Era un experto carpintero y maestro albañil con una especialidad codiciada en la construcción de chimeneas. Recibió con brazos abiertos la ayuda de la tía Lucía Alcalá Román (nac. ~ 1815) y de su esposo Juan José Tirado Rivera (nac. ~ 1808) en la crianza de su joven hijo. Juan Tirado era también el hermano de la abuela del niño, Rita Tirado Rivera (nac. ~ 1800).

La educación temprana del doctor Barbosa incorporó su formación en el idioma inglés; se matriculó como el único niño de raza negra en *El Seminario Conciliar de Puerto Rico*, el prestigioso colegio católico de la isla, y más tarde asistió a la escuela de medicina de la Universidad de Michigan, donde alcanzó el grado más alto de su clase. El joven, a través de su tío Juan Tirado, también frecuentaba a *El Maestro* Rafael Cordero, un educador de ascendencia africana que enseñaba a los niños, independientemente de su raza y estatus social. A *El Maestro* Cordero se le conocía como "El Padre de la Educación Pública" en Puerto Rico. Entre sus alumnos se encontraban Román Baldorioty de Castro, Alejandro Tapia y Rivera y José Julián Acosta, quienes se convertirían en líderes puertorriqueños influyentes. Mamá

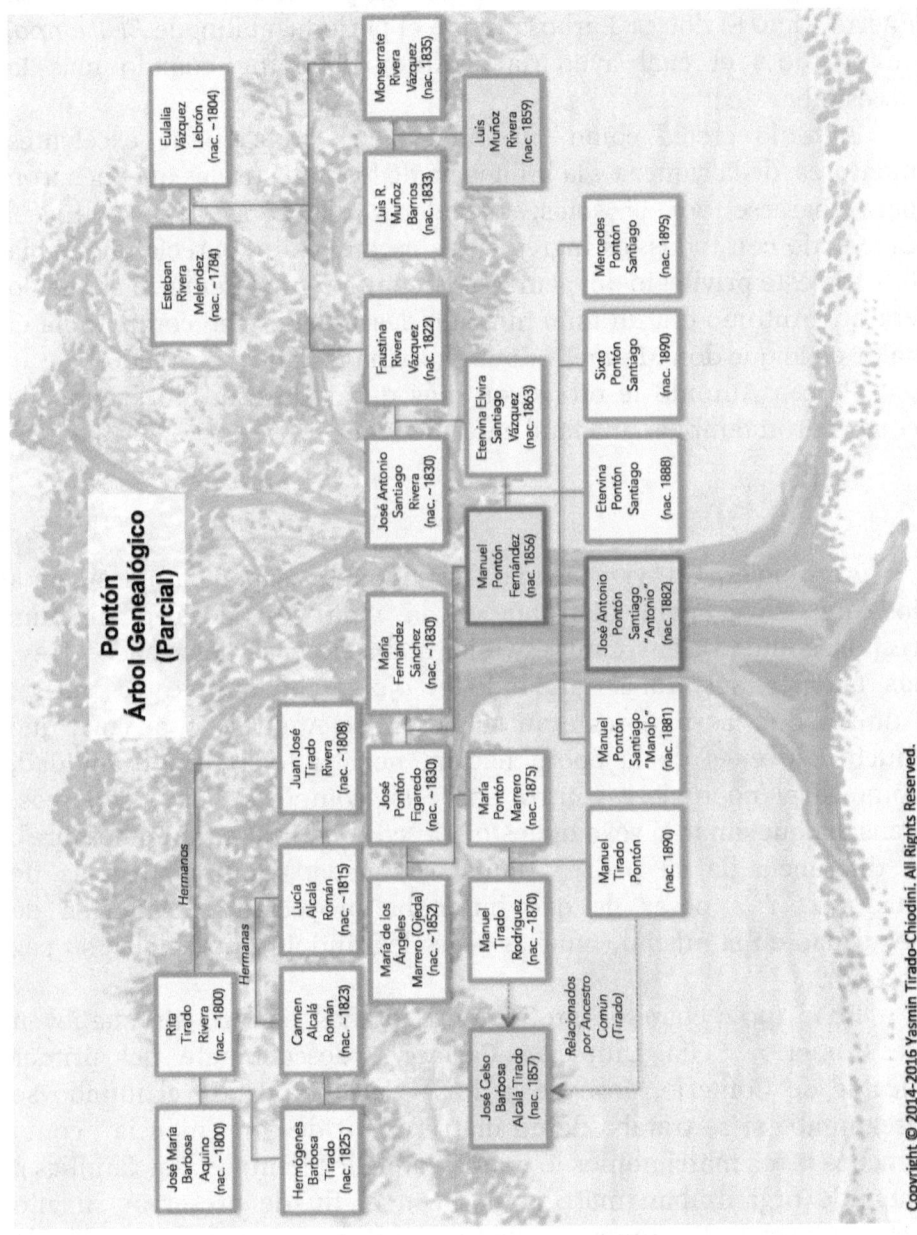

Pontón
Árbol Genealógico
(Parcial)

Lucía y Tío Juan hicieron un trabajo excepcional con su sobrino, ya que a pesar de todo, se sobrepuso a numerosas barreras sociales y raciales para convertirse en uno de los próceres más queridos en Puerto Rico. El doctor Barbosa fundó el periódico bilingüe *El Tiempo*, en el 1907, el cual ayudaría a Antonio Pontón cuando más lo necesitaba.

Antonio creció como "un niño bien", rodeado de excelentes mentores, de la riqueza y la influencia de los industriales que lucharon para lograrse por sí solos, de líderes educados y de políticos. Creciendo con todos los ingredientes para el éxito, parecía que había tomado este privilegio por sentado. El sentimiento latente en el pueblo era que Antonio era un niño mimado descuidado y no comprendía el valor de lo que don Manuel y doña Etervina le habían otorgado.

Pero a Antonio le otorgaron más que todo eso. Sin saberlo, le concedieron también una fatal enfermedad.

. . .

Antonio era un "viva la vida" (término que usaban para designar a los que viven para disfrutar de la vida con poca o ninguna responsabilidad). Las damas ... disfrutaba de ellas demasiado. «¡Ay, las faldas!» suspiraba, guiñando el ojo y con su pícara sonrisa. Admitía que las mujeres eran su "talón de Aquiles" y, al igual que muchos jóvenes de la época hacían, negaba toda responsabilidad, como si él no tuviese control sobre su comportamiento o deseos. Pensaba que amar al sexo opuesto era "cosa natural para un hombre". A diferencia de su padre Manuel a su edad, Antonio carecía de madurez. Y a pesar de que intentaba proyectar una imagen de seguridad en sí mismo (muchas veces lográndolo), no hallaba su paz interior.

En el 1902, cuando Antonio tenía 19 años, se casó con una joven de Comerío, Celia Umpierre Carmona, descendiente del primer alcalde de Comerío, José de la Rosa Carmona. Todo el mundo se preguntaba si se trataba de un matrimonio "de conveniencia", como muchos otros matrimonios lo eran en aquellos tiempos. Las familias a menudo organizaban matrimonios con el fin de preservar su alto estatus social. El amor no necesariamente formaba parte de la ecuación.

Los dos hijos que Antonio tuvo con Celia murieron cuando eran bebés. No pasó mucho tiempo para que Antonio comenzara de nuevo a "perseguir las faldas" y Celia le mostró la puerta. Dicen que ella luego encontró otro amor y se mudó a Nueva York. Antonio siempre decía que Celia era «una buena esposa» y que él era el que tenía «el problema». La gente asumió que aludía a su debilidad con las mujeres. Entendían que era engreído y mujeriego, y no buscaron ni necesitaron más explicación.

Pero tal vez no era tan simple como el ser engreído. Estas cosas son rara vez sencillas.

Antonio era un despistado, una persona olvidadiza que a veces buscaba su sombrero cuando lo tenía puesto en su propia cabeza. También sufría de fuertes migrañas que lo incapacitaban con frecuencia. Éstas fueron desatendidas, atribuidas a su temperamento de querer hacerse el centro de atención. La gente del pueblo decía que estaba sobreprotegido y que siempre necesitaba que le ayudaran. A menudo se hallaba desconectado, perdido en su propio mundo, y discutía con su familia y otros acerca de los asuntos más superfluos.

«Hoy estoy cansado», anunció un día. «Me quedo en la cama». No era inusual que Antonio pasase unos días en su habitación, excusándose debido a «mi agotamiento». Pero nadie podía explicar por qué estaba tan agotado cuando no había hecho ningún esfuerzo. El médico del pueblo lo examinó, pero no lo encontró anémico, y no mostraba ninguna otra dolencia física que pudiera causar letargo.

Otras veces, Antonio desplegaba mucha energía y parecía estar listo para conquistar el mundo. Y durante algún tiempo, así lo hacía. Pasaba días en el campo ayudando a su padre a supervisar a los trabajadores, y en su mayor parte, lo pasaban de maravilla.

Con frecuencia, Antonio regresaba a su casa del campo con un ramo de flores de tabaco para su madre Etervina, como lo hacía desde que era un niño.

—Aquí tiene, Madre —dijo Antonio—. Le he traído algunas de las flores rosadas y blancas que tanto le gustan.

—Gracias hijo. ¡Son hermosas! —solía decir Etervina acerca de las flores sencillas, pero tan bonitas, colocándolas en un jarrón de porcelana.

Nunca se cansaba de su aroma.

. . .

En ocasiones, Antonio deambulaba por el campo y le contaba chistes a los trabajadores. Tenía una manera especial de hacer reír a la gente.

—Un día, Pepito le dijo a su hermana que era fea y su madre se enojó con él —Antonio comenzaba a contar sus chistes tan pronto llegaba al campo.

—¿De verdad, señor Antonio? —respondió un trabajador con una media sonrisa, mientras seguía deshierbando el tabaco—. ¿Entonces, qué pasó?

—Su madre le dijo que fuera donde su hermana, se disculpara y le dijera que lo sentía.

—¿Le dijo a su hermana que lo sentía? —preguntó el trabajador.

—Sí. Le dijo: '¡Siento que seas tan fea, hermana!' —dijo Antonio, riéndose a carcajadas.

—¡Ay, señor Antonio! —dijo el trabajador—. Va a tener que buscarse otros chistes. ¡Se están poniendo peores cada día!

—¡Antonio! —dijo Manuel, quien acababa de llegar en su caballo—. ¡Cuando estés en el campo, emplea tus manos en el suelo o el trabajo, o en hacer algo productivo! ¡No vayas a molestar a los trabajadores! Tienen que laborar. ¡No hay tiempo para distracciones!

—¡Bueno, Padre! —replicó Antonio, echándole una guiñada a los trabajadores. Y después de una hora de trabajo, iba de regreso a casa, con la cara roja como un tomate, sudando a cántaros.

—¡Este trabajo es para otro, no para mí! Yo no deseo hacerlo. Soy demasiado débil para este tipo de labor. Hace tanto calor, y la savia de las hojas de tabaco quema mi piel y me marea —dijo a su madre—. Tengo que estudiar o hacer otra cosa. Yo no estoy hecho para trabajar en el campo. ¡Mi cuerpo no está construido para ello!

El ciclo se repetía, y la familia de Antonio sufría con él, como pasajeros en un barco sacudido por una tempestad; como en el viaje de Manuel cuando niño en el Príncipe Alfonso de camino desde Asturias a Puerto Rico, sólo que peor.

A pesar de su inmadurez y dolencias, Antonio tenía un gran potencial. Además de ser guapo, era educado, elocuente, y en sus mejores días, tenía la más encantadora personalidad. Es posible que estas cualidades naturales, además de su buena crianza, su familia influyente y su posición en la comunidad, enmascararan las vulnerabilidades de Antonio en la mente de los demás. O tal vez los del pueblo miraban hacia otro lado, haciendo la vista larga, porque no querían ningún problema con él ni con su prominente familia.

. . .

Mientras Antonio parecía ser "el espíritu despreocupado" entre los hermanos, su hermano menor, Sixto, era su opuesto. Un joven rubio, de ojos castaño claro, fuerte y decisivo, Sixto era el más serio y responsable de los muchachos. Era un hombre de negocios nato, como su padre, y también estaba destinado a ser un plantador. En poco tiempo se convirtió en la mano derecha de su padre Manuel. Sixto se casó una sola vez, con María Cristina Carmona Rivera, pariente del alcalde de Comerío durante la Guerra Hispano-Americana, José de la Rosa Carmona, y prima de la ex esposa de Antonio, Celia. En el 1911, Sixto y María Cristina tuvieron su primera hija, María Isabel. Tendrían dos hijas más, Eva Etervina y Blanca Cristina.

Manolo, el hermano mayor de Antonio, era de pelo negro y de ojos verdes, cuerpo esbelto y de mediana estatura, experto en el negocio de la agricultura y también impulsado a convertirse en un plantador, como su padre Manuel. Su objetivo en la vida era simple: trabajar duro y retirarse pronto. Para el año 1905, ya se había casado y divorciado de la hermosa Rosalía Sánchez Ocaña, cuyo aspecto era como para la revista de modas *Harper Bazaar*, con sus ojos castaño oscuro, su pelo de color ónix y su hermosa piel de nieve. Era amante de la moda y del estilo de vida de alta sociedad. Salió bien después del divorcio. Con el dinero se mudó a San Juan y utilizó parte de éste para irse de crucero a Venezuela y Cuba. No tuvieron hijos, aunque su matrimonio duró tres años. En el 1911, Manolo se casó en segundas nupcias con Josefa Rivera Rivera, también hija de un español. Vivían en el centro de Comerío en la calle Progreso. Manolo tendría cuatro hijos con Josefa: otro Manuel ("Manolín", de ojos azules), seguido de José Osvaldo, Armando y Carmen Rafaela. Después de que Josefa falleciera de *septicemia* (una infección bacteriana de la sangre) en el 1918, Manolo se convertiría en el padre de dos hijas más: María, de su unión con María Pérez de Jesús, y Pilar, de su matrimonio con la hija de inmigrantes italianos, Juana Martorani Taranto.

. . .

La voluntad de Antonio era diferente a la voluntad de sus otros dos hermanos, Sixto y Manolo. Una visita al *Manicomio Insular* no era opción para Antonio, a pesar de que algunos de los parientes de su madre conocían bien la institución. Según la familia, el manicomio era para aquellos que padecían enfermedades maníaco-depresivas, melancolía y otras dolencias mentales, pero no para Antonio. Él era particular, pero no padecía de depresión. Desde luego, no estaba loco. No pertenecía a ese grupo.

La familia se ocuparía de sus excentricidades en privado.

Pero había algo más en el comportamiento de Antonio que muchos percibían pero no deseaban descubrir. Había una razón por la cual él sentía que "no podía armonizar" con su familia y otras personas, como expresaría más tarde.

Al Antonio continuar sus caminos errados, Manuel y Etervina decidieron que su hijo fuera examinado por un médico en Bayamón, quien certificó que Antonio mostraba señales de la maldición familiar. El doctor ofreció tratarlo en privado y así acordaron.

Pero las dolencias de Antonio fueron más allá de las heredadas.

La pasión conjuró una maldición sobre la voluntad de Antonio mucho mayor de lo que nunca sospecharon.

Capítulo 12. La Masonería

En el 1910, Manuel y sus hijos Sixto y Manolo se convirtieron en masones, siguiendo los pasos de los influyentes de ese tiempo en la isla. Los masones apoyaban causas sociales, culturales, económicas y políticas para promover sus comunidades. También aceptaban todas las religiones y razas en su membresía. Estos principios contrastan con las "teorías de conspiración" existentes, algunas de las cuales sugerían que los masones se establecieron para derrocar gobiernos, tenían creencias anticristianas y adoraban al diablo. También fueron vinculados a los "Caballeros Templarios" y los "Illuminati" y acusados de tener por fin el controlar el mundo.

De hecho, muchos de los "grandes pensadores" de los siglos XIX y XX en Puerto Rico eran masones, entre estos los líderes políticos y sociales Luis Muñoz Rivera, José Celso Barbosa, José de Diego, Eugenio María de Hostos y Ramón Emeterio Betances. Varios presidentes de los Estados Unidos de esos tiempos también eran masones, como por ejemplo, William McKinley, Theodore Roosevelt y William Taft.

Regis H. Post, el gobernador de Puerto Rico desde el 1907 hasta el 1909, nombrado por el presidente Theodore Roosevelt, también era masón, y en el 1909 estuvo presente en la inauguración del templo de la *Logia Loarina núm. 17* en el pueblo de Bayamón, la misma logia de la cual el doctor José Celso Barbosa era miembro.

La masonería llegó a Puerto Rico a principios del siglo XIX, con las logias de las órdenes de Massachusetts y el Gran Oriente de Francia. Temerosa de que los masones perjudicaran su gobierno en las colonias, España hizo la membresía en una orden masónica un acto criminal, cuya pena era la prisión y hasta la muerte. España levantó la prohibición alrededor del año 1860. Como resultado, varias logias establecieron sede en la isla, siendo dos de éstas *La Gran Logia de Cuba* y la *Logia de El Gran Oriente Español*.

Manuel y sus hijos Sixto y Manolo eran miembros de la *Logia Española de El Gran Oriente Español*, Capítulo Gloria y Libertad núm. 316 del Valle de Comerío, Puerto Rico.

Antonio nunca quiso unirse.

«Los masones lo que hacen es cacarear como gallinas en un corral», decía en tono de broma. «Toda esa ceremonia me pone los nervios de punta. ¡Los sombreros! ¡Las túnicas! ¡Las borlas! ¡Los símbolos extraños! Es demasiado complicado. Tengo suficiente con ir a la iglesia. ¡Es suficiente ceremonia para mí! Esto de la masonería es una tontería. ¡Avisarme cuando a las mujeres se les permita asistir a las reuniones, quizás reconsideraría la membresía, sobre todo si son guapas!».

Manuel no obligó a su hijo rebelde a unirse a la organización cívica que le sirvió tan bien con su trabajo comunitario y con su negocio. Estuvo de acuerdo, los masones estaban mejor sin Antonio, y Antonio estaba mejor sin los masones.

¡Poco sabía lo mucho que los masones apoyarían a su hijo!

Capítulo 13. El Síndrome de "Don Juan"

L a cultura popular en las zonas rurales de Puerto Rico daban incentivo al hombre a convertirse en un *Don Juan Tenorio*, un mujeriego. En algunas comunidades rurales, era un símbolo de virilidad el que un hombre tuviera una o más concubinas, e incluso procreara con ellas.

En el 1899, alrededor del 16.6 por ciento de la población puertorriqueña constaba de personas casadas, un 8.8 por ciento vivían en una unión consensual, un alto 69.7 por ciento eran niños, y alrededor de un 16 por ciento de la población total consistía de hijos ilegítimos. Aunque las estadísticas muestran que había más hombres que mujeres en la isla a finales del siglo XIX, muchos de los varones eran niños, por lo que había más mujeres que hombres de edad casadera.

Al igual que era costumbre en las zonas rurales de Estados Unidos, como en Maryland, algunos puertorriqueños recurrían a un matrimonio consensual en vez de formalizar su unión por medios civiles o religiosos. Como en Estados Unidos, esto no era necesariamente porque la gente era amoral, sino porque los matrimonios consensuales eran comunes. Para muchos, desde una perspectiva financiera, el casarse era un lujo. La personas en las comunidades rurales tenían que viajar largas distancias para registrar legalmente su matrimonio. Algunos simplemente no disfrutaban de los recursos para pagar los honorarios del registro civil, la donación a la iglesia y los costos de una ceremonia. Según el matrimonio consensual fue más aceptado, algunas personas de recursos en las comunidades rurales también adoptaron dicha práctica y esperaban a formalizar la relación años más tarde, si llegaban a hacerlo.

Además, las leyes discriminatorias, las creencias religiosas, la economía y las costumbres de la época obligaban a muchas mujeres a depender de un hombre para asegurar su futuro, ya fuese su padre, pariente, esposo o pareja. Los derechos de propiedad de una mujer eran limitados, tenían pocos prospectos de trabajo fuera del hogar y no se les permitía votar ni viajar solas. Estas condiciones presentaban una gran carga para las mujeres solteras y, en particular, para las que pertenecían a medios humildes.

Para añadir a los desafíos de las mujeres, muchas isleñas sucumbían a la anemia, la tuberculosis, la malaria, la fiebre amarilla, la viruela, la fiebre tifoidea y otras enfermedades. Las afectadas eran, en gran medida, las mujeres en las zonas rurales. La mentalidad prevalente era asegurarse de que el hombre tuviese una mujer "de resguardo" para cuidar de sus hijos en caso de que la madre de estos falleciera. Por lo tanto, algunas mujeres toleraban relaciones no convencionales, incluso con hombres casados, a cambio de la oportunidad de asegurar su futuro. De hecho, había casos en que el hombre vivía con su esposa y su concubina en la misma casa, aunque esto era poco frecuente.

Para aumentar las oportunidades de las mujeres al comienzo del siglo XX, algunas mujeres educadas y de la élite en la isla siguieron el movimiento sufragista estadounidense y lucharon para elevar el nivel de los derechos civiles de las mujeres en Puerto Rico. También hubo un movimiento a favor de la educación de éstas, el cual proponía que las mujeres "eran llamadas a salvar a la sociedad", porque eran las que criaban a los niños. Como tal, "se les debía" una oportunidad para su educación superior. Los niños se beneficiarían al ser criados por madres educadas y esto, a su vez, beneficiaría a la sociedad. Dichos esfuerzos se centraron en San Juan y en los grupos urbanos más grandes de la isla.

Sin embargo, aunque algunas mujeres comenzaron a estudiar para ser maestras, muchas permanecieron sin educación y se limitaron a trabajar en lo que se designaba como "materias de su sexo" (quehaceres del hogar), dependiendo de un hombre para subsistir. Una mujer sin educación y "sin un hombre" tendría que encontrar una manera de sobrevivir consiguiendo trabajo en la industria agrícola (por ejemplo, como despalilladora en una plantación de tabaco), como costurera, cocinera, trabajadora doméstica, o laborando en otra tarea manual aceptable.

No fue sino hasta el año 1935 que las mujeres adquirieron el derecho al voto en Puerto Rico. Los derechos a votar otorgados por la decimonovena enmienda de la Constitución de Estados Unidos no se extendieron a la mujer puertorriqueña. En el 1929, la Ley núm. 27 de Puerto Rico concedió el derecho al voto a las mujeres mayores de 21 años que supieran leer y escribir. La Ley núm. 4 de Puerto Rico, promulgada el 23 de marzo de 1935, concedió el derecho al voto a todas las mujeres, independientemente de su nivel educativo.

La cultura de la dependencia de una mujer en un hombre para sobrevivir se combinó con la tradición de que el hombre debía conquistar el afecto de la mujer; donde el hombre debía perseguirla y la conquista sería mas preciada si ella se mostrara inalcanzable. Cuanto más "difícil se hacía" la mujer, más virtudes poseía y más adecuada para el matrimonio sería. Algunos hombres acechaban las mujeres difíciles como cazadores en busca de su presa, hasta que éstas cedían.

Una vez casados, la emoción de la persecución terminaba y aunque algunos hombres encontraban la vida matrimonial monógama muy adecuada, muchos otros simplemente no podían sostenerla; tal vez porque "no lo llevaban dentro" o, simplemente, porque aún no habían encontrado el amor de su vida, como le ocurría a Antonio.

Parte II. Con Destino a Nueva York

«Dadme a vuestros cansados, vuestros pobres,
Las masas hacinadas anhelando respirar la libertad,
Los desamparados desechados de vuestras rebosantes playas,
Enviar estos, los sacudidos por la tempestad,
las personas sin hogar, a mí,
¡Alzo mi lámpara junto a la puerta dorada!».

- Emma Lazarus
Segmento de su poema "El Nuevo Coloso" inscrito en la placa
del pedestal de la Estatua de la Libertad, Nueva York

Capítulo 14. Adiós

Las trasnochadas interminables, su gran consumo de alcohol, su temperamento tempestuoso, las incontables mujeres y los bebés que llegaron, llevaron a Manuel y a Etervina a insistir en redirigir el curso del futuro de su hijo. Incidentes peligrosos, como cuando Antonio apostó a que podía conducir su coche lleno de gente en reversa por millas a alta velocidad, fueron demasiada carga y sufrimiento para sus padres.

Antonio Pontón se hallaba fuera de control, al igual que su caballo cuando cayó por el acantilado. Los rumores eran que éste empujó al animal para ver cómo su instinto natural lo salvaría, como un experimento de un científico desquiciado.

—¡Os dije que fue un accidente! —Antonio negó los rumores cuando sus padres lo confrontaron—. ¡Yo podría haberme caído por el acantilado con él si no hubiese saltado del animal cuando se volvió loco! —insistía—. ¡Os digo que se volvió loco el caballo ése! ¡Perdió su voluntad!

Él no quería tener nada que ver con el negocio de tabaco de su padre, pero se desempeñaba bien en sus estudios y deseaba hacerse de una profesión. «Tal vez si lo enviásemos a estudiar al extranjero, Antonio podría romper el ciclo de su vida desordenada y maduraría», pensaban sus padres. La voluntad de Antonio necesitaba ser domada. Todas las tonterías tenían que llegar a su fin.

Antonio estuvo de acuerdo. Necesitaba un cambio de panorama que le diera significado a su vida.

Así, Manuel y Etervina resolvieron enviar a su hijo a Nueva York para estudiar la carrera de derecho en la prestigiosa *Albany Law School* (Facultad de Derecho de Albany), a unas dos horas de la ciudad de Nueva York.

. . .

El 8 de julio de 1911, días antes del comienzo de la preparación de la tierra de Manuel con los semilleros de tabaco, Antonio Pontón dejó a su familia y amigos atrás en Comerío y se preparó a embarcar en su viaje de cinco días en el barco de vapor a Nueva York. José Juan, uno de los trabajadores de Manuel, condujo a Antonio, Manuel y Etervina al puerto de San Juan. Allí, el conductor descargó el baúl de Antonio y lo llevó hacia la embarcación.

–Bendición, Madre –dijo Antonio a Etervina, siguiendo la tradición de pedir la bendición, mientras se preparaba para abordar el *SS Caracas*–. Le prometo que escribiré a menudo.

Etervina colocó ambas manos en las mejillas de su hijo y le acarició el rostro suavemente con sus dedos pulgares, fijando la mirada en sus hermosos ojos verdes. Lágrimas brotaban de sus ojos de madre, ansiando ya el regreso del hijo querido que apenas partía.

–Dios te bendiga, *mijo*. ¡Cuídate! –insistió Etervina, pidiendo a Dios que acompañara a su hijo y suplicando a Antonio que cuidara de sí mismo.

Antonio fue el primero en su familia que dejaba el nido. El primero de ellos que iba a la universidad. ¡Estaban tan orgullosos!

–Así lo haré, Madre. No se preocupe. ¡Tranquila! –dijo Antonio, tratando de sosegar a su mamá, con el acento castellano que todavía se hablaba en la isla en aquel entonces.

Etervina abrió su bolso, sacó una pequeña caja de madera negra y se la entregó a su hijo.

Cuando abrió la cajita, Antonio notó que contenía un reloj de bolsillo dorado de cerca de dos pulgadas de diámetro. Descansaba sobre un suave fieltro negro. Removió el reloj de la caja donde descansaba para admirar su belleza. Tenía una hermosa faz de marfil, y su cadena era de oro macizo. En el reverso del reloj, podían verse letras grabadas en cursivas que leían: *Antonio Pontón Santiago*.

Sin palabras, joya en mano, Antonio abrazó a su madre.

–¡Gracias, mi ángel! ¡Es hermoso! ¡Siempre voy a llevarle conmigo, para acordarme de usted!

–Adiós hijo –dijo Manuel a Antonio con los ojos llorosos, sacudido por la partida de su hijo querido–. ¡Sabes lo que tienes que hacer! –Manuel emitió una orden directa a Antonio que se comportase, fijando su mirada en la de su hijo.

«¿Se establecerá y enderezará su vida, de una vez y por todas?», se preguntó Manuel–. «Uno sólo puede esperar y rezar».

Caminando hacia el *Caracas*, Antonio se dio un poco la vuelta para capturar la imagen de sus padres por última vez antes de partir. A lo lejos, vio a una mujer joven acompañada de dos pequeños de alrededor de cuatro y dos años de edad. Los niños saludaron a Antonio agitando sus brazos.

–¡Ay, ay, ay! –Antonio suspiró.

Ella hizo un gesto con sus manos, como diciendo: «¡Lo siento! ¡Me rendí!».

Había sucumbido al hechizo de las persistentes peticiones de los pequeños a que los llevara al Puerto de San Juan para dar un último adiós a su padre. Antonio miró a los niños por unos segundos. Con el ceño fruncido y una sonrisa, les hizo una señal para que se acercaran.

Los chicos echaron a correr hacia su padre y se lanzaron a él, abrazándolo y riendo. Él les devolvió los abrazos y los besó, cogiendo el más pequeño en sus brazos.

–Acordaos de lo que os dije ayer, ¡portaos bien! –les recordó que se comportasen durante su ausencia, repitiendo lo que les había dicho el día anterior, cuando los visitó para despedirse. Después de prometerles que les enviaría tarjetas postales, el padre envió a los pequeños de regreso con su madre.

Antonio pensaba que los niños estarían mejor sin él, por el momento. No estaba listo para ser padre. Tenía que arreglar su vida. Era hora. Y aunque su madre y su padre no estaban destinados a compartir un futuro juntos, los niños tendrían el apoyo de la familia Pontón.

Obedientes, los pequeños Antonio y Manolo siguieron las instrucciones de su papá. Enseguida comenzaron a caminar hacia su mamá, dando saltos juguetones, pero en el camino de regreso, se desviaron.

–¡Abuela! ¡Abuelo! –gritaron Antonio y Manolo a sus abuelos, corriendo hacia ellos con sus brazos abiertos, listos para abrazar a Manuel y Etervina. Ellos los abrazaron amorosamente, los besaron y los enviaron de regreso a su madre.

Antonio desvió la mirada hacia sus padres y levantó suavemente la palma de su mano. Ellos le devolvieron el gesto.

Con una media sonrisa y labios apretados, sus grandes ojos verdes hablaron: «Adiós».

Antonio se dio la vuelta y se dirigió hacia el buque de carga de vapor, caminando hacia la puerta verde que luego se abrió y se lo tragó.

Ésta fue la última vez que vieron a Antonio con vida.

Capítulo 15. Planes y Esperanzas

Manuel pagaría por todo. Quería asegurarse de que su hijo Antonio concentrara todo su tiempo y esfuerzo en sus estudios. Deseaba cero distracciones para su hijo, y a menudo soñaba con el momento en que Antonio regresara a casa, hecho un abogado, y junto a sus hermanos Sixto y Manolo, gestionaría el negocio de tabaco de su padre. Los hijos mantendrían vivo el legado de Manuel.

¡Manuel tenía tantas esperanzas!

En cuatro años Antonio terminaría sus estudios. El primer año, dominaría el idioma inglés y luego haría un curso de tres años en la facultad de derecho. Cuando haya terminado, volvería a casa para siempre, un distinguido abogado graduado de *Albany Law School*, una de las mejores instituciones académicas de los Estados Unidos.

—Va a estar de vuelta en un abrir y cerrar de ojos —dijo Manuel, en un fallido intento por levantar el ánimo frágil de Etervina—. Él va a estar bien. ¿Ya verás? —dijo casi como si estuviera haciendo una pregunta, en lugar de una declaración.

—Sí. ¡El tiempo vuela! —la buena Etervina le respondió a su marido, intentando minimizar el vacío dejado en su corazón por la ausencia de su hijo—. ¡El tiempo vuela!

Echó un vistazo a la vasija que yacía vacía sobre la mesa, preguntándose quién le traería flores de tabaco, ahora que no estaba Antonio.

Capítulo 16. El Remolino

Antonio ansiaba su nueva libertad lejos de casa. Nunca había viajado fuera de Puerto Rico. El viaje en el barco *Caracas* desde San Juan a Nueva York a través del Atlántico no era tan rocoso como anticipó, según las historias que su padre le contaba acerca de su travesía desde España a Puerto Rico cuando niño. Aun así, se encontró un poco mareado.

El *SS Caracas* era un buque de carga de la empresa *Red D Line* de Estados Unidos, la cual operaba desde el año 1839. La nave fue fabricada en el 1889, pesaba alrededor de 3,000 toneladas, y aunque era más pequeña que los grandes cargueros oceánicos de 6,500 toneladas, tenía más espacio para pasajeros. Podía llevar a unos 130 pasajeros en cabinas exteriores con dos o tres camas, algunas de ellas con literas, duchas privadas, baños con agua potable y abanicos. El *Caracas* también contaba con un acogedor restaurante. El *Red D Line* promovía la comida que se servía abordo como "espléndida comida de calidad, como de hotel". El barco tenía amplios paseos con hamacas para que los pasajeros se sentaran y relajaran, ya fuera leyendo un libro o jugando a un juego de tejo. El juego de golf, con las pelotas de golf atadas por un cordel, también estaba disponible abordo. Un mayordomo era asignado "a la completa disposición" de los pasajeros, de sol a sol, o más tarde, si estos deseaban permanecer afuera por las noches para disfrutar de la nueva sala de estar y de la sala de fumar.

El permanecer en su cabina no era la mejor diversión para Antonio, a pesar de su mareo. Hizo un esfuerzo por recobrar la compostura y visitar las instalaciones de la nave, fumar un cigarro o dos, y ver si un buen cóctel le ayudaría a recuperarse, tal vez un coñac. Después de un par de días, su cuerpo se acostumbró al leve vaivén del *Caracas*.

«Esto no es tan malo como mi padre pronosticaba», Antonio pensó, recordando historias de Manuel acerca del mareo sufrido durante su viaje de niño desde Asturias a Puerto Rico en el Príncipe Alfonso. Pero este no era el mismo buque ni circunstancias que Manuel vivió cuando navegó lejos de su patria. En lo más mínimo.

Cuando el barco se acercó al puerto de Nueva York, el puerto más activo del mundo, Antonio se llenó de energía.

—¡Qué magnífica vista! —compartió a los otros pasajeros en la cubierta.

La *Estatua de la Libertad* era aún más impresionante de lo que jamás había imaginado, alzándose más de 300 pies por encima del puerto de Nueva York. Su color verde era un par de tonos más claros que los ojos verdes de Antonio.

—Yo había oído hablar del colosal tamaño de la estatua, pero nunca imaginé que fuera tan majestuosa en persona —dijo Antonio.

Su mente estaba ocupada preguntándose qué ángulo de *Lady Liberty* admiraba más. Prefería la parte delantera, ya que detallaba su rostro y el fuerte agarre de la antorcha con su mano, elevándola a los cielos con su brazo derecho, como si ella estuviera brindando con Antonio por su nueva vida. Antonio se sintió atraído por la belleza femenina de la estatua. Le hipnotizaban las mujeres fuertes e inteligentes, como la Estatua de la Libertad.

«¡Ellis Island, el lugar de entrada de tantos inmigrantes!», pensó, al llegar a su destino de desembarque.

La multitud en la aduana era increíble. Antonio observó que la mayoría de los inmigrantes eran italianos, seguidos de polacos e irlandeses. Al ser puertorriqueño, Antonio podía pasar por la aduana como un ciudadano de Estados Unidos, a pesar de que no lo era. Había una orden del gobierno de los Estados Unidos de "tratar a todos los documentados puertorriqueños como ciudadanos de los Estados Unidos". Antonio hizo fila en la línea de los ciudadanos de Estados Unidos, mostró sus documentos, los cuales fueron inspeccionados y sellados, y tomó el ferry a la ciudad de Nueva York.

. . .

¡El contorno del horizonte de Nueva York! ¡Las diversas estructuras y moderna arquitectura, la altura de los rascacielos, la cantidad de edificios tan elevados y tan juntos! El edificio *Singer*, la torre *Met Life* y el edificio *Woolworth*, ya en construcción, se predecía que su torre sería la más alta del mundo cuando la obra concluyera.

La historia de Nueva York impregnaba el aire que Antonio respiraba. Este sentimiento se esfumaba sólo en la presencia de una mujer hermosa.

—¡Ave María! —Antonio se encontró murmurando alabanzas sagradas a la Virgen María, al ver a las hermosas damas que caminaban por la ciudad.

Las voces de su interior comenzaron a luchar entre ellas.

«¡Esto va a ser genial!», una voz interior le susurró con entusiasmo.

«¡Ya basta!», otra voz lo regañó. «¡Sabes lo que te ha dicho tu padre!».

Antonio escuchaba las voces, turbado por los constantes consejos contradictorios.

La lucha con la tentación siempre era tarea ardua para Antonio. Con frecuencia, se balanceaba sobre una cuerda floja, esperando que existiera una malla protectora debajo suyo para amortiguar su caída. Pero no había ninguna red en Nueva York. Ya no se hallaba en Comerío, protegido por la disciplina de su padre Manuel y el amor de su madre Etervina.

Antonio estaba convencido de que Nueva York era el lugar donde debía estar, no en el pequeño pueblo de Comerío, con su clima tropical caluroso y húmedo, el tabaco y la finca, luchando por llevarse bien con todo el mundo, en vano. Él pertenecía a una gran ciudad como la de Nueva York, donde podía ampliar sus horizontes. Tal vez se convertiría en un abogado de negocios. De esta manera trabajaría en la empresa de su padre sin laborar en el campo.

«¿Debería estudiar medicina? —se preguntó—. ¡No! —descartó la idea pasajera—. La materia es interesante, pero lidiar con enfermos puede ser complicado».

Bien lo sabía.

Antonio idealizaba a Nueva York como su fuente de liberación. Pero sería muy por el contrario. Allí le succionaría un remolino despiadado del cual no habría escapatoria.

Capítulo 17. Schenectady

Como había una colonia de estudiantes y trabajadores puertorriqueños que vivían en Schenectady, Nueva York, a dos horas de *Albany Law School*, Antonio trató de asentarse cerca de esta ciudad. Su plan inicial era encontrar un hospedaje y también contratar a un tutor de inglés, en preparación para la gran tarea que le esperaba en la facultad de derecho. Compañeros que ya cursaban en *Albany Law School* le proveyeron un mapa con instrucciones para guiar su viaje desde la ciudad de Nueva York a su destino final en Schenectady en la línea de ferrocarril *New York Central Railroad*.

Schenectady era parte de la colonia holandesa de *New Netherland*. En el 1777, durante la guerra de la independencia, el *2nd Albany County Militia Regiment* (Segundo Regimiento de las Milicias del Condado de Albany), la unidad de la milicia local, luchó en este lugar contra las tropas leales británicas durante la Batalla de Saratoga, el punto de inflexión en la revolución americana.

Antonio reservó una habitación en el *Edison Hotel* en la calle *State Street*, mientras encontraba una situación de vivienda permanente.

. . .

Buenas tardes. Soy la señora Anna Warner. ¿Qué le trae a Schenectady? —preguntó la matrona del hotel, haciendo conversación con Antonio durante su registro.

—Acabo de llegar de Puerto Rico —Antonio respondió en inglés con un marcado acento español—. Voy a estudiar a *Albany Law School* el año entrante, pero primero voy a tomar clases de inglés.

—¿Se dice Puerto Rico o *Porto Rico*? —preguntó la señora Warner.

—Es P-u-e-r-t-o Rico —respondió Antonio—. El nombre de Porto Rico fue un error introducido en el Tratado de París, el acuerdo que se firmó después de la ocupación de la isla por los Estados Unidos. Luego de esto, los estadounidenses le llaman a la isla Porto Rico, pero eso no es correcto. Es P-u-e-r-t-o Rico. ¡Todos tienen problemas con idiomas extranjeros, incluyéndome! –dijo Antonio sonriendo, reconociendo su propia lucha con el idioma.

El error se corrigió en el 1932.

–¡Señor Pontón, no se preocupe, usted habla muy bien el inglés! –dijo la señora Warner–. Me gustaría poder hablar el español como usted habla el inglés. ¡Por lo menos pudiera yo hablar otro idioma!

–*Sankyu* –respondió Antonio, dándole las gracias–. Lo aprendí en la alta escuela, luego de la ocupación estadounidense, pero necesito practicarlo. Deseo hablarlo perfectamente para la facultad de derecho. Otros estudiantes me han dicho que lo debo dominar para que la tarea de estudiar leyes se me haga más fácil. Me dijeron que *Escojari Billach* es un lugar conveniente para hospedarse y estudiar inglés –dijo Antonio, refiriéndose a *Schoharie Village*.

–Sí, *Schoharie Village* es una villa muy bonita y céntrica. Algunos de los residentes alquilan habitaciones a estudiantes y algunos estudiantes son de *Porto Rico*. Mis disculpas, *Puerto* Rico –dijo la señora Warner.

–Miraré allí –dijo Antonio–. ¿Es usted de *Esquenectadi*, *misis Guarner*?

–¡Nunca he salido de Schenectady desde que nací! –respondió la señora Warner con una sonrisa de oreja a oreja–. Me encantaría ver Puerto Rico. ¡Dicen que es un paraíso tropical!

–Yo nunca había salido de Puerto Rico hasta ahora –dijo Antonio–. Pero mi padre, Manuel Pontón, nació en España. Viajó a Puerto Rico de niño y se quedó en la isla. ¡Puerto Rico es realmente precioso! ¡Debería visitarlo, si tiene la oportunidad! Los puertorriqueños son muy hospitalarios.

–Aquí tiene, es una referencia para que se pueda familiarizar con Schenectady –dijo la señora Warner a Antonio, entregándole un libro de la biblioteca del hotel.

–*Sankyu* –dijo Antonio, agradecido–. Se me hace difícil pronunciar el nombre de *Esquenectadi*.

–El nombre de la ciudad es de origen indígena, de la tribu *mohawk* y significa 'cerca de los pinos' –dijo Warner–. Es difícil de pronunciar al principio. ¡Pero se acostumbrará a pronunciarlo a través de los años que va a pasar estudiando leyes!

—Interesante. El nombre de mi pueblo, Comerío, es también de origen indígena. Era el nombre de un jefe de la tribu de los indios taínos —dijo Antonio—. Qué coincidencia, ¿no?

—¡Increíble! —exclamó la señora Warner—. Existe mucha influencia indígena en nuestras culturas.

—Muchos puertorriqueños han viajado a *Esquenectadi* a estudiar y a trabajar —dijo Antonio.

—¡Es cierto, muchos inmigrantes están llegando a Nueva York! Le confieso que esto intimida a algunos de los residentes, pero si favorece a la economía, a mí no me incomoda —dijo la señora Warner.

En el 1880, Schenectady era todavía una pequeña ciudad con cerca de 15,000 habitantes repartidos en casi 11 millas cuadradas. El canal del Lago Erie y los ferrocarriles fomentaron gradualmente el comercio de Schenectady. En el 1887, el inventor Thomas Alva Edison transfirió la sede de su compañía *Edison Machine Works* a Schenectady y, en el 1892, la ciudad se convirtió en la base de la compañía *General Electric*. La empresa fue una gran influencia económica, junto con la empresa de locomotoras *American Locomotive Company* (ALCO), y esto ayudó a establecer la ciudad y a la región como un centro industrial conocido como *Electric City* (La Ciudad Eléctrica).

La necesidad de trabajadores atrajo una afluencia de gente a Schenectady. La ciudad creció de unos 31,682 habitantes en el 1900 a 72,826 en el 1910. A finales del siglo XIX, Schenectady tenía una gran población de residentes polacos e italianos. También había una colonia de puertorriqueños en la zona en busca de mejor oportunidades de educación y de empleo. Llegaron allí, en su mayoría, como resultado de la Guerra Hispano-Americana del 1898.

—*Albany Law School* es parte de *Union College*, el campus de la universidad más antigua de los Estados Unidos —dijo la señora Warner—. Se estableció en el 1795, una gran institución.

—Estoy al tanto de su reputación —dijo Antonio—. Tengo amigos que se han graduado de allí, y por esta razón es que decidí asistir a esta universidad —dijo—. Les gustó mucho.

La señora Warner sonrió.

—¿Tiene el periódico *misis Guarner*? —preguntó.

—Sí, recibimos el *Schenectady Gazette* —contestó ella, a la vez que alcanzaba un ejemplar—. Aquí tiene.

—*Sankyu, misis* —dijo Antonio, echándole un vistazo a la primera página–. *Esquenectadi Gaset* –recitó en voz alta.

–Un placer.

Después de registrarse, Antonio pasó a su habitación. Leyó sobre Schenectady en el libro que la señora Warner le prestó y también leyó el periódico en busca de un hospedaje adecuado. A la hora de cenar, se dirigió a la planta principal.

–¿Encontró algo interesante en el periódico, señor Pontón? –la señora Warner preguntó, mientras Antonio pasaba del vestíbulo hacia el comedor.

–Sí. Encontré una habitación disponible para rentar en *Escojari Billach* –dijo–. La habitación cuesta siete dólares semanales, incluyendo la comida. ¿Qué tal le parece?

–Suena bien, señor Pontón. Si yo fuera usted iría a verla –dijo la señora Warner.

–Dice el anuncio que ofrecen tutorías de inglés. Suena justo para mí –dijo Antonio.

–¡Muy bien! –respondió la señora Warner.

Antonio tomó señas de la señora Warner para viajar a la Villa de Schoharie por ferrocarril.

–Muy bien. ¡Iré en la mañana! *Sankyu, misis Guarner*, por toda su ayuda –dijo Antonio, procediendo al comedor.

Después de cenar, Antonio se retiró a su habitación y comenzó a escribir su primera carta a sus padres.

Capítulo 18. Mi Querida Familia

«Mi querida familia». Las primeras cartas de Antonio a Comerío describían las impresiones iniciales de su viaje desde San Juan a Nueva York, su viaje a Schenectady y las preciosas vistas que admiró durante su travesía por ferrocarril al pequeño pueblo de Schoharie.

Schoharie era, y sigue siendo, una zona agrícola adornada por granjas, bosques y residencias rurales. Se encuentra a 39 millas de Albany y a 28 millas del centro de Schenectady. Posee una magnífica belleza natural y recursos ambientales, con numerosos manantiales, cuevas, cenotes y piedra caliza a través del subsuelo de la zona.

El nombre "Schoharie" procede de la palabra indígena *To-Era-Scho-Hor*, la cual significa "madera a la deriva". Los alemanes palatinos se establecieron en la zona a partir del 1711, subsistiendo de productos agrícolas como el lúpulo, el trigo y el maíz. La Villa de Schoharie fue incorporada en el 1867. La población de la villa creció a 2,588 habitantes ya para el 1850. En el 1865, el ferrocarril entre Albany y Susquehanna fue construido, atravesado el *Central Bridge* (Puente Central), donde George Westinghouse, Jr., uno de los inventores más conocidos del mundo, nació en el 1846. Allí fundó su empresa *Westinghouse Corporation*, pero por razones de negocios más tarde la trasladó a Pittsburgh, Pensilvania.

. . .

La casa Kromer se encontraba en el núm. 27 de *Main Street*, a poca distancia del hermoso centro histórico de la Villa de Schoharie, y se hallaba muy cerca de la estación de ferrocarril de Middleburgh y Schoharie en *Depot Street*. Descansaba en un terreno verde alejado de la carretera, rodeado de numerosos árboles y arbustos en flor. La casa de madera de dos plantas era blanca con un tejado de pizarra de un tono gris oscuro del cual sobresalía una chimenea de ladrillo rojo. Las ventanas de cristal se dividían en cuatro paneles y tenían persianas negras. Una escalera blanca–con cuatro escalones de madera enmarcados con pasamanos endebles a ambos lados–daba acceso a la parte delantera de la casa, centrada en la puerta principal; su anchura era aproximadamente un tercio de la anchura de la casa. Los escalones daban pie a un pequeño pórtico abierto sostenido por columnas de madera. Tenía ventanas a cada lado de la puerta principal. La puerta, pintada de negro, tenía un llamador de bronce claro y una pequeña ventana cuadrada en la mitad superior, con vidrio biselado.

Antonio llamó. Una señora de mediana edad abrió la puerta.

–Buenos días –dijo.

Era una dama rubia de estatura baja de unos 50 años de edad con una cara triangular, ojos azules grandes, una nariz pequeña y una barbilla puntiaguda.

–Buenos días, señora. Estoy aquí por la habitación –dijo Antonio–. Mi nombre es Antonio Pontón. Llevo una carta de aceptación de *Albany Law School* y una carta de mi padre, por si desea examinar mi documentación.

Antonio removió su sombrero y le ofreció a la señora Kromer sus documentos. Ella les echó un vistazo de pasada.

–Muy bien. Por favor, entre –dijo–. Soy la señora Nora Kromer.

Los labios de la señora Kromer se unían en una línea semirrecta y eran delgados, casi inexistentes. Era una mujer de peso mediano. Llevaba un vestido azul largo hasta los tobillos, abotonado de arriba a abajo, con un cinturón y mangas de tres cuartos.

En cuanto entró en la casa Kromer, Antonio captó el aroma de flores frescas. Apreció el delicado empapelado en las paredes y la escalera de caoba a su mano derecha, la cual conducía a la segunda planta. Lucía un diseño recto hacia arriba, con simples balaustres.

–Estos son mi hija Bessie y mi hijo Charles –dijo la señora Kromer.

Bessie y Charles, los dos de unos veintitantos años de edad, acompañarían a la señora Kromer durante la visita. Bessie era una bonita joven de ojos castaños. Antonio sabía que no debía fijar su mirada en ella en presencia de su madre, pero fue mucha la tentación.

La señora Kromer cubría la mayor parte de su cabello con un gorro de tela de color claro con adornos de encaje y cintas delgadas en los extremos, las cuales ataba bajo su barbilla con un lazo sencillo.

Rara vez sonreía y parecía una mujer seca, concentrada en la tarea en cuestión: mostrar la casa al potencial inquilino.

—Por favor, déjeme su sombrero y chaqueta —dijo Bessie a Antonio en español. Antonio, sorprendido por la fluidez de la joven en su idioma, se los entregó.

Bessie procedió a colgarlos en el perchero de la entrada.

—Su español es perfecto —dijo Antonio con admiración.

—¡Muchas gracias! —Bessie respondió, con una tímida sonrisa. Al dominar el español, Bessie traducía para su madre.

Ese día, Bessie llevaba su cabello recogido en un moño victoriano. Charles, un jovencito introvertido alto de cabello y ojos color avellana, permanecía en silencio y les seguía a todas partes, como una sombra, sonriendo ocasionalmente.

El suelo de madera era hermoso, pero rechinaba un poco. La sala de estar, al lado izquierdo de la casa, revelaba una chimenea de ladrillo de belleza sin igual. La casa emanaba una sensación de hospitalidad y se encontraba amueblada con elaboradas piezas alemanas de madera. Había también un pórtico cerrado en la parte trasera, decorado con plantas, algunas sillas y una pequeña mesa de centro redonda. Con tan sólo verlo, el porche ya comenzaba a ser el rincón favorito de Antonio en la casa Kromer. No llegó a ver la segunda planta porque esta porción de la casa estaba dedicada exclusivamente para la familia Kromer.

—Y aquí está la habitación de alquiler —dijo la señora Kromer.

La habitación de Antonio se hallaba en la primera planta, en la parte trasera de la casa, a la derecha. Tenía paredes claras y era sencilla, pero muy limpia. Una ventana al otro lado de la entrada principal de la habitación proporcionaba mucha luz al cuarto y revelaba un bonito árbol de tamaño mediano. La habitación tenía una cama individual con su lado izquierdo dando a la pared opuesta a la ventana. Una mesita de roble descansaba junto a la cama, contra la pared del fondo. Junto a la ventana había un escritorio de madera con una silla. La parte delantera del escritorio tenía un par de cajones a sus extremos.

También había un pequeño armario tipo *chifferobe* de roble con dos compartimentos a los lados. A la izquierda sólo había espacio suficiente para contener los trajes y camisas prensadas de Antonio y almacenar sus zapatos. Un pequeño espejo coronaba el lado derecho superior, y debajo de éste había un cajoncito para joyas, el cual se podía candar con llave. Le seguían un compartimiento para sus sombreros con una puerta que se abría tirando de un pomo de bronce situado a la izquierda y tres cajones donde pondría su ropa interior, calcetines, corbatas, pajaritas y pañuelos. Antonio podría almacenar cualquier otra pertenencia en su baúl, el cual se prestaba como un pequeño armario, si fuera necesario.

La renta incluía toda la ropa de cama y toallas. El pequeño cuarto de aseo estaba localizado fuera de la habitación, hacia la parte posterior de la casa, pero era accesible a través de una pequeña puerta en la habitación, junto a la cama, y Antonio no tenía que compartirlo. El cuarto de baño tenía una ventanita que daba al patio trasero, un pequeño lavabo, una bañera con patas doradas de león y un espejo de forma ovalada. Había un armario para toallas y un gancho en la pared para colgar la toalla a secarse.

Schoharie era un pueblo tranquilo, ideal para el estudio. La gente parecía amable. El aire era fresco. Antonio estaba contento.

–*Sankyu misis* Kromer –dijo Antonio–. Voy a tomar la habitación. Su casa es hermosa.

Antonio se dirigió entonces a Bessie y le dijo sonriente: –También voy a necesitar lecciones de inglés.

Bessie le devolvió la sonrisa.

–Muy bien –dijo la señora Kromer.

Antonio aseguró el lugar con un depósito para la primera semana.

–Estaré aquí mañana.

–Acordado –asintió la señora Kromer.

Le acompañaron hasta la entrada principal, donde Antonio tomó su sombrero y su chaqueta y se los puso.

–*Misis* Kromer, *mis* Kromer –dijo, inclinando su sombrero mientras se dirigía a las damas.

–*Míster* Kromer –dijo a Charles, y comenzó a alejarse, la puerta cerrando a sus espaldas.

Al día siguiente, Antonio desalojó el *Edison Hotel* y se mudó a la casa de la familia Kromer.

. . .

Unos meses después de llegar a Schoharie, Antonio transmitió una buena noticia a sus padres: Sus clases de inglés progresaban y estaba adquiriendo mucha fluidez en su segundo idioma, al menos con respecto a su inglés conversacional. Su acento también mejoraba. Sólo tenía que concentrarse un poco más en ampliar su vocabulario, ya que necesitaba práctica para evitar pronunciar la "v" como "b" y el sonido "sh" como el de "ch". El sonido "ee" en inglés mostraba un gran desafío para Antonio. Siempre lo pronunciaba como si fuera "e" en español, cuando en realidad tenía que sonar como "i". La gente se confundía cuando Antonio pronunciaba "*sheep*" (oveja) como "*chip*" (ficha), por ejemplo. Mejoraba, pero en su mente, necesitaba pulir estas sutilezas para tener éxito en la facultad de derecho. No sólo deseaba entender el idioma con más profundidad, sino que además anhelaba lograr soltura para comunicarse efectivamente y ser respetado por ello.

Antonio notó que algunos de los residentes del pueblo no albergaban mucha paciencia para con los extranjeros. Muchos de ellos evitaban a los inmigrantes, como si no quisieran problemas. Antonio no deseaba que los residentes pensaran que él era peligroso ni carecía de inteligencia porque hablaba con acento. Se dio cuenta de que había roce con algunos de los inmigrantes, los italianos, polacos y algunos de los irlandeses. Ocurría en mayor parte en "*The City*", la ciudad de Nueva York, pero también el comportamiento se manifestaba en Schoharie. Razonó que se debía a que «hay demasiados inmigrantes» y algunos de ellos se iban a trabajar y dejaban a los niños mayores en casa, sin supervisión. Algunos de los niños se metían en problemas. Las personas estaban intimidadas. Y claro, existían los choques con "*la cosa nostra*" o la mafia.

Pero no todos los inmigrantes eran pandilleros, muy por el contrario. Buscaban una mejor vida. La gente de la ciudad debía esforzarse en entender las diversas culturas de los inmigrantes. La situación claramente podría ser manejada mejor si ambas partes fueran más abiertas de mente.

«Todos los estadounidenses fueron inmigrantes en un momento u otro —expresó en sus cartas a sus padres—. Al menos, sus ancestros lo fueron».

Cuando su padre Manuel emigró a Puerto Rico, incluso allí fue considerado un *peninsular*, un inmigrante de España, y a veces los puertorriqueños nacidos en la isla, los *criollos*, resentían a los nacidos en España. Manuel estaba acostumbrado a dicha discriminación, aunque no era tan intensa como la que Antonio sintió en Nueva York.

«Es increíble cómo la gente tiende a olvidar su pasado —Antonio escribió a sus padres–. Recuerdo lo que me dijo usted, Padre, acerca de su maestro Rafael, cuando le dijo de niño 'nunca olvides tu historia'».

«El acento presenta obstáculos», escribió.

«Pero a la misma vez –pensó– el tener un acento es bastante atractivo para algunas de las jóvenes de aquí». Este último pensamiento no lo compartiría con sus padres. El muy coqueto decidió mitigar su acento sólo cuando fuera a la facultad de derecho, pero no cuando galanteara con las jóvenes. «Definitivamente, el acento atrae a algunas de las mujeres». El descubrimiento formaría parte de su estrategia secreta para conquistar a las féminas.

Quedaban apenas unos pocos meses más de clases de inglés para pulir su acento, ampliar su vocabulario y comenzar su curso en la facultad de derecho.

«P.D. Me está llevando algo de tiempo el acostumbrarme a la comida de aquí. Es demasiado desabrida. ¡Y no me gusta el repollo! ¡La col es para los caballos! ¡Echo de menos su cocina, Madre!», escribió una vez, sabiendo que el comentario le resultaría jocoso a Etervina.

¡El futuro estaba repleto de promesas para Antonio!

. . .

Otras cartas siguieron a la primera, cada una dando más vida a las imágenes del pequeño pueblo de Schoharie. Antonio describía a sus padres el cómo admiraba la arquitectura de renacimiento griego de algunos de los edificios y monumentos históricos antiguos, como la fortaleza *Old Stone Fort* y el puente *Iron Bridge*. Pero por alguna extraña razón, quizás fuera su espíritu romántico, prefería lugares rústicos como el puente *Old Blenheim Bridge*, un puente de madera cubierto que yacía en el vecino pueblo de Blenheim, no muy lejos de su nuevo hogar en el núm. 27 de *Main Street*.

A pesar de que nunca antes había visto un puente cubierto, el paisaje que enmarcaba el *Old Blenheim Bridge* de alguna manera le recordaba a la represa *El Salto*, la represa de Comerío. Se sentía tranquilo allí, las estructuras desafiaban la naturaleza y el río estaba en calma, pero el paisaje era grandioso. Al igual que con la represa, Antonio se preguntaba lo que ocurriría con el puente durante una tormenta lluviosa. Recordó que un día llovió tanto en Comerío que el

Río de la Plata creció fuera de su cauce, inundando los alrededores. La represa ayudaba, pero durante la temporada de tormentas la cantidad y la fuerza del agua eran impresionantes. Antes de la apertura de la represa, los residentes de las casas cercanas tenían que ser evacuados y reubicados en albergues, o con su familia o amigos, sólo para regresar a los vestigios de sus casas, si algo quedaba. Aun así, ellos reconstruían, porque era la única tierra y hogar que poseían. Todo el tabaco plantado cerca de la orilla del río se perdía. Era un riesgo calculado que tomaban y que a veces rendía frutos, cuando no había inundaciones.

En sus cartas, Antonio también describió su primera visita a *Saratoga Springs*.

«Se llama Saratoga Springs porque tienen aguas termales, al igual que en los Baños de Coamo —Antonio escribió, refiriéndose a las famosas aguas termales en el pueblo de Coamo en Puerto Rico—. Tienen casas de baño donde uno puede nadar y relajarse, al igual que en Coamo».

Describió cómo los visitantes a Saratoga Springs podían beber el agua de algunos de los manantiales y cómo su sabor era un tanto salado, ya que algunos manantiales tenían una alta concentración de minerales.

«Los locales dicen que el agua de manantial es buena para la salud —escribió a Manuel y Etervina—. Tal vez las aguas me ayudarían con mis dolores de cabeza».

Coamo es una palabra taína que significa "espacio plano y extendido". Según la leyenda del pueblo, el primer gobernador español de Puerto Rico, Juan Ponce de León, aprendió acerca de los poderes curativos de los Baños de Coamo por medio de los indios taínos. Creyendo que los baños eran la fuente de la juventud que tanto buscaba, Ponce de León le preguntó a los taínos por su ubicación. Sin embargo, malentendió las instrucciones que estos le dieron de "ir hacia el oeste por un largo tiempo" y, en lugar de ir por tierra, se dirigió al oeste por mar, resultando en el descubrimiento de la Florida y en la eventual muerte del famoso conquistador español.

Los Baños de Coamo captaron atención internacional cuando el español Usera Soriano construyó un complejo turístico allí en el 1857, el cual atrajo a muchos visitantes internacionales notables, como a Franklin D. Roosevelt, Frank Lloyd Wright, Alexander Graham Bell, y el señor Thomas A. Edison y su esposa.

Después de que Thomas A. Edison falleció, sus cartas se hicieron públicas. Algunas de éstas revelan que su hijo, William Leslie Edison, unos cinco años mayor que Antonio, dejó la Universidad de Yale en New Haven, Connecticut, debido a sus deficientes calificaciones. Se enlistó en el primer regimiento de Nueva York de Ingenieros Voluntarios del Ejército de Estados Unidos durante la Guerra Hispano-Americana del 1898, y fue destinado a Coamo. Las cartas de William indicaban que no toleraba el clima de Puerto Rico, y en éstas le suplicaba a su padre que utilizara toda su influencia para removerlo de la isla, sugiriendo que iba a morir de malaria de lo contrario.

Sin embargo, parece que el señor Edison no logró utilizar su influencia para transferir a su hijo fuera de Puerto Rico. Mientras William se hallaba en Coamo durante la guerra, una de las estructuras construidas en los Baños de Coamo fue destruida por artillería estadounidense. El daño a los baños fue posteriormente reparado y el lugar visitado por los notables mencionados. Después del regreso de su servicio militar, William continuó enfrentando obstáculos con su salud, los que atribuyó a "la experiencia en Puerto Rico", y a menudo dependía de la ayuda de su padre.

Antonio compartió con Manuel y Etervina su decepción de que el hipódromo estuviera cerrado cuando visitó a Saratoga Springs, debido a la legislación de Nueva York contra las apuestas. Habría disfrutado el apostar a un caballo de carreras mucho más que apostar a un gallo de pelea, como hacían en Comerío. A pesar de que las peleas de gallos eran emocionantes para muchos hombres en el pueblo, Antonio pensaba que las carreras de caballos eran un deporte mucho más fino.

«Uno puede disfrutar de un bonito día visitando el hipódromo, vistiéndose con las mejores galas –escribió a casa–. Aunque todavía se apuesta a un animal, es diferente el observar a caballos finos correr que a unos gallos matarse entre sí mientras un grupo de hombres borrachos les gritan, como pasa en la gallera».

De origen en la época romana, las peleas de gallos eran también un deporte popular en Estados Unidos, sobre todo durante el período colonial. Para prepararse para el juego, galleros o *cockers* invertían mucho tiempo y dinero en el cuidado de sus gallos de pelea. Los alimentaban con una dieta especial, los alojaban en gallineros especiales y los entrenaban en preparación para los partidos. También les ataban a las patas unas espuelas de metal con cuchillas puntiagudas como armas para ayudarles a prevalecer durante la sangrienta pelea.

En su correspondencia a casa, Antonio aludió a sus viajes ocasionales a la ciudad de Nueva York, pero sólo los mencionaba de pasada. No deseaba darle a su familia la impresión de que estaba invirtiendo tiempo en asuntos frívolos, cuando en realidad debía estar estudiando y perfeccionando su inglés.

Al leer las cartas de Antonio, Manuel y Etervina notaban que su hijo ya comenzaba a sonar como un hombre cambiado. Esto les consoló y reafirmó su decisión de haber enviado a Antonio a Nueva York.

. . .

Antonio se encontraba fascinado por el cambio de follaje de verano a otoño, ya que no había presenciado dicha metamorfosis en su casa del trópico, aunque sí fue testigo de la floración de los flamboyanes (*jacarandas*) entre los meses de mayo y agosto, al igual que de la trinitaria (*buganvilla*) de verano a otoño. Otros árboles en flor en Puerto Rico, como el roble y la maga (relacionado al hibisco) producían flores durante todo el año. La isla gozaba de una eterna y colorida primavera, pero los ojos de Antonio nunca habían visto las hojas cambiar de color como lo hicieron en Schoharie durante su primer otoño allí.

Las hojas de los árboles de arce de azúcar reflejaban un espléndido tono naranja, y los cornejos y zumaques desplegaban un rojizo fuego con matices púrpuras. Estos ofrecían un marcado contraste con los árboles de pino de hoja perenne. Antonio disfrutaba el verde del follaje de los pinos. Los tonos del paisaje verdoso le recordaban a los valles de Comerío en su tierra natal y le hacían sentirse en casa.

«La nieve es mágica», escribió a sus padres.

Sus ojos no habían visto nada igual, a excepción de los campos de tabaco cubiertos con la tela blanca que vestía del color de la nieve las montañas a lo largo del Río de la Plata. ¡Antonio sufrió mucho frío! Tuvo que aprender a vestirse adecuadamente, «para no morir congelado», como describió a sus padres en más de una ocasión.

Aunque Antonio escribió acerca de todas sus nuevas experiencias, no hizo mucha mención del nombre de Bessie, la hija de la señora Kromer, quien se había convertido en su tutora favorita de inglés. Su nombre no formaba parte del universo de su correspondencia, quizás porque ya se estaba enamorando de Bessie y esto sería materia para escándalo en casa.

No, él no iba a causar preocupaciones innecesarias. Ellos no necesitaban saberlo todo, al menos por ahora. Sólo se refería a "su tutor" usando los términos más genéricos. Pero de alguna manera Etervina averiguaría. Antonio mencionaba a "su tutor" muy frecuentemente en sus cartas.

Una madre sabe.

Con suma educación, Etervina envió una vasija de cristal alemán como regalo de la familia Pontón a la señora Kromer y a Bessie, en agradecimiento «por cuidar tan bien» de Antonio que «estaba solo en un nuevo país, enfrentando un nuevo idioma y cultura».

Capítulo 19. Bessie

Bessie S. Kromer era una joven maestra de escuela primaria que había vivido en Schoharie la mayor parte de su vida. De hecho, nunca había salido del estado de Nueva York.

Bessie no era ni demasiado alta ni demasiado baja. Tenía el cabello ondulado castaño claro y grandes ojos marrones de forma almendrada; su piel era blanca y tenía la más dulce sonrisa. A menudo llevaba largos vestidos abotonados enfrente, muy conservadores y de colores sólidos. Unas veces llevaba gorros, como su madre, pero otras lucía el cabello recogido en un moño victoriano envuelto con una trenza que lo adornaba. Le fascinaban los sombreros elegantes.

Cuando Antonio llegó a Schoharie en julio del 1911, Bessie tenía 22 años de edad y cumpliría los 23 el siguiente 10 de noviembre. Ella estudiaba y trabajaba, y generalmente regresaba a su casa del núm. 27 de *Main Street* los fines de semana para pasar tiempo con su madre Nora y su hermano Charles, Jr., dos años más joven que ella. Su padre, Charles C. Kromer, ex capitán de la *Company G, 3rd New York Calvary* (Compañía G, Tercer Calvario Militar de Nueva York) durante la Guerra Civil, había fallecido ese año.

Aunque la señora Kromer todavía estaba recibiendo la pensión de guerra del servicio militar de su marido y ganaba dinero confeccionando sombreros en su casa, los tiempos eran difíciles para la familia de Bessie, todavía de luto por la pérdida del capitán Kromer. El hermano de Bessie, Charles, trabajaba como vendedor en una tienda de comestibles y también ayudaba al sustento de la familia. Abandonó la escuela secundaria después de que su padre falleció, sólo dos años antes de completarla.

Bessie ayudaba a sostener a su familia con su salario docente y los pocos dólares adicionales que cobraba como tutora de inglés. Era hermosa, inteligente e independiente. También le gustaba decir lo que pensaba, como su madre, excepto cuando se encontraba en presencia de ésta. La señora Kromer ejercía una intensa influencia sobre su hija. Y aunque Bessie a menudo se salía con la suya, la mayoría del tiempo a Bessie no le quedaba más remedio que cumplir con las órdenes de su madre.

Las mujeres Kromer eran de un carácter fuerte.

En parte, Bessie heredó su briosa personalidad de su ascendencia holandesa. Descendía de los fundadores originales de Schoharie, los cuales se asentaron allí en el siglo XVIII como agricultores. Su ancestro Teunis Eckerson fue soldado del *15th Regiment, Albany County, New York Militia* (Quinceavo Regimiento las Milicias de Nueva York en el Condado de Albany), durante la Revolución Americana. Su familia era muy patriótica y seguía la fe luterana.

¡Las cosas habrían sido tan distintas si los caminos de Bessie y Antonio no se hubiesen cruzado!

Capítulo 20. El Hechizo

Bessie le enseñaba inglés a Antonio cuando llegaba a casa los fines de semana. Él estudiaba durante la semana y a veces visitaba otros tutores en la villa. La señora Gebhardt, una vecina, y el reverendo Karg, el pastor de la Iglesia Luterana de Schoharie, también ayudaron a Antonio con sus lecciones y a afinar su inglés conversacional.

La mayoría de las veces, si el tiempo lo permitía, Bessie daba las lecciones en el porche trasero de la casa. Antonio era el único huésped y Charles, el hermano de Bessie, se hallaba frecuentemente en el supermercado trabajando.

La madre de Bessie, Nora, era una mujer muy activa y ocupada. Además de confeccionar sombreros, cuidaba de su anciana madre que vivía sola en la misma calle, asistía a actividades de la iglesia durante la semana, hacía la compra, y participaba en las reuniones de la organización *Daughters of the American Revolution* (Hijas de la Revolución Americana) o "DAR", como llamaban al grupo por sus siglas en inglés. La organización de mujeres DAR se formó en el 1890 en Washington DC "dedicada a promover el patriotismo, la preservación de la historia americana y a asegurar el futuro de América a través de una mejor educación para los niños". El Capítulo DAR de Schoharie era relativamente nuevo, siendo organizado en el 1910. La señora Kromer era gran aficionada al grupo, no sólo debido al servicio militar del capitán Kromer, sino también a razón del orgullo que sentía por sus antepasados que lucharon en la Revolución Americana. También disfrutaba de socializar con las damas de la villa y pasaban un buen rato conversando de todo un poco.

. . .

Bessie y Antonio usualmente se sentaban a estudiar en una

mesita redonda de hierro forjado pintado de blanco. El tope de la mesa era de madera decorada con un mosaico de color amarillo y azul. El tamaño de la mesa era más adecuado para tomar el té que para cualquier otra cosa.

El porche era tranquilo y apacible.

—Buenos días, señor Pontón. ¿Cómo lleva la tarea? —Bessie le preguntó a su pupilo.

—*Bery wel, very wel, mis Besi* —Antonio respondió en su inglés entrecortado—. *I finich. Tek luk if ju wan!* —le indicó a su tutora que había terminado la tarea y la podía revisar si deseaba—. ¡Pero debe llamarme Antonio, no señor Pontón! ¡El señor Pontón es mi padre! —insistió.

—Se ve muy bien, señor Pontón. ¡Ha hecho un buen trabajo! —dijo Bessie después de revisar la tarea, haciendo caso omiso a la última sugerencia de Antonio.

Antonio notaba que Bessie mantenía su distancia.

—Hoy vamos a leer —continuó Bessie—. Para que podamos practicar la pronunciación. Usted lo está haciendo *very well*, no *bery wel*. ¿Entiende?

—*LLes* —dijo Antonio—. *Bery wel*. No ... *very well*. ¿Sí?

—Sí, casi —dijo Bessie—. Pero no es *lles*. Es *yes*. En inglés la "y" suena como "ie". ¿Entiende? Sé que es un sonido nuevo que no tiene el idioma español. Pero usted aprenderá. Escúcheme atentamente —prosiguió Bessie.

Cuando Bessie le leía, los penetrantes ojos verdes de Antonio se fijaban en ella, y él solía perder la concentración en su lección. Él admiraba la capacidad de Bessie para enseñar, y le encantaba la dulzura de su voz y su elocuencia. Ella era paciente, amable, educada, y dedicada a que su pupilo entendiese cada lección.

Bessie también sentía atracción hacia su pupilo. Era guapo y educado. Ella se lo imaginaba ya como un abogado, "un buen partido" para el matrimonio, a pesar de que él era "un español", "un portorriqueño".

Antonio sabía que ella sentía atracción por él. La tensión sexual entre ambos era innegable.

En una ocasión, Antonio interrumpió las enseñanzas de Bessie con un sentido de urgencia: —¡Espera un momento! ¡Algo no está bien! —dijo Antonio con su marcado acento español.

Sorprendida por el comportamiento de Antonio, Bessie le miró con sus grandes ojos castaños muy abiertos, sintiendo como si su corazón se detuviera por un instante, preguntándose qué había hecho para incomodarlo.

—¡Tengo que avisar al cielo porque un ángel se ha escapado! —dijo Antonio, alarmado.

Su corazón palpitando enérgicamente en su pecho, Bessie observó a su alrededor por un segundo, como si buscara al ángel que Antonio mencionaba.

Antonio estalló a carcajadas.

Bessie volvió en sí al darse cuenta de inmediato que Antonio se refería a ella, usando un piropo español. Ella se sonrojó y se puso de pie.

Aunque Bessie poseía un buen sentido del humor, necesitaba que su pupilo la respetara. Arqueó las cejas y le miró directamente a los ojos, como si estuviera a punto de regañar a uno de sus estudiantes de escuela primaria.

—Señor Pontón. ¡Discúlpeme, pero tiene usted que dejarse de tonterías y concentrarse en su lección! ¡De lo contrario, usted nunca estará listo para la facultad de derecho!

Antonio le devolvió la sonrisa y colocó su mano derecha sobre la de ella, para calmarla. Se veía aún más bella cuando estaba enfadada.

—*Mis Besi*, ¡no lo puedo evitar! ¡Es usted preciosa! *Llu ar so biutiful!*

Tomó su lápiz, escribió en su cuaderno de notas el nombre de Bessie, y dibujó un gran corazón alrededor de éste. Entonces añadió su nombre justo debajo del nombre de ella y, en medio de los dos nombres, escribió la letra "y". Dentro del corazón que acababa de dibujar, ahora se leía: "Bessie y Antonio".

Bessie suspiró profundamente, frustrada. Con su rostro sonrojado y su corazón aún palpitando aceleradamente, respondió:

—Creo que hemos terminado por el día de hoy, señor Pontón. ¡Lo que le he dicho, obviamente, no le importa para nada!

En silencio, Bessie recogió sus libros y papeles de la mesita, los devolvió a su bolso, se apresuró a regresar dentro de la casa, y subió corriendo las escaleras, rumbo a su habitación.

Antonio, el cual se había puesto de pie, se volvió a sentar, su corazón dando tumbos. Estuvo un buen rato sentado, con la vista baja, moviendo a ratos su cabeza de izquierda a derecha. Sabía que se había pasado de la raya. Pero tenía que decirle. Al resistirse a sus afectos,

Bessie le hizo sentir a Antonio un deseo incontrolable. La deseaba ahora mucho más que nunca.

La caza había comenzado.

. . .

El domingo en la mañana, después de levantarse al amanecer para prepararse para ir a la iglesia, Bessie se dirigió a terraza trasera. Su madre Nora y su hermano Charles habían ya partido para ensayar con el coro. En la pequeña mesa redonda donde ella y Antonio habían estudiado el día anterior, yacía una rosa roja y un sobre de color marfil dirigido a Bessie. Los ojos avellanados de Bessie escudriñaron a su alrededor para asegurarse de que nadie la estuviera mirando. Se apresuró a abrir el sobre. En su interior, había un trozo de papel de cebolla doblado a la mitad, con algo escrito.

Su curiosidad la consumió. Desplegó la nota a toda prisa.

Leyó: «Señorita Bessie. Por favor, perdóneme si la he ofendido. ¡Se lo ruego profundamente! Su eterno admirador, Antonio».

Las palpitaciones aceleraron nuevamente. Con diligencia, regresó la nota a su envoltura y la guardó en el bolsillo de su falda. Levantó la rosa roja por el tallo con la mano derecha, con precaución para evitar las espinas, y con su mano izquierda sostuvo el delicado capullo que apenas comenzaba a abrirse, colocándolo cerca de su nariz. La rosa todavía estaba húmeda y su aroma era como ninguna otra rosa que ella hubiese sentido.

Al son del corazón que quería brotar de su pecho, Bessie sintió que la invadió una extraña emoción de miedo combinado con una inmensa dicha. Respiró profundamente. Sus pulmones se llenaron de aire fresco. Una fiebre vigorizante se apoderó de su ser, enviando rayos de electricidad a través de todo su cuerpo.

«¿Es así como se siente el estar enamorada?», pensó.

Sabía la respuesta.

. . .

Con el tiempo, el cariño que Bessie sentía por Antonio crecía cada vez que estaba a su lado; su cabello ondulado rubio ceniza, sus ojos verdes, sus piropos ... y su acento. Era valiente y vulnerable al mismo tiempo, apasionado, inteligente, y hacía lo que fuera por asegurarse de que ella supiese lo mucho que a él le gustaba ella. Lo mucho que significaba para él. Él luchaba por conquistar el corazón de Bessie y lo demostraba.

Y a ella le encantaba su atención.

Bessie sabía que la relación tenía la palabra "problema" escrita por todas partes. No podía enamorarse de él. Para empezar, Antonio era "un español". Él era católico y ella era luterana. Ella no sabía nada de él, de su familia, ni de su pasado, excepto lo que había visto en sus documentos y el regalo y carta que había enviado su madre. Al poco tiempo de su llegada, se rumoraba que Antonio era de origen noble y que su familia en Puerto Rico era adinerada. Ella también escuchó que él tenía "una debilidad por las mujeres".

«¿Y si tiene una relación seria en su país?», pensó.

No debía exponerse a convertirse en una más de sus amantes. Su autoestima tenía que prevalecer. No iba a ser víctima de un *Giacomo Girolamo Casanova*, el mujeriego veneciano del siglo XVIII del cual había leído. No. Su relación no iba a funcionar. Ella debía casarse con un hombre más parecido a su padre.

«¿Si estuviera aún con vida, aprobaría mi padre mi relación con Antonio?», pensó.

Ella sabía que, con toda probabilidad, su padre no aprobaría. Y su madre tampoco. La cultura de Antonio no se asemejaba a la de su familia. No iba a encajar. Él no era como ellos.

Esa noche, se fue a dormir decepcionada.

. . .

Antonio y Bessie disfrutaban de un picnic en el parque *Lasell Park*. Era un día soleado de primavera. Descansaban sentados en una manta de cuadros color azul, amarillo y blanco, apoyados en sus manos, hombro con hombro, riendo amorosamente. La sutil brisa los acariciaba, los sonidos de la naturaleza y el aroma de las flores les relajaban.

Sus miradas se cruzaron y de momento entraron en un silencio total.

El rostro de Antonio se acercó al de ella y él la besó con ternura en sus labios húmedos y suaves. Susurró su nombre «*Besi*», como sólo él podía pronunciarlo.

Se conjuró el hechizo.

Ella cerró los ojos. Los latidos de su corazón aumentaron. Nunca se había sentido así en toda su existencia terrenal.

La mano izquierda de Antonio se trasladó desde la mejilla de Bessie hasta su cuello, la punta de sus dedos acariciando suavemente su piel. Se desplazó hasta su hombro, navegando pulgada por pulgada, despacio, hasta su cintura.

Se besaron en un apasionado abrazo. Una y otra vez respiraban el aliento de ambos y probaban el dulce néctar de sus labios unidos. La adrenalina ardía por sus venas.

«¡Él es mi amor verdadero!».

No quería que este momento terminase.

Continuó besándola en el cuello.

–¡Oh, Besi! –susurró mientras movía sus labios hacia su pecho–. ¡Deseo hacerte el amor!

Su mano se deslizó desde la cadera de Bessie a su pecho izquierdo y comenzó a acariciarlo mientras la besaba apasionadamente.

–Quiero hacerlo, también, Antonio –dijo ella.

Comenzó a desabrocharle la blusa, mientras continuaba saboreando sus besos. Y ella lo dejó. Quería más.

–¡Oh, Antonio! –le dijo–. ¡Te amo!

–Te amo, también, *Besi.*

–¡Bessie! ¡Bessie! –se escuchaba a lo lejos.

. . .

Bessie despertó de su sueño romántico sobresaltada por la voz chillona de su madre, la cual la llamaba a gritos.

–¡Bessie! ¡Bessie! ¡Despiértate! ¡Andas tarde! ¿Qué te ocurre?– decía la señora Kromer, frustrada–. ¡Esto no te ha ocurrido desde que eras una niña!

Bessie se había quedado dormida como un plomo.

Capítulo 21. El Señor y la Señora Fernández

En contra de los instintos más fuertes de ella, Bessie y Antonio comenzaron a cortejar poco después de iniciar las lecciones de inglés. El inglés de Antonio mejoró de sobremanera. Tenía un fuerte incentivo.

Durante las lecciones, ella escribía en su cuaderno: «Yo te amo».

Y él sintió lo que es estar enamorado por primera vez en su vida. Era diferente esta vez. Ella era su verdadero amor. Él la había encontrado. La había encontrado, por fin.

Los amantes eran turistas ávidos, y a menudo visitaban los monumentos históricos de Schoharie, como el fuerte *Old Stone Fort*, el puente *Iron Bridge*, las cuevas *Howe Caverns* y el parque *Lasell Park*. También admiraban las vistas de la montaña *Terrace Mountain*.

Bessie no podía contener su entusiasmo. Ella tenía que enseñarle a Antonio todo acerca de la rica historia de su pueblo.

—¿Sabes quién es Samuel Langhorne Clemens, Antonio?

—No... ¿Debería saberlo?

—Se le conoce mejor por el nombre de Mark Twain, autor del libro *The Adventures of Tom Sawyer* (Las Aventuras de Tom Sawyer).

—He oído de él y de la historia, pero no he leído su libro.

—Pues debes leerlo —dijo ella—. Es una lectura maravillosa. Un clásico americano. Sabes, Mark Twain trabajó en Schoharie por un tiempo.

—¿Sí?

—Sí. Trabajó como guardafrenos en la estación del ferrocarril de Schoharie en *Depot Street* durante el invierno del 1879, tres años después de escribir su famoso libro —dijo Bessie.

—¿Por qué obtuvo ese trabajo, un autor tan famoso?

—Un autor independiente, debo agregar —dijo ella—. Tenía su propia editorial, también. Bueno, contrató a su sobrino político para que la llevara.

—¿En serio?

—Sí. Trabajó como minero durante mucho tiempo y en su tiempo libre escribía —dijo—. Logró hacer una pequeña fortuna con sus publicaciones, pero una de sus destrezas no era el manejo del dinero, por lo que se tuvo que ir a la quiebra.

—¿De verdad?

—Pero se recuperó y terminó pagando a todos sus acreedores, a pesar de que él no estaba obligado por ley a hacerlo. ¿Qué piensas de eso?

—Era un hombre honorable —Antonio respondió—. Es lo que se debe hacer. Mi padre estaría de acuerdo. Un hombre no debe morir dejando deudas.

—Mark Twain nació cuando el cometa Halley llegó, y predijo con humor que iba a morir cuando el cometa regresara, que iba a despedirse con él —Bessie continuó su 'lección'—. Y cumplió con lo que había prometido. Falleció un día después del regreso del cometa, el año pasado, en el 1910.

Bessie estaba repleta de historias que contar. Todas le fascinaban a Antonio.

Y él la seguiría hasta el fin del mundo, si pudiera.

La pareja viajaba a la ciudad de Nueva York con frecuencia. Antonio una vez le dijo a sus amigos que Bessie y él viajaban "como marido y mujer" y se quedaban en hoteles bajo el nombre de "Señor y Señora Fernández". Fernández era el apellido materno de Manuel, el padre de Antonio.

. . .

Encima de la coqueta de su habitación, Bessie había colocado una fotografía de Antonio junto a ella. El retrato fue tomado durante una de sus visitas a *Coney Island*. La foto les mostraba posando en lo que parecía ser la parte trasera de un coche de ferrocarril. Ella llevaba un elegante vestido negro y un sombrero precioso, decorado con flores. Él lucía muy apuesto, vestido de traje oscuro y corbata.

Antonio tenía la misma foto en la mesa de noche de su habitación.

Coney Island era un destino turístico con atracciones, paseos y casas de baño, situado en la parte suroeste de Brooklyn, en Nueva York. Antonio y Bessie visitaron Coney Island después del "Fuego de Dreamland", el cual ocurrió en mayo del año 1911. El lugar era asequible por tranvía y–antes de que los muelles fueran consumidos por las llamas–también se podía llegar por barco de vapor. *Dreamland* no fue reconstruido después del incendio, pero los visitantes postincendio aún podían visitar *Steeplechase Park*, donde cabalgaban caballos de madera que viajaban alrededor del parque en una pista de acero, se podían montar en la rueda de la fortuna, y disfrutaban de ver las maquetas de los monumentos del mundo, tales como la Torre Eiffel y el palacio de la torre del reloj de Westminster, el cual contenía el *Big Ben*.

Los turistas también podían disfrutar de otras atracciones, como *Luna Park*, *The Bowery*, *The Empire Nickel Freak Show* (construido sobre la base de Dreamland después del incendio) y el *Cake Walk*, entre muchas otras. Algunos viajeros podían ir a la playa, si tenían los recursos para costear el caro acceso privado y siempre que se vistieran adecuadamente. De lo contrario, sufrirían una multa o incluso detención por "exposición indecente", penalidades que se le imponían a aquellos que llevaban trajes de baño demasiado reveladores.

Estando en el *Luna Park*, Bessie le contó a Antonio la historia del desafortunado elefante Topsy, el cual el empresario circense Adam Forepaugh transportó a los Estados Unidos cuando era apenas un bebé. Según creció, el elefante se empleó durante la construcción del parque. Alrededor del año 1903, Topsy fue electrocutado en el *Luna Park*, porque se había tornado agresivo. Bessie era sólo una niña en aquel entonces y recordaba su disgusto por el maltrato dado al pobre elefante.

—Topsy el elefante mató a tres hombres en el transcurso de tres años —le dijo a Antonio—. Pero a menudo me pregunto acerca de lo que le impulsó a actuar así.

—¿Se volvió loco? —preguntó Antonio.

—No lo sé. Pero creo que había sufrido ya suficiente. Leí que el manejador que Topsy mató le daba de comer al elefante cigarrillos encendidos. Los otros dos cuidadores repetidamente le picaban con tridentes —explicó Bessie.

—Muy mal hecho.

—¿Qué querían que hiciera, que siguiera tolerando el abuso? —dijo Bessie, molesta—. No hay manera de soportar ese trato —agregó—. ¡Si yo fuera Topsy, con certeza, habría reaccionado como el elefante hizo! Topsy, sin duda, actuó en defensa propia.

—¿Cómo fue que lo sacrificaron? —preguntó Antonio.

—Al principio, hubo conversaciones acerca de colgar al pobre elefante en la horca —dijo Bessie—, pero la Sociedad para la Prevención de la Crueldad contra los Animales se opuso —Bessie continuó—. Entonces, el señor Thomas Edison, el inventor y propietario de Edison Works, la empresa de electricidad en Schenectady, propuso ejecutar a Topsy con electricidad, al igual que hacen con los seres humanos condenados a muerte por asesinato —dijo ella, angustiada por la idea de Edison.

—¿Qué pasó entonces? —preguntó Antonio, sediento por más detalles.

—¿De verdad quieres saber más sobre cómo le arrebataron la vida y aliento a la pobre criatura? —Bessie preguntó, un tanto sorprendida por la curiosidad de Antonio.

—¡Sí! —suplicó con entusiasmo.

—Bueno, Antonio —dijo ella—. Primero le envenenaron con zanahorias impregnadas con cianuro y luego, ¡lo frieron con electricidad! —reveló.

Antonio se mantuvo callado. Por un momento, se puso en el lugar del animal y se imaginó cómo se debió haber sentido mientras le "freían con electricidad", como había explicado Bessie. Dejó escapar rápidamente el horrible pensamiento.

—¿Frito? —preguntó—. ¿Cómo se puede freír un elefante con electricidad?

—Pues le ataron electrodos a su cuerpo y utilizaron el generador de energía del parque para electrocutarle —dijo Bessie.

Antonio no podía creerlo.

—Y si el cianuro y la electricidad no fueran suficientes —Bessie suspiró—, ¡le estrangularon por diez minutos utilizando burros que tiraban de un cabo apretando alrededor de su cuello! Querían asegurarse de que estaba más que muerto, el pobre animal —dijo, con sarcasmo.

A estas alturas, a Antonio le estaba claro que el evento había afectado a Bessie de sobremanera.

Antonio escuchaba.

—¡Edison lo filmó todo! —continuó Bessie—. Así que si te quieres divertir observando la película, ¡estoy segura de que la puedes localizar en algún lugar! —le desafió.

—¿Por qué mataron al elefante utilizando electricidad? —preguntó Antonio—. ¿No había otra manera de hacerlo bajo la cual no sufriera?

—Dijeron que no le haría daño al animal —ella respondió—. Creo que los empleados del señor Edison habían estado recorriendo el país electrocutando perros y gatos, caballos, e incluso vacas, para demostrar que la "corriente alterna" del señor Westinghouse era mucho más perjudicial que la "corriente directa" del señor Edison. Todo revolvía alrededor de la competencia entre los dos hombres y sus empresas. Fue, como siempre lo ha sido todo, una contienda por el dinero y el poder.

—Pero —dijo Antonio, analizando la situación más a fondo—. *Besi*, desde un punto de vista científico, encuentro todo esto fascinante.

—¿Fascinante? —preguntó ella, con asombro.

—Quiero decir —continuó Antonio, intentando reparar lo que había dicho—. Consideré estudiar medicina antes de decidirme por estudiar derecho. Yo sé que los animales a menudo se sacrifican por el beneficio de la ciencia.

Pero Bessie creía que los animales tenían derechos, tal como los tienen las personas. Para ella, no había justificación para sacrificar a un animal en nombre de la ciencia.

—No me parece fascinante el matar en nombre de la ciencia, en lo absoluto. Los seres humanos pueden ser monstruos —dijo Bessie—. Es un desperdicio el sacrificar una vida que no tiene forma de saber el bien del mal. Topsy era una criatura indefensa con capacidad limitada y un pasado turbulento —añadió Bessie.

Bessie se detuvo por un momento. Continuaba defendiendo a Topsy, como un abogado de defensa criminal lucha por su cliente.

—Ellos mismos convirtieron a Topsy en lo que era, tomándolo de su madre a una edad tan temprana, sólo para abusar de él. Fue traumatizado. Tal vez se enfermó de los nervios con tanto abuso. ¡Definitivamente lo arrinconaron! Mataron al pobre elefante cuando actuó simplemente como se esperaba. ¡No tiene ningún sentido! Debieron enviarlo a un zoológico o a un santuario de animales enfermos, donde no pudiera hacerle daño a nadie y nadie pudiera hacerle daño a él —dijo ella, proponiendo un justo castigo para Topsy.

Con compasión, pero muy molesta, Bessie dirigió su mirada al cielo, como si le hablara a Topsy y dijo:

—¡Lo que debe de haber sufrido! No me importa que escribieran en los periódicos que murió "sin un gemido ni un trompazo". ¡Escuché con mis propios oídos a la gente decir que cuando se accionó el interruptor y los miles de voltios corrieron por sus venas, el pobre animal gritó de dolor, abriendo su grandes ojos verdes, su cuerpo sacudido por la corriente, desplomándose al suelo, todas las seis toneladas que pesaba!

Aunque fascinado por los eventos que Bessie describía, Antonio sentía su padecer. Permaneció mudo.

Bessie se volvió a Antonio con frustración, deseando que manifestara alguna simpatía por Topsy. Pero sus labios se mantuvieron sellados. Pensó que no debía pronunciar una palabra más, por miedo a ofenderla.

—¿Cómo te gustaría que hicieran eso a ti? ¡El ser humano es sádico! ¿Puedes creer que más de mil personas se apuntaron a ver la ejecución? —dijo Bessie, condenando la acción de convertir la electrocución en un espectáculo, cobrando tarifa de entrada—. ¡Puras tonterías! —añadió a lo que, evidentemente, se había convertido en un monólogo.

Antonio trató de disipar el enojo de Bessie, sugiriendo que se tomaran una fotografía. Ella asintió y se dirigieron a una de cabinas de fotos del parque, la cual asemejaba la parte posterior de un carro de ferrocarril. Ambos tuvieron un poco de problema en sonreír para la cámara, dado el intercambio que acababan de tener.

Después de tomar su fotografía, Antonio compró seis copias, tres para cada uno de ellos. Pensaba enviar una a sus padres. Después de la foto, continuaron su paseo por el parque.

Bessie mantuvo su mirada baja, en silencio, todavía con Topsy en su mente. Justo cuando Antonio pensó que Bessie iba a abandonar el tema, ella lo elevó a otro nivel.

—Lo mismo va para la ejecución de los seres humanos —dijo ella, trayendo a colación el tema de la pena de muerte—. Nos convertimos en asesinos cuando ejecutamos a otras personas. ¿Quiénes somos nosotros para matarlos, cuando ellos mismos están siendo castigados por matar? La sociedad es hipócrita. ¡Cometemos un delito para castigar el mismo delito que condenamos! —dijo, burlándose de la medida—. Matar es matar y punto. No hay ninguna justificación. ¡Matar es un pecado!

Como estudiante prospectivo de derecho, los argumentos de retribución, disuasión y beneficio social, como justificaciones para la ejecución de los seres humanos, o la defensa propia y la locura como excusas penales para un criminal acusado, recorrieron la mente de Antonio. Pero él sabía que no debía debatir el tema tan delicado de la pena de muerte con Bessie y arriesgar perpetuar su agonía. De ninguna manera. Ella ya estaba visiblemente afectada por la toma de una vida, aunque fuera la de un animal. Era obvio que Bessie permanecía impactada por el cruel destino de Topsy, tal vez debido a que había sufrido la triste noticia cuando Bessie era tan sólo una niña.

Antonio se limitó a asentir y a consolar a su amada.

—Pobre Topsy —dijo, tratando de demostrar empatía.

Se acercó a Bessie. Colocó su brazo izquierdo sobre los hombros de ella y llevó su cuerpo hacia el de Bessie. Entonces se detuvo y la miró. Con su mano derecha, el dedo índice acurrucado debajo de la barbilla de Bessie, le levantó la cara, le miró a los ojos y la besó cariñosamente en la frente.

—¡Vamos a la Luna! —Antonio sugirió, sonriendo y cambiando el terrible tema para siempre.

Perdiéndose en los ojos verdes de Antonio, Bessie abandonó su expresión preocupada y una sonrisa comenzó a nacer en su rostro.

Asintió.

—Lo siento —dijo ella—. Estamos en Coney Island, ¡un lugar para divertirse y ser felices, no estar tristes!

Antonio sonrió.

—¡Eso es!

Con sus brazos entrelazados, la pareja se dirigió hacia la famosa atracción *A Trip to the Moon* (Viaje a la Luna) y se colocaron en fila para abordar la nave espacial "Luna".

Capítulo 22. Hacia Albany

L a solicitud de Antonio a *Albany Law School* fue aceptada para comenzar en el otoño del 1911, pero como necesitaba más tiempo para mejorar su fluidez en el idioma inglés, decidió comenzar la facultad de derecho en septiembre del 1912. Se graduaría con la clase del 1915.

El verano después del trágico hundimiento del transatlántico *RMS Titanic* el 15 de abril de 1912, Antonio emprendió sus planes para asegurar un apartamento en Albany y mudarse fuera de la casa de huéspedes de los Kromer en Schoharie. Alquiló un apartamento a la señora Chamberlain en su edificio del núm. 52 de *Clinton Avenue*, una pequeña estructura de tres niveles con un sótano y un ático que formaba parte de un bloque de edificios de ladrillo rojo con diseño similar, construidos en el 1891. Su apartamento tenía una pequeña cocina de gas y una habitación privada, pero el cuarto de aseo era compartido entre los pensionistas.

Antonio tenía que caminar unas dos millas desde su nuevo apartamento hasta *Albany Law School*. Su ruta andando a la universidad le tomaba alrededor de media hora a un paso rápido, pero a veces iba más despacio al pasar por el parque *Washington Park*.

Disfrutaba pasear por el parque. Era encantador y tranquilo. A veces, si el tiempo no estaba demasiado frío y el sol se asomaba, aunque fuera un poco, estudiaba allí.

«La casa de madera del lago en el *Washington Park* es como una perla en una ostra», escribió una vez a sus padres. Sonaba un poco a poesía. Etervina leyó entre líneas. Sabía que su hijo tenía que estar enamorado para escribir con tanta inspiración.

«La fuente del *King Memorial Fountain of Moses* es tan impresionante y de gran alcance —escribió—. El monumento del *Soldier's and Sailor's* rinde homenaje a la valentía de los soldados. El diseño del *Washington Park* es perfecto. Es uno de mis lugares favoritos aquí».

Durante sus paseos a la facultad de derecho, se imaginaba que los olmos del parque cobraban vida y le acompañaban todo el camino hasta que cruzaba la *Madison Avenue* y tomaba la *New Scotland Avenue* para llegar a *Albany Law School*. Antonio cerraba los ojos y sentía la brisa en su faz, como si fuera enviada por los árboles para acariciar su rostro mientras andaba.

«¡Ay! –pensaba–. ¡Qué apacible!».

El abrazo de los árboles le inyectaba fortaleza antes del inicio de un ajetreado día de clase. Antonio nunca tuvo problema para encontrarse en armonía con la naturaleza.

Capítulo 23. Albany Law School

Albany Law School fue establecida en el 1851 y es una de las instituciones más antiguas de su clase en los Estados Unidos. En el 1912, muchos abogados destacados se habían ya graduado de la institución y representaban la universidad en ámbitos ejecutivos, judiciales y legislativos de Nueva York y otros estados, así como en el gobierno federal. La universidad se incorporó a *Union University* en el 1873 y llevaba 62 años establecida como facultad de derecho cuando Antonio fue aceptado.

«12 de septiembre de 1912, *Albany Law School*. Querida familia – escribió Antonio–: Las instalaciones del colegio de abogados que se ofrecen a los estudiantes aquí son insuperables. Tenemos acceso a grandes aulas, un salón, una instalación deportiva y a la biblioteca de la universidad, la cual se mantiene abierta a todas horas. Los estudiantes también pueden utilizar la biblioteca pública, la más grande de Estados Unidos, con más de 65,000 volúmenes. La universidad también tiene fraternidades, además de los equipos de baloncesto y béisbol, y una publicación llamada *The Albany Law School Journal*».

Manuel y Etervina se sentían confiados de que su dinero estaba dirigido a una gran inversión. *Albany Law School* era, sin duda alguna, una de las mejores instituciones.

Antonio fue uno entre 47 estudiantes admitidos en el 1911. Él y sus compañeros se sentían un poco intimidados por la formalidad de estar en una facultad de derecho de tan alta reputación. El estar allí hacía que todas las dudas que Antonio pudiera tener sobre sí mismo se magnificaran, a la misma vez que trataba de construir una nueva "red de seguridad" en su nuevo entorno, lo cual prometía ser un enorme reto. Se daba cuenta de que la inseguridad era un denominador común entre los estudiantes de primer año y esto le daba un poco de tranquilidad, aunque sólo fuera pasajera. A pesar de su ansiedad, Antonio se sentía emocionado de estar en *Albany Law School*. Pero el hecho de ser el único de su familia que emprendió una carrera profesional ejercía presión sobre él para lograr su cometido. Deseaba, más que nada, enorgullecer a Manuel y a Etervina.

Ya existía un precedente de estudiantes puertorriqueños que asistieron a *Albany Law School*. Esta tendencia comenzó justo después de la Guerra Hispano-Americana. El primero en asistir fue Pedro G. Amador, de Camuy, de la clase del 1902. En la siguiente clase se encontraban José Ramos Casellas, de Manatí, y Pedro E. Ramírez, de Mayagüez. El "Profeta de la Clase", Leopoldo Feliú, de San Germán, se graduó en el 1906, después de haberse distinguido por escribir la mejor tesis final. José López Acosta, también de Manatí, se casó con Clarissa B. Pritchard, otra estudiante de derecho. José Sabater, clase del 1909, se convirtió en juez del Tribunal Superior de Puerto Rico. Más de dos docenas de puertorriqueños asistieron a la universidad durante un período de 20 años bajo la administración del decano J. Newton Fiero.

El decano J. Newton Fiero (nac. 1847), un hombre de ascendencia holandesa y española, se graduó de *Union University*. Había ocupado el decanato de *Albany Law School* desde el 1895 y se mantuvo como decano hasta el 1924. Le habló a la clase de Antonio durante la ceremonia de bienvenida a los estudiantes de primer año. El decano Fiero amplió el programa de la facultad de derecho de uno a dos años y luego de dos a tres años, e introdujo el componente de ética legal. Fue autor de varios libros de derecho, y su conocimiento de la ley y el procedimiento estatal eran insuperables. Newton Fiero fue también profesor universitario, dando la cátedra de las clases de *The Law of Procedure*, *Equity*, *Torts* y de *Evidence*.

Antonio no cesaba de pensar en las palabras del decano Fiero durante su discurso de bienvenida: «Miren a su izquierda; ahora a la derecha. ¡Uno de ustedes no estará aquí en el 1915!». Utilizaban estas palabras para intimidar a los estudiantes de derecho de primer año y llamar su atención a la importancia de ser diligentes en sus estudios. Todavía se usan.

La carga de trabajo resultaría ser insoportable para muchos.

El plan de estudios era exhaustivo. Lewis R. Parker enseñaba *The Law of Bailments, Bills and Notes, Guaranty and Suretyship* y *Constitutional Law*. Fletcher W. Battershall enseñaba *Elementary Law* y *Domestic Relations*. Frank White enseñaba *The Law of*

Corporations. George Lawyer enseñaba *The Law of Contracts, Personal Property and Sales* y *Bankruptcy*. Frank B. Gilbert enseñaba *Real Property, Legislation* y *Statutory Construction*. Jacob C. E. Scott enseñaba *Criminal Law*. Frederick W. Cameron enseñaba *Patents, Copyright* y *"Trade-Marks"*. Charles J. Herrick enseñó *Civil Law, International Law* y *Conflict of Laws*. Los siguientes jueces presentaban en clase: Hon. Alton B. Parker presentó *Development of the Law*, Hon. Irvin G. Vann presentó acerca de *Insurance*, Hon. William Werner presentó sobre *Constitutional Law* y el Hon. Alden Chester dio conferencias acerca de *The Federal Judicial System*. Frederick D. Colson presentó sobre *Books and their Uses*.

Para graduarse con un título en derecho, Antonio y los demás estudiantes de *Albany Law School* tenían que cumplir con cinco requisitos estrictos: (1) Completar cuatro años (o su equivalente) de trabajo de un grado por encima de la escuela primaria y secundaria antes de comenzar el curso de estudio; (2) Completar tres años completos de la facultad de derecho; (3) Completar el curso de residencia en no menos de un año; (4) Ser de buen carácter moral; y (5) Tener por lo menos 21 años de edad.

El costo anual de las clases era $110, la matrícula costaba $10 y la cuota de graduación costaba $10. Los libros podían ser caros, pero la biblioteca proveía una alternativa a la compra de estos. También había *Hornbooks*, compendios que los estudiantes podían comprar para ayudarles a resumir los temas de clase y facilitar el estudio. La empresa *West Publishing Company* ofrecía cerca de 32 de ellos a la venta y costaban $3.79 cada uno.

«El señor John Charles Watson, secretario de *Albany Law School*, es un hombre muy amable —escribió Antonio a sus padres—. Se graduó recientemente de *Albany Law School*, después de haber reemplazado al antiguo secretario, John J. Hughes, quien falleció en el 1911. El señor Watson es un hombre digno de confianza. Apoya muchísimo a los estudiantes en sus estudios».

De hecho, Watson prestó su ayuda cuando Antonio enfrentó problemas con algunas de sus tareas académicas y cuando se ausentó de clase debido a sus frecuentes dolores de cabeza.

Antonio acogía la oportunidad de liberar la ansiedad de los estudios y salía con sus compañeros de clase de vez en cuando. «Es habitual que los estudiantes se reúnan en el bar *Garrity* para tomar algo después de un examen —escribió a Manuel y a Etervina—. A veces, el profesor se une a nosotros, especialmente después de un examen».

En una ocasión, Antonio mencionó en sus cartas los nombres de varios estudiantes de derecho que se habían convertido en sus amigos. «Stanley Bliss, un año mayor que yo, es un estudiante brillante que a menudo me ayuda con consejos». Explicó que Bliss trabajó para el abogado DeWitt el verano del 1911 y compartió su experiencia con Antonio. Había invitado a Antonio a sus ceremonias de graduación del 5 de junio de 1912.

El asistir a la graduación de la clase del 1912 dio inmensa ilusión a Antonio, el cual se vio afectado por la emoción a espera de su graduación en el 1915, deseoso de honrar cl apellido de su padre entre los graduados.

«A algunos estudiantes que completaron la facultad de derecho en el 1912 se les permitió asistir a las ceremonias de graduación con su clase graduanda, pero no se les dio su grado, ya que aún no habían cumplido veintiún años de edad —escribió Antonio—. En su lugar, les otorgaron un 'certificado de graduación' o 'certificado de asistencia'. Recibirán su grado al cumplir los veintiún años. Entre ellos se encuentra un estudiante llamado Robert H. Jackson, el cual muchos dicen posee un intelecto brillante».

Después de graduarse de *Albany Law School*, Robert H. Jackson (nac. 1892) se convirtió en un líder, abogado, juez y escritor. Se desempeñó como juez del Tribunal Supremo de los Estados Unidos desde el 1941 hasta el 1954. Durante el año 1945-46, el juez Jackson diseñó el proceso judicial internacional y se convirtió en el fiscal que encausó a los sobrevivientes líderes nazis en Nuremberg, Alemania.

«Entre los estudiantes menores de veintiún años, se encuentran las hermanas gemelas Clara y Clarissa Pritchard. Clarissa es la joven que se casó con uno de los estudiantes puertorriqueños, López, del pueblo de Manatí», escribió. «Se ven muy jóvenes —prosiguió Antonio—. Hay algunas damas que se gradúan de la facultad de derecho aquí», reflejó su sorpresa acerca de la presencia de féminas en el aula.

Otros estudiantes puertorriqueños también asistieron a la ceremonia de graduación con Bliss, Jackson y las gemelas. Ellos se ofrecieron a orientar a Antonio y compartían con él frecuentemente: Ulpiano Crespo, Jr., de Añasco, los hermanos José y Mateo Fajardo, de Mayagüez, y Plinio Castro, de Cabo Rojo. Eugenio Vera, también de Puerto Rico, estudiaba a menudo con Antonio. Antonio López era un estudiante de San Juan. Entre sus amigos americanos se encontraba C. H. Hersey, quien residía en un apartamento en el mismo edificio donde vivía Antonio.

. . .

El ver las hojas cambiar de color durante el otoño era un privilegio especial para Antonio. Un día tomó unas cuantas y las guardó en un sobre para enviárselas a sus padres y así pudieran ver sus colores.

«Algunas de las hojas tienen el color amarillo-rojizo de las hojas de tabaco cuando están listas para la cosecha –escribió–. ¿No les parece? Espero no hayan perdido el color cuando lleguen a sus manos».

Se sentía un poco deprimido cuando los árboles quedaban desnudos al perder sus hojas, pero esto señalaba la cercanía de la nieve, a la cual adoraba. «Me encanta la nieve, al menos cuando recién cae, cuando es un polvo blanco». Le cautivaba observar una gran nevada. La precipitación más fría que hubiera presenciado en Comerío fue el granizo, y éste arruinaba los cultivos.

«Pero el caminar a través del aguanieve sucia en la calle, días después de una nevada, es de lo más desagradable», escribió. Cuando el lodo un día le manchó los zapatos de sobremanera, Antonio aprendió a las malas que lo mejor era comprar forros para proteger sus zapatos contra las inclemencias del tiempo o usar botas de cuero. Leyó en el periódico acerca de una empresa en Maine llamada *L. L. Bean*. La empresa producía unas botas especiales hechas a mano para los cazadores y las acababan de hacer disponibles para la venta. Parecía que estas nuevas botas serían prácticas para caminar a la universidad en el lodo de la nieve, pero Antonio opinaba que su aspecto era demasiado informal.

«Las botas de *L. L. Bean* son una gran idea, pero no serían atuendo apropiado para la facultad de derecho –escribió a casa–. Los estudiantes de la facultad de derecho deben lucir una vestimenta adecuada para la cátedra».

Para ir a clase, Antonio llevaba un pantalón negro tipo *Livingston*, una camisa tipo *Tombstone*, un chaleco *Stafford*, una corbata o lazo, tirantes, una chaqueta *Callahan* y un sombrero *Derby*. Siempre llevaba consigo el reloj de bolsillo de oro que su madre Etervina le había obsequiado antes de partir de Puerto Rico. Etervina lo había ordenado como pedido especial para él desde España, como un "amuleto de buena suerte".

Antonio Pontón era un estudiante de buen porte y muy elegante.

. . .

La clase del 1912 fue la última clase que se graduaría en sólo dos años. Las clases graduandas posteriores tendrían que cursar tres años de estudios antes de graduarse, un nuevo cambio implementado por la universidad para ampliar su currículo con teoría legal. Antonio compartió a sus padres que si hubiese comenzado la escuela un año antes, el año en que fue admitido en realidad, se habrían ahorrado un año de gastos de matrícula. Pero él no sabía que este cambio se iba a implementar.

La verdad es, más que ahorro del costo de su matrícula, el destino de Antonio habría tomado un giro muy diferente si hubiese comenzado a estudiar cuando fue admitido, en el 1911.

No se hubiese cruzado con Bessie S. Kromer ni con su madre.

Capítulo 24. La Mazmorra Medieval

Antonio y Bessie continuaron su noviazgo después de que comenzó el curso. Se escribían cartas frecuentemente y se llamaban por teléfono tanto como podían. Viajaban juntos los fines de semana y días festivos, si el tiempo lo permitía; a veces, él se saltaba las clases sólo para poder verla. El romance se convirtió en toda una distracción para Antonio, quien ya estaba teniendo dificultades para concentrarse en su tarea académica, debido al deterioro de su salud y a la enorme carga de trabajo inherente en el estudio del derecho.

Los dolores de cabeza de Antonio se escalaron y muchas veces lo consumían por completo. Tanto así que ya no era capaz de procesar y de retener toda la información que se le requería aprender para clase. Él prefería estar con Bessie que en «la mazmorra medieval», como llamaba al aula.

La voz de ella era la nana que calmaba la mente tempestuosa de él.

Los profesores de *Albany Law School* enseñaban la ley utilizando el "método de caso" combinado con el "método socrático". Cuando un profesor que empleaba el método socrático llamaba a Antonio en clase, él abría sus ojos verdes como una lechuza en la noche y el miedo le paralizaba. En un instante, lo que estudió el día anterior se desvanecía de su memoria. Los nervios se apoderaban de su cuerpo. Hasta se le olvidaba el inglés.

A menudo, respondía «yo paso», el término para dejarle saber al profesor que el estudiante no estaba preparado. Por sus nervios, se sintió obligado a hacer esto, aun cuando estuviese preparado. Se encontraba demasiado avergonzado como para contestar cuando le llamaban en clase. El profesor anotaba el nombre de Antonio en su carta de participación y entonces pasaba a llamar a otra "víctima".

«Querida familia –Antonio escribió–: En la facultad de derecho, el profesor escoge a un estudiante al azar y le pregunta acerca de un tema o argumento particular en un caso previamente asignado. El estudiante escogido tiene que resumir el caso y el tema legal en cuestión para demostrar su comprensión del caso y de la ley que aplique. Si el estudiante ha leído el caso y puede articular la cuestión y la ley, el profesor procede a solicitar su opinión sobre el argumento y la conclusión del caso. El profesor toma la posición de 'abogado del diablo' e invita a otros estudiantes a participar en una discusión abierta, donde se presentan puntos de vista opuestos. El profesor requiere que el primer estudiante refute los puntos de vista opuestos. El mismo ejercicio se lleva a cabo para cada clase. La misma historia se repite todos los días como tortura china. El profesor anota los nombres de los estudiantes que están preparados y de los que no lo están, y la participación del pupilo en este tipo de ejercicio, junto a las calificaciones de las pruebas, contribuyen a la nota final del estudiante en el curso. Este ejercicio me está sacando de quicio. ¡No puedo vencer la ansiedad!».

Manuel y Etervina sintieron los nervios de su hijo a través de la tinta en sus cartas.

«Nos requieren leer cientos de páginas de casos a diario y los profesores esperan que todos los estudiantes no sólo lean el material, sino que también se memoricen los hechos, la ley y los argumentos del caso para discusión en la clase del día siguiente. Recomiendan leer el material tres veces para 'asegurar una preparación completa'. Todo el trabajo para preparar las clases del día siguiente tiene que ser realizado en una tarde y noche, después de que las clases terminen el previo día. La mayoría de los estudiantes no encuentran el tiempo para leer el material una vez, mucho menos tres veces –su carta continuaba–. Además de los requisitos diarios, nos examinamos por escrito cada semana para cada clase y también al final del término».

Antonio no podía sostener tan riguroso ritmo y se abrumaba con la gran cantidad de material de estudio. No lograba recordar la jurisprudencia de los casos lo suficientemente bien como para responder a las numerosas preguntas de sus profesores.

«El ejercicio de clase me hace sentir como si me torturaran en una mazmorra medieval. Las continuas preguntas, una detrás de otra, me hacen sentir como si fuera un criminal respondiendo a un fiscal en el tribunal. La práctica es degradante para los estudiantes y no hallo ningún provecho en este ejercicio, en lo absoluto. Me gusta mucho más el leer y estudiar que el ser acribillado a preguntas –escribió–.

Pero creo que éste es un nuevo método de enseñanza. Algunos de mis compañeros de clase comparten mis sentimientos, mientras que otros encuentran que el método socrático y el de utilizar casos para aprender son intelectualmente estimulantes y nos obligan a ensayar el cómo pensar con rapidez, como el abogado debe pensar en la sala del tribunal».

Manuel y Etervina estaban preocupados. Sabían que Antonio no funcionaba bien bajo la intensa presión. Le escribieron palabras de aliento a su hijo, diciéndole que con toda probabilidad todos los estudiantes estaban en su posición, ansiosos y cansados, pero que debía seguir estudiando. Tendría que acostumbrarse a la nueva disciplina de estudio. El objetivo era difícil, pero no era inalcanzable. Otros estudiantes puertorriqueños habían aprobado con éxito el mismo programa, aunque fuese un año menos. La expectativa de la gran institución era que los estudiantes se esforzasen todo lo posible y terminarían siendo mejores abogados por ello.

La barrera del idioma, la insoportable cantidad de trabajo en clase, sus problemas de salud y su constante pensar en Bessie erigieron una montaña demasiado empinada para que Antonio la escalase.

Agonizaba bajo la presión que se acumulaba.

Parte III. El Crimen

«Perdónenme por mi decisión ... Sé que esto va a ser una desgracia que caerá sobre mi pueblo, pero no puedo evitarlo. El amor tiene la culpa. Me voy en paz ... rueguen por mí ... adiós a todos».

- Antonio Pontón, en una carta de suicidio dirigida al secretario de Albany Law School, septiembre del 1914

Capítulo 25. Desmoronándose

Aunque pasó todos sus cursos de primer año en la facultad de derecho, los que según dicen son los más difíciles, Antonio tuvo que retomar algunos de sus cursos de segundo año.
Se había atrasado.

Para empeorar las cosas, Bessie lo llevaba al cielo un día y al siguiente día le dejaba caer al abismo del infierno, diciéndole que necesitaba estar a solas y no quería volver a verlo por un tiempo. No mucho después de estos episodios, que no eran pocos, le llamaba o escribía de nuevo, diciéndole que lo extrañaba y deseaba volver a estar junto a él para siempre. Y, nuevamente, creaba excusas para no verlo.

—*Besi*, me voy a transferir a la Universidad de Harvard. No puedo resistir la presión de la universidad y nuestra relación —le dijo Antonio en una ocasión—. Es como un paseo en los *Rough Riders*. No puedo soportarlo.

Rough Riders era una atracción en Coney Island, una montaña rusa que a su ascenso mostraba un tema de la Guerra Hispano-Americana. En un terrible accidente, la montaña rusa se descompuso durante la caída de 60 pies, causando que algunos de los pasajeros cayeran a su muerte.

—Con tus malas calificaciones no te vas a poder transferir, Antonio. Te lo ruego. Permanece aquí. No te vayas. Te lo prometo, siempre estaremos juntos —le aseguró—. Por siempre.

—Estoy confundido, *Besi*. Tú rompes conmigo y luego me llamas. Más tarde rompes nuestro compromiso de nuevo. No puedo soportarlo. No puedo —dijo Antonio—. ¡Me estás matando, te digo!

—Estoy luchando con las presiones de mi madre para poner fin a nuestra relación. ¡Pero te amo! Me quedaré contigo, a pesar de lo que ella diga. Por siempre. ¡Te lo prometo! —repitió—. ¡Voy a encontrar la manera!

Antonio quería creerle a Bessie y acordaba continuar juntos, sólo para que el círculo vicioso se repitiera.

La relación inestable con Bessie y las tensiones en la facultad de derecho continuaron consumiendo a Antonio. Temía que iba a perderla. Era cuestión de tiempo. Y no veía manera de recuperarse en sus cursos. ¿Cómo iba a decirle a su padre Manuel que estaba fracasando? Se estaba enfermando cada vez más y su mundo se desmoronaba.

Antonio cayó en una grave depresión.

. . .

Una mañana, la señora Chamberlain, patrona de Antonio, una inglesa de pelo gris, de unos sesenta años y con un gran lunar en la mejilla derecha, percibió un olor a gas proveniente del apartamento de Antonio. Llamó a la puerta, con un tono agudo y pronunciado.

—¡Señor Pontón! —gritó.

Él no respondió. Llamó de nuevo, cada dos segundos, hasta que se abrió la puerta.

—*Yes, misis Chimberlen* —un Antonio indeciso respondió.

La puerta entreabierta, el olor acre del gas propano proveniente del apartamento se arremolinó en las fosas nasales de la patrona inglesa. Fue evidente que la válvula de gas de la estufa había quedado abierta. El lugar se hallaba oscuro y frío. Todas las ventanas y las cortinas estaban cerradas. Antonio no se veía aseado y se hallaba muy aturdido, como si hubiera estado en cama durante días.

—¿Qué ha sucedido aquí, señor Pontón?

La señora Chamberlain corrió dentro del apartamento para asegurarse de que la estufa estuviera apagada y abrió las ventanas para ventilar el lugar.

—¿Cómo puede ser tan descuidado? ¡Podía haber encendido el edificio en llamas! —le reprendió—. ¡Está poniéndonos a todos a riesgo! —le regañó una vez más.

—¡Lo siento mucho! —suplicó Antonio—. He estado enfermo y tengo una terrible jaqueca —dijo—. Puede que haya olvidado apagar la estufa con la confusión —dijo, ofreciendo una débil explicación.

La señora Chamberlain, alarmada, suplicó a su sobrino, Douglas Wiger, quien también vivía en el edificio, que ayudase en la situación. Wiger, un tipo alto y flaco como una aguja y de unos veintitantos años, permaneció en el apartamento de Antonio mientras la señora

Chamberlain y Antonio conversaban.

Wiger comenzó a husmear a su alrededor y descubrió una nota en la mesa de la cocina. La nota estaba escrita a mano y llevaba la firma de Antonio. Sin vacilación, la leyó. Antonio había dirigido la carta a sus compañeros de clase. Wiger dijo a su tía que pensaba que la nota fue escrita con «exagerada emoción» y que creía que se trataba de una nota de suicidio. Estaba repleta de despedidas y declaraciones apologéticas.

Como resultado del incidente, la señora Chamberlain le dijo a Antonio que no podía correrse el riesgo de que se hiciese daño a sí mismo, a los inquilinos ni al edificio. Triste, pero decidida, le dijo a Antonio:

—Lo siento hijo, pero tengo que pedirle que desaloje el apartamento de inmediato.

. . .

Antonio empacó sus pertenencias en su baúl, mientras Wiger le observaba. Dejó el apartamento de la señora Chamberlain esa misma tarde. A través de un compañero de clase pudo alquilar otro apartamento a la señora Rose Van Guysling, en el *253 North Pearl Street* en Albany. El nuevo apartamento quedaba media milla más lejos de *Albany Law School* que su apartamento anterior y estaba cerca del Río Hudson.

La señora Van Guysling era una dama muy agradable, de edad avanzada. Los antepasados de su marido llevaban mucho tiempo en Schenectady. Emigraron de Zeeland, en los Países Bajos, llegando a Estados Unidos en la década del 1600 en un barco llamado *Spotted Cow*. La señora Van Guysling usaba gafas redondas y favorecía los estampados floreados. Siempre emanaba un fuerte olor a lavanda y su voz era tímida, aunque su curiosidad superaba su timidez.

Una tarde, la señora Van Guysling se topó con Antonio en el buzón de su correo en el portal del edificio. Husmeó por encima de su hombro y notó que una de las cartas que llevaba era de Bessie Kromer. Le preguntó a Antonio, desbordándose de curiosidad:

—¿Es Bessie su novia?

—Sí, señora, nos vamos a casar pronto —respondió Antonio, sonriente.

La señora Van Guysling había visto en una ocasión que Antonio llevaba un paquete de cartas de Bessie cuando salía del edificio. Pensaba que Antonio mostraba un comportamiento un tanto extraño. Notó que frecuentemente estaba nervioso y se quejaba de tener dolores de cabeza.

«El pobre señor Pontón –pensó–. La carrera de leyes no es fácil».

Más de una vez, la señora Van Guysling le ofreció a Antonio remedios para sus dolores de cabeza, sintiendo compasión por su situación.

A pesar de que se había atrasado en su curso, Antonio continuó sus estudios durante el año escolar del 1913 e intentó ponerse al día con el apoyo del registrador John C. Watson y de sus amigos de la facultad de derecho.

También continuó escribiéndole a Bessie y recibiendo sus cartas. De vez en cuando, Antonio y Bessie se reunían para cenar o dar un viaje corto, como lo hacían al principio de su relación. A pesar de que sabía que las cosas estaban cambiando entre ellos, Antonio se aferraba a sus esperanzas que la relación volviera a lo que era antes.

Sabía que ella todavía lo amaba, pero había una fuerza oculta que interfería con su amor.

Capítulo 26. El Último Verano

En el 1914, Antonio continuaba cursando estudios en *Albany Law School* y Bessie obtuvo empleo como maestra de escuela primaria enseñando en la escuela *Lincoln School*, situada en *Robinson Street* en Schenectady. En breve tiempo Bessie se convirtió en una maestra muy apreciada por estudiantes y maestros. Había encontrado un apartamento acogedor en la residencia histórica *Conde House*, a unas cuatro cuadras de la escuela, en el núm. 1024 de *Albany Street*. La familia Conde descendía del gran conde de Francia, Adam Conde, el cual era condestable de Albany en el 1724.

El 1 de julio de 1914, Bessie fue a Nueva York con su madre para inscribirse en la escuela de verano de la Universidad de Columbia. Antonio llegó al día siguiente. La señora Kromer acompañó a Bessie por una semana y luego regresó a Schoharie. Bessie se quedó en Nueva York durante seis semanas y Antonio permaneció con ella.

Después de que las clases en la Universidad de Columbia concluyeron, Bessie regresó a la casa familiar en Schoharie. Antonio la acompañó en su regreso a 27 *Main Street* con la intención de pasar allí el resto del verano. La señora Kromer se enteró a través de Bessie que a Antonio no le iba bien en la universidad y se hallaba muy enfermo. Ella también había notado que estaba nervioso y sufría de fuertes dolores de cabeza constantemente. Bessie le confesó a su madre que estaba preocupada por él y le rogó que le ayudase.

La señora Kromer se acercó al reverendo Charles M. Karg, pastor de la Iglesia Luterana de Schoharie. El pastor Karg era una persona muy relajada y con un temperamento muy apacible. La señora Kromer le contó lo que le estaba sucediendo a Antonio y le suplicó al pastor si podía asistir a Antonio con el estrés que enfrentaba. El reverendo estaba al tanto de la relación de Bessie y Antonio, ya que los había visto juntos como pareja en varias ocasiones.

El reverendo Karg notó que Antonio se encontraba muy

desanimado. Tenía la impresión de que, aunque la señora Kromer sabía que Bessie y Antonio llevaban una relación romántica, la matriarca desaprobaba. Podía sentir la tensión entre la señora Kromer y su hija sobre "El Español", apodo que la señora Kromer usaba para referirse a Antonio.

. . .

El final del verano se acercaba, marcando el regreso de Bessie a su apartamento en Schenectady para el año escolar. Decidió conversar con Antonio acerca de su relación. Se hallaban solos. La señora Kromer se encontraba en una reunión de DAR y el hermano de Bessie, Charles, estaba en el supermercado trabajando.

Se sentaron en el porche, donde usualmente se habían sentado a estudiar inglés cuando se conocieron por primera vez, donde él le obsequió a ella su primera rosa, donde ella se había enamorado de él y donde había garabateado palabras de amor en su cuaderno.

—Antonio, tengo algo importante que decirte —dijo Bessie.

Él asintió.

—El final del verano se acerca y ya pronto dejaremos esta casa —pausó—. Tú regresarás a *Albany Law School* y yo a Schenectady a enseñar —continuó—. Sabes que eres muy especial para mi. Hemos estado juntos durante los pasados tres años —le dijo, fijando su mirada en los ojos verdes.

Las manos de Antonio yacían en su regazo, entrecruzadas. Sus pulgares se tocaban, danzando infinitas vueltas en un baile de nervios. El latido de su corazón se aceleraba. Se hallaba muy atento, anticipando que Bessie, con certeza, declararía su amor por él, como lo había hecho en ocasiones anteriores, y ya se casarían. La impaciencia le invadía y le urgía a tomar la iniciativa, lo cual había intentado hacer antes. Pero ella no le dejaba.

—Comparto tus sentimientos, *Besi* —se lanzó a interrumpirla, decidido—. Deseo pedirte algo importante —Antonio reveló con ansiosa prisa—. Sí, hemos estado juntos durante tres años, como marido y mujer. En mi mente ya estamos casados, pero sabemos que esto no es oficial. Te mereces la mejor boda del mundo entero —prosiguió.

Bessie perdió el habla, pero sus ojos comenzaron a revelar la realidad de lo que se acercaba.

—Me muero de los nervios —dijo Antonio, sacando una pequeña

caja de su bolsillo. Abrió la cajita frente a Bessie, dejando al descubierto un precioso anillo de diamantes.

Bessie nunca había visto tan hermosa joya.

–*Besi*. Tú ... –al sentir que perdía su compostura, trató con gran esfuerzo de que sus palabras dejaran su boca con perfecta pronunciación–. Tú eres la mujer más hermosa, más inteligente, fuerte y amable que he conocido. No existe un día que pase que yo no piense en ti. Te extraño. No puedo estudiar porque pienso en ti constantemente. Quiero pasar el resto de mi vida contigo. Sería el hombre más feliz de esta tierra si me aceptaras como tu marido –declaró su amor a Bessie–. Por favor, permítame pedirle a tu madre tu mano en matrimonio –le suplicó.

La tez blanca de Bessie se tornó aún más pálida, como si hubiese visto un fantasma.

–¡Oh, Antonio! –Bessie suspiró, frunciendo el ceño con gran preocupación y tristeza.

Él estaba confundido y sorprendido. Esperaba una reacción totalmente opuesta, ilusionado con las recientes promesas de Bessie.

–Antonio –dijo Bessie, tomando el anillo, colocándolo en la palma de la mano de su amado y cerrando sus dedos en la preciada joya–. Me siento halagada por tu propuesta, pero ... ¡Tengo que rechazarla! ¡No puedo ser tu esposa! –continuó–. No nos podemos volver a ver después de que partamos de aquí. Ya sabes que mi madre no aprueba de nuestra relación. Es por ello que me he comportado de una manera tan inconsistente. Vamos a perder la cabeza. No puedo conciliar mi amor por ti y el amor y la responsabilidad que tengo por ella –dijo Bessie.

Antonio no podía creerle. Lo estaba rechazando, después de tanto tiempo. ¡Después de todas sus promesas!

–*Besi*, ¿cómo es que me traicionas así? –le dijo–. ¿Amas a otro?

Ésa era la única posible explicación, en su mente.

–No, Antonio. No es eso. No estamos destinados a estar juntos –dijo–. Te amo, pero vivo en una nube de confusión. El mundo está en contra de nosotros. Mi madre ... –vaciló por un segundo– ¡Nos hemos comportado como niños!

Antonio podía escuchar la voz de Nora Kromer escapando de la boca de Bessie. Éstas eran las palabras de la señora Kromer, no de Bessie. Estaba seguro.

–*Besi*, tal vez la distancia está haciendo que olvides tu amor por mí. Quizás deberías mudarte cerca de Albany para que podamos estar más tiempo juntos —trató de persuadirla—. ¡He puesto un depósito en un apartamento!

Bessie fijó su mirada al vacío, en silencio, como si estuviera contemplando la propuesta de Antonio. Sentía su corazón rasgarse.

—No lo sé —vaciló—. No me quiero mudar y dejar mi trabajo. Lo disfruto y lo necesito —dijo—. Y no puedo dejar a mi madre, tampoco. Ha sufrido tanto la pérdida de mi padre ... —dijo—. Mi deber es con ella. Mi lealtad es para con ella, en primer lugar.

Antonio trató de persuadirle.

—*Besi*, tu madre tiene a tu hermano Charles. ¡No va a estar sola! Podemos venir a visitarle a menudo. ¡Por favor, no rompas conmigo! ¡Dame otra oportunidad!

—Está decidido —respondió angustiada.

Antonio no creía lo que sus oídos escuchaban.

—Lo siento —prosiguió ella—. Es mejor para los dos de esta manera. Tú necesitas concentrarte en tus estudios y mi madre simplemente no puede con lo nuestro. Dice que no va a funcionar, tú siendo un español, católico y todo eso. No puedo seguir adelante. Mi familia está consternada. La gente de la villa habla. Es perjudicial para ti, también. ¿No lo ves? ¡Nuestra relación no beneficia a nadie!

Como un niño a quien se le ha dicho que no puede obtener el juguete que más ansía, Antonio estalló de coraje. Se dirigió al comedor, súbitamente tomó en sus manos la vasija que Etervina había enviado como regalo a la señora Kromer y a Bessie, y con una fuerza rabiosa la arrojó contra la pared, estallándola en mil pedazos.

Bessie se desconcertó. Nunca le había visto comportarse de esa manera.

—¡Antonio! —le regañó como una madre a un niño.

Él se dio la vuelta. Sus ojos llenos de furia se fijaron en Bessie. Entonces, levantó su mano como si fuera a golpearla. Cuando se dio cuenta de lo que hacía, Antonio se detuvo y miró a las palmas de sus manos, preguntándose qué demonio podía haberlas poseído. Sintió que su cabeza reventaba. El dolor era insoportable y las nauseas incontenibles.

Con sus suaves manos cubriendo su rostro, Bessie estalló en llanto.

Incrédulo de sus acciones, Antonio se llevó la mano derecha a su frente, exhalando su desesperación. Sin decir una palabra, se apresuró al cuarto de baño. Bessie aprovechó su partida y salió corriendo de la casa.

Al escuchar a Bessie salir, Antonio entró a su habitación y comenzó a empacar. Con lágrimas en sus ojos, Antonio dejó la casa Kromer para siempre.

. . .

Inconsolable, Bessie recurrió con urgencia al reverendo Karg para reportar el incidente, pero éste no se encontraba en la iglesia. Fue entonces al supermercado en búsqueda de su hermano Charles. Éste trató de consolarla mientras le acompañaba de vuelta a casa.

Notaron que Antonio ya había partido.

Esa noche, cuando la señora Kromer regresó, Bessie le confesó lo que había sucedido. Le dijo que Antonio le pidió su mano en matrimonio, pero que ella lo negó, a pesar de que aún tenía sentimientos por él. Le explicó que él no tomó bien el rechazo, que lo invadió una rabia que nunca había visto antes, que él levantó su mano hacia ella, enloquecido. Bessie confesó a la señora Kromer que sintió que Antonio estaba tan enojado que pareció que quería matarla. Tuvo mucho miedo.

La señora Kromer, enfurecida, ordenó a Bessie que no viese a Antonio nunca jamás, que no lo llamara ni se escribiera con él. La relación con "El Español" tenía que llegar a su fin, no importa si aún ella tuviera sentimientos por él. Su conducta era reprensible. Estaba fracasando en sus estudios y se encontraba enfermo. Su comportamiento no era normal.

—Bessie, no sé si su enfermedad es contagiosa. Y ahora se ha vuelto agresivo —dijo la señora Kromer a su hija—. Temo por tu bienestar. La relación ha llegado a su fin. ¿Entiendes? Ha terminado —le ordenó.

. . .

Bessie y Antonio emprendieron caminos separados. Ella regresó a Schenectady para prepararse para su enseñanza en la escuela *Lincoln School* y él encaminó hacia Albany para proseguir con sus estudios en *Albany Law School*. Días después del incidente, Bessie recibió una carta de disculpa por parte de Antonio.

«Albany, Nueva York, 3 de julio de 1914. Querida Bessie —decía—: No sé lo que me arrebató el juicio. Por favor, perdóname. Te amo y nunca jamás te haría daño. Mi mundo se acabó tras tu rechazo. ¡Te había comprado un anillo de compromiso! ¡Les dije a mis padres! Tú eres la única mujer a la cual he amado con todo mi corazón. Por favor, concede a nuestro amor otra oportunidad. ¡Te lo ruego! Tuyo, Antonio».

Pocos días después de haber escrito su carta a Bessie, Antonio recibió una respuesta.

«Schenectady, Nueva York, 14 de julio de 1914. Querido Antonio: Ésta es la carta más difícil que he escrito en toda mi vida. Por favor olvídame —decía—. Mi amor por ti se perdió cuando me golpeaste y trataste de estrangularme. Ve a tu madre y dile que intentaste matarme —seguía la carta—. Por favor, no me contactes de nuevo —terminó con su firma—. Bessie». Se notaba por la caligrafía que la carta había sido escrita con mano temblorosa.

«¡No es cierto! —Antonio pensó al leer la carta—. ¡Ella no puede decir esas cosas sobre mí! ¡La amo! ¿Hice en realidad los actos de los que ella me acusa en su carta?».

Antonio comenzó a dudar de sus acciones. La confusión se apoderó de él.

«¿Acaso escribió Bessie la carta? ¿Estoy perdiendo contacto con la realidad?».

En cuestión de segundos, una voz le susurró al oído: «¡Su madre escribió la carta!».

«Albany, Nueva York, 20 de julio de 1914. Querida Bessie —escribió—: No puedo creer que tu madre esté ahora escribiendo tus cartas. No intenté matarte. Yo estaba enojado con tu rechazo, y me hallo desplomado, pero nunca te haría daño. ¡Te amo! ¡Quiero verte! Hablemos. ¡Por favor! Tu, Antonio».

«Schenectady, Nueva York, 3 de agosto de 1914. Antonio: No quiero volver a verte. Por favor, no me escribas más. Bessie».

Ésta fue la última carta que Antonio recibió de ella.

. . .

Sus amigos trataron de consolarlo. Ulpiano Crespo, Eugenio Vera, Pedro Beiges y Antonio López visitaron a Antonio en su apartamento e insistieron en que consiguiera ayuda.

—Antonio, ¿por qué no vuelves a Puerto Rico por un tiempo, tomas un descanso? La distancia puede ayudar a componer tus pensamientos —Ulpiano Crespo le dijo—. Siempre puedes volver a Albany cuando te hayas recuperado. Tienes que cuidar de tu salud primero. No estás bien.

—No lo sé. Si regreso sin un título seré la vergüenza de mi familia y de mi gente —dijo Antonio—. No quiero terminar en el manicomio como los demás en la familia de mi madre. Deseo lograr algo antes de morir, dejar un legado. En este momento, ¡soy un *don nadie*!

—Pero si estás enfermo, necesitas ayuda. Muchas personas en tu situación se recuperan y viven una vida feliz y productiva. Debes reconsiderar. Podemos recaudar dinero para ayudar con tu viaje de regreso a casa, si no deseas imponer más en tu familia —dijo Vera.

Antonio suspiró. Sus amigos insistieron.

—No te encuentras en condiciones para seguir estudiando. La facultad de derecho es muy estresante. Tienes que mantener tu mente clara, y no lo está. Y tu novia, Bessie, está contribuyendo en gran medida a tus problemas. ¡Ella no es buena para ti! Un día te da la bienvenida, al día siguiente te rechaza. Debes poner distancia entre vosotros dos. No puedes seguir viviendo esta vida. No va a terminar bien. ¡Y lo sabes! —dijo López.

Silencio absoluto.

—Bueno, ya sabes dónde encontrarnos si nos necesitas. No estás solo, Antonio. Tienes amigos que se preocupan por ti —dijo Beiges, mientras le dejaban.

Enterraría en el sueño su desesperación.

. . .

Se despertó al escuchar golpes en su puerta.

—¡Un momento! —dijo a gritos—. ¡Ya voy!

Se levantó, se arregló la camisa y se abrochó los pantalones, mientras se dirigió a abrir la puerta.

—¡*Besi*! —exclamó, abrumado por la emoción.

La abrazó y no la dejó ir.

Capítulo 27. La Tormenta Perfecta

—**M**adre, ¡todavía lo amo! No sé qué hacer —dijo Bessie—. ¡Usted me está pidiendo que haga lo imposible!

La señora Kromer se encontraba furiosa. Después de haber enviado la última carta "de Bessie", Nora Kromer dejó claro a su hija que no toleraría a Antonio cerca de ella.

—¡Escúchame, Bessie! Esta relación es un problema. El Español no es el hombre para ti. Debes ser fuerte —dijo a su hija—. No te queda más remedio.

Bessie se mantuvo en silencio.

—¿Lo has estado viendo otra vez?

Silencio.

—Bessie Kromer, ¿has estado viendo a El Español de nuevo?

Bessie rompió en sollozos.

Los ojos de la señora Kromer se impregnaron de ira. Ella sabía que su hija le estaba ocultando que había reanudado su relación con Antonio. Tenía que hacer algo más drástico que el tratar de forzar a su hija a enviar cartas poniendo fin a su relación. Éstas no estaban logrando su cometido. Tenía que impedir cualquier posibilidad de que la relación se reanudara.

Nora Kromer contrató a un abogado, el señor Dugan, para registrar una orden de protección en contra de Antonio y presentó una querella a la policía alegando que Antonio había amenazado Bessie. También transmitió a las autoridades que Antonio tenía un revólver.

. . .

Antonio se encontraba en la clase de derecho constitucional cuando el oficial Hiram Walker y otro oficial de la Oficina del Fiscal del Distrito de Albany se presentaron a arrestarlo, interrumpiendo la clase.

—¿En qué puedo ayudarles caballeros? —dijo el profesor Lewis R. Parker a los agentes que entraron en el aula, acompañados por el señor Watson.

—¿El señor Antonio Pontón? —dijo el oficial Walker, dirigiéndose a la clase.

—Sí —Antonio se puso de pie, sorprendido—. Yo soy Antonio Pontón —dijo con los ojos muy abiertos, mirando a su profesor, a Watson y a los oficiales.

—Nos gustaría que nos acompañase al cuartel de la policía, por favor —dijo Walker.

El charloteo de los estudiantes se escuchaba en el trasfondo. El profesor Parker se encontraba atónito. Watson permaneció en silencio, su rostro no podía ocultar su tristeza.

—Pero, ¿por qué? —dijo Antonio—. ¿De qué se trata esta situación, oficial?

—Ha habido una denuncia presentada en contra de usted, señor Pontón. Cuando venga con nosotros le explicaremos —dijo Walker.

—Sí, señor oficial.

Antonio recogió sus papeles y los colocó dentro de su valija. Cuando se acercaba a la puerta del aula, Walker tomó la valija, se la pasó al oficial que le acompañaba y le puso las esposas a Antonio, ante su profesor, Watson y todos sus compañeros. Antonio salió de la sala de clase humillado, escoltado por los agentes de la policía y el señor Watson.

. . .

—Señor Pontón —dijo el agente Walker, el cual se hallaba de pie frente a Antonio en la sala de interrogación—. ¿Usted posee un revólver?

—No, señor. No lo poseo —dijo Antonio, sentado en la incómoda silla. Esforzaba sus ojos para hacer contacto visual con Walker, pero la luz brillante sobre él lo impedía.

—¿Entonces no le importa si examinamos su persona? —dijo el oficial.

—No, oficial, usted me puede examinar. No va a encontrar ningún arma.

Walker y otro oficial examinaron la ropa y bolsillos de Antonio. Rebuscaron por el resto de su persona, pero no encontraron el arma que la señora Kromer alegó éste llevaba.

—Señor Pontón, ¿le importaría si examinamos su apartamento? —preguntó Walker.

—¿Por qué? —dijo Antonio.

—Para ver si usted tiene un revólver allí —respondió el oficial.

—Usted no encontrará un revólver en mi apartamento —dijo Antonio—. ¡No poseo un revólver!

El oficial dio una larga pausa y mantuvo su mirada en Antonio.

—Yo no quiero problemas, así que si les dejo examinar mi apartamento, ¿me dejarían ir? —preguntó Antonio, sucumbiendo a la presión—. Tengo una gran cantidad de tareas y debo prepararme para las clases de mañana.

—Por supuesto. Si no hay un arma de fuego en su apartamento, señor Pontón, no tenemos razón para arrestarle, pero debe entender que también existe una orden protectora en su contra. Usted no puede acercarse a la señorita Bessie Kromer —dijo el oficial.

—¿Ella presentó una orden de protección? —dijo Antonio—. ¿Por qué hizo eso?

—Su madre estaba con ella. La señora Kromer contrató a un abogado para presentar la querella. Dijo que usted trató de matar a la señorita Kromer. La señorita Kromer admitió que usted la amenazó el verano pasado.

—¡Eso no es cierto! —dijo Antonio.

—Bueno, habrá una audiencia en el tribunal y usted puede hablar con el juez sobre eso —dijo Walker.

—Discutimos, como las parejas discuten. Estaba muy enojado con ella, pero yo no le haría daño —dijo Antonio—. ¡La amo!

—Bueno, el tribunal ha emitido una orden de protección —dijo el oficial.

—Su madre dice que yo traté de matar a *Besi*, pero si le preguntan a *Besi* sin su madre presente, les confesará la verdad. Me enojé porque ella rompió conmigo, después de que me había prometido que me sería fiel —dijo Antonio—. Pero su madre la está forzando a que mienta. Ella no nos quiere ver juntos, porque yo soy puertorriqueño. Pero *Besi* desea estar conmigo. ¡Ella vino a verme después de que discutimos! —dijo—. ¡Nuestra relación ha continuado sin ningún pormenor!

—Señor Pontón —dijo Walker—. La verdad saldrá a la luz en los tribunales. Siempre ocurre así. Usted debe saber. ¡Usted es un estudiante de derecho! Debe creer en el sistema de justicia americano.

¡Es el mejor del mundo! Si usted es inocente, de seguro mantendrá su libertad.

—Está bien —dijo Antonio—. Yo soy inocente. Vamos a ir a mi apartamento. Ya verá. No tengo ningún revólver. ¡La señora Kromer les ha mentido!

. . .

Los oficiales acompañaron a Antonio a su apartamento. Rebuscaron por todos los rincones, pero no pudieron encontrar el presunto revólver. Sin embargo, sí encontraron algo interesante dentro de un baúl cerrado con llave, después de pedirle a Antonio que lo abriera para ellos examinar su contenido.

—¡Veo, veo! —Walker dijo al oficial que le acompañaba.

—¿Qué ves? —dijo el otro oficial.

—¡Encontramos oro! —dijo Walker—. ¡Nudillos de metal brillante!

—Sí, traje los nudillos de Puerto Rico cuando vine a Nueva York el verano del 1911 —admitió Antonio—. Son un regalo de mi hermano mayor. ¿Hay algo malo con tenerlos? ¡No es un arma de fuego!

La posesión de los nudillos fue suficiente para apoyar una infracción a la *Ley Sullivan de Nueva York*. La ley de control de armas fue promulgada en el estado de Nueva York el 31 de agosto de 1911, un par de meses después de la llegada de Antonio a Schoharie. La ley requería a los neoyorquinos que obtuviesen una licencia para poseer armas de fuego ocultas. La posesión sin licencia podía dar lugar a un delito menor y el portar el arma sin licencia era considerado un delito grave. La ley se extendía a castigar como delito la posesión sin licencia de otras armas, como nudillos, sacos de arena, cachiporras, porras, bombas, dagas, "un cuchillo peligroso" o una navaja, "con la intención de utilizar el mismo de forma ilegal".

Algunas personas cuestionaron la constitucionalidad de la ley bajo la segunda enmienda de la constitución de los Estados Unidos. Muchos aseveraban que la ley fue promulgada para discriminar en contra de los inmigrantes en Nueva York, ya que fue aprobada en una ola de retórica antiinmigrante como una medida para desarmar el presunto elemento criminal. La policía tenía toda la discreción para conceder las licencias y podía discriminar arbitrariamente en contra de "elementos indeseables" al tomar su decisión. Alrededor del 70 por ciento de las detenciones efectuadas en virtud de la ley promulgada eran de inmigrantes. La ley todavía está siendo cuestionada al presente como una ley que favorece la concesión de licencias a los ricos.

—Señor Pontón, la ley Sullivan requiere una licencia para la posesión de nudillos —dijo el oficial—. ¿Tiene usted un permiso para poseer estos, señor?

—Oficial Walker, no estaba al tanto de la ley Sullivan —dijo Antonio—. He traído los nudillos de Puerto Rico para mi autoprotección. He oído de los muchos problemas con el crimen en Nueva York. Es costumbre que los hombres posean nudillos en Puerto Rico. Mi hermano me los obsequió y yo no sabía que tenía que conseguir un permiso para los nudillos cuando llegué a Nueva York. En cualquier caso, los tengo almacenados en mi baúl cerrado con llave y nunca los llevo conmigo. ¡No tengo intenciones dañinas de usarlos!

Su explicación no persuadió a los oficiales.

—Señor Pontón, usted está bajo arresto por posesión ilegal de un arma, en violación de la ley Sullivan —dijo Walker—. También está siendo arrestado por amenazar a la señorita Bessie Kromer.

. . .

Antonio fue llevado a la jefatura de la policía, donde fue instruido acerca de sus cargos. Su fianza fue fijada en $500.

—¿Va a pagar la fianza, señor Pontón? —preguntó el oficial del tribunal.

—Yo no tengo esa cantidad de dinero en mi persona, oficial —respondió Antonio—. Voy a tener que llamar a mi padre. ¡Me va a matar!

—Entonces usted tendrá que ir a la cárcel hasta que pueda presentar la fianza, señor Pontón —dijo el oficial.

—¡Nunca he estado en la cárcel! —dijo Antonio, volviéndose a Walker—. ¡Por favor no me encierren en la cárcel!

—Muchos criminales no ponen pie en la cárcel hasta que son descubiertos cometiendo un crimen, señor Pontón. Usted ha sido descubierto, por lo que se va a la cárcel —dijo Walker.

—Pero yo no soy un criminal —dijo Antonio—. ¡No soy un criminal!

—Usted puede llamar a su padre si lo desea, señor Pontón —respondió Walker.

. . .

Después de recibir la llamada de su hijo, Manuel se desmoronó. Al componerse, contactó a un abogado de Nueva York que se había acercado a Antonio después de enterarse de su detención, el señor Lewis Cass. El abogado pagó la fianza excesiva de $500 al día siguiente y liberó a Antonio.

Para añadir a la humillación de Antonio, el periódico local publicó de inmediato la noticia de su detención. El reporte erróneamente declaró que había sido detenido por posesión de un revólver. Otros periódicos mencionaron que los oficiales encontraron los nudillos, pero que no hallaron ningún revolver. Antonio estaba humillado y enojado.

—Señor Pontón, ya estaremos en contacto con respecto a este asunto. Regrese usted a su apartamento y descanse un poco. Esta situación se resolverá. Le contactaré pronto. Nos reuniremos de nuevo —dijo Cass—. Es obvio que estas alegaciones fueron fabricadas por la madre de su novia. ¡No se preocupe, todo se va a arreglar! Sólo una cosa, manténgase alejado de la chica, ¿comprende?

—Así lo haré —dijo Antonio a su abogado, pálido y con mirada ausente.

Antonio se dirigió directamente a su apartamento, según las instrucciones de su abogado.

. . .

Cuando allí llegó, encontró una nota en la puerta. El remitente era el señor Watson, el secretario de la facultad de derecho, con un mensaje informándole de que Antonio no era bienvenido en clase hasta que se resolviera el asunto de su arresto.

Antonio organizó una reunión con el decano Newton Fiero y asistió a la reunión con el abogado Cass para discutir su situación y someter una petición para ser readmitido a la facultad, mientras los asuntos legales se resolvían.

Durante la reunión, el decano Fiero declaró que a causa de la situación con Bessie Kromer y la detención bajo la ley Sullivan, Antonio había «violado una de las cinco reglas» necesarias para que un estudiante permaneciera en *Albany Law School*. No regresaría a la facultad, nunca jamás.

Antonio había sido expulsado.

. . .

¿Cómo puede ser esto? —preguntó Antonio cuando salía de la universidad con su abogado—. ¿No es un hombre considerado inocente antes de que se pruebe lo contrario? Lo reportado es la palabra de una persona en contra de la de otra. Los nudillos, ¡todo el mundo tiene estos en Puerto Rico! ¡Son como un juguete! ¡Cuando llegué a Nueva York, no eran ilegales! ¿Cómo iba yo a saber? Han estado en mi baúl desde que llegué y nunca los he sacado. ¿Cómo puedo ser castigado de esta manera tan injusta?

—Señor Pontón —dijo Cass—. Como estudiante de derecho, ya sabe la regla que dice 'ignorantia juris no excusat', la ignorancia de la ley no es excusa. Sé que usted es nuevo en este país, pero la ley es la ley. En cualquier caso, nosotros nos encargaremos de esto. Tranquilícese. Hablaré con su padre y vamos a ayudarle a salir de este lío —dijo, rascándose la parte trasera de la cabeza—. Pero él tiene que enviarme algo de dinero primero para que pueda continuar representándole en este asunto —expresó la condición precedente a la ayuda—. Seguiremos después de que lo reciba. Se lo haré saber —se despidió.

. . .

De vuelta en su apartamento, Antonio se desesperó. Sentado en su cama, en la obscuridad, con sus manos cubriendo su rostro y sus codos apoyados en sus rodillas, trataba de convencerse a sí mismo de que su situación era una pesadilla.

—Esto no es real. ¡Estoy soñando! —se dijo en voz alta.

—Todas las perspectivas de una carrera en la leyes han terminado para ti, Antonio —le dijo una voz.

—Tus esfuerzos han sido en vano —otra voz interrumpió.

—Tu reputación está empañada para siempre —una tercera voz le punzó.

—Has perdido el amor de tu vida —otra le atravesó el corazón.

—Has desperdiciado el dinero de tu padre —las voces continuaron—. Todos tus sueños se han esfumado. ¡Has manchado el buen nombre de tu familia! Lo peor de todo, ¡no puedes tener a Bessie!

Las voces se burlaban y se reían de Antonio.

—¡Eres un bueno para nada!

Por más que tratase, no podía hacer que se detuviesen.

—¡Callaros! ¡Callaros! —gritó desconsoladamente, mientras se cubría las orejas para no escuchar la tortura, moviendo la cabeza de izquierda a derecha en desesperación—. ¡Parar ya! ¡Tened piedad de mí! ¡Por favor, Dios, ten misericordia de mí! ¡Ayúdame! —suplicó en plegaria.

Mientras yacía en su cama sollozando, se cubrió la cabeza con la almohada en un fallido intento de silenciar las voces y las burlas que lo atormentaban.

Su mente le estaba abandonando.

—¿Cómo vas a hacer frente a tu madre y a tu padre? —las voces comenzaron de nuevo—. ¿Cómo vas a afrontar al resto de tu familia? ¿Cómo vas a enfrentarte a tus amigos? ¿Cómo vas a seguir viviendo?

Las voces golpeaban las paredes de su mente mientras intentaba dormir. No cesarían.

Se levantó, fue a la cocina y se sirvió una copa de coñac. Se lo tomaba como si fuera agua. Se tomó también una de las píldoras Wright's para el dolor de cabeza que había comprado en la tienda de Edmund Ferrett, durante una de sus visitas a la ciudad de Nueva York.

En su estado frenético, agotado y bajo la influencia de la bebida y el fármaco, Antonio se desmayó.

. . .

Cuando abrió los ojos, apenas podía ver. Estaba oscuro, excepto por la luz de la luna. Era una noche clara. Podía ver el cielo salpicado de estrellas. Su cabeza latía de dolor.

«Debo estar con resaca», pensó.

Oyó un sonido crepitante. Se sentó y echó un vistazo a su alrededor, dándose cuenta de que la fuente del crujido era un fuego ardiente próximo a donde él se encontraba.

«¿Dónde estoy?».

Había montañas, pero no estaba en Nueva York.

«Pero, ¿qué son estos sonidos? ... ¿Son estos sonidos de coquí?».

El tono agudo del canto de la rana era más fuerte de lo habitual.

—¿Estoy de vuelta en Comerío? Pero, ¿por qué estoy aquí? —se preguntó en voz alta—. ¿Cómo llegué a este lugar?

Escuchó pasos. Poco después, una grande silueta masculina se le acercó. Según la silueta pasaba junto al fuego y se acercaba a Antonio, ésta se hacía más pequeña. Desde el suelo, miró hacia arriba para discernir la identidad del hombre que se aproximaba. Pero el resplandor de la luna no le permitía ver su rostro.

—¿Quién es? —preguntó Antonio.

—¡Eres la vergüenza de la familia! —dijo el hombre sin rostro—. ¿Cómo pudiste hacernos esto?

Antonio reconoció la voz de su padre Manuel.

—¡Padre! —dijo—. ¿Es usted? ¡Ya no puedo discernir la realidad de la ficción! ¡Tengo miedo!

—¿Estás asustado? ¡Tu madre y yo te dimos todo lo que un hombre jamás pudiera necesitar o desear! ¡Todo lo que tenías que hacer era sentarte y estudiar! ¡Eso es todo lo que tenías que hacer! No tenías que laborar bajo el sol como los demás. ¡Sólo tenías que sentarte y aprender! ¡Pero no pudiste ni siquiera con eso! —dijo la voz.

—Padre, lo he intentado. ¡Realmente traté! ¡He trabajado duro! Mi mente ... ¡Me está fallando! Tengo terribles dolores de cabeza. ¡No puedo concentrarme ni memorizarme nada ya! ... ¡Fue culpa de su madre! ¡Su madre inventó una historia para romper nuestra relación!

Silencio.

—¡Por favor, deme otra oportunidad! ¡Voy a ver a un médico! ¡Llegaré al fondo de esta enfermedad! —Antonio declaró—. ¡Soy un Pontón! ¡Voy a conquistar esto!

—¿Un Pontón? —dijo la voz—. ¡Ni siquiera te acercas a lo que yo he pasado, ni a lo que tus hermanos han sufrido! ¡Todo el sacrificio! ¿Un Pontón? ¡Los hombres Pontón son trabajadores! ¡Los hombres Pontón tienen carácter! ¡Tienen valores!

Antonio vio al hombre caminar hacia el fuego. Éste sacó una barra de hierro como las que su padre solía usar para marcar el ganado de la familia. La silueta se acercó a él con el hierro. Antonio pudo identificar la letra P incandescente, agrandándose según el hombre sin rostro se acercaba.

—¿Un Pontón? —el hombre repitió, aproximándose a Antonio.

—¡No! ¡Padre! —Antonio declaró—. ¡No!

—¡Tú no eres un Pontón! ¡No hay ni una gota de sangre Pontón en tus venas! —el hombre le gritó a Antonio según le marcaba por encima de su tobillo derecho con el hierro candente, como si fuera una res.

Antonio gritó de angustia ante el dolor del hierro ardiente en su pierna, el cual el hombre aplicó con tal fuerza que el metal candente se comió la tela de sus pantalones, cauterizando su piel, quemándole casi hasta el hueso.

Podía oler su carne chamuscada.

—¡Vas a mirar la letra P marcada en tu piel durante el resto de tus días! ¡Te recordará tu fracaso! ¡Ya no eres un Pontón! ¡Ya no formas parte de esta familia!

El corazón de Antonio latía a gran velocidad. El sudor resbalaba por su frente, fusionándose con las lágrimas que corrían por sus mejillas.

El dolor. El sufrimiento. La vergüenza.

No había palabras que pudiera pensar ni decir. Nada que pudiera hacer.

Cuando el hombre sin rostro completó su obra, se dio la vuelta y se alejó, lanzó el hierro en el fuego y desapareció en la obscuridad.

—¡Padre! ¡Padre! —Antonio gritó, mientras yacía herido en el suelo.

Bajo un silencio de catacumba, respondiendo a sus gritos, se escuchó el aleteo de un múcaro que voló asustado por los gritos de Antonio.

. . .

Antonio abrió sus ojos. Se dio cuenta de que todo había sido una pesadilla. Echó un vistazo a su tobillo. No había nada. No había señal de una quemadura, ni de una letra P. Absolutamente nada.

Aún podía saborear el coñac en su boca seca.

Las voces se despertaron con su mente.

—No vale la pena vivir —le aseguraron.

Capítulo 28. Borrando a Antonio

«Schoharie, 25 de septiembre de 1914. Mi querida Bessie: Espero que esta carta te encuentre bien —escribió Nora Kromer a su hija—. Te adjunto un recorte del periódico, el cual describe a El Español tal y como es realmente. Fue detenido por las autoridades por posesión de un arma ilegal. Sólo Dios sabe lo que planeaba hacer con ella. ¡Tal vez incluso hacerte daño! Bessie, sé que lo has estado viendo durante mucho tiempo y que viajabas con él como marido y mujer. Te escribo para suplicarte que pongas fin a tu romance con El Español, por tu propio bien y por el bien de tu gente. Por favor, bórrale de tu corazón y de tu mente. ¡Él es un problema! Con amor, Tu Madre».

La señora Kromer esperaba que su hija se mantuviera lejos de Antonio, para siempre. Pensó que el haberlo arrestado fue la maniobra necesaria para lograrlo, de una vez y por todas.

Pero estaba terriblemente equivocada.

El plan de la señora Kromer para romper a la pareja provocó la separación deseada en una de las maneras más horrendas.

Capítulo 29. El Amor Tiene la Culpa

Alrededor de la tercera semana de septiembre del 1914, Antonio entró en la ferretería *Albany Hardware Company* para comprar un cuchillo de caza. El dependiente de la tienda, J. J. Cullen, lo atendió. Debido a que la nueva *Ley Sullivan de Nueva York del 1911* imponía un período de tres días de "período de reflexión" antes de que un comprador pudiese recoger su arma, Antonio completó un formulario que solicitaba información general, incluyendo los antecedentes de enfermedad mental, arrestos y convicciones. Al completar el formulario, Antonio ignoró las secciones de enfermedad mental y las de antecedentes penales. Al tercer día, regresó a recoger su cuchillo. Después de ello, se dirigió a su apartamento en el *148 North Pearl Street* y comenzó a escribir.

«Mi querido señor Watson:

El próximo correo de mi familia llegará con $100, y deseo que haga por mí un último favor. Quiero que efectúe pagos de la siguiente manera: Para usted, $20; Thompson y Hare, $6.05: a la armería, $12.50; Sra. Halsey, $4.10; total $42.65.

Con el otro dinero que queda, deseo que pague todos los gastos de mi entierro, y si no hay dinero suficiente, entonces notifique a mi gente la cantidad necesaria, si utiliza cualquier cantidad de su propio dinero para pagarlo.

Le pido perdón por la presente resolución, pero es necesario que la haga. Sé que esto va a ser una vergüenza que caerá sobre mi pueblo, pero no puedo evitarlo. El amor tiene la culpa de ello.

Me voy en paz. Espero que usted y mis compatriotas recen por mí. Adiós, adiós a todos.

Suyo, el que era su amigo,

Antonio Pontón
Albany Law School, Albany, N. Y.
Disculpe todos los errores, pero estoy muy nervioso».

Antonio guardó su carta a Watson en el bolsillo de su pantalón, junto con otras cartas que escribió a sus padres pidiendo perdón y despidiéndose. Pero necesitaba ver a Bessie una última vez antes de partir de este mundo para siempre.

El viernes, 2 de octubre de 1914, Antonio subió al tranvía con dirección a Schenectady para verla. Se paseó arriba y abajo de su calle, pero no había señales de Bessie. Entonces, se dio cuenta de que todavía podía estar en su trabajo.

Tomó el tranvía una vez más, se bajó en la parada de la calle *Robinson* y esperó a que ella saliera de la escuela *Lincoln School*.

Capítulo 30. En la Esquina de Albany y Backus

Bessie acababa de regresar a la escuela *Lincoln School* luego de un pasadía con sus estudiantes en el campo. Fue un día largo, pero todos estaban de muy buen humor. Cuando los estudiantes se fueron a casa, Bessie emergió de la puerta principal del edificio de la escuela.

Su corazón se congeló ante la vista de él.

—¡Antonio, no debes estar aquí!

—Necesitaba verte, *Besi* —dijo él—. ¡Una última vez!

Ella accedió a caminar junto a él hasta *O. J. Eckerson*, la tienda de comestibles en *1002 Albany Street*.

—No puedo vivir sin ti, *Besi* —le dijo.

—Lo sé, Antonio, ¡pero no lo nuestro no es posible! —respondió ella—. ¡Estás haciendo esto más difícil para los dos!

En la tienda, Antonio y Bessie irrumpieron en una acalorada discusión.

—¡Por favor, *Besi*! —le suplicó que volvieran a estar juntos.

—¡No es posible! ¡No es posible! —afirmó Bessie, en respuesta a la persistencia de Antonio.

Los clientes en la tienda notaron que la pareja discutía intensamente.

Molesta, Bessie pagó por sus comestibles y salió apresurada de la tienda. Antonio la siguió.

Las voces en la mente de Antonio comenzaron a agitarse.

«¡Ve tras ella, hazla que te acepte de nuevo!», las voces le ordenaban.

Eran las 6:35 p.m.

Antonio caminaba detrás de Bessie tratando de alcanzarla, cerca de la esquina de las calles Albany y Backus. Ella comenzó a caminar a un ritmo más acelerado, ignorándolo.

«¡Vamos, Antonio, no dejes que escape!», las voces se hicieron más fuertes.

—¡Por favor, vete a casa, Antonio! —le suplicó. Odiaba hacerle daño, pero esto era algo que tenía que hacer.

Antonio se hallaba desesperado. La alcanzó y se detuvo delante de ella, obstruyéndole el paso.

«¡Muéstrale lo mucho que te duele el no tenerla! ¡Muéstrale!», las voces lo dominaron.

Sacó el cuchillo de caza que llevaba guardado.

—¡Dejadme! —Antonio le gritó a las voces—. ¡Por favor, os lo ruego!

Frente a ella, apuntó el cuchillo a su propio pecho. Temblaba, las gotas de sudor resbalaban por su frente. Quería que Bessie sintiese el dolor que sufría. Quería que ella lo viese morir de amor. Ya le había arrebatado la vida con rechazarlo. Sólo tenía que terminar con su vida física allí mismo, enfrente de ella.

«¡Acaba ya!», las voces insistieron. «¡Libérate!».

Él estaba en un trance. Ella, petrificada.

—Adiós, *Besi*. Te he amado más que a mi propia vida —dijo, sin ninguna esperanza, las lágrimas rodando por sus mejillas.

Se aproximaba el final.

Bessie parecía congelada, de pie, consumida por el miedo. Toda su relación se desplegó ante sus ojos como una película. La primera vez que le vio, cuando entró por la puerta del *27 Main Street* aquel julio del 1911, las lecciones, sus piropos, la primera rosa, el primer sueño, los parques, los monumentos, Coney Island, Nueva York, Saratoga Springs, los hoteles, sus caricias, su pasión, las separaciones, las reconciliaciones, las risas, las lágrimas, su madre, la ruptura final, el dolor, el miedo, el terror.

Sintió como si transcurrieran años, pero tan sólo fueron milisegundos.

Poco después, un gentío se acumuló en la calle ante el sonido de repetidos gritos femeninos, seguidos de un silencio sepulcral.

. . .

El sargento C. F. A. Engel, un oficial de la policía de Schenectady, se encontraba caminando por la vecindad con su perro policía cuando vio a Antonio golpear a Bessie y acudió inmediatamente al lugar. Notó que Bessie se había derrumbado en la calle y se hallaba sin vida, en un charco de sangre. Antonio comenzó a retirarse al ver al sargento Engel, el cual ya había ordenado a su perro policía que lo detuviera. Antonio corrió y Engel arrancó detrás de Antonio, intentando detenerlo con la ayuda de su perro.

Antonio se detuvo, el perro mordiéndole, y justo frente a los ojos del sargento Engel, Antonio se apuñaló en el pecho tres veces, derrumbándose entonces en el pavimento.

Capítulo 31. Titulares y Recuentos

L a cobertura en la prensa del dramático incidente fue inmediata, con cantidad de reporteros entrevistando a oficiales de la policía y a testigos en el lugar de los hechos. Los titulares aparecieron al día siguiente, compartiendo primera plana con las últimas noticias sobre la Guerra Europea, el preámbulo de la Primera Guerra Mundial.

El titular en el diario *Schenectady Gazette*, el sábado, 3 de octubre de 1914, recitaba en letras mayúsculas:

«BESSIE S. KROMER ASESINADA EN LA ESQUINA DE ALBANY Y BACKUS ANOCHE POR ANTONIO PONTÓN, UN ESTUDIANTE DE ALBANY LAW SCHOOL–EL ASESINO PROBABLEMENTE ESTÉ MURIENDO EN EL HOSPITAL. PONTÓN DESPUÉS DE APUÑALAR A LA JOVEN QUINCE VECES SE INTENTÓ SUICIDAR».

La cobertura de prensa presentó un relato detallado de los acontecimientos, incluyendo la declaración del sargento Engel al diario *Schenectady Gazette*. Engel declaró al reportero: «Escuché los gritos de una mujer y levanté la vista para ver de dónde procedían. Por la calle, a una distancia de cerca de 150 yardas, vi a un hombre y a una mujer de pie en la acera. Mientras miraba, el hombre levantó su mano derecha y dio dos golpes en la parte izquierda del pecho de la mujer. Ella comenzó a correr hacia la calle, el hombre comenzó a seguirla y yo corrí hacia ellos. Justo cuando estaba a tres pies del hombre, éste se apuñaló a sí mismo con el cuchillo y mi mano estaba sobre él mientras caía. No dijo nada, pero señaló hacia el bolsillo de su pantalón. Busqué para ver si tenía un revólver u otra arma y, mientras tanto, llamé al coche patrulla, en el que el hombre fue trasladado al *Ellis Hospital*. La mujer dio un paso o dos a la calle y se desplomó. Estaban frente a

1002 Albany Street, la tienda de comestibles, cuando lo vi golpearla. Cayó al frente de *1000 Albany Street*, cerca de *Backus Street*».

La prensa informó que una multitud de alrededor de unas 1000 personas se amontonaron en la zona, sedientas por detalles acerca de lo que había sucedido. La policía cercó el área y aseguró los dos cuerpos para que no fueran comprometidos. El gentío en la calle detuvo el tráfico y el caos en la escena era extremo.

La policía encontró los siguientes efectos en el cuerpo de Antonio:

Un billete de una casa de empeño mostrando que había obtenido $30 a cambio de un reloj de bolsillo y $10 por un anillo de compromiso y una cadena de reloj. También tenía en su poder el recorte de periódico que documentaba su arresto la semana anterior, una carta dirigida a su padre, Manuel Pontón, en Comerío, Puerto Rico y $8.26 en monedas.

Antonio también llevaba una carta fechada el 28 de septiembre de 1914. La carta era remitida desde *148 North Pearl Street, Albany* y estaba dirigida a Bessie Kromer, escrita en lápiz en una página arrancada de una libreta de composición con la firma de Antonio Pontón. Decía:

«Mi querida Bessie: Te escribo esta carta, a pesar de que sé que no me vas a contestar. Pero yo deseo que me contestes. Sólo escríbeme algo. Yo sé que un día te arrepentirás de romper mi corazón. Pero te perdonaré. Ojalá que yo pudiera ser como tú, pero Dios sabe que no puedo. Quiero verte de nuevo. ¿Tal vez después del trabajo? Extraño tu voz. Significará mucho para mí el verte de nuevo».

Antonio tenía otras cartas en su posesión. Además de la de sus padres, en español, llevaba la carta dirigida al señor Watson, secretario de *Albany Law School*, en la cual le pedía le ayudase a saldar sus deudas. La carta a sus padres estaba salpicada de «adiós» y otras palabras de despedida, como «adiós para siempre» y alusiones de su pesar y de la desgracia que traía a su familia. «Mi muerte será dolorosa al principio, pero dará más estabilidad a la familia y levantará un peso de vuestros hombros —escribió—. Yo he sido siempre una carga para todos vosotros. Es mejor de esta manera». Se veía fue escrita mientras lloraba, ya que sus lágrimas habían corrido parte de la tinta en la carta.

La policía encontró los siguientes efectos en el cuerpo de Bessie:

Un cuaderno manchado de sangre, el cual contenía la llave de su casa, una lista de nombres de niños con sus direcciones y $4.39 en efectivo.

El investigador forense E. Holcomb Jackson registró los apartamentos de Bessie y de Antonio. Encontró cartas escritas por la señora Kromer a Bessie, conteniendo las declaraciones donde la señora Kromer le suplicaba: «Termina tu relación con El Español, por tu propio bien y por el de tu gente». Las cartas también indicaban que la señora Kromer estaba consciente de la relación entre Antonio y Bessie ya por un tiempo, y que ella sabía que se comportaban como marido y mujer, que viajaban juntos y se quedaban en hoteles. La policía también recuperó una fotografía de Antonio y Bessie juntos. Ésta fue tomada en un centro turístico, de pie, en lo que parecía ser la plataforma trasera de un ferrocarril.

. . .

Antonio Pontón, al cual ahora se dirigían como "el ex alumno de derecho tornado asesino", fue llevado al *Ellis Hospital* en Schenectady, Nueva York, en estado crítico. Durante su intento de suicidio, se las arregló para perforar uno de sus pulmones, sangraba profusamente y se esperaba que muriese. Un sinnúmero de periodistas rodearon el hospital con la esperanza de poder capturar una entrevista con Antonio cuando recobrase el conocimiento.

Las lesiones de Bessie eran múltiples y graves. Antonio le apuñaló 15 veces. Tenía una laceración en el pómulo derecho; su corazón, hígado y pulmón fueron perforados; su brazo derecho estaba lacerado profundamente, la herida causada cuando ella se dio la vuelta en un acto desesperado por huir de él. Bessie falleció al instante.

La madre de Bessie y su hermano Charles llegaron a Schenectady la noche de la muerte de Bessie. Se llevaron su cuerpo de regreso a su casa en Schoharie el sábado por la tarde. Fue enterrada junto a su padre Charles, en el cementerio *St. Paul Lutheran Cemetery*.

Capítulo 32. En un Inglés Entrecortado

—Señor Pontón, ahora descanse. ¿Entiende? Ha perdido mucha sangre y sus heridas son muy graves –dijo una enfermera a Antonio. Era alrededor de una hora y media después de haber llegado a la sala de emergencias del *Ellis Hospital*, el 2 de octubre.

Antonio asintió.

Estaba desorientado. A ratos perdía el conocimiento y lo recuperaba. Le habían sometido a una cirugía de emergencia debido a sus críticas heridas. Tenía un pulmón colapsado y una herida que casi le había atravesado el corazón.

Se quedó dormido.

Después de que la enfermera saliera de la habitación, Bernie J. Waterman, un reportero del *Schenectady Gazette*, se coló en la habitación de Antonio y capturó la única declaración que se le atribuye a Antonio sobre el incidente. Los dos hombres se hallaban a solas en la habitación del hospital.

El artículo, publicado el día siguiente de la entrevista, el 3 de octubre, presentó la versión de Waterman del relato de Antonio, expresando que Antonio hizo la declaración «en un inglés indeciso, desde su lecho de muerte en el hospital».

«Declaración de Antonio Pontón»

«Hace unos tres años, mi padre me envió a este país para ir a una universidad para obtener una educación en medicina o derecho. Elegí estudiar derecho. Cuando llegué a este país no podía hablar el idioma inglés. Fui al condado de Schoharie a tomar clases de inglés y me quedé en el pueblo de Schoharie un año y dos meses.

Me hospedé en la casa de Bessie S. Kromer en Schoharie por un año y dos meses y pagué a su madre $7 semanales por habitación y

156

comida. *La chica empezó a hacerme el amor, escribiendo en mis cuadernos, 'Yo te amo' en español, y me decía todo lo que concernía al amor en español, ya que ella era capaz de hablar ese idioma. Entonces, empecé a hacerle el amor.*

Hace unos dos años ella fue a Schenectady a enseñar en la Lincoln School y me dijo: 'Ve a Albany Law School. Albany y Schenectady están cerca la una de la otra y de esa manera podemos vernos frecuentemente'. La llamaba o veía tres o cuatro veces a la semana.

Hace aproximadamente un año tuve problemas con ella y pensé que era mejor que me fuera a otro estado para ir a otra universidad, y escribí a Harvard para mi solicitud de entrada.

Cuando ella supo de este hecho no me dejó ir y me dijo que me quedase en Albany, que no me fuera. Entonces, cesé dicho intento y permanecí en Albany sólo para complacerla. Creo que desde hace dos años hasta hace dos semanas estábamos juntos todo el tiempo, viajábamos de un lugar a otro, como Albany, Troy, Saratoga Springs, Johnstown, Fonda, la ciudad de Nueva York y Coney Island y Schenectady, yendo de un hotel a otro como marido y mujer. Hace dos semanas fuimos a Saratoga Springs. Nos registramos en el American Hotel con el nombre del señor y la señora Fernández y después de ver un espectáculo, regresamos a Schenectady a las 11:15 [de la noche] en punto. La llevé a su casa a las 11:30 [de la noche] en punto.

En el camino ella juró ser fiel a mí mientras viviéramos y me dijo: 'No importa lo que dice mi madre y no importa lo que suceda entre nosotros. Siempre te querré'. Y entonces yo le prometí lo mismo, a renunciar a todo por ella. Esta misma noche le di unos regalos que mi madre le envió a través de mí y una foto mía. La pasada semana, el sábado por la tarde, recibí su última carta y ella me escribió como siempre: una bonita carta.

El mismo día se fue con su madre a Albany a ver a un abogado, el señor Dugan, para hacer que yo la dejara de ver, para que dejara de escribirle y que no la quisiera más, presentó una queja en mi contra, alegando que yo llevaba un revólver, y el asistente del fiscal de distrito envió un oficial a la facultad de derecho donde yo asistía a clase.

Bajé con el oficial y fui a ver al fiscal de distrito, quien me preguntó si yo llevaba una pistola y le dije que no. A continuación, el fiscal de distrito fue conmigo a mi apartamento y encontró en el baúl unos nudillos, los cuales yo no sabía estaban prohibidos en este país, después de haberlos tenido en mi poder durante seis años, pero nunca había llevado conmigo ni utilizado para ningún propósito.

Después me llevó al juzgado de guardia para responder a la querella. Después de haber sido enviado a la cárcel, no pude obtener la fianza y se me mantuvo en la cárcel un día. Después, cuando ya salí, el secretario de Albany Law School me dijo que no podía asistir a clase hasta que el caso fuese cerrado. Esa mañana fui con el señor Cass, el cual es abogado y conoce a mi padre–y el cual cuando leyó en el periódico de mi angustia, le dio pena de mí–a la escuela y este abogado habló con el decano de la facultad acerca de mí y de mi padre. El decano le dijo que yo no podía asistir más a clase debido a todos los problemas con la chica.

Entonces me encontré afligido a razón de que mi padre me envió a este país para asistir a una universidad, gastando cerca de $3,000 en mí. Cuando me enteré de que la chica me estaba engañando, creyendo que ella me decía la verdad y era justa y honesta, y al ser todo lo contrario, entonces me sentí avergonzado, porque ella me decía que ella se preocupaba por mí, cuando en realidad no lo hacía. Entonces pensé en tomar la acción y esperaba que Dios y mi familia y amigos me perdonaran. Lo hice también por haber estado en la cárcel, donde nunca había estado antes en mi vida, siendo una vergüenza para mi familia y para mí mismo.

Espero que mi amigo, el señor Karg de Schoharie, escriba a mi gente y al mismo tiempo me perdone por lo que he hecho y que rece por mí».

Durante la investigación de Waterman, Antonio se encontraba aturdido, y a ratos sin sentido, y no tuvo la oportunidad de solicitar asesoría legal para protegerse de lo que estaba por venir.

Capítulo 33. La Cárcel de Schenectady

El forense E. H. Jackson esperó por los resultados de las lesiones de Antonio antes de iniciar una investigación. Sus heridas eran lo suficientemente graves para que los médicos abandonaran toda esperanza de que sobreviviera. Sin embargo, sorprendentemente, se recuperó y no pasó mucho tiempo antes de que fuera trasladado a la cárcel de Schenectady a espera de su juicio.

El alguacil Louis A. Welch supervisaba la cárcel de Schenectady asistido por una matrona, la señora Welch, dos carceleros y su ayudante, el señor Russell R. Hunt.

—Buenos días, señor Pontón —dijo Welch—. Soy el alguacil Louis Welch.

—Buen día, alguacil Welch —dijo Antonio.

La presencia del alguacil Welch sosegaba a Antonio. Welch era un hombre corpulento con hombros anchos y el ceño un poco fruncido. Su pelo castaño era corto a los lados y en la parte superior tenía el pelo más largo, dividido por una partidura en el lado izquierdo, formando dos curvas en forma de letra U sobre su frente—una más grande que la otra—las cuales fijaba en su sitio con brillantina. Su bigote espeso mostraba señales de canas. Se extendía alrededor de tres a cuatro pulgadas a cada lado y cubría parte de su labio superior.

—¿Qué tal le parecen las nuevas instalaciones, señor Pontón? —dijo el alguacil, haciendo un poco de conversación con el nuevo recluso.

—Bueno, no sé todavía, *cherif Guelch* —dijo Antonio, quien recién llegaba de una habitación de hospital diez veces mejor que sus nuevas facilidades.

—Por favor, déjele saber a los funcionarios si necesita algo, señor Pontón. Hay reglas a seguir en este lugar, como ya imaginará. Hay una hora para levantarse, una hora para comer, una hora para la ducha y una hora para irse a dormir. Esto es una cárcel, después de todo. Pero tratamos a nuestros prisioneros con respeto y esperamos el mismo respeto a cambio —dijo Welch.

—Sí, señor —dijo Antonio.

La cárcel de Schenectady se encontraba en una nueva instalación en el núm. 320 de *Veeder Avenue*. Contenía 88 celdas dentro de una estructura de ladrillo de cuatro pisos construida detrás de la residencia del alguacil. Tenía un patio en el extremo oeste, expuesto en tres de sus lados. Había una puerta en la parte norte que abría al patio interior. Sus sótanos contenían instalaciones de baño y un pasillo que conectaba a la residencia del alguacil. El dormitorio del ayudante del alguacil se encontraba anexo a las celdas de los prisioneros, en una habitación separada.

La primera planta tenía un bloque de celdas de acero con dos filas paralelas de diez celdas cada una, divididas por un pasillo de servicio. La celda de Antonio medía 8 pies de largo, por 6 pies de ancho, por 8 pies de alto. Adentro, había una cama de hierro con bisagras, un lavabo y un retrete que mostraba ya signos de tinción prematuros. Las puertas de la celda trabajaban por medio de un sistema de guías con una cerradura de control central en un extremo. Las luces eléctricas se encontraban a través de las barras de hierro de la puerta, fuera de la celda. Las duchas se hallaban en el extremo oeste de las filas de celdas. El sistema de calefacción funcionaba por tuberías de vapor y se extendía a lo largo de las paredes laterales. El suelo de la celda fría estaba hecho de cemento, pintado de color escarlata.

La segunda, tercera y cuarta planta de la cárcel eran iguales a la primera. La planta superior, sobre la residencia del alguacil, albergaba dos habitaciones de hospital y dos filas de cuatro celdas cada una, separadas por un pasillo orientado hacia a la unidad de los presos menores de edad y las mujeres, los cuales se mantenían separados los unos de los otros y de los hombres adultos.

Antonio, como los otros presos, tenía su propio jabón y toalla. En su cama había un colchón, sábanas, una almohada y una funda de almohada. Estaba alojado con los otros presos en espera de juicio, apartado de los ya condenados. Por esta razón, no se le asignó trabajo. Los prisioneros regulares consumían dos comidas al día, desayuno a las 8:00 a.m. y un almuerzo-cena a las 2:00 p.m., excepto cuando eran asignados a ayudar al chef de la prisión en la cocina o en la cárcel como parte del equipo de limpieza, en cuyo caso consumían tres comidas al día. Cuando no estaban trabajando en la cocina ni haciendo la limpieza, los presos trabajaban en proyectos de construcción de carreteras, trituración de piedra y en otras funciones de trabajo.

. . .

—No, *sankyu* —Antonio dijo al oficial, el cual le acababa de traer el desayuno.

No tenía apetito y se negó a comer la primera semana que estuvo allí. Bebía un poco de agua y dormía la mayor parte del tiempo.

El alguacil y su esposa se encontraban preocupados por la salud de Antonio. Aún se recuperaba de sus heridas autoinfligidas, y su enfermedad mental era evidente. Tuvieron que insistir en que consumiera su alimento para que se recuperase y pudiera enfrentar su próximo juicio.

En una ocasión, el alguacil Welch condujo a Antonio en un paseo por la ciudad para tratar de que superara su comportamiento melancólico. Al ser interrogado acerca de esta «práctica tan irresponsable», el alguacil declaró que Antonio había caído en un estado de depresión y que «necesitaba un poco de aire fresco», o de lo contrario, estaba seguro de que se iba a morir y así «escaparía la mano de la justicia».

En más de una ocasión, el alguacil Welch acompañó a Antonio durante la comida para ver si podía sacarlo de su depresión.

—Disculpe alguacil, tiene algo en su bigote —dijo Antonio una vez.

—Gracias, señor Pontón. ¡Probablemente habrá más después del postre! —el alguacil respondió sonriendo, mientras se limpiaba el mostacho.

Antonio sonrió por primera vez en buen tiempo.

Welch hizo que Antonio sintiera que su vida importaba, incluso bajo las circunstancias tan lamentables en las que se encontraba. Le daba esperanza.

Muchos no estaban de acuerdo con la compasión que el alguacil mostraba hacia los reclusos, pero la mayoría de los presos apreciaban que los tratara como seres humanos. Welch hacía hincapié en que la compasión y el rigor de la disciplina de la prisión podían coexistir.

Miembro del Partido Socialista de Nueva York, el alguacil Welch era un ávido defensor de la reforma penitenciaria, y parecía ser un hombre que tenía los mejores intereses de sus prisioneros en mente.

Sugirió varias mejoras a la cárcel, incluyendo que se proporcionase una plancha y una tabla de planchar para que los prisioneros liberados pudieran planchar su ropa antes de salir de la cárcel.

«Es difícil para un hombre asegurar empleo con la ropa toda arrugada», el alguacil escribió una vez en una solicitud a la Comisión de Prisiones del estado de Nueva York.

Antonio se encariñó del alguacil Welch durante los meses que estuvo en la cárcel de Schenectady. El alguacil y su esposa daban trato humano a Antonio, claramente un alma perdida entre el grupo de reclusos.

Capítulo 34. Conjeturas

Durante la semana siguiente al crimen de Antonio Pontón, las historias de los reporteros se vertieron en los periódicos, con interpretaciones especulativas acerca de Antonio, su familia, y de cómo «su padre acaudalado de origen noble» haría cualquier cosa para salvar a su hijo de un destino fatal.

El 7 de octubre de 1914, el periódico *Amsterdam Daily Democrat and Recorder* reportó:

«No se escatimará ni un centavo en la defensa de Antonio Pontón, el estudiante de derecho de Puerto Rico, a ser juzgado por el asesinato en Schenectady la semana pasada de Bessie Kromer ... una maestra de escuela primaria. Se informó el martes, cuando se dio a conocer la noticia de un mensaje del padre de Pontón a Lewis Cass, el abogado del estudiante, diciéndole al abogado que los padres del asesino apoyarán a su hijo con sus riquezas».

Sin embargo, el 5 de diciembre de 1914, el mismo periódico publicó un aparente cambio de opinión acerca de Manuel. Su titular decía: «Pontón es repudiado por su padre rico». El documento afirmaba que «Lewis Cass, un abogado de Albany que fue retenido por Pontón en el momento de la investigación en el caso, anunció ayer que el padre de Pontón, un rico plantador de Puerto Rico, había escrito que ya no iba a suministrar dinero para la defensa de su hijo debido a las muchas aventuras de este último», y que había renegado de Antonio.

El periódico informó que la madre de Antonio, Etervina, había intentado persuadir a Cass para que ayudase a su hijo. Ella escribió al señor Cass una carta en la que decía que su marido no había cedido y no enviaría dinero para la defensa de su hijo, pero suplicó al abogado que de todas formas «salvara a su hijo».

El señor Cass se estaba aprovechando la situación de Antonio para beneficio propio, y Manuel no tuvo más remedio que despedirlo.

Molesto al ser despedido, el abogado anunció en público que él había renunciado porque él «no iba a trabajar de gratis», cuando en realidad había estado exigiendo cantidades excesivas de dinero de la familia Pontón para representar a Antonio desde que la señora Kromer causó su arresto. Las representaciones públicas del abogado sobre el caso fueron muy poco éticas, carecían de sensibilidad y mostraron falta de profesionalismo.

El costo para la defensa de Antonio fue excesivo. Además de los $500 de la fianza inicial que Manuel tuvo que pagar en nombre de su hijo—una cantidad que en esos tiempos podía comprar una casa o cubrir los salarios de la mano de obra de trabajadores de tabaco para todo un año en una pequeña granja—Manuel pagó todo lo que Cass exigió durante meses.

El flujo de caja era ya inexistente. Manuel había hipotecado sus propiedades para apoyar la educación de Antonio, su apartamento y otros gastos, sus costas legales y las operaciones de cultivo de tabaco. Su tierra fue valorada entre los $16,000 y $17,000, y no tenía mucho valor acumulado en la propiedad para asegurar otra hipoteca y contratar a un asesor legal adicional, sostener la cosecha, pagar a sus trabajadores y mantener a todas las familias que se hallaban en su tierra. Tenía que ganar tiempo para vender el tabaco del año. Había tanto en juego, no sólo para su hijo. Para empeorar las cosas, la salud de Manuel comenzó a fallar.

Para Manuel, ya en sus 60 años de edad, el reto de defender a su hijo Antonio en un país extranjero contrastaba con los desafíos que enfrentó cuando emigró a Puerto Rico de niño. No tenía 14 años ya. Sabía que no podía vencer esa ardua jornada solo, como había hecho en su primer viaje, cuando apenas era un muchacho.

Los asesores de Manuel en Puerto Rico le instaron que el ahorrar tiempo era esencial. Después de que el abogado Cass cobró y se desapareció, Antonio se quedó sin representación legal en un momento crítico. El curso de acción más rápido para asegurar el que Antonio tuviese un abogado durante su juicio era el obtener la representación de abogados defensores públicos. Si el veredicto no fuera favorable, Antonio tendría derecho a una apelación. Al momento de terminar el juicio, la cosecha del tabaco ya habría concluido y Manuel tendría los fondos económicos para contratar a un abogado privado, si todavía fuera necesario.

Manuel confió en sus consejeros. Accedió a que los defensores públicos tomaran riendas del caso de Antonio. Los nuevos abogados inmediatamente negaron el informe de que los familiares de Antonio le habían repudiado y comenzaron a preparar su caso.

Antonio no recibía visitas en la cárcel, a excepción de sus abogados, y tampoco recibía correspondencia. Se comunicaba con su familia a través de sus abogados, los cuales le entregaron algunos regalos de Navidad que sus parientes le habían enviado desde Puerto Rico.

Parte IV. El Juicio

«Ninguna persona ... será obligada en cualquier caso penal a ser testigo contra sí mismo, ni ser privado de la vida, la libertad o la propiedad sin el debido proceso de la ley ...».
- Quinta Enmienda, Constitución de Estados Unidos

«En toda causa criminal, el acusado gozará del derecho a un juicio rápido y público por un jurado imparcial del estado y distrito donde se haya cometido el delito, distrito que haya sido determinado previamente por la ley, y ser informado de la naturaleza y causa de la acusación; a ser confrontado con los testigos de cargo; a un proceso obligatorio para obtener testigos a su favor, y a tener la asistencia de un abogado para su defensa».
- Sexta Enmienda, Constitución de Estados Unidos

«No se exigirán fianzas excesivas, ni se impondrán multas excesivas, ni castigos crueles e inusuales».
- Octava Enmienda, Constitución de Estados Unidos

Capítulo 35. La Acusación

Antonio Pontón fue acusado de asesinato en primer grado. Su primera comparecencia fue el 31 de octubre de 1914. El Gran Jurado se reunió el 7 de diciembre, el documento de acusación fue presentado el 14 de diciembre, y la lectura de cargos se registró en el documento de acusación el 16 de diciembre de 1914.

Su defensa fue «no culpable por razón de demencia».

En el Código Penal de Nueva York, artículo 94 § 1044 (1915), el asesinato en primer grado se define como «la muerte de un ser humano, a menos que sea excusable o justificable ... que se comete: 1. De una manera deliberada y premeditada para efectuar la muerte de la persona asesinada, o de otra ...». En el Código Penal de Nueva York, artículo 94 § 1045 (1915), el asesinato en primer grado se castigaba con la muerte.

. . .

«Condado de Schenectady, Tribunal Supremo. El Pueblo de Nueva York contra Antonio Pontón». Alexander T. Blessing, fiscal de distrito del condado de Schenectady, escribía el cargo en el documento de acusación, sentado en su escritorio. Se tomaba su tiempo para así cubrir con exactitud todos los elementos del delito de asesinato en primer grado. El aspecto de premeditación era crítico y necesario para asegurar el castigo final deseado: la muerte.

En el documento, Blessing repetidamente identificaba al asesino, la víctima, el arma utilizada para el asesinato, la *mens rea* o estado culpable de la mente del asesino, su intención y premeditación, la manera en que se cometió el asesinato y su fecha.

«El dicho Antonio Pontón, en el segundo día del mes de octubre de mil novecientos catorce, en la ciudad de Schenectady en este

condado de Schenectady, hizo en el día y en el lugar antes mencionado, criminalmente, voluntariamente, con premeditación y alevosía, y con el diseño deliberado y premeditado de efectuar la muerte de una tal Bessie S. Kromer, de efectuar un asalto sobre ella, en dicha Bessie S. Kromer, quien estaba allí en ese momento, y el dicho Antonio Pontón con un cuchillo o puñal, criminalmente, voluntariamente, con premeditación y alevosía, y con el diseño deliberado y premeditado para efectuar la muerte de ella, de dicha Bessie S. Kromer, dicho Antonio Pontón actuó entonces y allí, con el citado cuchillo o puñal, el cuchillo o puñal que dicho Antonio Pontón entonces allí tenía en su mano, golpeó, cortó, hirió y causó la muerte de dicha Bessie S. Kromer, e infligió sobre el cuerpo y la persona de ella, dicha Bessie S. Kromer, ciertas heridas y lesiones causadas por un cuchillo o puñal, de como resultado de las heridas causadas por dicho cuchillo o puñal, ella, dicha Bessie S. Kromer, poco después murió, y que la muerte de ella, de dicha Bessie S. Kromer, fue causada y producida por el cuchillo o puñal mencionados, las heridas y lesiones infligidas de dicha manera, y que las heridas y lesiones del cuchillo o puñal mencionado fueron infligidas como se ha dicho por el mencionado Antonio Pontón con la fuerza de su mano, criminalmente, voluntariamente y con premeditación y alevosía, y con el diseño deliberado y premeditado para efectuar la muerte de ella, de dicha Bessie S. Kromer, dicho Antonio Pontón, en el modo y forma antes mencionados, y por los medios mencionados anteriormente, la mató y la asesinó, a la dicha Bessie S. Kromer, en contra de la ley en este caso hecho y proporcionado».

El documento parecía interminable. Lo cubrió todo.

El Gran Jurado contenía a todas las personas adecuadas para mover el caso adelante. El presidente del jurado, Clarence W. Bradshaw, era un empleado de banco y fue testigo del crimen. Los otros testigos bajo juramento ante el Gran Jurado fueron listados como: Charles F. Engel, el policía que arrestó a Antonio y también fue testigo del crimen; Arthur Magee, un policía; J. J. Burke, M.D., el médico que realizó la autopsia en el cuerpo de Bessie Kromer; Orley Eckerson, el dueño de la tienda de comestibles donde Antonio y Bessie discutieron antes del asesinato; James F. Whalen, el empleado de la tienda que presenció a Bessie y a Antonio discutiendo; Bernard J. Waterman, el reportero del *Schenectady Gazette* que tomó la declaración de Antonio; Nora Kromer, la madre de Bessie; la señorita Rice, testigo que vio a Antonio apuñalar a Bessie enfrente de su casa; Walter Vogel, testigo del crimen; Emma Van Nattan, testigo del crimen; Louis A. Welch, Jr., el alguacil de la cárcel de Schenectady; James Turner, un instalador de equipo eléctrico y testigo del crimen; y John Holt, un instructor en General Electric y testigo del crimen.

Éste era un caso cerrado para Blessing.

El tribunal resolvió ver todos los casos penales el lunes 28 de diciembre de 1914, a excepción del caso de Antonio Pontón.

El juicio para el caso de Pontón se programó para el 19 de abril de 1915.

Capítulo 36. Los Jugadores

El equipo defensor de Antonio Pontón constaba de dos abogados defensores públicos del condado, Homer J. Borst y George B. Smith, de la firma de abogados Borst & Smith en Schenectady, Nueva York. Aunque de preparación competente y buenas conexiones, Borst y Smith eran abogados jóvenes, en el inicio de sus carreras, sin experiencia en la sala del tribunal ni en el campo de defensa criminal. Nunca habían defendido una acusación de asesinato en primer grado. Andrew J. Nellis, un ex juez de Albany con experiencia en la materia de pena de muerte, se convertiría más tarde en asesor de los jóvenes abogados y jugaría un papel importante en el tribunal en la representación legal de Antonio.

El abogado defensor Homer J. Borst era un hombre modesto. Partía su cabello castaño a la izquierda, tenía una cara larga afeitada, casi sin pómulos, y proyectaba una imagen de "buena persona". Nacido en Fort Wayne, Nueva York en el 1886, más joven que Antonio, Borst se graduó de Harvard Law School y se trasladó a Schenectady en el 1911, donde trabajó en la firma de abogados de su padre y fue admitido como socio en el 1912. Esta firma más tarde se disolvió a causa de su padre ser nombrado juez del Tribunal Supremo de Nueva York, en el 1914. Borst formó una firma en asociación con George B. Smith ese año. Borst era abogado defensor del condado en el momento del juicio de Antonio. Más tarde se convirtió en árbitro de bancarrota para los condados de Schenectady, Saratoga y Warren durante muchos años, además de continuar con su práctica. Durante los últimos 30 años de su vida, hasta que falleció de un repentino ataque al corazón a los 70 años de edad, fue un oficial del banco *Mohawk National Bank* y sirvió en varias organizaciones comunitarias.

El abogado defensor George B. Smith nació en Camden, Nueva York en el 1885 y también era más joven que su cliente. Se graduó de

Albany Law School, donde compartió habitación con O. Byron Brewster, quien luego se convertiría en un famoso juez del Tribunal Supremo de Nueva York. Smith se asoció con Homer J. Borst después de graduarse. Más adelante en su carrera se convertiría en abogado corporativo de la ciudad de Schenectady y en presidente del Colegio de Abogados del Condado de Schenectady.

Después de que el abogado y ex juez de Nueva York, Andrew J. Nellis (nac. 1852) se afeitó su bigote de "General Custer", se asemejaba un poco a Antonio, aunque era más viejo que su padre Manuel. A pesar de los comienzos de calvicie y su estatura más alta, el "ex juez convertido en abogado defensor" también tenía el cabello ondulado, ojos claros, una cara y mentón cuadrados y pómulos prominentes, al igual que su cliente, excepto por el hoyuelo en la barbilla que poseían la mayoría de los Pontones. Nellis era un hombre decidido y asertivo. Esto le ayudaba frecuentemente, pero algunos jueces no apreciaban su afán en la sala del tribunal. Aun así, Nellis era muy respetado por sus pares y también por miembros de su comunidad. Había sido maestro desde que tenía 15 años de edad, antes de graduarse de *Albany Law School* en el 1875. Después de su graduación, Nellis se asoció con el honorable Horace Smith y su hijo Borden E. Smith, desde el 1895 hasta el 1903. Luego practicó derecho por su cuenta unos años y también litigó como socio de la firma Countryman, Nellis & DuBois. Nellis era un masón practicante, como lo era el padre de Antonio, Manuel, y fue Gran Sacerdote de la logia *St. Patrick's Lodge Number 4* en Johnstown, Nueva York, durante dos años. También fue autor de un gran número de tratados de derecho, incluyendo el famoso tratado *The Law of Street Surface Railroads* (Ley de los Tranvías de Calles).

Durante el encarcelamiento de Antonio y su juicio, Nellis representó a su afluente yerno, George W. Potter, en el asesinato del vecino de éste, John Barrett. Barrett fue severamente golpeado en su granero, el cual luego fue incendiado. Nellis aseguró la liberación de Potter y éste fue exonerado del delito. El abogado también representó al empleado del señor Potter, Lewis M. Roach, quien después de retractar su confesión declarando que Potter le había obligado a hacer la acción debido a una disputa con su vecino, terminó siendo condenado por el delito y fue ejecutado en la silla eléctrica, el 3 de septiembre de 1915.

. . .

El fiscal de distrito Alexander T. Blessing y el asistente de fiscal George W. Featherstonhaugh representaron al estado. Blessing nació en Princeton, Nueva York, en el 1869, y era un hombre que se hizo a sí mismo. Perdió a sus padres cuando era muy joven. Blessing se graduó de *Union University* en el 1897, estudiando por la noche y trabajando durante el día. Leyó derecho en la firma de abogados de Hastings & Schoolcraft y aprobó la revalida del Colegio de Abogados de Nueva York en el 1900. Se convirtió en fiscal de distrito en el 1910, permaneciendo durante tres períodos en este puesto.

El fiscal era un hombre esbelto de cabello prematuramente gris, corto y con raya al medio, y lucía un rostro bien afeitado. Su mirada penetrante, era sumamente elocuente. El hombre tomaba su trabajo como su misión. Era un verdadero justiciero y poseía un don natural de actor. Su actuación en el tribunal era digna de ser premiada. Dicha destreza hacía maravillas por él en la sala del tribunal, especialmente con el jurado.

Aunque Blessing era miembro del partido demócrata, considerado mas liberal, no estaba dispuesto a aceptar una derrota en la arena política mostrando misericordia para con el asesino de una joven maestra muy querida, incluso cuando se tratara de un enfermo mental. Asesinar a una mujer de una manera tan atroz merecía la pena máxima, independientemente de los antecedentes del acusado. Las aspiraciones políticas de Blessing le ganaron la carrera a la alcaldía de Schenectady en el 1925.

El vice fiscal de distrito George W. Featherstonhaugh, Jr. nació en el 1878 en Nueva York y se graduó en el 1900 de *Union University*. Era nieto de George W. Featherstonhaugh, el primer geólogo de los Estados Unidos y proponente de la vía férrea de Albany y Schenectady. También fue agrimensor de porciones de Luisiana adquiridas por los Estados Unidos. Era muy respetado y mantenía una posición de confianza en la comunidad, tal como su abuelo lo fue.

. . .

El juez Charles Clark Van Kirk nació en Greenwich, Nueva York en el 1862. Se graduó de *Colgate University* en el 1884 con una licenciatura en artes y, de 1884 hasta 1886, fue profesor en la escuela

Boys' Academy en Troy. Más tarde comenzó sus estudios de derecho y se unió al Colegio de Abogados de Nueva York en el 1888. Practicó leyes en varias firmas de abogados, incluyendo las empresas de Patterson, Bulkley & Van Kirk en Albany y de Roe & Van Kirk en Port Henry. Luego, fue elegido juez del Tribunal Supremo, su término expirando en el 1919. Comenzó su extensa carrera en el Tribunal Supremo en el Cuarto Distrito Judicial el 1 de enero de 1906 y se retiró a finales de 1932. El juez Van Kirk inició su servicio en la División de Apelaciones en enero de 1921 y fue nombrado Presidente del Tribunal Supremo en enero de 1928, permaneciendo en este cargo hasta su jubilación.

El juez Van Kirk era un hombre de mediana estatura, rubio, con bolsas debajo de los ojos, una nariz pequeña, un bigote bien cuidado y un ceño fruncido. En la sala del tribunal, se vestía con la túnica tradicional negra y una pajarita. Van Kirk era muy conservador y exigía el total control de su sala. En su mente, "lo bueno es bueno y lo malo es malo". No había "zonas grises".

No había excusas.

Capítulo 37. Sentando la Base para la Defensa de Locura

El día 15 de marzo de 1915, a petición de Homer J. Borst, abogado defensor de Antonio Pontón, el juez Van Kirk aprobó que una comisión solicitara información sobre el historial de enfermedad mental en la familia de Antonio para usarse como parte de su defensa por demencia. El juez solicitó que el informe de dicha comisión, llamada *Puerto Rico Lunacy Commission*, estuviera listo a más tardar el 10 de abril de 1915.

La comisión de Puerto Rico obtendría pruebas en San Juan para demostrar que tres de los familiares del acusado padecían de demencia y habían sido pacientes en un manicomio. La defensa representaría que dos de los primos de Antonio fueron dados de alta como curados y un tercero fue dado de alta a petición de los familiares, pero no se curó.

El abogado defensor Borst presentó una declaración jurada con una carta del doctor Francisco R. de Goenaga, entonces superintendente del manicomio en San Juan, Puerto Rico, describiendo la historia de los familiares de Antonio que residían en el asilo. Margarita Cobián Rivera fue admitida en el asilo el 1 de abril de 1905. Sufría de melancolía aguda y fue dada de alta como curada el 31 de diciembre de 1906. Sixto Sánchez Ortiz fue admitido el 2 de enero de 1914, sufriendo de locura maníaco-depresiva, y fue dado de alta el 15 de diciembre de 1914, a petición de su familia, pero en el momento de su alta no estaba curado. El hermano de Sixto, Pío Sánchez Ortiz, fue admitido el 6 de febrero de 1906, sufriendo de manía aguda, y fue dado de alta como curado el 31 de octubre de 1906. El informe indicó que su tío también era demente, y que muchos otros miembros de la familia materna de Antonio sufrían de enajenación mental.

Para los hermanos Sixto y Pío Sánchez Ortiz, la locura persistiría durante toda su vida. Eran pacientes frecuentes del Manicomio

175

Insular de Puerto Rico, residiendo allí todavía en el año 1930.

La herencia materna de Antonio estaba contaminada con la locura. No había ninguna duda. Y como si eso fuera poco, aún no habían descubierto la enfermedad incurable que había invadido su cerebro.

La voluntad de Antonio estaba maldita. No una vez, sino dos.

Capítulo 38. El Jurado

El juicio de Antonio Pontón fue noticia de primera plana en los periódicos principales de la nación. El 17 de abril de 1915, el titular del *Schenectady Gazette* leía: «Juicio de Pontón acusado de cometer uno de los más alarmantes asesinatos de la historia del condado».

«El juicio será el último capítulo en una historia de amor y tragedia», indicó el artículo. La defensa y el estado convocaron a más de 100 testigos. Se esperaba que el juicio tomara horas y se extendiese hasta la noche.

Hubo mucha especulación acerca de si Manuel y Etervina viajarían a Nueva York para el juicio. «Los padres de Pontón no lo han abandonado», declaró el informe, pero explicó que estos estaban en pobre estado de salud y no era probable que se pudieran someter al viaje y asistieran al juicio. Los informes describieron a Manuel como «de edad avanzada, débil de mente y cuerpo y apenas capaz de comprender los acontecimientos» que llevaron a Antonio a su precaria situación.

. . .

Antonio se presentó ante el juez Van Kirk en el Tribunal Supremo el lunes, 19 de abril de 1915. La mañana del 20 de abril de 1915 se dedicó a la selección del jurado. Las ponencias de los abogados se presentarían en la tarde.

El panel especial de 100 miembros, de los cuales se iría a escoger el jurado, se eligió el 10 de abril de 1915 ante el juez Edward C. Whitmyer. El alguacil Louis A. Welch arribó con Antonio a la sala del tribunal y lo ayudó a sentarse junto a sus abogados en la mesa de la defensa, frente al juez. Al ver los miembros del jurado, la realidad de su destino comenzó a asentarse en su mente y Antonio perdió el control y rompió en llanto, secándose las lágrimas y su frente con un pañuelo.

—¿Por qué estoy aquí? ¿Qué está sucediendo? —le preguntó a su abogado, Homer Borst.

—Señor Pontón, usted mató a una mujer, ¿recuerda? —respondió.

—¡Yo les he dicho antes que no me acuerdo! —dijo Antonio.

—Sí. Usted está aquí por el asesinato de la señorita Bessie Kromer, su ex novia —dijo Borst.

—¡Les he dicho antes! ¡No me acuerdo de matarla! ¡La amo! ¡Quería matarme a mí mismo! Recuerdo que quería ir a verla una última vez. ¡Yo sabía que me amaba! ¡Su madre nos separó! ¡Recuerdo querer suicidarme, pero no me acuerdo de matarla a ella! Sólo recuerdo despertar en el hospital. Esto es lo que mi mente me dice. ¿Por qué mi mente no me deja recordar?

Los abogados trataban de calmar a su cliente.

—¡Veo visiones! ¡No sé lo que es real, ni lo que no lo es! ¡Estoy tan turbado! —Antonio afirmó, en su desesperación.

—Sabemos que no recuerda, señor Pontón. Hemos tocado este punto con usted en repetidas ocasiones. No podemos negar que usted cometió el crimen. Muchos testigos vieron que lo hizo, incluyendo la policía —dijo Borst—. Pero sabemos que está enfermo y que no sabía lo que estaba haciendo.

Antonio escuchaba en silencio.

—Señor Pontón. Tenga paciencia. Explicaremos al juez y al jurado que no se acuerda de cometer el acto. Vamos a decirles que usted perdió su voluntad. Que no tenía control. Explicaremos que su mente no está funcionando como debe ser y que no sabía discernir el bien del mal. Vamos a tratar de demostrar esto al jurado —dijo Borst.

—Pero primero —Smith interrumpió— tenemos que seleccionar doce hombres de este grupo de personas, los cuales se convertirán en los miembros del jurado para su juicio. Estos hombres decidirán su destino.

Tenía que confiar en sus abogados. Todo el mundo insistía en que él había matado a Bessie, por lo que debió haber sido así, sólo que él no se acordaba de haberlo hecho.

La mirada de Antonio se enfocó en los posibles miembros del jurado. Les examinó uno a uno, y ellos a él. Se sentía tan diferente de todos. Él pertenecía a otro mundo. Antonio recordó la carta que su madre escribió a la señora Kromer, cuando llegó por primera vez a

Schoharie. «Mi hijo está solo en un nuevo país, enfrentando un idioma diferente, una cultura diferente», había escrito Etervina, suplicando a la señora Kromer, de una madre a otra, que cuidase de su hijo Antonio. Pensó en la ironía. La misma mujer a quien su madre suplicó lo protegiera le había sacado de quicio.

Le echó un vistazo a los 100 posibles miembros del jurado una vez más. No había hispanos en el grupo. Estos serían los hombres que decidirían su destino. Hombres que, ciertamente, no entendían su cultura y podían malinterpretar su conducta, sus representaciones y sus intenciones. «¿Les importa este caso lo suficiente como para entender mi condición?», pensó.

Sintió que, sin duda, se hallaba solo.

—Vamos a hacerles preguntas y, en base a sus respuestas, trataremos de seleccionar a los miembros del jurado que creemos favorecerán su caso, señor Pontón. Es importante que usted nos permita hacer nuestro trabajo y sólo hable cuando se le hable. ¿Entiende? —explicó Borst—. Los miembros del jurado no deben escuchar lo que usted diga —le urgió—. Nosotros no lo vamos a poner en el estrado a testificar, pero todo lo que diga usted en voz alta lo van a escuchar otros y sería como si usted testificara. Usted necesita calmarse y dejar que el proceso judicial siga su curso. ¿Entiende?

Antonio asintió.

—Esto es todo lo que haremos hoy —aseguró el abogado defensor.

Después de que sus abogados le explicaron el protocolo, Antonio se tranquilizó un poco, pero era claro que se sentía abrumado. Se comportó el resto del tiempo, tal y como sus abogados le indicaron.

Doce hombres fueron seleccionados a través del proceso de *voir dire*, donde tanto los abogados defensores como los fiscales interrogaron a cada candidato para elegir los más favorables para su caso.

La prensa publicó los nombres y el lugar de residencia de los miembros del jurado que escucharían la evidencia y decidirían la culpabilidad o inocencia de Antonio:

1. Charles M. Cox, mecánico, 43 Parkwood Boulevard.
2. Charles L. Wick, contador de James F. Burns, 3 Mynderse Street.
3. Ernest W. Mincher, vendedor, Alderman Tenth Ward, 10 Euclid Avenue.
4. James Babbitt, maquinista, GE Company, 232 Eighth Avenue.

5. Ernest P. Gladdon, dibujante, GE Company, 34 Elder Street.
6. Fred Neuhaus, maquinista, GE Company, 824 Lincoln Avenue.
7. Sanford Hedden, granjero, Glenville.
8. Charles G. Schmidt, gerente, empresa de carbón, 127 Glenwood Boulevard.
9. Frank Hein, moldeador, GE Company, Stop 5, Albany Road.
10. Tunis Hotaling, carpintero, South Schenectady.
11. Garrett V. Baker, maquinista, GE Company, 1727 Eastern Avenue.
12. George S. Clare, vendedor de bienes raíces, 1028 Eastern Avenue.

. . .

Antonio, siendo puertorriqueño, no era todavía ciudadano de los Estados Unidos. Aunque Puerto Rico se convirtió en un territorio de los Estados Unidos después de la Guerra Hispano-Americana del 1898, los puertorriqueños no se convertirían en ciudadanos estadounidenses hasta el 1917, bajo la *Ley Jones-Safroth*. Sin embargo, él tenía derecho a todas las protecciones constitucionales otorgadas a cualquier acusado, ya fuera ciudadano o no, incluyendo el derecho a un jurado imparcial, *"selected from a cross-section of the community"* (seleccionado de una muestra representativa de la comunidad).

La constitución de Nueva York había codificado el derecho a un jurado imparcial bajo la sexta enmienda, entre los otros derechos enunciados en la constitución de los Estados Unidos. Aunque no se reconocieron los derechos constitucionales de los Estados Unidos como "transmitidos" a todos los estados a través de la catorceava enmienda de la cláusula de *due process* (debido proceso) hasta mucho después del juicio de Antonio, los estados que adoptaron el juicio por jurado estaban sujetos a cumplir con el requisito de proporcionar un jurado imparcial a sus acusados.

El requisito de obtener una muestra representativa de la comunidad se ha debatido con frecuencia en los últimos años. Tanto la raza como el sexo del acusado han jugado un papel específico en decisiones judiciales, eliminando sentencias que han violado este derecho. Ya en el 1879, el Tribunal Supremo de los Estados Unidos en *Strauder v. West Virginia*, 100 US 303, dictaminó que el excluir a los afroamericanos (no blancos) de los jurados viola la cláusula de *equal protection* (igual protección) de la constitución. En el jurado de Antonio, no había hispanos ni puertorriqueños. La población total de Schenectady en el 1910 era de aproximadamente 72,000 y en el 1915 ya era de 90,000. En el 1920, unos 12,000 puertorriqueños se habían mudado a Nueva York, muchos de ellos se instalaron en Schenectady como trabajadores.

A pesar de que era de raza blanca, Antonio era considerado "no blanco", o "de una raza diferente", porque era "portorriqueño" o "español". La ley no ofrecía a un acusado "no blanco" el derecho a tener un jurado de su raza. Sin embargo, el derecho constitucional del acusado a un *jurado imparcial* dictaba que el jurado se seleccionase de una *muestra representativa de la comunidad*, y que la raza del candidato a jurado no podía ser utilizada como un motivo para descalificarle. Este derecho fue violado en el juicio de Antonio. Un abogado defensor competente nunca hubiese dejado pasar la oportunidad de incluir como miembro del jurado a un puertorriqueño o hispano, dada la oportunidad.

Hoy en día, es ampliamente aceptado que la raza juega un papel clave en las decisiones de los jurados, con particularidad en los casos de asesinato cuando la víctima es blanca y el acusado es considerado de una raza diferente, como en la situación de Antonio. El tener una persona hispana o puertorriqueña en el jurado hubiese servido para ayudar a equilibrar cualquier prejuicio racial o cultural contra Antonio.

. . .

Todos los miembros del jurado en el juicio de Antonio eran hombres, porque a las mujeres no se les permitía servir como jurados en los Estados Unidos hasta bien entrado el siglo XX, a pesar del requisito de la *muestra representativa de la comunidad*. El Tribunal Supremo de los Estados Unidos en *Strauder v. West Virginia* continuó sancionando esta práctica, afirmando que a pesar de que el servicio de jurado ya no podía limitarse a los blancos bajo la catorceava enmienda, este derecho podía seguir siendo limitado sólo a los varones.

Muchos estados continuaron la práctica de tener jurados solamente compuestos por hombres, incluso después de que la decimonovena enmienda extendió el derecho del voto a las mujeres en el 1920. El fundamento de la denegación se basaba en argumentos proteccionistas y discriminatorios contra la mujer. Estos alegaron, entre otras razones, que las mujeres no podían comprender la complicada naturaleza de los juicios, que abandonarían sus hogares y que serían ofendidas por la información presentada en los propios juicios.

La Ley de los Derechos Civiles del 1957 requirió que las mujeres se incluyeran en las listas de jurados de casos federales, pero la ley no afectó las prácticas estatales. En el 1973, los 50 estados permitieron que las mujeres fueran miembros del jurado, pero 19 estados tenían exenciones para con las mujeres. Dichas exenciones no estaban disponibles para los hombres, lo cual resultó en la escasa representación de las mujeres en los jurados. En el 1975, el Tribunal Supremo de los Estados Unidos en *Taylor v. Louisiana*, 419 U.S. 552, sostuvo que la práctica de excluir a las mujeres de los jurados era inconstitucional porque priva al acusado de un jurado extraído de una sección representativa de la comunidad.

. . .

Un factor de parcialidad durante la selección del jurado de Antonio (aunque profesión y clase social no se eleve a la misma categoría que la raza ni el sexo en el debate de "jurado imparcial y sección representativa de la comunidad") fue que casi la mitad de los miembros del jurado eran empleados de la empresa General Electric, como lo era una gran parte de la fuerza laboral de Schenectady durante ese tiempo. En el 1918, alrededor del 70 por ciento de la mano de obra cualificada y el 22 por ciento de la población de Schenectady (unos 20,000 empleados) trabajaban para la General Electric. La mayoría de estos trabajadores eran de una clase media-baja y eran trabajadores "de cuello azul". Un jurado de esta constitución estaba destinado a insertar prejuicios en contra Antonio.

En el 1915, Antonio Pontón, el acusado puertorriqueño que asesinó a una mujer blanca, estaba a merced de un jurado de hombres blancos, muchos de ellos con poca educación. Éste era un jurado "no imparcial" que no procedía de "una muestra representativa de la comunidad", contrario a los derechos concedidos a Antonio por la Constitución de Nueva York, en la que se habían adoptado los derechos al "debido proceso" proporcionados a un acusado en virtud de la Constitución de los Estados Unidos.

En este sistema legal, no había muchas esperanzas para Antonio.

Capítulo 39. Escenas Vergonzosas en el Tribunal

El 22 de abril de 1915, el *Schenectady Gazette* reportó «la más grande multitud y las escenas más vergonzosas que se hayan visto en el tribunal del condado de Schenectady».

El juicio de Antonio Pontón por asesinato capturó la atención de los periódicos principales a nivel local, estatal y nacional en todos los Estados Unidos, así como en Puerto Rico. La tragedia se había convertido en un espectáculo de circo. Una multitud ingobernable se acumuló frente a las puertas del Tribunal de Schenectady, hambrientos por la exhibición aún por venir. Los que no pudieron asegurar la admisión crearon una enorme perturbación.

El edificio del Tribunal de Schenectady acababa de ser trasladado en el 1913 de lo que era antes una estructura del año 1831 de dos plantas y 51,000 pies cuadrados de arquitectura de renacimiento griego, localizada en *108 Union Street*. El nuevo edificio de cinco plantas era mucho más grande que el anterior. Estaba situado en *612 State Street*, en la esquina de la cárcel del Condado de Schenectady en *Veneer Street*.

La blanca fachada del nuevo edificio tenía ocho enormes pilares, dos de ellos proyectados hacia la parte delantera, enmarcando los escalones centrales que conducían a las tres puertas principales arqueadas de la entrada. Un busto femenino con armadura, tallado en piedra, representaba la lucha por la justicia y adornaba la parte superior de cada puerta de entrada. Una pequeña gárgola decoraba la cabeza de cada busto, como símbolo para ahuyentar el mal y prevenir su entrada en el nuevo palacio de justicia. Más allá de las puertas principales, a la izquierda del edificio, pasando por el hueco de la escalera, se hallaba la sala de audiencias, donde sería juzgado Antonio.

El tribunal constaba de una gran sala de más de 4,000 pies cuadrados. La atención de un visitante al entrar en la sala del tribunal viajaría de inmediato hacia el fondo de la sala, donde el podio central de caoba del juez yacía, situado en una plataforma que lo elevaba del suelo. En la pared detrás del podio del juez se podían leer las palabras «Justicia igual bajo la ley», inscritas en metal dorado y montadas sobre un fondo de madera de cerezo.

Antonio se sentó en la mesa del acusado, la cual se encontraba a su izquierda al entrar en la sala del tribunal, después de caminar por el largo pasillo central, más allá de la zona de los asientos designados para los espectadores. Se sentó frente al juez, acompañado de sus abogados. A la derecha de la mesa del acusado, a través del pasillo que dividía el área de los espectadores, se sentó la fiscalía, también frente al juez. El jurado se sentaría a la derecha de la mesa del acusado, en dos filas de asientos paralelos a la pared de la derecha de la sala. Desde sus asientos, los jurados podían observar al juez, a la defensa, a la fiscalía y a los espectadores.

Los espectadores ocuparon cada pulgada de espacio disponible para ellos en la sala del tribunal, las mujeres comprendiendo al menos la mitad de la multitud. Además de los ingresados en la sala, había cerca de 300 espectadores en el pasillo y la escalera fuera del tribunal, todos con deseos irresistibles de echar un vistazo a Antonio a través de los paneles de vidrio de la puerta principal. Se necesitaron cinco hombres para cerrar las puertas de la sala, las cuales empujaba la multitud, enojada porque quedaban fuera del edificio, dadas las limitaciones de espacio. Cuando el secretario volvió a abrir la puerta principal del tribunal para que un oficial entrase, algunas mujeres bien vestidas se colaron por la fuerza, empujando a otros según pasaban apresuradas. El vice alguacil R. R. Hunt salió de la sala para calmar la perturbación.

Nora Kromer asistió al juicio acompañada por su hijo Charles y un amigo. Los oficiales del tribunal los escoltaron dentro de la sala y se sentaron en la primera fila de la zona de los espectadores, detrás de la mesa de la fiscalía.

La señora Kromer y Antonio se sentaron a poca distancia el uno del otro. Ella lo miraba con ojos furiosos, mientras comentaba a sus acompañantes sobre su apariencia.

Capítulo 40. El Caso de la Fiscalía

—Ella era la bebé más hermosa. Creció hasta convertirse en la hija perfecta y la maestra más querida —dijo George W. Featherstonbaugh, Jr., asistente del fiscal, abriendo el caso para el estado.

Featherstonbaugh dio un emotivo resumen de la infancia de Bessie desde su nacimiento y describió su vida antes de que Antonio Pontón llegara a Schoharie. El juez Van Kirk, sentado en su podio, se inclinó muy pendiente hacia adelante. Los miembros del jurado se mostraban muy atentos a la presentación de Featherstonbaugh.

—Éste es uno de los asesinatos más brutales de la historia criminal de este condado —Featherstonbaugh advirtió al jurado.

Para sorpresa de la defensa, dada la evidencia de lo contrario, Featherstonbaugh afirmó:

—La señorita Kromer no correspondía al amor de su asesino en modo alguno y sólo deseaba una amistad.

Procedió a decirle al jurado que Antonio prometió a la señora Kromer que iba a dejar de pretender a su hija, aunque realmente la señora Kromer y Antonio nunca cruzaron palabras sobre el asunto.

Featherstonbaugh proporcionó entonces un relato de los hechos que culminaron con la muerte de Bessie. Aseguró al jurado:

—¡El asesino malévolo sentado en esta sala hoy no quedó satisfecho con asesinar a la señorita Kromer, pero también quiso asesinar su reputación! Aprovechó la oportunidad de hacerlo durante la declaración que dio al periodista, el señor Bernie Waterman, en el *Ellis Hospital*. ¡Él la asesinó, no una vez, sino dos veces!

El asistente del fiscal cerró su presentación:

—El estado tiene la intención de demostrar el asesinato premeditado en primer grado, porque el asesinato de la señorita Kromer fue un acto planeado cuidadosamente con un motivo bien definido.

Para superar la teoría de la defensa, la fiscalía tenía que demostrar que Antonio Pontón estaba cuerdo en el momento en el que cometió el delito, *más allá de toda duda razonable*. Ésta era la carga de prueba del estado.

. . .

Cerca de 100 testigos esperaban para presentar su recuento del asesinato, si fueran llamados por la fiscalía. Los abogados del estado llamarían a sus testigos para que relatasen los horribles detalles del crimen, no para probar que Antonio era el asesino, ya que la defensa había admitido que Antonio cometió el acto. La estrategia de los fiscales consistía en sumergir la mente de cada miembro del jurado en los aspectos brutales del asesinato, para así asegurar la pena de muerte.

La señora Kromer lloró durante la mayor parte del recuento de los hechos por el estado, durante su presentación y el testimonio de los testigos, mientras que Antonio yacía sentado con las manos en su rostro, sosteniendo un pañuelo, su mirada baja, y a ratos sollozaba en voz alta durante el testimonio de los testigos.

Los miembros del jurado no podían apartar su vista de la señora Kromer.

El fiscal de distrito Blessing llamó al primer testigo, el doctor Joseph J. Burke, el cual realizó la autopsia en el cuerpo de Bessie.

Burke testificó:

–Una serie de heridas mortales causaron su fallecimiento en menos de un minuto, debido a la hemorragia. Una herida que penetró en el corazón cortó la arteria carótida y otras penetraron en el corazón y el pulmón. En total, hubo quince heridas, mayores y menores.

El *coroner* E. H. Jackson fue el siguiente testigo.

El forense corroboró el testimonio del doctor Burke en cuanto a las heridas y relató su actividad el día del asesinato, visitando la escena y más tarde el hospital donde Antonio estaba siendo atendido por tres heridas de arma blanca autoinfligidas en su pecho. Habló sobre las pruebas que se obtuvieron de los cuerpos de Bessie y de Antonio y también de sus viviendas, incluyendo cartas y fotografías. Identificó el cuchillo que el jefe de la policía Rynex le dio como un cuchillo tipo *Bowie* de cerca de siete pulgadas de largo, manchado de sangre.

Durante el interrogatorio hecho por el abogado defensor Nellis, Jackson testificó que una de las heridas de Antonio estaba localizada a cerca de una pulgada de su corazón.

Nellis también obtuvo las cartas que Bessie y Antonio se escribieron entre sí, sobre las objeciones por parte de los fiscales. La fiscalía había ocultado las cartas para que los abogados defensores no pudieran verlas antes del juicio. Sin embargo, aun sabiendo esto, el tribunal no reprendió a la oficina del fiscal de distrito por dicha conducta.

Después de que Jackson finalizó su testimonio, el sargento de la policía C. F. A. Engel, del tercer recinto, dio un recuento de la noche del asesinato en consonancia con lo que había transmitido a la prensa esa noche. Dijo que se encontraba caminando por la zona con su perro, a unos 200 pies de distancia de la escena, cuando oyó gritar a Bessie. Declaró que cuando se dio la vuelta, vio a Antonio apuñalar a Bessie dos veces en el pecho; que cuando Bessie trató de escapar hacia la calle, Antonio la siguió y la apuñaló de nuevo en la espalda; entonces Engel dijo que vio a Bessie caer al suelo. Declaró que cuando Antonio lo vio acercarse hacia él y Bessie, Antonio comenzó a correr en dirección hacia la calle Backus y Engel le siguió con su perro, alcanzando a Antonio, y el perro lo mordió. El sargento Engel afirmó que detuvo a Antonio después de que éste se apuñaló a sí mismo y se desplomó en el suelo. Engel luego le quitó el cuchillo a Antonio y se lo entregó al policía montado Kennedy, el cual acababa de llegar. Engel identificó el cuchillo en el tribunal y habló sobre el envío de Antonio al hospital. En el interrogatorio, el sargento Engel respondió que había suficiente luz en la zona y que él reconoció al hombre que apuñaló a Bessie Kromer como Antonio Pontón.

El patrullero J. H. Kennedy corroboró el testimonio de Engel y la transferencia del cuchillo al jefe Rynex. También declaró:

–Vi al acusado en la zona muchas veces antes, alrededor de la Casa Conde, donde la señorita Kromer residía, incluyendo antes del día de los hechos.

J. Francis Whelan tenía 17 años y trabajaba como empleado de la tienda de comestibles O. J. Eckerson, situada frente a la escena del crimen. Sus declaraciones apoyaron el testimonio anterior de los oficiales con respecto a la manera del apuñalamiento.

Del mismo modo, Walter Vogel, de 19 años, fue testigo de los hechos y verificó el testimonio de los testigos anteriores.

La señorita Irene Rice parecía ser el testigo más cercano a la escena y ofreció detalles adicionales en cuanto a los actos. Ella dijo:

—El señor Pontón y la señorita Kromer estaban de pie frente a mi residencia. Él estaba frente a ella. Lo vi golpearla en el pecho. Cuando se volvió para huir de él, éste la golpeó en la espalda de nuevo.

La señorita Rice corroboró la historia de Engel. Dijo que conocía a Bessie personalmente, y reconocía a Antonio de verlo en varias ocasiones anteriores que había estado en la zona con Bessie.

James Turner y Emma Van Nattan testificaron validando las historias de los otros testigos.

John Carey, conductor de tranvía, testificó acerca de que Antonio Pontón viajó en su coche el día del asesinato y también en otras ocasiones. Dijo:

— El señor Pontón abordaba mi coche dos veces por semana alrededor de la medianoche, antes de los acontecimientos del crimen. Lo vi a bordo, alrededor de la hora de cenar, con una mujer hace poco, pero no recuerdo la fecha exacta.

A continuación, dio detalles sobre en qué calle Antonio abordó, demostrando que se subió cerca del apartamento de Bessie.

El fiscal de distrito Blessing procedió entonces a llamar a Bernie J. Waterman, el reportero del diario *Schenectady Gazette*, y le pidió que leyera en voz alta la declaración que presuntamente Antonio le dio en el *Ellis Hospital*, aproximadamente una hora después de que éste ingresó con heridas de arma blanca autoinfligidas.

—¡Protesto! —exclamó el abogado defensor Nellis, oponiéndose a la introducción de la declaración que supuestamente Antonio voluntariamente dio a Waterman—. ¡La declaración es una violación constitucional, Su Señoría!

—No tan rápido, señor Nellis —dijo Van Kirk—. Siente la base para su objeción.

El tribunal permitió que Nellis interrogase a Waterman.

—Señor Waterman, ¿usted u otra persona le informó al señor Pontón mientras éste yacía acostado en la cama de hospital, herido mortalmente y parcialmente sedado, que cualquier cosa que le dijera podía ser utilizada en su contra en un tribunal de justicia? —preguntó Nellis.

—No —el reportero respondió.

—¿Había alguien más en la habitación con usted y el señor Pontón al momento que usted dice que tomó su declaración? —preguntó Nellis.

—No —el reportero respondió—. Yo era el único en la habitación con el señor Pontón.

—Su Señoría, me opongo a la admisión de la declaración tomada por el señor Waterman del señor Pontón, por razón de que la declaración viola los derechos constitucionales del señor Pontón bajo la quinta y la sexta enmienda —dijo Nellis al tribunal.

En la Declaración de Derechos de los Estados Unidos, el debido proceso de la quinta enmienda (la cual otorga el derecho contra la autoincriminación, entre otros), la decimocuarta enmienda y las garantías de igualdad de protección se extienden a todas las "personas". Los derechos que otorga la sexta enmienda inherentes a los procesos penales, como el derecho a un juicio público, a un juicio por un jurado imparcial, la asistencia de un abogado y el derecho a confrontar a los testigos adversos, todos aplican a "los acusados". La Constitución de Nueva York al momento del juicio de Antonio incorporaba la Carta de Derechos de los Estados Unidos, la cual aplicaba a Antonio como persona y acusado, incluso cuando todavía no fuera éste un ciudadano de los Estados Unidos.

—Objeción denegada —dijo Van Kirk, sin explicación alguna.

La supuesta declaración de Antonio a Waterman se incorporó en el registro.

Nellis tomó excepciones para ser presentadas en la apelación. El tribunal permitió las excepciones y Waterman fue excusado como testigo.

A continuación, el jefe Rynex testificó acerca de haber recibido el cuchillo del patrullero y de entregárselo al forense.

A las 4:15 p.m. el abogado Nellis solicitó un receso, el cual el juez Van Kirk concedió. Nellis se hallaba preocupado, ya que las declaraciones de la Comisión de Demencia de Puerto Rico aún no habían arribado.

Como Antonio sería trasladado de regreso a la cárcel andando, un sinnúmero de personas obstruyeron la acera por la antigua estación de bomberos para echarle un vistazo.

Antonio se había convertido en una atracción de circo, como Topsy el elefante.

. . .

Los testigos del estado completaron su testimonio la mañana del

21 de abril de 1915. El testimonio de Jeremy J. Cullen y la señora Kromer eran los más salientes.

Jeremy Cullen, un empleado en la ferretería *Albany Hardware and Iron Company*, identificó a Antonio como el hombre que, en septiembre del 1914, compró el cuchillo utilizado para cometer el delito.

Cuando la señora Nora Kromer subió al estrado durante la sesión de la mañana, Antonio creó una escena que todos presenciaron. Se levantó de su asiento como una criatura salvaje, agitando los brazos y gritándole a la señora Kromer en español. La prensa lo describió como «un loco».

Y lo estaba.

—¡Vieja bruja! ¡Maldita! —gritó—. ¡Si no hubiera interferido! ¡Yo aún me encontraría en la facultad de derecho! *¡Besi* y yo estaríamos juntos! —culpó a la señora Kromer por el destino final de su hija y del suyo propio—. ¡Mentirosa! ¡Causó que me arrestaran con mentiras! ¡Nunca tuve un revólver! ¡Mentirosa! Usted le hizo escribir las cartas. ¡Ella me dijo!

—Su Señoría, ¿nos puede conceder un breve receso, por favor? —suplicó al juez el abogado defensor Borst.

El tribunal otorgó a la defensa diez minutos de receso.

El jurado fue testigo de todo el espectáculo de ira de Antonio, el cual eventualmente se calmó, ayudado por sus abogados.

A la vuelta del receso, cuando la señora Kromer procedió a declarar, los ojos de Antonio le atravesaron con desprecio. Parecía como si estuviera listo para lanzarse sobre ella.

Los miembros del jurado le observaban. Todo el mundo lo hacía.

La señora Kromer testificó sobre cuando Antonio se hospedó por primera vez en su casa en el *27 Main Street* en Schoharie.

—Él llegó en junio del 1911 —dijo, erróneamente.

También testificó sobre el viaje que Bessie y ella tomaron a la Universidad de Columbia, el verano del 1914.

—Él la acechaba continuamente y ella no quería tener nada que ver con él —dijo—. Presencié cuando ellos tuvieron un altercado y mi hija le dijo 'te he dicho en repetidas ocasiones que no voy a dejar a mi madre por cualquier persona' —dijo—. ¡Tuvo el descaro de pedirle que me dejase! —dijo.

La señora Kromer declaró bajo juramento que no sabía acerca de la relación romántica de Bessie con Antonio. Ella dijo que eran sólo amigos y su hija no quería tener nada que ver con Antonio románticamente.

La prensa informó que la señora Kromer testificó como «una mujer poseída», a menudo «sarcástica y con una mueca de sonrisa».

—El nervio de ese hombre, echándome la culpa de su muerte –susurró a su hijo Charles después de que dejó el estrado–. ¡Hice lo que cualquier otra madre hubiese hecho para proteger a su hija!

Para ella, era justo dar muerte al monstruo que asesinó a su amada hija. Una vida por una vida. La justicia será servida.

La fiscalía descansó a las 11:52 a.m.

Capítulo 41. El Caso de la Defensa

El abogado Homer J. Borst abrió para la defensa el 21 de abril de 1915, justo antes del receso de la tarde.

—El hecho de que el señor Pontón cometió el crimen no se niega —dijo—. Pero el señor Pontón estaba demente en el momento del acto. Su locura fue heredada de la familia de su madre. La defensa también demostrará que él padecía, y aún sigue padeciendo, de una enfermedad que ha invadido su cerebro, causándole demencia.

Los miembros del jurado escuchaban atentos.

—El padre de Antonio Pontón era un español de alta cuna —continuó Borst—. Él fue a Puerto Rico y se casó con una mujer nativa de allí hace varios años. En esos días, en Puerto Rico había muchos casos de matrimonios mixtos, lo que causó mucha enfermedad y demencia, sobre todo en esta clase social. La madre de Pontón tenía una vena de locura en su sangre, la cual su hijo heredó. La locura corría en la familia de la señora Pontón —Borst aseguró.

—La defensa debe probar, por la preponderancia de la evidencia, que cuando el señor Pontón cometió el crimen, no se dio cuenta de que lo que estaba haciendo estaba mal, porque estaba demente —dijo.

La defensa tenía que demostrar la locura de Antonio por la "preponderancia de la evidencia". Esta prueba era clave para obtener una excusa de la pena de muerte bajo la estricta ley de Nueva York. Esta norma de prueba era menor que la norma de "más allá de toda duda razonable" que la fiscalía debía cumplir para asegurar la pena de muerte para Antonio.

—El señor Pontón y la señorita Kromer eran amantes —continuó Borst—. Después de años juntos, ella lo rechazó a petición de su madre, a pesar de que ella lo amaba —dijo. El señor Pontón cayó en una depresión masiva que lo llevó a querer suicidarse.

—El señor Pontón compró el cuchillo con el propósito de cometer suicidio, no con el fin de matar a la señorita Kromer —dijo el abogado defensor.

—En el día del crimen —Borst se enfocó en los miembros del jurado—, él fue a verla una última vez antes de suicidarse. Estaba desesperado, vencido por la locura. Y perdió su voluntad.

El Juez Van Kirk se recostó hacia atrás en su asiento.

El reverendo Charles M. Karg, pastor de la Iglesia Luterana y amigo de la familia Kromer en Schoharie, fue el primer testigo llamado por el abogado defensor George B. Smith.

—Yo sabía de la relación entre la señorita Bessie Kromer y del señor Pontón. Todo el mundo sabía. Era difícil no darse cuenta —testificó—. El verano anterior al incidente, la señora Kromer solicitó que ayudase al señor Pontón con su situación personal —dijo—. Yo le había ayudado con su inglés anteriormente, cuando llegó por primera vez en julio del 1911 y durante el año que vivió en la casa de los Kromer —dijo.

Borst entonces preguntó al testigo:

—Reverendo Karg, en su opinión, ¿estaba la señora Kromer consciente de la relación romántica entre el señor Pontón y la señorita Kromer?

—Sí, lo estaba —respondió el reverendo—. Cuando me pidió que ayudase al señor Pontón el verano del 1914, ella sugirió que era probable que éste se iba a quedar con la familia por un período indefinido de tiempo —dijo—. Tenía que haber sabido. Todos en el pueblo sabían. Era obvio que eran una pareja con intenciones serias —dijo.

—¿Y cuál es su opinión sobre el joven, el señor Pontón, Reverendo? —preguntó Borst.

—Parecía un buen hombre. Siempre tenía atenciones para con ella. Diligente en sus estudios. Pero tenía problemas de salud. Sufría muchos dolores de cabeza y también carecía de concentración. Esto seguro afectó sus estudios. La barrera del idioma no ayudó, pero él estaba resuelto a superarla. Y finalmente lo hizo. Su inglés mejoró mucho, y lo hablaba muy bien al momento de irse a la facultad de derecho. Parecía deprimido a veces, sobre todo el verano del 1914. Entonces parecía estar muy enfermo —dijo.

—Gracias pastor Karg, no tengo más preguntas por ahora —dijo Borst, despidiendo al testigo.

. . .

La sesión de la tarde comenzó con la defensa llamando a Miguel de la Rosa, un amigo puertorriqueño de la familia Pontón y estudiante de medicina en la Universidad de Maryland. De la Rosa testificó acerca de la familia Pontón y del historial de demencia en la línea materna de Antonio. Explicó:

– En la ciudad natal de Antonio Pontón, en el pueblo de Comerío, con una población de alrededor de ocho a diez mil, todo el mundo se relaciona con todos los demás, por medio de los matrimonios entre sí.

También dijo que algunos de los familiares de Antonio habían sido ingresados en manicomios. Describió que Antonio siempre había sido nervioso y a menudo se quejaba de dolores de cabeza, los cuales eran más frecuentes en la noche, pero también ocurrían durante el día.

Antonio López, un estudiante puertorriqueño en *Albany Law School*, corroboró el testimonio ofrecido por De la Rosa acerca del nerviosismo de Antonio, describió era olvidadizo y padecía de frecuentes dolores de cabeza. Dijo:

—El señor Pontón a menudo busca su sombrero u otra propiedad cuando él los tiene en su persona.

Stanley Bliss, también estudiante de *Albany Law School*, corroboró el testimonio de López y De la Rosa. Antonio estaba siempre nervioso, era olvidadizo y tenía jaquecas.

Charles Watson, el secretario de *Albany Law School*, declaró que Antonio era un estudiante mediocre y tuvo que repetir algunos de sus cursos de segundo año. Compartió algunas de las calificaciones de Antonio e identificó su escritura a mano en varias cartas.

El forense, el doctor E. H. Jackson, testificó sobre cerca de 50 cartas que se encontraron en la habitación de Antonio, escritas con la letra de la misma mujer y las cuales entregó al fiscal de distrito. El abogado defensor Nellis aseguró las cartas para examinarlas, a pesar de las objeciones de la fiscalía.

El doctor Jackson testificó de nuevo acerca de su examinación del cuerpo de Bessie Kromer y sus inferencias del examen. Además, declaró que había recuperado tres fotografías idénticas de la habitación de Bessie mostrando a Bessie y a Antonio de pie en la parte posterior de una plataforma de un vagón de ferrocarril, con un letrero que decía "Coney Island". Dio dos a la prensa y se quedó con una.

El doctor Jackson también habló sobre la condición de Antonio en el *Ellis Hospital* y describió la reacción de Antonio cuando el médico le informó acerca del crimen.

—El señor Pontón estaba nervioso, incoherente y sus venas faciales lucían brotadas —dijo.

El forense además habló sobre la recuperación de documentos de la habitación de Bessie, incluyendo las cartas. En total, se recuperaron 82 cartas.

El siguiente testigo, la señora Chamberlain, era la casera del apartamento de Antonio. Ella describió el episodio de cuando encontró a Antonio en su habitación con todas las ventanas cerradas y un fuerte olor a gas y añadió que ella llamó a su sobrino, el cual encontró una carta que Antonio había dirigido a su clase de la facultad de derecho, la cual parecía ser una carta de suicidio. Douglas Wiger, sobrino de la señora Chamberlain, también testificó y corroboró su testimonio.

Eugenio Vera, un estudiante puertorriqueño en *Albany Law School*, confirmó que Antonio era nervioso, tenía mala memoria y sufría de dolores de cabeza.

Lo mismo hizo la señora Rose Van Guysling, casera del *253 North Pearl Street* en Albany, donde Antonio había rentado una habitación. Declaró:

—El señor Pontón era peculiar. A menudo estaba nervioso y tenía mala memoria. También se quejaba de tener dolor de cabeza continuamente.

Añadió que había visto a Antonio llevando un sinnúmero de cartas de una mujer llamada Bessie y que él le había dicho que iba a casarse con Bessie.

La señora Charlotte Gebhardt, una profesora particular de inglés de Schoharie, testificó contradiciendo el previo testimonio de la señora Kromer, donde la señora Kromer había testificado que no tenía conocimiento de la relación romántica entre Antonio y Bessie. La señora Gebhardt dijo:

—La señora Kromer me pidió que le diera tutorías de inglés al joven cuando él estuvo en Schoharie. Ella me dijo que el señor Pontón se iba a quedar con ellos a vivir en su casa por un tiempo y sugirió que éste estaba en una relación seria con Bessie Kromer.

La señora Gebhardt también testificó que Antonio se había quejado de dolores de cabeza durante una de las lecciones y ella le dio medicina para calmar sus dolores.

Gebhardt fue la última testigo de la defensa. El testimonio de la defensa cerró a las 4:50 p.m., el 21 de abril de 1915.

Capítulo 42. Los Expertos

El 22 de abril de 1915, los peritos médicos testificaron acerca de la condición física y mental de Antonio. Guy Fish, estudiante de medicina en *Albany Medical School*, fue el primer testigo de ese día. Declaró que tomó una muestra de sangre de Antonio la semana anterior. El doctor Ellis Kellert, director del *Bender Laboratory* en Albany y profesor de patología y bacteriología en *Albany Medical School*, fue entonces citado por la defensa a testificar. Declaró que el análisis de sangre realizado confirmó la presencia de la enfermedad de *sífilis* en la sangre de Antonio.

El abogado defensor Borst llamó entonces al doctor Charles L. Bailey, un *alienista* o especialista en el tratamiento de enfermedades mentales, como el médico experto en demencia por parte de la defensa. El médico era bajo y fornido, tenía los ojos pequeños y las cejas de color marrón-gris, tupidas. El doctor Bailey nació en Troy, Nueva York en el 1870, se graduó de *Flower Hospital Medical School* en Nueva York en el 1891 y estableció su práctica de psiquiatría en Albany, calificando como un experto en demencia en el 1900. Al momento del juicio de Antonio, Bailey era un médico de renombre con cerca de 25 años de experiencia. Bailey también había trabajado como médico forense. En el 1917, se convirtió en Cirujano Teniente de Albany durante la Primera Guerra Mundial. Daba charlas con frecuencia acerca de diversos temas de salud y también escribió un libro, *Legal Medicine*, el cual publicó en el 1927. Para aquel entonces ya había testificado más de 3,000 veces en más de 500 casos judiciales, entre ellos 57 juicios por asesinato, en asuntos relacionados con trastornos mentales y materias de la cordura.

Después de que el doctor Bailey testificara acerca de sus calificaciones como experto en demencia, procedió a hablar del examen médico que condujo en Antonio el viernes, 17 de abril de 1915.

—Mi examen de Antonio Pontón mostró un estado mental

197

anormal o inferior a lo normal –dijo el médico–. El señor Pontón adquirió una enfermedad infecciosa de la sangre y locura cerebral debido a la sífilis, junto con su trastorno mental hereditario. Es incapaz de calcular sumas simples y enfrenta problemas para pronunciar las palabras, siendo dicho obstáculo mayor que la barrera típica del hablar el idioma inglés como segundo idioma. Cuando le señalé con el dedo al señor Pontón y le dije: 'Usted mató a Bessie Kromer', él contestó: '¿Bessie Kromer? ¿Arrebatada de mí?' Mientras señalaba a sus propias heridas, prosiguió diciendo: 'Yo matarme a mí mismo, amar a Bessie Kromer'.

El doctor Bailey también testificó sobre las preguntas que le hizo a Antonio con respecto a su fe religiosa, y compartió que Antonio no reconocía la diferencia entre las religiones católica y protestante, declarando también que los Apóstoles Mateo, Marcos y Lucas eran «buenos hombres».

–¿Qué más encontró como resultado de su examen, doctor Bailey? –continuó la defensa.

–El señor Pontón se encuentra en la tercera etapa de sífilis –reveló el médico–. La enfermedad ha invadido su cerebro.

–¡Oh! –sonidos repetidos de asombro llenaron la sala del tribunal. El juez se inclinó hacia adelante en su podio.

–¡Orden en la sala! –dijo el juez, mientras golpeaba con su mazo en un bloque de madera sobre su escritorio.

Borst entonces pidió al médico que le explicase la naturaleza de la enfermedad.

–La sífilis es una infección venérea que, si no se trata, puede extenderse al cerebro e infectar el sistema nervioso central. Cuando invade el cerebro, la condición se llama *neurosífilis*. Los pacientes con neurosífilis, como el señor Pontón, por lo general sufren apatía, convulsiones y demencia, y a menudo aneurismas, si la enfermedad afecta el sistema cardiovascular –dijo.

–¿Cómo se puede contraer esta enfermedad, doctor Bailey? –preguntó Nellis.

–Existen dos maneras en las cuales se puede contraer la enfermedad. La primera es a través de relaciones sexuales y la segunda es en el momento del nacimiento. Cuando la enfermedad se contrae al nacer, se conoce como la *sífilis congénita* –dijo el médico.

–¿Qué impacto tiene la enfermedad de la sífilis sobre los que llevan la forma congénita de la enfermedad, doctor? –preguntó Nellis.

—Bueno, si la condición es congénita o adquirida durante el nacimiento, ésta resulta en deformidades y ceguera. Y para todos aquellos que tienen la enfermedad, congénita o no, si ésa no se trata, más de la mitad de los infectados mueren de ella —dijo.

—Doctor Bailey, ¿qué impacto ha tenido la enfermedad en el señor Pontón? —preguntó Nellis.

—El señor Pontón no había sido tratado por la enfermedad y, por lo tanto, ésta se encuentra bastante avanzada. Se ha propagado a su cerebro, lo que le causó los síntomas que he descrito anteriormente, en particular, la demencia —dijo el médico—. Su neurosífilis le ha hecho padecer de demencia. Como consecuencia de la enfermedad, el señor Pontón es una criatura de impulso y no puede concebir los planes de premeditación alegados por la fiscalía.

Explicó además que el estar en la cárcel aceleraría el progreso de la enfermedad, debido al ambiente tan estresante del confinamiento.

Los abogados de Antonio no introdujeron en el expediente prueba alguna en cuanto a la incidencia de la sífilis en la sociedad, y perdieron la oportunidad de educar a los miembros del jurado para así mitigar cualquier prejuicio que los hombres hubieran desarrollado en contra de Antonio por tener lo que se denotaba entonces como "una enfermedad repugnante".

La realidad era que alrededor del comienzo del siglo XX, la sífilis era un desastre en la salud pública de los Estados Unidos y en muchas partes del mundo. En el 1915, se estima que por lo menos un 20 por ciento de la población sufría de sífilis. Debido a su estigma social y la falta de conocimiento sobre la enfermedad, ésta no era revelada por los que la padecían, por lo que los porcentajes reales se estima eran mucho mayores de lo publicado, especialmente en el ejército. Se ha reportado que los soldados del ejército de los Estados Unidos y Puerto Rico tenían una incidencia de sífilis de casi un 40 por ciento en el 1915 y que un 13 por ciento de estos soldados sufrían de demencia causada por la sífilis.

El público no estaba educado acerca de la enfermedad y de su prevalencia. Cualquier discusión de la sífilis residía en libros especializados y en las revistas médicas que no estaban accesibles al público en general. Además, un tanto hipócrita, la sociedad veía la sífilis como una materia que sobrepasaba los "límites de la decencia", creyendo que era un trastorno que afectaba solamente a seres inmorales. Sin embargo, dicha enfermedad no conocía los límites de clase social y tocaba a todos por igual.

Este tabú social no contribuyó a ayudar a reducir la propagación de la enfermedad, para la cual no existía cura efectiva durante este tiempo, ya que el tratamiento con penicilina para la sífilis no llegaría hasta mucho más tarde, en el 1943. Existían tratamientos, como el mercurio y el *Salvarsan*, los cuales no curaban la enfermedad y sólo podían aliviar algunos de sus síntomas. Algunos de estos tratamientos incluso causaban graves efectos secundarios fisiológicos.

Los médicos trataron de ayudar a iluminar el conocimiento del público, representando que la sífilis no castigaba de manera justa y que algunas de las personas más promiscuas se libraban de ésta, mientras que algunos de los más inocentes eran afectados. Aunque el aumento de la enfermedad provocó el inicio de la educación pública y el establecimiento de nuevas normas de salud, dichas acciones no redujeron el estigma asociado con aquellos que padecían de sífilis.

Para empeorar la situación, el movimiento de la *eugenesia*, el cual promovía la eliminación de los enfermos, los dementes, los que tenían una "genética pobre" y los que pertenecían a una "raza inferior", alimentó el estigma en contra de aquellos que padecían de lo que llamaban una "enfermedad repugnante" como la sífilis. El entorno cultural y social prevaleciente proyectaría una sombra sobre cualquier rayo de luz de simpatía que los jurados pudiesen desarrollar para con Antonio y su condición. Desde esta perspectiva, la probabilidad de prevalecer en el juicio para la defensa de Antonio era muy baja, por no decir inexistente.

La defensa no tocó el tema del posible efecto de los fármacos que Antonio tomaba para su dolor de cabeza en su comportamiento.

La defensa descansó de examinar a sus expertos a las 11:26 a.m. del 22 de abril de 1915.

. . .

Esa tarde, la fiscalía llamó a dos testigos, los doctores Jessee M. W. Scott y Nishan A. Pashayan, para refutar el testimonio de los expertos de la defensa.

El doctor Jessee Melville White Scott nació en el 1872 en Nueva York y se graduó de *Albany Medical College* en el 1896. En su graduación, fue honrado por ser el mejor estudiante de su clase, donde recibió la calificación más alta en los exámenes finales de obstetricia e instrumentos quirúrgicos. A partir de entonces, aseguró un puesto en el *Matteawan State Hospital* y luego pasó a trabajar en el *Ellis Hospital* en neuropsiquiatría. A menudo trabajaba con el doctor Pashayan en varios niveles y capacidades, incluyendo en compromisos para dar charlas en público juntos.

El doctor Scott era de una estatura de aproximadamente 5'11", de cabello oscuro con canas, ojos verdes y tenía un rostro relativamente largo. Éste detalló su experiencia con pacientes dementes y su estudio sobre el acusado. Declaró acerca de varios exámenes que él y el doctor Pashayan realizaron sobre Antonio. Dijo que llevaron a cabo tres exámenes en total, dos el 3 de diciembre de 1914 y uno el 9 de abril de 1915.

—El señor Pontón salió normal en las pruebas de reflejo —declaró el doctor Scott—. Él nos dijo: 'Amo a Bessie Kromer y me voy a casar con ella'. Se emocionó cuando mencionamos el delito o su relación con la señorita Kromer. Sabía que estaba en la cárcel, pero no sabía cómo había llegado allí. Cuando se le preguntó si sabía si la señorita Kromer estaba viva o no, el señor Pontón transmitió que él no sabía si ella estaba viva, pero que ella lo visitaría si estuviera viva.

—Doctor Scott, ¿estaba el señor Pontón loco la noche en que asesinó a la señorita Kromer? —preguntó Blessing.

—Antonio Pontón no estaba loco el 2 de octubre de 1914 —el médico concluyó.

Durante el interrogatorio, el abogado defensor Nellis preguntó al doctor Scott acerca de la hora, el lugar y las condiciones de los exámenes médicos.

—Doctor Scott —dijo Nellis—. ¿Tomó usted algún análisis de sangre del señor Pontón?

—No —replicó el doctor Scott.

—¿Por qué no? —preguntó Nellis.

—No pensamos que era necesario —respondió Scott—. Pero las pruebas tomadas por la defensa no revelaron la etapa de la enfermedad —dijo, apresurándose a defender por qué, tal vez, debió haber tomado una muestra.

El médico también representó que Antonio no recordaba haber dado una entrevista ni una declaración al reportero del diario *Schenectady Gazette*. Declaró además que él y el doctor Pashayan no tomaron notas durante sus exámenes y que él estaba testificando basado totalmente en su memoria.

—Su Señoría, ¿puede acercarse la defensa al jurado con el señor Pontón, para que éste le pueda mostrar al jurado las lesiones en su piel como reflejo de su enfermedad? —Nellis pidió al juez, mientras que el doctor Scott permanecía en el estrado.

—Sí, puede —dijo el juez Van Kirk.

La defensa se acercó al jurado para hacer lo solicitado y también mostró las lesiones al doctor Scott, el juez y al doctor Pashayan, el siguiente testigo.

—Las lesiones actuales pueden haber surgido después de nuestro examen el pasado diciembre —dijo Scott, dando a entender que él no vio ninguna lesión durante dicho examen.

Nellis luego preguntó al doctor Scott si sabía de algún otro examen de sangre que se pudiera haber realizado en Antonio, el cual fuera más adecuado para diagnosticar y evaluar su enfermedad que el examen realizado por la defensa. El doctor Scott dijo que no estaba seguro de que hubiese un mejor análisis de sangre que la defensa pudo haber realizado en Antonio para determinar con especificidad el grado de progresión de su enfermedad.

—La prueba realizada por la defensa fue la prueba correcta para la identificación de la presencia de la sífilis en la sangre —confirmó el médico.

—Gracias, doctor Scott. Nada más por ahora —Nellis excusó al testigo.

La fiscalía entonces llamó a su próximo perito, el doctor Pashayan.

El doctor Nishan A. Pashayan era el primer psiquiatra practicante de Schenectady cuando la psiquiatría era un campo emergente. Nació en el 1872 en Armenia y emigró a los Estados Unidos en el 1894 para evitar la persecución de los armenios por los otomanos. El doctor Pashayan lucía una apariencia profesional. Medía unos 5'7" de altura y tenía la tez obscura. Su pelo negro se había comenzado a salpicar de gris en las sienes. Tenía un hoyuelo en la barbilla, una nariz prominente y un espeso bigote negro de tamaño mediano. El médico asistió a *Albany Medical College* en el 1895, donde estudió medicina interna, patología general y neurología. Se graduó en el 1901, se involucró con la psiquiatría (entonces conocida como "higiene mental") y trabajó en varios manicomios. Pashayan dejó su trabajo con la red de hospitales psiquiátricos del estado de Nueva York en el 1907, y estableció su primera oficina psiquiátrica en Schenectady después de que se casó con Charlotte Hume. En Schenectady, fue vicepresidente de la Junta Médica del *Ellis Hospital* y presidente de la Sociedad Médica del Condado de Schenectady. A menudo daba conferencias con el doctor Scott.

El doctor Pashayan corroboró parte del testimonio del doctor Scott y añadió nuevo testimonio. Afirmó que durante el examen médico de Antonio Pontón, éste le dijo que su ansiedad afectó sus estudios. El médico dijo que Antonio se negó a hablar sobre su relación con Bessie Kromer. Sabía que estaba en el estado de Nueva York, pero no podía recordar el nombre del gobernador. Citó el nombre de Wilson como el presidente de los Estados Unidos. El doctor Pashayan dijo que Antonio no se acordaba de apuñalarse a sí mismo ni de ir al hospital. No recordaba apuñalar a Bessie Kromer y no tenía memoria de su entrevista con el reportero del *Schenectady Gazette*. El doctor Pashayan también testificó que le pidió a Antonio si podía jurar que no mató a Bessie Kromer y que él respondió que no lo juraría.

El doctor Pashayan añadió que le preguntó a Antonio si creía que él estaba en su sano juicio en el momento de su examen y él respondió: «Yo estoy bien. ¿Por qué? Estoy bien». Pashayan le preguntó si se encontraba en plenas facultades mentales al momento del crimen. El médico le dijo al tribunal que Antonio respondió: «No sé. No me acuerdo de eso».

Según el doctor Pashayan, realizó el examen más completo el 24 de diciembre de 1914 y declaró que los resultados no revelaron demencia. Dicha fecha era incompatible con las fechas proporcionadas por el doctor Scott en su testimonio anterior. El doctor Pashayan añadió que le preguntó a Antonio de nuevo si había matado a Bessie Kromer y Antonio respondió: «Juro que no sé. ¿Por qué debía matarla?».

En el interrogatorio, el abogado defensor Nellis preguntó al doctor Pashayan:

—Doctor, ¿usted transmitió al señor Pontón antes de su examen médico en la cárcel que usted y el doctor Scott estaban allí para examinarle bajo orden del fiscal de distrito, y que el señor Pontón tenía derecho a que un abogado estuviera presente durante el examen médico?

—No le dije al señor Pontón esas cosas —el doctor Pashayan respondió.

Nellis entonces le preguntó al doctor Pashayan:

—¿Informó usted al señor Pontón de que cualquier cosa que dijera, incluyendo el someter su cuerpo a su examen, y cualquier información obtenida del examen o proporcionada por él a usted o al doctor Scott, podía ser utilizada en su contra en un tribunal de justicia?

—No, no le advertimos al señor Pontón de estas cosas, excepto que le dijimos que el examen era del fiscal de distrito —respondió el doctor Pashayan.

—Su Señoría, la defensa se mueve a excluir del registro el testimonio de los doctores Scott y Pashayan —Nellis declaró—. Sus exámenes médicos, y su testimonio sobre los mismos, violan los derechos constitucionales del señor Pontón. El señor Pontón se vio obligado a declarar contra sí mismo, mientras se hallaba en custodia y bajo coacción de los médicos del estado, en violación de sus derechos constitucionales.

—¡Denegado! —el Juez Van Kirk se negó a conceder la petición de Nellis.

Nellis tomó una excepción a la negación del tribunal para introducirla en la apelación y procedió con el interrogatorio del doctor Pashayan.

—Doctor, ¿usted o el doctor Scott, tomaron alguna nota de su examen médico del señor Pontón?

—No, no lo hicimos —respondió el doctor Pashayan.

—¿Sabe si otra persona tomó notas de dichos exámenes? —preguntó Nellis.

—No se tomaron notas —dijo Pashayan.

—Entonces, ¿cuál es la base de su testimonio, si no tomó notas? —preguntó Nellis.

—Memoria —respondió el doctor.

—¿Su testimonio y el del doctor Scott acerca de su examen médico del señor Pontón, incluyendo lo que el señor Pontón dijo durante sus exámenes, está basado únicamente en su memoria? —preguntó Nellis, con un dejo de sarcasmo.

—Sí —el doctor Pashayan respondió.

—Doctor Pashayan —dijo Nellis—. ¿Puede usted recordar cada detalle de un examen que se condujo hace cuatro meses y medio?

—Yo sí puedo —respondió el doctor Pashayan.

—¿Cuántos pacientes, en promedio, examina usted en un período de seis meses, doctor Pashayan? —preguntó Nellis.

—Cientos —respondió el doctor.

—¿Más de 500? —preguntó Nellis.

—Sí —respondió el médico.

—¿Diría lo mismo del doctor Scott, ya que usted trabaja con el tan a menudo? —preguntó Nellis.

—Sí, supongo —respondió Pashayan.

—Bueno, doctor Pashayan, su memoria y la del doctor Scott deben estar más allá de la memoria humana si pueden recordar cada detalle de cada paciente que examinan, particularmente por un largo período de tiempo —comentó Nellis, cuestionando la confiabilidad de la memoria de los médicos.

—¡Protesto! —dijo el fiscal de distrito Blessing—. Su Señoría, le ruego que descarte del registro las últimas observaciones del señor Nellis, y que le requiera al señor Nellis mostrar decoro hacia los testigos del estado.

—Revocado —dijo el juez Van Kirk, permitiendo que las observaciones de Nellis permanecieran en el registro—. Señor Nellis, por favor elimine el tono y su sarcasmo.

—Sí, Su Señoría —dijo Nellis.

—Doctor, ¿con qué frecuencia usted ha estado en contacto con el fiscal de distrito, con respecto a este caso? —preguntó Nellis.

—Sólo he tenido contacto con el fiscal de distrito para transmitir los resultados de los exámenes realizados en el señor Pontón —dijo Pashayan.

—¿Recuerda cuántas veces? —preguntó Nellis.

—No —dijo Pashayan.

—Doctor Pashayan, ¿con qué frecuencia se comunica usted con el fiscal de distrito Blessing de manera regular, no sólo para este caso? —preguntó Nellis.

—A menudo —respondió el doctor—. Estoy contratado regularmente para realizar exámenes para el fiscal de distrito —respondió.

—Y también lo está el doctor Scott, presumo —preguntó Nellis.

—Entiendo que sí —respondió Pashayan.

—Doctor, en su opinión, ¿qué tan confiables son los análisis de sangre utilizados por la defensa en este caso para determinar si el señor Pontón tenía sífilis? —preguntó Nellis.

—Tan confiables como cualquier otro —contestó el testigo.

—Que usted sepa, ¿condujo usted, el doctor Scott o la fiscalía algún análisis de sangre en señor Pontón? —preguntó Nellis.

—No, que yo sepa —respondió Pashayan.

—Doctor Pashayan, usted tuvo la oportunidad de examinar las lesiones del señor Pontón cuando se presentaron ante el jurado, el juez y doctor Scott hace unos momentos. ¿Son estas lesiones indicativas de la sífilis? —preguntó Nellis.

—Las lesiones pueden o no indicar la enfermedad y puede ser que, bajo ciertas condiciones, pueden indicar otra enfermedad infecciosa adquirida a través de hábitos irregulares —dijo Pashayan.

—¿Hábitos irregulares, como el estar confinado en una celda de la prisión con movimiento limitado? —preguntó Nellis.

—Tal vez, o algo más —dijo el doctor Pashayan.

—¿Cómo qué? —preguntó Nellis.

—No sabría sin más estudio —dijo el doctor Pashayan.

—Muy bien. ¿Le preguntó al señor Pontón si tenía antecedentes familiares de enfermedad mental? Y si es así, ¿qué le dijo éste? —preguntó Nellis.

—Sí —respondió Pashayan—. Mencionó que dos primos por parte de su madre estaban dementes.

—Gracias doctor. No hay más preguntas por ahora —dijo Nellis.

Después de que Nellis excusó al doctor Pashayan, llamó al forense E. H. Jackson al estrado. Su interrogatorio demostró que la evidencia en el cuerpo de Bessie Kromer corroboraba las declaraciones de Antonio hechas al periodista del *Schenectady Gazette* mientras se hallaba en el hospital, en cuanto a la naturaleza de la intimidad sexual entre Bessie y Antonio.

Nellis se cuidó de no profundizar más en este tema, ya que el jurado podía percibir el interrogatorio como inapropiado, dando la impresión de que la defensa estaba tratando de manchar la reputación de la víctima. No pidió que Jackson proporcionara detalles adicionales acerca de por qué pensaba que esto era el caso, incluyendo si se encontró evidencia de sífilis en el cuerpo de Bessie.

El fiscal de distrito Blessing entonces llamó al estrado a J. J. Cullen, el empleado de *Albany Hardware Company*, quien testificó que vendió el cuchillo de caza a Antonio en algún momento durante septiembre del 1914.

Blessing entonces solicitó un receso.

. . .

Mientras caminaba escoltado fuera de la sala del tribunal durante el receso, Antonio reconoció al señor Watson, secretario de *Albany Law School*, y extendió su mano hacia él para saludarle. Watson tomó la mano de Antonio, pero inmediatamente la echó a un lado. Era evidente que Antonio se sintió desairado por Watson, pero continuó saludando a sus amigos, estudiantes de derecho que se habían allegado a los tribunales para apoyarlo.

Antonio se notaba agradecido por el gesto de los estudiantes.

Capítulo 43. Argumentos Finales e Instrucciones al Jurado

E l asunto fue al jurado para deliberación el 23 de abril de 1915, después de cerrar con las declaraciones finales de la defensa y la fiscalía.

El ex juez Andrew J. Nellis resumió el caso para la defensa.

—El señor Pontón no estaba en su sano juicio cuando agredió a la señorita Kromer. El suyo fue un acto impulsivo, sin intención de matarla.

Nellis leyó una docena de cartas escritas por Bessie a Antonio. Las primeras cartas mostraron que estaba profundamente enamorada de Antonio, y las últimas cartas mostraron que su amor se enfrió y que deseaba poner fin a la relación.

—Los representantes legales del estado acusan al señor Pontón de haber causado deliberadamente la muerte de Bessie Kromer, con premeditación y alevosía. Le han visto aquí, visto su falta de autocontrol. Afirmamos que mató a Bessie Kromer por impulso, en un frenesí, como el perro muerde la mano del que le acaricia. Creemos que ustedes deben dar un veredicto de no tomar acción, debido a la locura —Nellis dijo al jurado.

Nellis luego esbozó la primera reunión de Bessie y Antonio el verano del 1911 y trazó sus relaciones a partir de entonces.

—Ella buscó las afecciones del pulido español, quien pronto se convirtió en su enamorado —dijo—. Sus cartas respiraban un profundo amor de ambas partes durante muchos meses, y ellos continuaron derramando su amor y adoración hasta casi el mismo día de la tragedia.

Exhibiendo la carta estrujada que Antonio le había escrito al secretario Watson, la cual fue hallada en el cuerpo de Antonio la noche del asesinato, dijo el abogado Nellis:

—Esta carta demuestra que ella le soplaba aire caliente y luego frío, por lo que un día él se elevaba a las alturas de los cielos y al siguiente contemplaba el suicidio.

Sugirió que Antonio no pudo hacer frente al estrés, especialmente a la sombra de su salud mental tan deteriorada.

El abogado Nellis utilizó la declaración de Antonio al periodista del *Schenectady Gazette* para mostrar la intimidad entre Antonio y Bessie y refutar las declaraciones de la fiscalía durante la apertura del juicio y el testimonio de la señora Kromer, la cual testificó que ella no sabía de la relación entre Antonio y Bessie.

—Se quedaban en hoteles como marido y mujer. Hemos visto que se alojaba en Schoharie con la familia Kromer. La joven una vez trató de ganar el afecto de este joven. Ella escribía 'Yo te amo' en su cuaderno y le ofrecía toda indicación de que sus planteamientos no eran menos que bienvenidos. Así comenzó su intimidad con este miembro de una raza que, históricamente, no es inmoral, sino amoral —Nellis declaró ante el jurado.

Cuando aludió a la raza de Antonio como "históricamente amoral", Nellis introdujo un elemento de discriminación racial contra su propio cliente que, con certeza, fue contraproducente. En lugar de ganar la simpatía de los miembros del jurado sugiriendo que el acusado "no sabía comportarse debidamente, debido a su raza"—como Nellis intentaba lograr con su declaración—en su lugar, Nellis denigró la raza de Antonio y, por ello, la vida de su cliente perdió valor ante el jurado.

La declaración de Nellis era una enérgica señal de los tiempos, cuando los prejuicios raciales, religiosos y otros impregnaban en gran medida la sociedad en los Estados Unidos, irrumpiendo en la sala del tribunal, más allá de las gárgolas que custodiaban el palacio de justicia.

Mostrando a los miembros del jurado la fotografía de Bessie y Antonio juntos en Coney Island, dijo el abogado Nellis:

—Se ha demostrado que estaban juntos en la intimidad más cercana que puede existir entre un hombre y una mujer.

Contradiciendo lo que el fiscal Featherstonhaugh declaró al jurado durante su discurso de apertura, Nellis probó que la evidencia demostraba que la relación de la pareja no estaba basada en una mera amistad. Muy por el contrario, existía una estrecha relación de larga duración, romántica, casi un matrimonio "bajo ley común", el cual la señora Kromer no apoyaba y deseaba terminase.

Nellis procedió a atacar el testimonio de los peritos de demencia por parte del estado, señalando las muchas inconsistencias, como el que los médicos no tomaran notas, y su testimonio acerca de los exámenes tomados tanto tiempo antes del juicio y basado únicamente en la memoria de los doctores; el no asesorar a Antonio sobre el propósito de su examen, por lo que hubiese podido obtener el consejo de un abogado; e indicando que los exámenes de los médicos no fueron exhaustivos, entre otras violaciones constitucionales. Nellis concluyó con un fuerte alegato de que la vida de Antonio se debía preservar.

—Antonio Pontón estaba loco en el momento en el que cometió el crimen. No sabía que lo que estaba haciendo estaba mal. ¡Él no se merece ser ejecutado! —el abogado de la defensa concluyó, cerrando su caso.

El juez Van Kirk permaneció reclinado en su banco. La mayoría de los miembros del jurado lucían desconectados.

. . .

No hay ni un trazo de duda de que el portorriqueño había planeado el crimen —comenzó el cierre del fiscal de distrito Blessing.

Leyó entonces las cartas entre Antonio y Bessie que se encontraron en la habitación de Bessie después de su muerte. Las cartas mostraban que Bessie expresó que ya no deseaba ver a Antonio y que él se hallaba al borde del suicidio.

En un hechizo teatral, Blessing declaró:

—Si alguna vez hubo un asesinato inexcusable, premeditado y deliberado, a sangre fría y condenable, lo tienen ustedes aquí. Si alguna vez hubo un asesino a sangre fría, deliberado, vicioso y cobarde, el asesino se sienta ahí. Triste fue el día en que él entró en su vida. En sólo cuatro años después de conocerla, su sangre de vida estaba fluyendo en nuestras calles, asesinada a sangre fría. Él arruinó su buen nombre y le robó su virtud bajo colores falsos a los cuales llamó amor, pero que no eran nada más ni nada menos que el deseo de saciar su peor-que-bruta pasión. Pero eso no fue todo. Todavía no satisfecho, en lugar de proteger el honor de la joven, ese miserable que se llamaría loco dio un comunicado a la prensa revelando sus relaciones y arrastrando el nombre de la joven por los suelos.

El juez Van Kirk se inclinó hacia adelante en su banco, escuchando a Blessing. Los miembros del jurado lucían como hipnotizados por las declaraciones teatrales del fiscal.

Blessing entonces procedió a leer una carta de Bessie a Antonio, con fecha del 14 de julio de 1914, desde la ciudad de Nueva York, a la cual Bessie llamó «la carta más difícil que jamás he escrito». La carta decía que habían actuado como niños; que deberían detenerse antes de que fuera demasiado tarde; que su amor por él se perdió la primera vez que la golpeó. La carta decía: «Ve a tu madre, dile que me golpeaste e intentaste matarme». Otra carta que leyó, con fecha del 3 de agosto de 1914, decía que Bessie no quería volver a ver a Antonio de nuevo.

—El acto deliberado a sangre fría está tan lejos del acto de un loco como lo está el oriente del occidente —Blessing afirmó.

La atención de los miembros del jurado se hallaba fijada en Blessing, tal como la de todo el mundo en la sala de audiencias, incluyendo el juez Van Kirk.

Blessing estaba seguro que el veredicto sería culpable, bajo el cargo acusado.

. . .

Una vez que el abogado del estado descansó, el juez C. C. Van Kirk procedió a dar las instrucciones al jurado.

—Ustedes deben acercarse a la evidencia con la inocencia del acusado presunta y no deben usar en contra del acusado el hecho de que él no tomó el estrado —el juez declaró a los miembros del jurado.

Luego pasó a explicarles los grados de homicidio. El juez Van Kirk dijo al jurado que la acusación de asesinato en primer grado requería premeditación y se castigaba con la muerte, a no ser el acusado excusado.

Bajo la estricta Regla M'Naghten, codificada en la ley de Nueva York, el acusado no se excusaría de la pena de muerte, excepto bajo prueba que, en el momento de cometer el presunto acto criminal, estaba actuando bajo un defecto de la razón como para no saber la naturaleza y la calidad del acto que estaba cometiendo; o no saber que el acto estaba mal.

El juez continuó explicando. El asesinato en segundo grado no requería premeditación y se castigaba con la pena de prisión, de 20 años a cadena perpetua.

El juez Van Kirk describió entonces los dos grados de homicidio o muerte accidental con su correspondiente castigo, y concluyó con una definición de homicidio excusable y homicidio justificable, delitos menores, donde el acto causa una muerte no intencional o justificable.

Van Kirk dijo a los miembros del jurado:

—No hay duda de que el señor Pontón tiene sífilis en su sangre. Pero —dijo— la cuestión es, ¿tiene o no tiene locura sifilítica? No hemos tenido ningún testimonio directo de que este hombre estaba en un estado mental donde no conocía la diferencia entre el bien y el mal —el juez instruyó al jurado, haciendo caso omiso de la evidencia de neurosífilis presentada y del testimonio de locura hereditaria ofrecido por la defensa.

Para sorpresa de la defensa, el juez añadió, incorrectamente, una declaración de su opinión propia al indicarle al jurado que la defensa no había ofrecido ningún testimonio que pudiera excusar Antonio. Ninguno. Pero, bajo la ley, no era la responsabilidad del juez el tomar dicha decisión. El haber o no suficiente evidencia de locura era una determinación que *el jurado*, no el juez, tenía que tomar con la evidencia presentada en el tribunal.

Van Kirk había cometido un terrible error.

—Es su deber el dar al acusado el juicio más justo y honesto que se le pueda dar —el juez continuó, sin darse cuenta de que lo que acababa de hacer había violado su propia instrucción de equidad y honestidad—. Si ustedes tienen una duda honesta en cuanto a si este delito se ha demostrado en los grados que les he expuesto, ustedes deben darle el beneficio de la duda, pero no consideren la duda con el único propósito de evitar un deber desagradable, ni la duda sobre cualquier otra razón que la evidencia no justifique —dijo el juez.

El 23 de abril de 1915, a las 12:30 p.m., el caso se transfirió al jurado para deliberación.

Capítulo 44. Veredicto y Sentencia

A ntonio esperó el veredicto en la sala de detención, cerca de la sala del tribunal, con su guardia el vice alguacil C. E. Finkle. Después del almuerzo, Miguel de la Rosa se unió a Antonio en su espera.

Cerca de las 6:00 p.m., el presidente del jurado, Charles B. Cox, contactó al tribunal indicando que el jurado tenía una pregunta. Todo el mundo fue llamado de nuevo a la sala del tribunal.

La ansiedad de Antonio era evidente. Sentado en la mesa del acusado, le temblaba la pierna derecha y sudaba a cántaros, consolado por De la Rosa.

—Antonio, ¡eso no es tan malo! Que el jurado tenga una pregunta significa que están dando peso a la evidencia, que ellos están considerándolo todo. No es tan malo —dijo De la Rosa.

Ya todos sentados en la sala del tribunal, el presidente del jurado Cox declaró entonces al tribunal: —Los jurados quieren saber cuánto tiempo se requiere para la premeditación.

El precedente judicial en *People v. Conroy*, 153 NY 174 (1897), declaró que la premeditación "siempre es una pregunta para el jurado a la luz de los hechos". *People v. Jackson*, 196 NY 357 (1909), declaró que para el jurado encontrar premeditación, sus miembros tendrían que encontrar que la intención de matar debe haber existido desde hace algún tiempo antes del asesinato y no podía ocurrir en una fracción de segundo o en el momento de administrar el golpe fatal.

El juez Van Kirk le respondió a Cox: —La premeditación requiere tiempo suficiente para la determinación consciente. Puede ser un minuto o puede ser más largo. No se requiere ningún período específico de tiempo.

Pero el juez no le dijo al jurado que la premeditación no puede tomar una fracción de segundo ni producirse en el momento de administrar el golpe fatal, como mandaba el precedente de *Jackson*.

Esto habría hecho una gran diferencia en la manera en la cual el jurado debatió la cuestión. Los miembros del jurado estaban considerando claramente el cargo menor.

La vida de un hombre dependía de la exactitud de la definición del tribunal.

La vida de un ser humano.

—¿Cuándo va el jurado a llegar a una decisión, señor Cox? —preguntó Van Kirk.

—No falta mucho, Su Señoría. No falta mucho tiempo —dijo Cox.

Todos regresaron a sus respectivas áreas de espera.

. . .

A las 6:35 p.m. de un viernes, el mismo día de la semana y en la hora exacta en la cual Antonio Pontón arrebató la vida de Bessie Kromer, el jurado anunció que estaban listos para emitir un veredicto. Antonio fue llamado de nuevo a la sala del tribunal, acompañado por sus abogados, el vice alguacil Finkle y el amigo de la familia, De la Rosa.

—¡Todos de pie! —dijo el pregonero del tribunal.

—¿Tiene el jurado un veredicto? —el juez le preguntó al presidente del jurado, Cox.

—Sí, Su Señoría. Lo tenemos —respondió Cox.

Cox hizo una pausa.

—¿Cuál es su veredicto? —dijo el juez.

Antonio no podía soportar la tensión. Las gotas de sudor rodaban por su frente a chorros. Sus rodillas débiles. Sus manos sudorosas. Estaba mareado y al borde del colapso.

La señora Kromer fijó su mirada en Antonio y apretó la mano de su hijo Charles con fuerza.

—Culpable de asesinato en primer grado, según los cargos —dijo el presidente del jurado, Cox.

Un grito de agonía emergió de Antonio.

—¡No! ¡No puede ser! ¡La amo! ¡Yo no podía haberla matado! No me acuerdo de matarla. ¡Por favor, no!

Los abogados de la defensa trataron de consolar a Antonio, mientras la sala estallaba en ruidosas exclamaciones y comentarios.

—Señor Pontón, vamos a pedir un nuevo juicio y, si no se concede, vamos a apelar. ¿Recuerda lo que discutimos? —dijo Borst a su cliente, el cual yacía derrumbado sobre la mesa del acusado.

—Esto no ha terminado, señor Pontón. Usted va a tener otra oportunidad —dijo Nellis, palmeando la espalda de Antonio en expresión de apoyo.

Antonio se calmó un poco, pero continuó secando el sudor de su cara con su pañuelo arrugado, mientras la prensa le tomaba fotos.

La señora Kromer no mostró emoción alguna en respuesta al veredicto, pero su faz irradiaba el abismal dolor de una madre que había perdido a su hija y clamaba venganza. El veredicto no le iba a devolver la vida a Bessie, pero ella ansiaba que Antonio pagase con la suya.

Y obtuvo la convicción deseada.

Las disputas entre la multitud se podían escuchar en el trasfondo. La gente estaba dividida en sus opiniones sobre el resultado. Muchas mujeres mostraron su satisfacción por el veredicto. «¡Que lo frían!», gritaban, mientras que otros expresaban que la pena de muerte no era la solución para Antonio. «¡No debería ser ejecutado! ¡El hombre estaba obviamente loco!», dijeron.

—Si usted duda acerca de la premeditación, entonces usted tiene duda razonable. El jurado dudaba acerca de la premeditación. ¡Había suficiente testimonio de que estaba loco! ¡Había duda razonable! ¡El veredicto está mal! —los compañeros de clase de Antonio en la facultad de derecho declararon en voz alta en protesta.

El juez Van Kirk golpeó su mazo.

—¡Orden en la sala! —el juez exigió, golpeando su martillo de justicia una vez más.

Los oficiales le ayudaban, agitando sus manos y señalando a la multitud que el tribunal aún se encontraba en sesión.

Cuando el ruido se disipó, el abogado defensor Homer Borst se acercó al tribunal para someter una moción de desestimación.

—Su Señoría, la defensa se mueve para desestimar el veredicto sobre la base de que es contrario a los hechos y las pruebas. La defensa solicita un nuevo juicio —dijo.

El tribunal denegó la moción previa a la sentencia.

—El estado se mueve para que se entre sentencia en este momento, Su Señoría —dijo el fiscal de distrito Blessing.

Antonio fue dirigido al escritorio del secretario para que contestara las preguntas del tribunal. Se puso de pie, aún destruido ante el veredicto, pero se dispuso a seguir las instrucciones del juez.

Antonio se dirigió al tribunal en voz baja, ganando su compostura, ayudado por Manuel de la Rosa y el ayudante de alguacil Finkle.

–¿Nombre? –dijo el secretario.

–Antonio Pontón –respondió.

Edad: 28 años

Padres: Manuel y Etervina. Vivos.

Lugar de nacimiento: Comerío, Puerto Rico

Residencia: La misma.

Religión: Católica Romana

Antecedentes Penales: Nunca anteriormente condenado por un delito.

–¿Señor Pontón, tiene usted algo que decir para que la sentencia no se le imponga? –preguntó el juez Van Kirk.

Tembloroso, Antonio leyó un comunicado que sus abogados le habían ayudado a preparar:

–Cuando el doctor Scott y el doctor Pashayan llegaron a la cárcel no me indicaron que eran médicos y no me dijeron lo que vinieron a buscar ni que representaban al fiscal del distrito. No me examinaron debajo de la cintura. Ellos no me administraron la prueba de agua caliente y fría para ver si sentía dolor, como dijeron. Ellos no examinaron mi garganta como dijeron que lo hicieron. Ellos no examinaron mis ojos como dijeron que lo hicieron. Escribieron un montón de notas cuando estaban conduciendo los exámenes, pero dijeron al tribunal que no lo hicieron. El doctor Jackson examinó mis ojos afuera en el pasillo el otro día y descubrió que tenía la pupila de *Argyll Robinson*.

La pupila de *Argyll Robinson*, a la cual Antonio se refería, era un término técnico que todavía se utiliza hoy en día para describir a una pupila que se reduce de tamaño cuando un paciente se enfoca en un objeto cercano, pero no se contrae cuando se expone a la luz brillante. Este tipo de pupila es un signo muy específico de la neurosífilis, y fue– y sigue siendo–un "signo cardinal" de la enfermedad. Un paciente con la pupila de *Argyll Robinson* era considerado clínicamente demente, debido a los daños causados por la invasión de la sífilis en su cerebro.

Después de leer la declaración, Antonio, por su cuenta, mostró su tobillo derecho al juez y apuntó a lo que él decía era una cicatriz. Pero no había nada donde apuntaba. Le dijo al juez que la cicatriz se formó por una quemadura cuando su padre supuestamente le marcó con un hierro candente.

Los abogados de Antonio se miraron entre sí, sorprendidos. No sabían por qué Antonio había hecho esta declaración. Los delirios de Antonio le estaban controlando cada vez más.

—No hay nada en el tobillo. Lo debe haber imaginado —Borst le dijo a Smith cuando regresaban a la mesa del acusado con su cliente—. ¡El juez tiene que saber que este hombre está loco! ¡La evidencia está justo enfrente de él!

El juez entonces se dirigió a Antonio.

—Pontón, usted es un hombre inteligente que sabía lo que estaba haciendo —dijo Van Kirk, resuelto.

El juez había pronunciado los elementos del delito de asesinato en primer grado, los cuales justificaban la pena de muerte bajo la ley de Nueva York.

El 23 de abril de 1915, a las 6:35 p.m., Antonio Pontón se convirtió en el primer puertorriqueño condenado por asesinato en los Estados Unidos y en el primer puertorriqueño e hispano a ser condenado a morir en la silla eléctrica en los Estados Unidos.

También se convirtió en el primer hombre condenado a ser ejecutado con electricidad en el condado de Schenectady en 24 años. El último hombre enviado a la silla eléctrica en este lugar fue Carmel Loth, declarado culpable de asesinato en primer grado por la muerte brutal de una mujer. Le había aplastado la cabeza con un hacha, le cortó la garganta con un cuchillo de carnicero y la rajó con éste a lo largo del tronco de su cuerpo.

El juez Van Kirk programó la semana del 7 de junio de 1915 y la prisión de Sing Sing como la fecha y el lugar para la ejecución de Antonio.

El juez entonces señaló el final del juicio. El pregonero del tribunal pidió que todos se pusieran de pie. En silencio, todos los presentes en la sala se levantaron y esperaron a que el juez desocupara la sala.

Antonio vio a Van Kirk desaparecer por la puerta trasera, detrás de su podio, situado bajo el cartel que decía "Justicia igual bajo la ley". Van Kirk se alejó, flotando como un fantasma.

Los oficiales judiciales pidieron a los asistentes que abandonaran la sala del tribunal y la multitud comenzó a disiparse, a la vez que el ayudante de alguacil Finkle se preparaba para acompañar a Antonio de retorno a la cárcel. Antonio estaba citado para que se le transportara a la prisión de Sing Sing al día siguiente.

Capítulo 45. Humo, Espejos y Costos

El *Albany Evening Journal* publicó un editorial el 24 de abril de 1915, el día siguiente del veredicto de Antonio. Éste decía: «El jurado ha dado un buen ejemplo. La defensa de la locura, hecha en nombre de una persona cuya cordura nunca fue cuestionada hasta que cometió el delito de asesinato y nunca se hubiera cuestionado, a menos que se cometiese el crimen, ha sido muy frecuentemente utilizada para evitar que el castigo de la ley caiga sobre un asesino ... La opinión pública aprobará».

El editorial omitió el historial de enfermedad mental de Antonio por parte de su familia materna, su salud mental en deterioro y la evidencia presentada en el juicio con respecto a su enfermedad.

No es difícil influenciar la opinión pública. Muchos hacen caso omiso de la necesidad de tener toda la información a mano y emplear un análisis balanceado antes de juzgar.

. . .

El costo por el juicio de Antonio para el estado de Nueva York fue de $2,983.56, del cual una buena parte se empleó en los peritos de la fiscalía. El Tribunal Supremo, el juez Van Kirk presidiendo, permitió un pago de $400 al doctor Pashayan y de $400 al doctor Scott por su testimonio como expertos del estado. El juez permitió $562 para Homer J. Borst por defender a Antonio Pontón, cantidad que se dividiría entre Borst, Smith y Nellis, y denegó la solicitud de $225 para el doctor Charles Bailey, alienista perito de la defensa. El juez también negó la cantidad de $35 para el doctor Ellis Kellert por la realización de un análisis de sangre de Antonio Pontón. Autorizó $10 como honorario de testigo en su lugar. El gasto restante fue para pagar el jurado, taquígrafo, imprenta, testigos, al pregonero y a los oficiales del tribunal.

Capítulo 46. Un Veredicto Dispar

El veredicto del juicio por asesinato de Antonio Pontón contrasta con el veredicto en el caso por asesinato de Harry K. Thaw, donde el acusado también se declaró demente en su defensa. El diario *Albany Evening Journal* informó acerca del veredicto de Pontón y la materia penal de Thaw en la misma página, en artículos separados, justo uno al lado del otro, el día 23 de abril de 1915. Pero el diario nunca contrastó los resultados de los casos.

El multimillonario heredero Harry K. Thaw era el hijo de William Thaw, Sr., el barón de la industria de carbón y ferrocarril de Pittsburgh, el cual era beneficiario de una fortuna de varios millones de dólares. El joven Thaw poseía antecedentes de una vida turbulenta y desordenada. Su familia disfrutaba de una vasta riqueza, mucho mayor que la que Manuel Pontón, el padre de Antonio, pudiera nunca amasar. Harry Thaw podía comprar casi cualquier cosa o persona, a excepción de su título de abogado en la Universidad de Harvard. La prestigiosa institución lo expulsó por su bajeza moral.

Thaw compró el afecto de la bailarina de cabaré Evelyn Nesbit, quien terminó por casarse con él, a pesar de que ésta admitió que Thaw la había golpeado con un látigo y la violó durante un viaje a Austria que la pareja tomó juntos al principio de su relación. Antes de casarse con Thaw, cuando sólo tenía 16 años de edad, Nesbit sostuvo un romance con el arquitecto millonario Stanford White, muchos años mayor que ella. White se mantuvo interesado en Nesbit, incluso después de la ruptura de su relación. De hecho, al enterarse de las desgracias de Nesbit con Thaw, White contrató abogados para ayudarla a escapar su relación con éste. Después de que Nesbit decidió no presentar cargos y terminó casándose con Thaw, White prosiguió con su vida, se casó y tuvo una familia.

Sin embargo, el rencor que Thaw había albergado contra White se agravó cuando Nesbit le confesó a Thaw que White la había profanado contra su voluntad cuando se conocieron. El 25 de junio de 1906, en un ataque de celos, Thaw planeó el tiroteo y asesinato de White, el cual Thaw llevó a cabo en el techo del estadio *Madison Square Garden* en Nueva York, rodeado de una multitud de testigos. Harry Thaw le disparó a White tres veces.

Cuando el oficial de la policía arrestó a Thaw, le preguntó «¿Por qué lo mató?», a lo cual Thaw respondió «Arruinó a mi esposa», admitiendo el motivo para el asesinato.

El primer juicio de Thaw por asesinato ocurrió en abril del 1907 y resultó en un *hung jury* (jurado en desacuerdo). La prensa informó que dicho resultado fue asegurado al Thaw sobornar a un miembro del jurado con $100,000. La gran mayoría de los testimonios ofrecidos en el juicio señalaron la cordura de Thaw.

La *Comisión de Demencia* convocada para el segundo juicio de Thaw declaró: «Dados los hechos, es nuestra opinión que en el momento de nuestro examen de Harry K. Thaw, éste estaba sano, no estaba y no está bajo un estado de idiotez, imbecilidad, locura, ni demencia, de manera que fuera incapaz de comprender correctamente su propia condición, la naturaleza de los cargos contra él y de llevar a cabo su defensa de manera racional».

Sin embargo, se ofreció testimonio en apoyo de su locura. La madre de Thaw testificó que su hijo fue herido por un "episodio prenatal" que le llevó a tener una capacidad mental anormal. El doctor Bailey, el mismo testigo perito de la defensa convocado en el caso de Antonio Pontón, también testificó a favor de la locura de Thaw, al igual que lo hizo el médico de la familia Thaw, el doctor C. C. Wiley.

La teoría creativa de la defensa fue denotada como "Demencia Americana", una mezcla de homicidio justificado con la teoría de la locura, la cual aseveró que Thaw sufrió un ataque repentino de locura fundamentada en los valores morales estadounidenses. Este tipo de demencia le obligó a rectificar el pasado mal cometido por White años antes contra la ahora esposa de Thaw, acto que ocurrió cuando ella tenía sólo 16 años de edad.

Aunque Thaw fue juzgado bajo la misma ley que aplicaba a Antonio Pontón, y los hechos del caso de Thaw señalaban una premeditación mucho más evidente–reflejando su intención deliberada y motivo para matar–el 1 de febrero de 1908, los abogados de Thaw prevalecieron en obtener un veredicto a favor de la defensa de la locura de su cliente.

El costo de los honorarios legales para la defensa de Thaw se estimó en más de $250,000, excluyendo otros gastos.

Harry Thaw fue enviado al asilo para criminales dementes de Matteawan en Fishkill, Nueva York. Allí, él trató de asegurar su libertad sobornando al director del asilo con $25,000 a cambio de que indicase que Thaw se había curado. El director aceptó. Sin embargo, el soborno fue descubierto y el director junto al abogado que negoció el soborno fueron acusados de extorsión.

En el tribunal, Thaw testificó que el abogado estaba trabajando para el doctor, no para él, y el dinero era un pago administrativo que el director del asilo solicitó a Thaw como parte de sus "gastos de darse de baja" del asilo. Cuando testificó en la acusación de soborno, Thaw se negó a responder a cualquier otra pregunta con respecto a su intención de asesinar a White. Thaw estaba muy consciente de sus derechos constitucionales y respondió que el asesinato no fue la razón por la que fue llamado a declarar y, por lo tanto, él no respondería a preguntas irrelevantes.

No fue sorpresa que Thaw fuera exonerado de todos los cargos de soborno. El director del asilo fue despedido y el abogado que negoció el soborno fue absuelto de los cargos después de devolver el dinero a Thaw.

No mucho después de este episodio, Thaw organizó su huida de la institución a Canadá con unos amigos que le asistieron en su escape del manicomio. Una vez allí, Thaw fue deportado de regreso a los Estados Unidos, donde presentó un recurso de *hábeas corpus* ante el tribunal para ser declarado cuerdo y liberado del asilo. En el 1915, cuando el juicio de Antonio Pontón estaba ocurriendo, un tribunal permitió que un jurado decidiera el tema de la locura de Thaw. El jurado decidió que Thaw se había curado y fue puesto en libertad.

Thaw fue nuevamente acusado en enero del 1917, once meses después de que el tribunal sancionara su liberación del manicomio. Esta vez fue acusado del secuestro y asalto con un látigo de un jovencito. Thaw había atraído al muchacho, Frederick Gump, a un hotel en Nueva York con la promesa de pagar por su educación en el extranjero. Gump, un menor de edad, testificó que Thaw utilizó a su guardaespaldas para someterlo y molestarlo, y para obligarle a no hablar sobre el incidente. Gump pudo liberarse y huyó a casa de sus padres. Contó su historia y mostró sus heridas a las autoridades. Los testigos informaron que Thaw a menudo golpeaba y azotaba a jóvenes hasta que sangrasen, como lo había hecho con Gump.

Poco después de haber sido detenido y acusado, Thaw intentó suicidarse cortándose las venas y fue admitido a un hospital, donde pasó seis semanas, su madre a su lado. La madre de Thaw luego inició un procedimiento independiente para declararlo loco, en un esfuerzo por liberarlo de la persecución penal y el encarcelamiento.

Los exámenes revelaron que un primo y un tío de Thaw tenían antecedentes de enfermedad mental, similar a la situación con la familia de Antonio, salvo que los antecedentes familiares de Antonio de enfermedad mental se extendían a muchos más individuos. Además, la señora Thaw ejecutó un acuerdo extrajudicial con Gump en un asunto civil que éste había presentado contra Harry Thaw. El acuerdo fue documentado por una cantidad de menos de $100,000.

Thaw pasó siete años en un manicomio y, en el 1924, solicitó al tribunal, una vez más, el ser declarado cuerdo. Un jurado convocado para determinar el tema de su cordura determinó que estaba cuerdo y éste fue liberado en abril del 1924. Thaw nunca enfrentó enjuiciamiento por el asunto de Gump, porque Gump, para entonces casado y con hijos, no quiso declarar en contra de Thaw, consistente con el acuerdo establecido entre ellos.

Después de su liberación, Thaw pasó a vivir una vida extravagante y derrochadora, el término "playboy" se dice fue creado inspirado en él.

La gran riqueza de Harry K. Thaw y su elevado estatus social compraron su libertad, a pesar de todas sus acusaciones. Muchos lo veían como un sociópata narcisista y el producto de habérsele dado todo a lo largo de su vida. Thaw murió de un ataque al corazón a la edad de 76 años en la Florida.

La disparidad de resultados en los casos de Antonio Pontón y de Harry K. Thaw es inquietante. Thaw disfrutaba de los recursos financieros y la posición social para comprar abiertamente a la gente, burlarse de las autoridades, manipular a los tribunales y en última instancia, conseguir su libertad. Antonio, un "inmigrante portorriqueño" que carecía de la comprensión práctica de sus derechos constitucionales en los Estados Unidos—derechos que aún no están claros para muchos en los Estados Unidos y Puerto Rico—no disfrutaba del estatus social y de la riqueza suprema para lograr lo que Thaw, el cual escapó del castigo final, no sólo una vez, sino dos.

Al comparar los casos de Harry Thaw y de Antonio Pontón, se

hace evidente que el principio de "Justicia igual bajo la ley" se aplicó arbitrariamente. En contra de los principios básicos de la *Magna Carta* incorporados en el sistema judicial de los Estados Unidos–los cuales afirman que la justicia no se debe vender–la justicia fue efectivamente comprada por la vasta fortuna de Thaw.

Parte V. A Sing Sing

«En la prisión de Sing Sing, en una habitación blanca fantasmal se encuentra una silla. Sus partes están compuestas de roble remachado y atornillado; sus fuertes patas se aferran al suelo con dientes y garras de acero. Muerde la médula de los hombres sentados en ella con colmillos de fuego. Ésta es la silla reclinable de la sangrienta justicia humana, la silla de oración de la venganza del hombre sobre el hombre. En ella se atan ... los hombres que han matado a otros hombres. En ella, con un alto propósito moral, vidas humanas errantes se arremeten a través de la barrera de la noche, hasta la tumba».

- Edward H. Smith (1918)

Capítulo 47. Viaje a la Prisión de Sing Sing

La mañana del 27 de abril de 1915, el alguacil Welch partió de la cárcel de Schencctady en rumbo a la prisión de Sing Sing con Antonio Pontón. El prisionero se despidió de los guardias y de la señora Welch, la cual lo había tratado con mucha amabilidad durante su estancia allí.

Transportado a Albany en automóvil, Antonio subió al tren de las 9:40 a.m. con destino a Ossining, escoltado por el alguacil Welch, Roy Welch y el vice alguacil Russell R. Hunt. Llegaron a Sing Sing a la 1:00 p.m. y entraron en la oficina de recepción del secretario Westlake.

A pesar de que se mantuvo en calma a lo largo de su viaje a Sing Sing, durante el proceso de registro en la oficina de recepción la realidad de su destino se materializó y Antonio comenzó a mostrar señales de colapso. Mientras rellenaba los documentos de procesamiento, su mano temblaba.

Cada nuevo prisionero debía llenar un formulario llamado *Sing Sing Blotter*, el cual colectaba información general acerca del prisionero: su nombre, su cargo, su convicción y la fecha, su profesión, dirección anterior, nacionalidad, religión, así como alguna información de su físico. El formulario también solicitaba el contacto personal más cercano del prisionero. En esta línea, Antonio escribió con la mayor de las esperanzas: «Primo, Luis Muñoz Rivera, Congresista, Washington, DC» y firmó en la parte inferior del formulario.

Cuando el alguacil Welch se preparaba para irse, Antonio sufrió un ataque de nervios, abrazó al alguacil y lloró. Entre sollozos, Antonio se despidió del alguacil, hablando en frases cortas y rotas acerca de su muerte cercana.

—¿Es ésta la última vez que nos vamos a ver, alguacil? —preguntó Antonio.

—Señor Pontón, sus abogados continuarán tratando de salvar su vida —dijo el alguacil—. Estoy seguro de que nos volveremos a encontrar —prosiguió, tratando de consolar al prisionero.

Antonio no sabía que el alguacil estaba obligado a ser testigo en su ejecución, si ésta se llevase a cabo. Welch lo vería de nuevo, de una manera u otra. Antonio se aferró al alguacil con tal fuerza que dos guardias tuvieron que arrancarlo del cuerpo de éste. La prensa informó que «se le removió por la fuerza, pero con mucho cuidado», especulando sobre su estado de ánimo y declarando que sus sentimientos eran «probablemente de dolor y sentimientos encontrados, al despedirse por última vez de un hombre que había sido un amigo durante muchas semanas anteriores de reclusión, y con miedo de lo que le esperaba».

—Es muy difícil estar aquí —dijo Antonio al alguacil Welch, mientras era escoltado—. Nunca he tenido problemas con la justicia.

—Lo sé, señor Pontón. Pero hay que ser fuerte —dijo Welch, intentando animarlo.

Cuando se separó de Welch, Antonio fue llevado a la sala de recepción y luego al *death house* (casa de la muerte). Al momento de su llegada a Sing Sing, él era el prisionero número 19 en espera de ejecución. Además de él, había 15 hombres y 3 mujeres.

. . .

Sing Sing es una prisión de máxima seguridad ubicada a unas 30 millas al norte de la ciudad de Nueva York, en la orilla este del Río Hudson. Debido a su ubicación, los habitantes del área se refieren a Sing Sing como el lugar "río arriba". La prisión debe su nombre a los indios *Sint Sink*. El término significa "piedra sobre piedra".

Construida por los mismos prisioneros, la edificación de Sing Sing comenzó en el 1825 en el sitio de una cantera abandonada. En el 1915, contenía cerca de 1,200 celdas sepulcrales encerradas en mampostería de piedra, de alrededor de 3'3" de ancho, por 7" de largo, por 6'7" de alto. Cuando Antonio llegó, la propiedad de la prisión albergaba la población carcelaria general (no condenada a muerte) separada de los reclusos condenados a morir en la silla eléctrica. La casa de la muerte, una prisión más pequeña dentro de la prisión, albergaba a los presos condenados a morir.

La casa de la muerte en ese entonces era una unidad autónoma, con su propio hospital, cocina, patio de ejercicios y sala de visitas. Las celdas eran inapropiadas, obscuras y no tenían instalaciones sanitarias adecuadas ni ventilación. Una ventana y tragaluz proveían la ventilación y la luz de toda la unidad. Había doce celdas en el nivel inferior, seis a cada lado, una frente a otra, con un estrecho pasillo entre ellas. Cinco celdas se encontraban en el nivel superior. Había una zona que los presos llamaban *dance hall* (salón de baile) que albergaba el preso a ser ejecutado en su último día. El estrecho pasillo conectaba el salón de baile con la sala de ejecución, donde se encontraba la silla eléctrica. Los presos llamaban a este corredor *the last mile* (la última milla) o *the green mile* (la milla verde), ya que éste era el último paseo que el prisionero tomaría hasta la pequeña puerta verde remachada al final del pasillo, camino a la sala de ejecución.

. . .

A su llegada a Sing Sing, Antonio pasó por un proceso conocido como *dressing in* (vestirse). Como parte de este proceso, un oficial le hizo preguntas y tomó el historial personal de su caso. El convicto luego entregó su ropa y todas las posesiones que tenía en su persona. A continuación, tomó una ducha, se puso su nueva ropa de reo y fue encerrado en una celda en la sección de la recepción. Su nuevo uniforme era marrón oscuro. Este color lo distinguía del uniforme que el resto de los prisioneros llevaban, el cual era color gris militar. Llevaría el uniforme marrón hasta que el período de cuarentena expirara.

Por cerca de dos semanas, el nuevo prisionero se quedaba solo en su celda, excepto por alrededor de una hora cada día, dedicada a los exámenes físicos y mentales y a capacitación sobre la vida en la prisión. Durante este tiempo, el doctor de Sing Sing desarrolló un perfil de tratamiento médico para el recluso. Además, los psicólogos y psiquiatras aprendieron sobre el estado mental del prisionero y se determinó la posible fuente de su comportamiento criminal.

El doctor Amos O. Squire se convirtió en jefe médico de Sing Sing en el 1914. Nació en el 1876 en Cold Spring, Nueva York. Antes de comenzar sus estudios de medicina en la Universidad de Columbia en el 1895, tomó un trabajo como maestro de escuela pública, caminando siete millas diarias de su casa a su lugar de empleo. Este trabajo le ayudó a sufragar la escuela de medicina. Se graduó de la Universidad de Columbia en el 1899. Después de su residencia médica, fue consultor de la prisión. Más tarde se convirtió en médico jefe de Sing Sing, cuando el puesto se hizo disponible. El doctor Squire se retiró en el 1925, después de haber participado en 138 ejecuciones. A muchos de los presos les caía muy bien. Sus conferencias públicas educaban a los participantes acerca de los delincuentes y su potencial de rehabilitación, desde una perspectiva médica.

Squire era un hombre de cabello gris con un rostro ovalado, un hoyuelo en su mentón cuadrado y un bigote corto peinado. Era un hombre muy informado y compasivo, y también era un firme opositor de la pena de muerte. Después de que se convirtió en el médico forense del condado de Westchester, escribió sobre sus experiencias en Sing Sing en su libro *Sing Sing Doctor*, el cual publicó en el 1935.

Según el doctor Squire, después de unirse a la población de Sing Sing, los condenados a muerte recibían atención médica todos los días para mantenerlos sanos, de manera que "no le robaran a la ley la pena extrema". Como a muchos de ellos se les indultaba, incluso minutos antes de la ejecución, esta atención médica era apropiada. Sin embargo, si un preso se enfrentaba a una situación médica que le podía causar la muerte antes de su ejecución, éste tenía la opción de recibir tratamiento para ello, o no.

. . .

Durante una hora en la mañana y una hora en la tarde, a Antonio Pontón y a los otros prisioneros se les permitía salir afuera de sus jaulas al patio de la casa de la muerte para tomar el aire fresco. El patio era un largo cuadrángulo que medía alrededor de unos 60 por 20 pies y estaba cerrado por tres lados por paredes de ladrillo. El cuarto lado daba a las ventanas de la oficina del director encargado, las cuales eran protegidas por barrotes de hierro. Los reclusos podían hacer ejercicio, descansar, hablar con los demás y jugar juegos, si lo deseaban.

—¡Oye, novato! ¿Por qué estás aquí? —preguntó un preso joven durante la primera caminata de Antonio al exterior.

—Me dicen que maté a mi novia, pero no me acuerdo —dijo Antonio—. ¿Y tú?

—Me dicen que maté a dos policías y a un mafioso, pero yo tampoco me acuerdo —dijo Oresto Shillitoni, el famoso gánster, riendo con sarcasmo mientras le echaba un guiño a los otros prisioneros.

Los prisioneros se rieron a carcajadas.

—Y él, ese caminando de arriba a abajo allí, el chico callado —señaló Shillitoni—. Él mató a su novia, también. ¡Ella estaba embarazada! ¡Y espera, la historia se pone mejor! —dijo Shillitoni, burlándose de Hans Schmidt—. ¡Él es un sacerdote! La cortó en pedacitos y arrojó su cuerpo al río. Buena persona, ¿eh?

Antonio se quedó atónito ante lo que le relató Shillitoni. Era uno de los actos más monstruosos de los cuales jamás había oído hablar, inconsciente de la gravedad de los suyos propios.

—Y ése es un *poli* —Shillitoni continuó, señalando al ex policía Charles Becker, quien estaba sentado solo—. Está aquí por matar a Herman Rosenthal, un apostador de los buenos. Becker iba a por la pasta, ya sabes. Tenía un negocio clandestino para proteger casas de putas y casas de juego. Supongo que Rosenthal no quería pagarle más y ¡pán! ¡Lo llenó de balas! ¡El pobre bastardo!

Antonio miró hacia abajo, en silencio, mientras Shillitoni siguió hablando. Allí estaba, entre asesinos a sangre fría, conversando con un gánster. Una imagen muy diferente a la de un año atrás.

—No se puede confiar en los curas, no se puede confiar en los cerdos tampoco. ¡No se puede confiar en nadie! ¿Qué dices? —insistió Shillitoni.

—Yo no soy como usted —dijo Antonio—. Yo no soy como ellos, tampoco. Eso es lo que digo. ¡Yo no soy un asesino a sangre fría!

—¡Si matas, eres un asesino! ¡No le des vueltas! —dijo Shillitoni.

Antonio no encontró respuesta.

—Dicen 'ya te resignarás' —dijo Shillitoni—. Pero no lo haré. Voy a largarme de aquí. ¡Estos hijos de puta no me van a freír!

«*Freír* ... he oído eso antes», pensó Antonio. Pero no le dijo nada a Shillitoni. No valía la pena.

—Se acabó el tiempo —dijo George B. Meserole, el guardia de la prisión—. Damas, ¡ya tendrán otro rato para cuchichear después del almuerzo!

Shillitoni escapó de la prisión de Sing Sing el 22 de junio de 1916, sin nada de ropa. Fue capturado y ejecutado el 30 de junio.

. . .

El almuerzo consistía en patatas fritas, pan, carne ("carne de caballo", como los presos la llamaban), duraznos secos y café o té (que el detenido tendría que comprar en la tienda de la prisión, si lo deseaba). Algunos presos no tenían ningún medio de recibir dinero, por lo que el café o el té eran un lujo, a menos que alguien ejerciera cierta caridad y los comprase para ellos. La tienda también vendía tabaco, frutas y otros alimentos, pero los reclusos sólo podían comprar un máximo de $6 al mes en las tiendas de comestibles.

Durante la tarde, los hombres leían, dormían, fumaban, hablaban o rezaban.

Al principio, Antonio dormía la mayor parte del tiempo cuando estaba en su celda. Frecuentemente, se despertaba de una pesadilla, llorando. No era inusual para los presos el llorar de vez en cuando, sobre todo después de la ejecución de un compañero de prisión.

–¡Cállate! –un prisionero gritó.

–¡Cállate la boca! –le gritaron los demás presos–. ¡Sé hombre!

–Pontón, cálmese mi amigo –una voz más suave vino de otra celda–. ¡Usted está deprimiendo el ánimo de todos! Todo el mundo está tratando de luchar hasta el final aquí. ¡Un compañero llorando no ayuda al resto de nosotros!

–Lo siento –dijo Antonio–. No puedo controlarme. ¡Esto es horrible!

Los prisioneros trataban de mantener una actitud positiva, dentro de las circunstancias sombrías que rodeaban su destino. Pero ésta era una tarea de enormes proporciones, aliviada en parte a opción del preso, cuando conversaba con el padre Cashin, el capellán residente de la prisión desde el 1912.

El padre William E. Cashin (nac. 1872), un sacerdote católico irlandés, estaba convencido de que había «más lealtad, simpatía y comprensión entre los muros de la prisión que en cualquier otro lugar». El sacerdote atendió cerca de 150 ejecuciones antes de que fuera reasignado a la Iglesia de San Andrés en Nueva York en el 1924. El padre Cashin pasaba por la casa de la muerte durante las tardes para visitar, y muchos hombres encontraban un gran alivio en su compañía. Su visita calmaba a Antonio y a los otros presos cuando una electrocución se acercaba y, sobre todo, después del horrible acontecimiento.

Capítulo 48. El Terror en la Casa de la Muerte

Durante el día, Antonio Pontón esperaba bajo la luz brillante de los rayos de sol que atravesaban a raudales el techo de cristal en la casa de la muerte.

Pero luego venía la noche.

En la obscuridad, Antonio rezaba a solas, de rodillas, como muchos de los otros presos condenados a muerte, con la esperanza de que el cielo interfiriera con su destino terrenal. Oraba por una segunda oportunidad, por que el terror que empapaba la casa de la muerte se detuviese.

La disposición de las celdas en la casa de la muerte era barbárica. La sala de ejecución, el cuarto blanco, se hallaba demasiado cerca del resto de las celdas. El día de una ejecución, el hombre condenado tenía que caminar frente a las celdas de los otros presos, a lo largo del estrecho pasillo, a través de la puerta verde, para llegar al cuarto blanco. Esta puerta se hallaba a poca distancia de las celdas que albergaban a los otros condenados. Los prisioneros no sólo podían escuchar con detalle los terribles sonidos de lo que sucedía en la cámara de ejecución, detrás de la puerta remachada verde, pero también lo que ocurría después, en la sala de autopsias adyacente.

La ley requería que se realizara una autopsia después de cada electrocución. Como parte de este procedimiento, el jefe médico de Sing Sing removía la parte superior del cráneo del ejecutado con una sierra para examinar su cerebro. Para los hombres en las celdas de los condenados, los cuales ya habían sido torturados al presenciar la marcha hacia la puerta verde de sus compañeros, lo más horrible era el escuchar el sonido de esa sierra, chillando y gimiendo, mientras cortaba a través del cráneo de un ser humano que minutos antes tenía pulso.

Debido al ambiente tan estresante, para prevenir el suicidio, las reglas de la casa de la muerte prohibían cualquier comida de fuera, libros, periódicos o artículos similares, donde herramientas para ayudar en el suicidio pudieran ocultarse. La biblioteca de la prisión era la única fuente de material de lectura. La comida era preparada en una cocina situada dentro de la casa de la muerte. Como no se les dejaba tener cuchillos ni tenedores, a los prisioneros se les cortaba la comida en pedazos antes de servirla para que pudieran comerla con cuchara. El guardia contaba las cucharas y los platos al final de cada comida.

Al médico de la prisión no se le permitía usar narcóticos para adormecer a la persona que iba a ser electrocutada, antes de su caminata a la sala de ejecución. Aunque el administrar narcóticos sería humano, la regla de la penitenciaría era que el efecto disuasorio de la ejecución desaparecería si a un condenado se le adormeciere. Tenía que estar en posesión de todas sus facultades al reunirse con la muerte. Si antes de partir a su ejecución un hombre estuviera al borde del colapso, el médico le daba estimulantes para despertarlo. Ésa era la ley.

El doctor Amos O. Squire, jefe médico de Sing Sing, escribió que el terror de la ejecución aumentaba día a día cuando se acercaba el momento. Muchos condenados en esta situación actuaban como si estuvieran en un sueño, hipnotizados, perdiendo todo sentido de lo que se les iba a hacer. Algunos deliraban, otros entraban en una histeria aguda. El médico explicó que este comportamiento era el resultado de cómo la mente lidiaba con el terror. Algunos condenados ya en la silla eléctrica se habían desmayado entre el momento en que los electrodos se colocaban en su cuerpo y el momento justo antes de que el interruptor se activase, de manera que cuando el interruptor se echaba ya se encontraban inconscientes. El médico no interfería cuando esto sucedía. Dejaba que el prisionero muriese en ese estado.

. . .

Charles F. Stielow, uno de los presos en Sing Sing condenados a muerte, como Antonio Pontón, era un agricultor analfabeto, padre de tres niños pequeños, casado con una mujer también analfabeta; un hombre pobre sin amigos. Para Stielow, la soledad era aún más cruel. Había sido condenado a muerte por un crimen que no cometió. Los días y las noches se hacían más largos para Stielow, ya que no podía ni leer un libro ni escribir sus pensamientos para aliviar el dolor de la candente injusticia que se había derramado sobre él.

—Creo que los peores sentimientos que tienes en este lugar son tus pensamientos y el terror que le tienes a esa puerta y a la silla. Pero miento, eso no es lo peor. Lo peor es que cada día es lo mismo —le dijo a Antonio cuando éste llegó a Sing Sing—. La comida siempre es la misma. Los hombres están tan hartos de ella que la dejan en el suelo o se la lanzan por los aires a los guardianes. El horario es el mismo, los días son los mismos. Todo es lo mismo. Siempre lo mismo. Es horrible.

Stielow dijo a Antonio que esto cambiaba un poco cuando la ejecución de un compañero preso se acercaba.

—Entonces todos los hombres en sus celdas se avivan un poco y están pendientes a la crisis de su compañero condenado. ¿Se salvará el hombre? ¿Le darán una prórroga? ¿Se le conmutará la pena? ¿O irá a morir más allá de la puerta?

—¿Hay esperanza de que se conceda un indulto? —preguntó Antonio.

—Siempre existe la esperanza de recibir un indulto, mi amigo —dijo Stielow—. Usted tiene que conseguir que el gobernador le perdone, si los tribunales le fallan. Esto es poco probable, aunque es posible. Uno se aferra hasta el último segundo en la esperanza. La esperanza es lo que nos mantiene a los condenados cuerdos, en su mayor parte. Un milagro.

Durante los ocho meses que Antonio estuvo en Sing Sing, fue testigo de la marcha por la milla verde de 13 hombres, y sufrió los sonidos de la tortura, junto a los olores de la electrocución y de la autopsia de todos ellos.

Capítulo 49. La Legalización de Matar

La ley de Nueva York especificaba en minucioso detalle cómo debía administrarse la muerte, quién podía estar presente durante una ejecución, quienes deberían ser los invitados y sobre quién caía la responsabilidad de coordinar las invitaciones de los testigos. También describía cómo se examinaría el cadáver de la persona ejecutada y cómo se dispondría de su cuerpo después de la ejecución, hasta el momento de su entrega a los familiares o su entierro en el cementerio de la prisión.

El Código de Procedimiento Penal de Nueva York, Título X, Capítulo I § 505 (1915), dictaba que la corriente tenía que ser aplicada durante todo el tiempo que le tomaba a un ser humano morir. «Pena de muerte; modo de imposición. La pena de muerte se debe, en todos los casos, administrar causando que pase a través del cuerpo del condenado una corriente eléctrica de intensidad suficiente para causar la muerte, y la aplicación de dicha corriente debe continuar hasta que el convicto esté muerto», la ley declaraba.

El Código de Procedimiento Penal de Nueva York, Título X, Capítulo I § 507 (1915), especificaba el protocolo de ejecución en detalle. Declaraba:

«Pena de muerte; quién debe estar presente. Es deber del agente y director el estar presente en la ejecución e invitar a testigos, mediante notificación previa de al menos tres días, a un juez del tribunal supremo, al fiscal de distrito y al alguacil del condado donde la condena se hubiera hecho, junto a dos médicos y doce ciudadanos de buena reputación mayores de edad, los cuales serán seleccionados por dicho agente y director. Tal agente y director deben, a petición del criminal, permitir ministros del evangelio, sacerdotes o clérigos de cualquier denominación religiosa, no más que dos, para estar presente en la ejecución; y además de las personas designadas

anteriormente, también nombrarán a siete asistentes o ayudantes del alguacil, quienes deberán asistir a la ejecución. No se permitirá a ninguna otra persona el estar presente en dicha ejecución, excepto a los designados en esta sección. Después de la ejecución, un examen postmortem se hará en el cuerpo del condenado por los médicos presentes en la ejecución y el informe por escrito indicando la naturaleza del examen, hecho por ellos, se incorporará como anexo al certificado mencionado adelante y será archivado con éste. Después de dicho examen post-mortem, el cuerpo, a no ser reclamado por algún familiar de la persona ejecutada, será enterrado en campo de sepultura o en el cementerio adjunto a la prisión, con una cantidad suficiente de cal viva para consumir tal cuerpo sin demora; y no se celebrarán servicios religiosos ni de otro tipo sobre los restos después de dicha ejecución, excepto dentro de los muros de la prisión donde dicha ejecución se llevó a cabo, y sólo en la presencia de los funcionarios de dicha prisión, la persona que realiza dichos servicios y la familia inmediata y los familiares de dichos prisioneros fallecidos. Cualquier persona que viole o deje de cumplir con cualquier disposición de esta sección será culpable de un delito menor».

Una sociedad que condenaba el asesinato, gobernada en su mayoría por personas que afirmaban tener las más profundas creencias religiosas, había codificado cómo se iba a matar a un ser humano y cómo se iba a castigar a aquellos que violaran su código asesino.

La hipocresía.

Capítulo 50. La Silla

En el 1916, los empleados de la empresa de Thomas Edison, General Electric, Inc. en Schenectady, fabricaban la silla eléctrica, el cuadro de distribución y otros equipos eléctricos para la cámara de ejecución. El diseño del cuadro permitía la selección de la intensidad de los choques eléctricos predeterminados con un voltaje y amperaje específico. El cuadro se localizaba detrás de una pantalla, lejos de la silla, para ser operado por el verdugo o "electricista" durante la *electrocución*, un término que los empresarios de la silla inventaron para designar la ejecución eléctrica de un ser humano. Los cables llevaban la corriente desde el cuadro de distribución a los electrodos que se colocarían tanto en el cráneo como en la pantorrilla de la pierna derecha del condenado, en un área que se afeitaba para la ocasión.

La silla fue construida a sugerencia del dentista excéntrico Alfred P. Southwich, el cual era miembro de una comisión de Nueva York establecida en el 1881 para determinar "un método más humano de ejecución" para reemplazar la horca. La sugerencia de Southwich se inspiró en el caso de un hombre que se encontraba borracho y murió electrocutado justo después de tocar cables expuestos.

Los empleados de Thomas Edison, Harold P. Brown y Arthur Kennelly, diseñaron la silla y sugirieron el uso de corriente alterna (AC por sus siglas en inglés) como la corriente más "letal" para ser utilizada en la silla. El uso de AC era una estratagema de mercadeo de Edison, el cual favorecía el uso de la corriente directa (DC por sus siglas en inglés), para desacreditar a su competidor, Westinghouse, quien utilizaba AC. La idea de Edison era asociar la corriente AC con letalidad para persuadir al gobierno a adoptar la corriente DC (favorecida por Edison) como la opción preferida para el desarrollo de infraestructura de la ciudad, al ser percibida como menos letal.

Para demostrar que la corriente AC era realmente letal, Brown y

Kennelly emprendieron en una "fiesta de electrocutar animales" en el laboratorio de Edison. Pagaron a niños 25 centavos por cada perro que les llevaran para sus "experimentos". También electrocutaron dos caballos y seis terneros durante sus pruebas para demostrar que el proceso era rápido e inmediato y, por lo tanto, adecuado como el nuevo método para "una mejor ejecución humana".

A pesar de la mucha controversia en la materia, en el 1888, la legislatura aprobó la "Ley de Ejecución Eléctrica", y en el 1889, la Comisión de Nueva York aprobó la silla eléctrica de corriente alterna.

El doctor Amos O. Squire, jefe médico de Sing Sing, describió la silla eléctrica en sus propias palabras:

«La silla está fijada al suelo, está hecha de madera barnizada en un color marrón oscuro, es baja, sólida y angular. Cuenta con brazos, un respaldo alto y se inclina ligeramente hacia la parte trasera. Detrás, tiene dos patas, pero en el frente, un amplio zócalo en cada lado curvea hacia adentro para formar una sola pata central amplia, sobre la cual están fijadas dos empuñaduras para los tobillos. Hay ocho correas de cuero negro pesado que funcionan como arneses con hebillas para la cintura, el pecho, la parte superior de cada brazo, cada antebrazo y cada tobillo, los dos últimos sirven para sostener los tobillos en las asas. En la parte superior de la espalda se sujeta un reposacabezas vertical plano, el cual se puede ajustar. Éste reposacabezas y el asiento están forrados de goma».

. . .

Los efectos fisiológicos de una electrocución son graves y dolorosos. Además de lanzar el cuerpo en violentas convulsiones, la electrocución de un ser humano causa destrucción masiva por todo el cuerpo. Los bajos voltajes de AC producen desfibrilación ventricular en el corazón. Casi siempre, las paredes del corazón se rompen. Los altos voltajes de hasta 2,000 voltios dañan el sistema nervioso central, provocando la pérdida de la conciencia e insuficiencia respiratoria, en un momento no determinado. La fuerte corriente se transforma en calor y destruye el cerebro, "cocinándolo". A veces, las venas se rompen y los ojos se "derriten". Ha habido informes de que la cabeza o una extremidad se han incendiado y de quemadas hasta el hueso donde se colocaron los electrodos.

La primera ejecución eléctrica se produjo en el 1890 en la prisión de Auburn en Nueva York. William Kemmler, un alcohólico, fue condenado por matar a su novia con un hacha después de una disputa. Durante su electrocución, Kemmler se puso rojo y entró en convulsiones, pero, sorprendentemente, no murió. Kemmler parecía gemir y luchaba por respirar. Tuvo que ser electrocutado de nuevo antes de que finalmente muriera, pero no después de dos minutos de espera, mientras que un dinamo de corriente AC de Westinghouse recargaba. Su segunda electrocución duró entre uno y dos minutos. Los funcionarios, médicos y testigos estaban demasiado disgustados por el horror de la ejecución para anotar el tiempo exacto. El olor acre de la carne quemada y los sonidos crepitantes que acompañaron la electrocución persiguieron a los presentes. Algunos vomitaron y uno se desmayó. Casi todos sollozaron o tenían lágrimas en los ojos. Un testigo, periodista del diario *New York Times*, afirmó que «esto es un espectáculo terrible, mucho peor que un ahorcamiento». George Westinghouse, quien no quería que su producto fuera usado para matar, comentó: «Habrían hecho mejor trabajo usando un hacha».

En el caso de la ejecución de William Taylor en el 1893 en la prisión de Auburn, sus convulsiones fueron tan fuertes que los huesos de sus piernas se rompieron durante las repetidas contracciones, teniendo que ser retirado de la silla. Se le administró morfina para el dolor y cloroformo para dejarlo inconsciente, sólo para devolverlo a la silla de la muerte y electrocutarlo un poco más.

También se han dado casos en los cuales la piel humana se ha adherido a la silla. Estos hechos, sumados a la descarga de fluidos corporales durante la electrocución, exigen que la silla se limpie exhaustivamente antes del siguiente uso.

Parte VI. Por Pontón

«¡No me dejen solo! ¡No me dejen solo!».
- Antonio Pontón, en su carta
al pueblo de Puerto Rico, noviembre del 1915

«Estimado Gobernador Whitman:» ...
«Nuestro padre no es un simple criminal» ...
«Él fue acosado por más ideas que su mente podía soportar» ...
«Hay una cepa de locura en su familia materna, ... si el jurado hubiera sabido estos hechos, el veredicto hubiera sido diferente» ...
«Ésta es la primera petición de su clase de la isla de Puerto Rico» ...
«Él es el hijo de una de las mejores familias de buena posición en nuestra isla» ...
« [Es] el primer puertorriqueño ejecutado por el gobierno de los Estados Unidos en todos los estados de la unión» ...
«... el horror que se considera la pena de muerte en este país» ...
«Él mató, sin saber cómo ni cuando» ...
«Nuestro compañero no es un criminal» ...
«Estamos todos unidos, desde el plantador rico al trabajador pobre, desesperados pidiendo que» ...
«... miles de firmas pidiendo la misericordia» ...
«... toda nuestra isla, rogando que su condena se conmute» ...
«Estaba loco ... y está loco ahora ... la conmutación es lo más recomendable» ...
«En el día de Acción de Gracias, durante nuestra reunión familiar, rezamos por que usted se apiade de Antonio Pontón».

- Segmentos de cientos de cartas y telegramas dirigidos al gobernador Whitman por parte de los puertorriqueños, noviembre-diciembre del 1915

Capítulo 51. Moción para un Nuevo Juicio y Apelación del Veredicto

El 27 de abril de 1915, Homer J. Borst, el abogado defensor de Antonio Pontón, sometió al fiscal de distrito Blessing documentos de apelación y una moción para un nuevo juicio, apelando el veredicto de asesinato por Antonio Pontón y solicitando un nuevo juicio. Los motivos de la apelación y la moción presentaron las excepciones tomadas durante el juicio por asesinato, las cuales incluyeron las violaciones de los derechos constitucionales del acusado y la evidencia de locura recientemente descubierta, la cual por fin había llegado desde Puerto Rico. La apelación actuó como un aplazamiento de la sentencia hasta que el Tribunal de Apelaciones tomara acción.

Los abogados argumentaron la moción el 4 de septiembre de 1915. El abogado defensor Nellis alegó que Antonio no había tenido un juicio justo, entre otras razones, porque los resultados de la Comisión de Locura no habían llegado de San Juan a tiempo para el juicio, conteniendo el historial familiar de enfermedad mental como apoyo a la teoría de la defensa.

El abogado Frank Antonsanti condujo la investigación de la comisión en San Juan, la cual recogería la evidencia de locura para el juicio de Antonio, pero la información llegó después de que el veredicto de asesinato fue introducido y el jurado no tuvo la oportunidad de considerarla. Dicho informe se encontraba ahora en manos de los abogados de la defensa.

La evidencia recientemente descubierta consistía de las declaraciones juradas y otros documentos recogidos, en gran parte gracias a los esfuerzos del reverendo Andrés Echevarría, pastor de *La Iglesia de Nuestra Señora de la Asunción* en Cayey Puerto Rico, y de Sixto Pontón, el hermano de Antonio.

Los documentos presentados incluyeron un árbol genealógico

242

conteniendo hasta 69 nombres de los miembros de la familia Pontón que se remontaba a varias generaciones. Los nombres de los miembros de la familia que padecían de demencia fueron marcados en rojo y los que estaban en su sano juicio en blanco. Los nombres rojos superaron en gran medida a los nombres en blanco. Un total de 34 nombres eran de personas que se consideraban locas o con algún desorden mental. Hubo declaraciones juradas revelando que dos tías de Antonio estaban locas y otras declaraciones juradas de los médicos que asistieron a Antonio y que certificaron su enfermedad mental durante sus primeros años, antes de que él fuera a estudiar a *Albany Law School*. Había documentos adicionales que certificaban la locura de varios otros miembros de la familia. Los documentos fueron sellados con el gran sello de Puerto Rico, el cual se describió como un masivo sello de oro con cintas verdes, casi tan grande como algunos de los documentos que acompañaba. También había un timbre fiscal de $1 en cada hoja.

La apelación estaba programada para audiencia con el juez Edward C. Whitmyer, quien la remitió al juez Van Kirk. Después de la audiencia, Van Kirk negó la moción para un nuevo juicio, y la apelación se trasladó al Tribunal de Apelaciones, el tribunal más alto de Nueva York.

. . .

Los abogados de Antonio argumentaron la apelación el 18 de octubre de 1915. Basaron su argumento en varios factores, siendo uno que el examen médico de Antonio en la cárcel, hecho por los doctores Scott y Pashayan, era ilegal porque el abogado de Antonio no estaba presente y Antonio no fue informado que las pruebas reunidas por los médicos serían usadas en su contra en su juicio por asesinato. Además, el doctor Kellert testificó para la defensa que la sangre de Antonio mostró que éste estaba «en un estado de degeneración mental muy avanzado» y que el doctor Charles L. Bailey de Albany declaró que Antonio estaba «sufriendo de un trastorno mental que surgió de una enfermedad adquirida» y su locura no se limitaba a su historia familiar de demencia.

El 29 de octubre de 1915, el Tribunal de Apelaciones evaluó la evidencia y no encontró que las presuntas violaciones constitucionales y las pruebas médicas de locura presentadas por la defensa eran justificación suficiente para un cambio en condena. El tribunal rechazó la apelación y confirmó la condena del tribunal de primera instancia, sin opinión. Los jueces Willard Bartlett, Frank Harris Hiscock, Frederick Collin, John W. Hogan, Benjamin Cardozo, Samuel Seabury y Cuthbert W. Pound, todos estuvieron de acuerdo.

El 29 de octubre de 1915, la primera página del diario *Albany Evening Journal* leía: «La próxima semana el Tribunal de Apelaciones fijará fecha para la electrocución del portorriqueño que mató a Bessie Kromer».

. . .

Muchos de los jueces del tribunal de apelaciones que afirmaron el caso de Antonio se consideran luminarias el día de hoy. El hecho de que ni siquiera emitieron una opinión con respecto a la evidencia de locura es preocupante, pero los prejuicios de la época, personales y sociales, pesaron en dicha decisión. Muchos de los jueces tenían aspiraciones políticas, como el juez Seabury, el cual luego del veredicto se postuló para gobernador de Nueva York y perdió. El juez Cardozo pasó a convertirse en un juez del Tribunal Supremo de los Estados Unidos en el 1932 y el juez Pound fue nominado, pero no fue seleccionado. Y luego estaba el juez Frank Harris Hiscock, el cual sufrió una experiencia personal con el asesinato de su propio padre, el cual falleció cuando el juez tenía tan sólo 11 años de edad.

En el 1867, el general George W. Cole disparó y mató a Luther Harris Hiscock, un abogado de Syracuse, en un hotel de renombre en Albany. Cuando el general disparó a quemarropa, él declaró que Hiscock «violó a mi esposa mientras yo estaba en la guerra; la evidencia es clara, tengo la prueba». Ambas familias eran de alta sociedad y el asunto atrajo mucha cobertura de la prensa. El primer juicio resultó en un jurado en desacuerdo y el segundo juicio absolvió al general «por razones de demencia momentánea». El jurado no encontró premeditación, aunque a partir de las declaraciones del asesino mismo, el asesinato parecía ser bastante deliberado. Sólo el juez sabía si el deseo de vengar al asesino de su padre intervino en sus decisiones judiciales para con Antonio Pontón.

Todo el mundo lleva su carga consigo donde quiera que van.

Los jueces no son infalibles.

Capítulo 52. La Voz de un Hombre Condenado a Muerte

La ejecución de Antonio Pontón estaba prevista para la semana del 20 de diciembre de 1915. La única esperanza que le quedaba era el persuadir al gobernador Charles S. Whitman para que emitiera un indulto y conmutara la sentencia de muerte del tribunal. Esto no sería una tarea fácil, ya que Whitman había demostrado su inflexibilidad contra el crimen y la clemencia, y se mostraba reacio a interferir con los tribunales.

Nacido en Connecticut en l 1868, el gobernador Charles Seymour Whitman estudió leyes en la Universidad de Nueva York y fue admitido a la práctica de derecho en el 1894. En el 1909 fue elegido fiscal del condado de Nueva York. Se lanzó a la fama cuando procesó en la ciudad de Nueva York al teniente de policía Charles Becker por el asesinato del apostador Herman Rosenthal, en el 1912. También procesó al sacerdote Hans B. Schmidt por el asesinato de su amante embarazada, Anna Müller. Whitman sirvió como el gobernador número 41 de Nueva York, a partir de enero del 1915 hasta diciembre del 1918. Durante la tragedia de Antonio, Whitman se preparaba para postularse para su reelección en el 1916, cuando también sería elegido presidente de la Convención Nacional Republicana.

Por recomendación de sus abogados, la primera semana de noviembre del 1915, Antonio escribió una emotiva carta a los periódicos principales de Puerto Rico, suplicando ayuda en su alegato al gobernador Whitman para salvarle la vida. Su cometido era el obtener el apoyo de tantas almas como fuera posible para llamar la atención de Whitman a su caso.

La carta de Antonio no sólo era sin precedente, pero también era sincera y conmovedora. Los periódicos puertorriqueños, entre ellos *La Democracia* y *El Tiempo*, publicaron su declaración bajo el título «La Voz de un Hombre Condenado a Muerte». La carta capturó los

245

corazones de todos los puertorriqueños en la isla y en el extranjero, así como de muchos que no eran puertorriqueños pero que también se unieron en su causa.

«Con el dolor más grande de mi alma dirijo a ustedes estas líneas», Antonio escribió, suplicando a los periódicos el favor de publicar su carta. «El que esta[s] líneas escribe es el desgraciado puertorriqueño que hoy se encuentra en la cárcel de Sing Sing, Estado de Nueva York, sentenciado a muerte».

Antonio explicó que el Tribunal de Apelaciones de Nueva York confirmó su condena y que sin la clemencia del gobernador de Nueva York, Charles S. Whitman, se enfrentaría a su muerte en la silla eléctrica.

«Tendré que morir como un criminal, cuando sólo soy un desgraciado incapaz de contener los pensamientos que en mi mente vienen porque algo en mi interior me impulsa o me lanza a realizarlo», escribió.

En su carta, Antonio describió una vida de infelicidad en Puerto Rico. Relató que no podía hallar la armonía, incluso con su propia familia, sus amigos ni «la que fue mi buena esposa». Fallaba en todo lo que intentaba. Describió cómo fue a *Albany Law School* con la gran esperanza de cambiar su destino para bien y allí conoció a otros estudiantes puertorriqueños como Pedro Beiges, de Añasco, y Vera y López, de San Germán, que al momento de escribir la carta habían obtenido «cada uno de ellos el título de abogado». Dijo que los estudiantes podían dar fe de sus éxitos y fracasos en la facultad de derecho. «Todo fue un fracaso para mí en el colegio», escribió Antonio. «Tampoco tuve harmonía con ellos, que podrá[n] decir si es verdad o mentira esto que escribo», dijo.

Explicó cómo, una vez en Nueva York, se instaló en la pequeña ciudad de Schoharie durante su primer año allí para estudiar inglés. «En este pueblo conocí a la mujer que robó el cariño de mi corazón», escribió. «Me sedujo de tal manera que sólo era feliz cuando me encontraba a su lado. Varias veces intenté cometer suicidio por ella», confesó.

Antonio compartió el tormento de los pensamientos distorsionados que secuestraban su mente y el impacto que estos tenían en su comportamiento. «No puedo explicar los pensamientos que a cada momento venían a mi mente», dijo. «Hasta el extremo que hoy sabéis que me encuentro sentenciado a muerte, esperando el momento fatal en que me quiten mi vida el próximo mes de diciembre», continuó su declaración.

«¿Creéis vosotros y vosotras que merezco morir en este país por medio de la silla eléctrica?», preguntó Antonio. «Si así lo creéis, no hagáis nada en lo absoluto por mi, dejadme morir, pero si creéis que no soy un criminal, sino un desgraciado, miembro de una familia desgraciada [por una enfermedad mental]» dijo, «no me dejéis morir en este país, de una manera tan cruel». Afirmó que al investigar el árbol genealógico familiar, el padre Andrés Echevarría había descubierto que, al menos, 25 miembros de su familia sufrían de enfermedades mentales graves, lo cual sugería que su enfermedad era heredada.

No hizo mención en su carta de "la enfermedad repugnante" que había invadido su cerebro.

Antonio propuso que sus hermanas y hermanos puertorriqueños formaran una comisión para solicitar al gobernador Whitman que conmutase su pena, y para ayudar con los gastos legales necesarios para representar su historial de enfermedad mental, afirmando que dicha evidencia no se había presentado de manera adecuada ante el jurado durante su juicio. Aseveró que necesitaba ayuda en presentar estos hechos para el conocimiento del gobernador de Nueva York. «Me encuentro solo aquí ... y acudo en ruego para que se dirijan al Gobernador, suplicando misericordia para mi», escribió Antonio.

En su carta, también dirigió un llamamiento especial a todas las damas puertorriqueñas, suplicándoles que pensaran en él como un hermano y realizaran un acto humanitario en su nombre. Afirmó que sus delicadas voces siempre son escuchadas, y les pidió recogieran firmas y dirigieran las peticiones firmadas al gobernador Charles S. Whitman en Nueva York.

«Luchen por mí», Antonio imploró, «mis hermanos y hermanas de Puerto Rico». Dijo que depositaba toda sus esperanzas en ellos. «Si fuese merecedor de ese castigo, no os molestaría», aseguró, afirmando que él no merecía morir de una manera tan cruel, que no era un «delincuente común».

Hizo hincapié en la urgencia del asunto, ya que seis semanas a partir de la fecha de su carta sería ejecutado en la silla eléctrica en Sing Sing. «Deseo que nombréis una Comisión que venga con el Reverendo padre Andrés Echevarría [y que] se una a Luis Muñoz Rivera, [Comisionado de Puerto Rico] Residente en Washington [DC], para que todos unidos trabajen y luchen por la conmutación de mi sentencia», escribió Antonio. Dijo que sabía que su familia estaría allí para apoyarlo, en particular, su hermano Sixto.

Antonio cerró su declaración al pueblo de Puerto Rico diciendo: «En vosotros deposito todas mis esperanzas». Antes de sellar el documento con su firma, con gran desesperación, rogó a sus compatriotas que no lo abandonasen.

«¡No me dejen solo! ¡No me dejen solo!», concluyó.

Su desesperación y su angustia eran palpables.

Capítulo 53. Por Pontón

El grito de ayuda de Antonio Pontón conmovió a cada puertorriqueño que leyó su carta. La isla entera se levantó a responder a su llamada desesperada. Su plegaria alcanzó a todas las clases sociales, razas y edades. Todos los puertorriqueños se unieron en un acto sin precedente para ayudar a salvar a su compatriota que había caído en desgracia.

El tiempo era crítico. Todos los alcaldes convocaron a sus ayuntamientos para discutir sus respectivas respuestas a la carta de Antonio y emitieron resoluciones y edictos que detallaban su curso de acción para ayudar en el caso. Decenas de organizaciones comunitarias organizaron reuniones y eventos programados para recaudar fondos en apoyo al fondo de defensa legal de Antonio, y para asistir en mitigar los gastos de viaje de la comisión dirigida por el padre Andrés Echevarría, la cual embarcaría a Nueva York para persuadir al gobernador Whitman.

«Aunque Pontón no fuera nuestro compatriota, y como simple prójimo considerado, tendría derecho a invocar nuestro amor y nuestra piedad cristianas en este trance tristísimo de su accidentada existencia», escribió Luis R. Velázquez al presidente del Casino de Ponce, una organización cívica, adjuntando una copia de la carta de Antonio y llamando a la toma de acción en auxilio de su causa. «Es gratitud que de las almas humanitarias y nobles espera un humilde puertorriqueño en favor de su paisano extraviado, que se encuentra solo, completamente solo, en un país extraño», Velázquez instó en su solicitud de una respuesta compasiva.

En el pueblo de Vega Baja, un grupo de damas envió invitaciones para una función benéfica que se celebraría en el teatro Fénix a beneficio de Antonio Pontón. Luciano Cano, un músico del pueblo, fue el organizador del evento y artistas locales ofrecieron voluntariamente sus talentos. Lola de Portela, presidenta de la *Asociación de Damas*, junto a otros miembros de la asociación de mujeres, se ofrecieron a trabajar en la taquilla con mucha diligencia para vender entradas y recaudar donaciones.

Durante el mes de noviembre del 1915, decenas de artículos, cartas y avisos aparecieron en la prensa de toda la isla con titulares mostrando solidaridad: «En favor de Pontón», «Por Antonio Pontón», «Por Pontón». Los artículos llamaron a los lectores a apoyar a su hermano puertorriqueño, anunciaron la recaudación de fondos, publicaron cartas dirigidas al gobernador Whitman y reportaron el éxito de las colectas realizadas a favor de la causa de Antonio Pontón.

El *Club de Ciencia, Moral y Libertad* del pueblo de Fajardo anunció una colecta. Los socios del *Casino de Cataño* anunciaron una reunión en el teatro local, *Teatro Espinosa*. La *Asociación de Periodistas de Puerto Rico*, los periodistas en el pueblo de Arecibo, se reunirían «por la causa de Pontón».

En Aguadilla, se anunció una reunión en la residencia de González Mena Reichard y se convocaron voluntarios «Por Pontón». Julio Osvaldo Abril y Francisco de Cardona prestarían sus automóviles con el fin de ir de puerta en puerta por todas las calles del pueblo.

Un lector comprensivo de Vega Baja escribió un editorial humanitario:

«¡Antonio Pontón, que allí en la triste cárcel de Sing-Sing piensa en su patria en la madre amada, en el verdor de nuestros campos, en el cielo azul de su bella tierra, con la visión de un alma angustiada, que piensa en que jamás sus ojos contemplarán estas bellezas; en que jamás la brisa perfumada de Borinquen acariciará su semblante, en donde la triste desventura imprimió el negro sello de infamante delito! … ¡Oh, Antonio Pontón, desgraciado compatriota! Si hay Providencia y los ruegos llegan al cielo, las ondas sonoras que partan de la gentil Borinquen irán envueltas en nuestra brisa fresca y perfumada que acariciará tu rostro, que saturará tu alma y allí en lo más recóndito sentirás el bien, que con el amor de tu pueblo te repite esta frase dulce y amorosa: ¡¡Perdón!!».

Seguidores ávidos de *La Regla de Oro*, los puertorriqueños se oponían a la pena de muerte, especialmente cuando se trataba de un hombre demente, considerado irresponsable de sus actos. Ricos y pobres por igual, niños de escuela y sus maestros, hombres y mujeres, funcionarios, médicos, abogados, industriales, agricultores y sus trabajadores, todos unieron sus corazones, oraciones y acciones para ayudar a salvar la vida del desafortunado Antonio Pontón, quien en un ataque de locura, lejos de casa, cometió uno de los peores delitos conocidos por el ser humano.

Despreciaban su ofensa, pero él merecía su compasión.

Capítulo 54. Una Isla Entera Suplica Clemencia

En el escritorio del gobernador Whitman descansaba un sobre que arribó la primera semana de diciembre del 1915. Contenía una tarjeta postal y la fotografía de dos niños de entre seis y ocho años de edad. Los niños escribieron desde Puerto Rico suplicando la misericordia del gobernador para salvar la vida de su padre, Antonio Pontón.

«Nosotros, Honorable Gobernador, respetuosamente apelamos a su generosidad y rogamos que escuche los elogios de estos dos niños nacidos de dicho Pontón suplicando a Dios y a usted por la vida de su padre ...», leía la carta de los niños. «Nuestro padre no es un criminal común, sino un hombre de noble corazón y una víctima de una desgracia terrible ... Usted ha sido sin duda un buen hijo y debe comprender el tormento que será ver a un padre morir en la silla eléctrica», rogaron.

Los niños, Antonio y Manolo, declararon que enviaron su fotografía, ya que no pudieron viajar a Albany en persona a «arrodillarse ante usted y rogar por su generosidad para nuestro buen padre».

La carta de los pequeños Antonio y Manolo fue una de las miles de peticiones recibidas en la oficina del gobernador Charles S. Whitman. Funcionarios del gobierno de los Estados Unidos y de Puerto Rico, congresistas de los Estados Unidos, presidentes y estudiantes universitarios, estudiantes de escuelas y sus maestros, organizaciones comunitarias y cívicas, y residentes de Puerto Rico y los Estados Unidos se dirigieron a Whitman en esfuerzo de salvar la vida de Antonio Pontón, apelando a la humanidad, la fe y a la compasión del gobernador, y enfocando atención en la evidencia de locura que no se llegó a presentar en el juicio.

Los funcionarios públicos en Puerto Rico y los Estados Unidos, tales como Arthur Yager (Gobernador de Puerto Rico), Luis Muñoz

Rivera (Delegado de Puerto Rico ante el Congreso y Comisionado Residente), los alcaldes de los municipios de Puerto Rico, Martin G. Brumbaugh (Gobernador de Pensilvania y ex Comisionado de Educación de Puerto Rico), Thomas P. Gore (Presidente del Senado de los Estados Unidos) y James S. Davenport (Presidente de la Cámara de Representantes, Comité de los Territorios), todos enviaron urgentes llamamientos por carta y telegrama. El país de España, a través de su consulado español en Washington, DC, se unió a las súplicas.

Un hombre de buen corazón, Martin G. Brumbaugh, el gobernador de Pensilvania, escribió a Whitman: «Hace una docena de años yo fui Comisionado de Educación de Puerto Rico y aprendí a conocer a la gente de allí, a los cuales tengo en gran y cálido aprecio». Adjuntó una carta escrita por estudiantes universitarios conteniendo argumentos apoyando su petición de clemencia.

El presidente del senado Thomas P. Gore, senador de Oklahoma, le escribió a Whitman: «Permítame insistir en que la sentencia de muerte ahora pendiente contra Antonio Pontón, oriundo de Puerto Rico, se conmute por cadena perpetua. ... El hecho de que ha habido varios casos de locura en su familia sería justificación amplia para tomar tal acción de su parte».

El representante James S. Davenport, del primer distrito de Oklahoma, dijo en su carta a Whitman: «No ruego por el perdón, pero en este momento apelo por una conmutación de la pena ... creyendo que los fines de la justicia serán finalmente satisfechos por tal acción si Su Excelencia, sobre una investigación, concluye que las circunstancias del caso justifican la conmutación de la pena de este joven desafortunado». Cerró: «Asegurándole mi ferviente deseo de ver que la clemencia ejecutiva sea extendida».

. . .

En Puerto Rico, durante los meses de noviembre y diciembre del 1915, los alcaldes de los pueblos de la isla se unieron a las voces de sus ciudadanos por medio de la emisión de edictos oficiales, cartas y telegramas dirigidos al gobernador Whitman, algunos de ellos enviando más de una comunicación rogando clemencia para Antonio Pontón.

Todos los municipios de la isla de Puerto Rico participaron, ya sea a través de sus alcaldes, grupos cívicos y religiosos, o por medio de personas privadas: Adjuntas, Aguada, Aguadilla, Aguas Buenas, Aibonito, Añasco, Arecibo, Arroyo, Barceloneta, Barranquitas, Bayamón, Cabo Rojo, Caguas, Camuy, Canóvanas, Carolina, Cataño, Cayey, Ceiba, Ciales, Cidra, Coamo, Comerío, Corozal, Culebra, Dorado, Fajardo, Florida, Guánica, Guayama, Guayanilla, Guaynabo, Gurabo, Hatillo, Hormigueros, Humacao, Isabela, Jayuya, Juana Díaz, Juncos, Lajas, Lares, Las Marías, Las Piedras, Loíza, Luquillo, Manatí, Maricao, Maunabo, Mayagüez, Moca, Morovis, Naguabo, Naranjito, Orocovis, Patillas, Peñuelas, Ponce, Quebradillas, Rincón , Río Grande, Sabana Grande, Salinas, San Germán, San Juan, San Lorenzo, San Sebastián, Santa Isabel, Toa Alta, Toa Baja, Trujillo Alto, Utuado, Vega Alta, Vega Baja, Vieques, Villalba, Yabucoa y Yauco. Algunos de los pueblos, como Villalba y Cataño, no habían sido formalmente establecidos en el 1915, pero sus residentes transmitieron sus súplicas.

El pueblo de Barranquitas escribió: «Condenamos el crimen y honramos la memoria de la víctima. ... Al mismo tiempo, el amor al prójimo y a nuestro compatriota nos mueve a solicitar la reconsideración de la terrible sentencia, se modifique su extremo rigor y se reduzca a cadena perpetua».

El pueblo de Santa Isabel escribió: «Nuestro país se arrodilla ante usted para pedir perdón».

El pueblo de Juncos se declaró: «Sus hermanos bajo Dios y bajo la ley natural de esta parte del universo, fiel a su bandera y admiradores de su gloria, respetuosamente piden que extienda la mano de clemencia a Antonio Pontón, un hombre caído en desgracia que Dios sabe actuó bajo la influencia de una mente perturbada».

Un cablegrama de Comerío, el pueblo natal de Antonio, aseguró al gobernador que, si concedía el indulto, «Comerío recordará su condolencia para siempre».

San Juan escribió, diciendo que el general George Washington y el presidente Lincoln se conocía nunca denegaban un indulto solicitado. «Dos cualidades engrandecen a la humanidad, la propia aplicación de la ley y el ejercicio de la compasión», la carta afirmó.

El pueblo de Fajardo explicó al gobernador que se trataba de «la primera petición de su tipo que la isla de Puerto Rico ha presentado ante los tribunales de los Estados Unidos».

El alcalde de Toa Alta declaró, «¡Misericordia, misericordia para un hombre caído en desgracia!».

«Evite la mancha en esta pobre familia que está devastada», escribió el pueblo de Vieques, resaltando el historial de enfermedad mental de Antonio y su familia.

El pueblo de Lajas instó al gobernador: «Siga las doctrinas de la criminología moderna y no ejecute a un hombre demente».

Las declaraciones de fe, moralidad y la razón abundaban en todos los escritos enviados al líder de Nueva York. El pueblo de Trujillo Alto utilizó principios establecidos para apoyar su afirmación: «El hombre no ha creado la vida y no debe destruirla», «La bondad de los hombres buenos se mide por la forma en que tratan a los hombres malos», «Jesús dijo: Padre, perdónalos, porque no saben lo que hacen», «Dios, el dador de la vida, es el único que puede tomar una vida».

. . .

Un torrente de organizaciones religiosas y comunitarias convocaron reuniones y recogieron firmas por toda la isla, incluyendo bomberos, asociaciones de mujeres, organizaciones de las iglesias católicas y protestantes, asociaciones de maestros, grupos de estudiantes y asociaciones de trabajadores, entre muchos otros.

La *Liga de Trabajadores de Puerto Rico* escribió: «Proteja a Pontón de las garras de la muerte». La *Federación de Trabajadores de América*, Capítulo de Puerto Rico dijo: «Somos enemigos de la pena de muerte. ... En el preciso momento en el que se ejecuta a un preso, la sociedad comete un delito».

Las *Damas de San Juan* solicitaron un «acto de piedad para el primer puertorriqueño ejecutado como consecuencia de una sentencia judicial por parte del gobierno de los Estados Unidos en cualquiera de los estados de la unión».

Las *Damas del Pueblo de Yauco* declararon: «Si no hay perdón para él, él morirá ... en una celda de confinamiento ... sin besar la frente de su madre por última vez».

Las *Damas del Pueblo de Bayamón* pidieron perdón por «el hijo de una de las mejores familias de alta sociedad en nuestra isla».

Un grupo de estudiantes llamado *Eco Estudiantil*, del pueblo de Río Grande, escribió: «¿Es necesario que la sociedad tome una vida sólo porque una persona lo ha hecho? ... ¿Está nuestra sociedad más segura si nuestros criminales se castigan con la muerte? Nuestro estudio de la historia y el código penal de Inglaterra durante la Edad Media ... contestan ... la pregunta anterior en negativo».

La *Banda de la Misericordia*, compuesta por niños de la escuela del pueblo de Ponce, escribió una larga apelación, proporcionando numerosas razones para otorgar la clemencia, incluyendo «su historial de locura», «la mancha que la ejecución lanzaría sobre la familia Pontón, desafortunada e inocente, estimada y respetada en la comunidad ... [y] el horror bajo el cual se considera la pena de muerte en este país».

El *Centro de Instrucción y Recreo de la Villa de Coamo* escribió: «Nuestro compatriota no es un criminal vulgar, sino un hombre impulsado por la pasión, que merece misericordia».

Decenas de otras organizaciones y escuelas cívicas se unieron a la petición desesperada al gobernador Whitman, con la esperanza de que éste se impresionaría por el gran número de personas que le exhortaban: Asociaciones locales de maestros de los municipios de Aguadilla, Yauco, Juncos, Salinas, Ponce, Río Piedras (hoy una jurisdicción de San Juan) y Añasco; la Iglesia de los Discípulos de Cristo, su misión de Bayamón y su Consejo de Misiones de Mujeres Cristianas y Liga de Temperancia; el Centro Español de Ponce; los agricultores de Sabana Grande; los bomberos de San Germán y Ponce; la Sociedad Teosófica Ananda en Ponce; el Círculo Espiritista de Manatí; la Asociación Literaria de San Alfonso; la Liga Regeneración de Guayama; la Liga Literaria Cristiana de Puerto Rico; la Liga Progresista de Ponce; la Sociedad Minerva; los estudiantes del sexto grado de Añasco; y la Asociación de Dependientes de Ponce, se hallaban entre las muchas organizaciones cívicas por la causa. Cientos de firmas apoyaron las súplicas.

Los puertorriqueños en logias Masónicas fueron muy activos en sus comunicaciones con el gobernador Whitman. La logia *Verdaderos Hermanos* del pueblo de Coamo escribió: «Él mató, sin saber cómo ni cuándo». La logia *Tanamá* en el pueblo de Arecibo, escribió: «Queremos indicar, claramente, que no es habitual que los habitantes de esta isla cometan delitos de sangre como el perpetrado por nuestro compatriota, el Sr. Antonio Pontón». La carta explicó que Antonio cometió el delito en virtud de un «impulso irresistible de locura y obsesión». La carta decía: «Como un hombre típico de esta zona, el señor Pontón tiene un temperamento tropical de imaginación romántica y débil a la pasión del amor». Refiriéndose al amor de

Antonio por Bessie Kromer, dijo la carta: «Él la consagró como un ídolo». La logia *Almas Unidas* desde el pueblo de Cidra escribió: «Aquellos que se han familiarizado con él saben que no podía haber estado cuerdo cuando cometió el crimen».

Cartas de otra logias Masónicas hicieron eco de los sentimientos de sus hermanos Masones: La logia *Regeneración núm. 110* del pueblo de Guayama; la logia *Luz de Oriente núm. 8,376* del pueblo de Yauco; la logia *Obreros Unidos* (formada bajo la *Federación del Grande Oriente Español*) del pueblo de Arecibo; la logia del *Grande Oriente Español* del pueblo de Ponce; la logia *Perla del Océano* de la localidad de Arroyo; la logia *Los Hijos de la Luz* de Yauco (formada bajo la *Gran Logia Soberana de Puerto Rico*); la logia *Sol Naciente* de Aguadilla; la logia *Unión 10* de Guayama; las logias *Luz de Borinquen*; *Los Caballeros de la Verdad núm. 37* y la logia *Amparo*, de Caguas; y la logia *Fraternidad Española* de Ponce, entre otras.

Cartas con cientos de firmas de niños de las escuelas de Puerto Rico y sus maestros se vertieron sobre el escritorio del gobernador. Los estudiantes de la *Escuela Reina* del pueblo de Ponce escribieron: «Nos gustaría pedirle un favor que, si no lo niega, le recordaremos con la más gratitud. La idea de que nuestro compatriota recibirá la pena de muerte lejos de sus padres, hermanos y el resto de su familia nos impresiona».

Los profesores y los alumnos del pueblo de Maricao aseguraron al gobernador: «Bajo la presión de una amarga decepción su mente cedió».

Estudiantes de escuela primaria de Río Grande declararon: «Deje su castigo al que su poder ha usurpado, y no manche el nombre de la sociedad con otro crimen, tan terrible como el primero».

Entre los individuos que abordaron directamente al gobernador se encontraba toda la familia del alumno de *Albany Law School*, Ulpiano Crespo, del pueblo Arecibo. El ex compañero de clase de Antonio Pontón, Ulpiano Crespo, era ahora un abogado. «En el día de Acción de Gracias, durante nuestra reunión familiar, rogamos que usted tenga piedad de Antonio Pontón y conmute la pena de muerte que está obligado a sufrir en el futuro cercano», afirmó la carta, firmada por el padre y la madre de Ulpiano Crespo y por sus quince hijos.

Una carta anónima firmada por «Un Puertorriqueño» apeló al gobernador para compartirle el dolor de toda una isla. «Estamos todos unidos, del plantador rico al trabajador pobre, desesperados pidiéndole a usted que no permita la llegada del día fatal para este hombre caído en desgracia», su autor escribió. «El sexto mandamiento dice 'No matarás'», escribió, indicando que el mandato se aplica también a la sociedad en su conjunto, incluyendo a sus líderes.

. . .

Entre los cientos de cartas con miles de firmas solicitando clemencia para Antonio Pontón, el gobernador también recibió cartas de estudiantes universitarios, incluyendo estudiantes de derecho de segundo año en la Universidad de Puerto Rico, los estudiantes de la Facultad de Agricultura y Artes Mecánicas en el pueblo de Mayagüez, los estudiantes puertorriqueños en la Universidad de Pensilvania, Universidad de Syracuse, Escuela de Medicina de la Universidad de Loyola, la Universidad del Estado de Pensilvania y la Universidad de Harvard.

Estudiantes puertorriqueños que asistían a la Escuela Bennett de Medicina de la Universidad de Loyola afirmaron el historial de enfermedad mental de Antonio, escribiendo que algunos de ellos sabían de Antonio Pontón «por observaciones personales y experiencia» en Puerto Rico y dieron constancia de que él «ha sido objeto de ataques de locura esporádicos». Los estudiantes de la Universidad de Pensilvania apelaron al gobernador Brumbaugh, solicitándole que intercediese en nombre de Antonio. «Antonio Pontón, de buena familia ... ha sufrido de locura. Este hecho no fue llevado ante el tribunal», dijeron, mencionando los esfuerzos de la comisión apoyada por el gobernador de Puerto Rico, Yager y el arzobispo Jones diciendo: «Todo el mundo está enviando cartas y ayudando de manera pecuniaria. Nuestra firme convicción es que nuestro compañero estudiante no es un criminal».

La fraternidad *Phi Delta Chi* de la Universidad de Pensilvania envió un telegrama al gobernador Whitman asegurándole que Antonio Pontón «vino a este país sabiendo muy poco de su gente y costumbres. Sufría de trastornos que lo privaron de la facultad de diferenciar entre el bien y el mal ... Fue acosado por más ideas que su mente podía soportar».

Los estudiantes de la Universidad del Estado de Pensilvania

escribieron que Antonio actuó «obligado por la locura pasional» y pidieron que «si Dios le ha permitido vivir hasta el día de hoy, concédale la gracia de ese privilegio».

«Los puertorriqueños en la Universidad de Harvard creen que el crimen fue horrible y debe ser castigado, pero la pena de muerte se sumaría, y no restaría, a sus horrores», escribieron los estudiantes de Harvard. Una de las firmas de los estudiantes en la carta era de Pedro Albízu y Campos, el cual más tarde se convertiría en un promotor de los ideales de la independencia de la isla de Puerto Rico de los Estados Unidos.

Pedro Albízu Campos era un estudiante puertorriqueño mestizo nacido en el 1891 en el pueblo de Ponce. Después de estudiar ingeniería y química en la Universidad de Vermont, sirvió en el ejército de los Estados Unidos durante la Primera Guerra Mundial como teniente primero, donde se sintió degradado por el racismo y la segregación en los Estados Unidos. Después de su servicio militar, se matriculó en *Harvard Law School* (Facultad de Derecho de la Universidad de Harvard) donde se graduaría en el 1921 como el mejor alumno de clase. Se le pidió que preparase su discurso, pero se dice que uno de sus profesores se opuso a «la vergüenza de que un puertorriqueño represente la clase como mejor estudiante». Después de su graduación, Albízu Campos lideró el *Partido Nacionalista Puertorriqueño* en el 1930, convirtiéndose en un militante por la causa de la independencia de la isla.

En el 1932, Albízu Campos dio a conocer una carta racista que el doctor Cornelio P. Rhoads escribió en el 1931 a su colega Fred W. Stewart, confesando crímenes humanitarios el médico mismo había cometido con sus pacientes puertorriqueños. «Ellos son sin lugar a dudas la raza más sucia, más perezosa, más degenerada y los hombres más ladrones que jamás han habitado esta esfera. Me enferma el habitar la misma isla con ellos. Son incluso más bajos que los italianos», escribió el doctor Rhoads. «Lo que la isla necesita no es el trabajo de salud pública, sino un maremoto o algo así para exterminar totalmente a la población ... He hecho todo lo posible para acelerar el proceso de exterminio matando a ocho y trasplantando cáncer a varios más», confesó.

Un ayudante de laboratorio encontró la carta antes de que fuera enviada por correo y la distribuyó entre sus compañeros, después de proporcionársela a Albízu Campos en el 1932. Copias de la carta fueron enviadas al gobierno, organizaciones mundiales y a El Vaticano, alegando que había un complot de Estados Unidos para exterminar a los puertorriqueños.

Una investigación por el fiscal general de Puerto Rico sobre el asunto no encontró evidencia de los supuestos actos homicidas por el doctor Rhoads, y el médico, el cual había salido de Puerto Rico, afirmó que su carta era una broma. Sin embargo, el entonces gobernador de Puerto Rico, James R. Beverley, escribió al director asociado de la Fundación Rockefeller en el 1932 afirmando que había una segunda carta de Rhoads «peor que la primera», la cual había sido suprimida y destruida por el gobierno. Esta comunicación, descubierta en el 2002 por un investigador, revivió el escandaloso asunto del doctor Rhoads, lo cual resultó en que la Asociación Americana para la Investigación del Cáncer (AACR por sus siglas en inglés) eliminara el nombre Rhoads de uno de sus prestigiosos premios.

Albízu Campos utilizó la carta del doctor Rhoads para promover sus ideales nacionalistas, los cuales continuó persiguiendo mediante la promoción de actos violentos contra el gobierno de Puerto Rico y de los Estados Unidos. Estos actos dieron lugar a su encarcelamiento a largo plazo, donde afirmaba que estaba siendo sometido a radiación. En el 1964, el gobernador Luis Muñoz Marín indultó a Albízu Campos, después de éste haber sufrido un derrame cerebral en el 1956. Murió en el 1965.

. . .

El 5 de diciembre de 1915, el doctor José Julio Henna, médico y líder comunitario puertorriqueño y residente de Nueva York, envió un llamado para una reunión masiva a todas las personas de habla hispana en el área de Nueva York y otros interesados en la causa de Antonio Pontón, a celebrarse en el *Ansonia Hotel*. El propósito de la reunión era el de aumentar la conciencia pública sobre el caso de Antonio Pontón y obtener una conmutación de su condena a muerte. Como resultado de la reunión convocada por Henna, se organizó un comité de unas 200 personas cuya tarea era recoger firmas y presentar una petición para persuadir al gobernador Whitman de que conmutara la condena de Antonio.

El doctor José Julio Henna nació en el 1848 en el pueblo de Ponce, hijo de un inglés y de una mujer puertorriqueña privilegiada. Henna se había exiliado a los Estados Unidos antes de la Guerra Hispano-Americana del 1898 porque había ideado un plan para la independencia de Puerto Rico de España. Se graduó en medicina de la Universidad de Columbia en el 1872. En el 1898, el doctor Henna, junto con Roberto H. Todd, se comunicó con el presidente de los Estados Unidos, William McKinley, y con el congreso para que considerasen a Puerto Rico en los planes para la intervención cubana. El doctor Henna eventualmente apoyó la anexión de Puerto Rico a los Estados Unidos y se convirtió en un conocido defensor de la comunidad puertorriqueña en Nueva York.

. . .

Las *Damas del Pueblo de Bayamón* enviaron su súplica al presidente Woodrow Wilson en una larga carta, redactada por Angelina Balseiro de Feliú. «Muchas personas creen que cuanto se haga por salvar ese joven será en vano», decía la carta. «¡Esto es terrible, señor! Usted, que es padre, debe comprender el estado de esos infortunados padres. Están como locos. Y la madre para poder descansar tiene que tomar narcóticos. Y el pueblo de Puerto Rico sufre con esta desgracia», indicaba la carta. «[Se han recogido] firmas ... La isla entera desea el indulto para él ... Los puertorriqueños le quedarán agradecidos», dijo. «¡Señor, no penséis en la pena que merece el culpable! Pensad en esos pobres padres que morirán también de pena, y que es nuestra isla entera la que os pide perdón e indulgencia para él», las damas de Bayamón declararon. La señora Balseiro también escribió una nota personal en la carta. «Yo he soñado que hablaba con usted y le pedía el perdón para ese desgraciado, y que usted me escuchaba conmovido. Espero que mi sueño se realice y que mis compañeras y yo veamos que sean atendidas nuestras súplicas». La carta concluyó: «Ya el mes que viene piensa Ud. casarse y ser feliz en unión de la que será vuestra compañera. Deseamos atienda nuestra suplica para poder los puertorriqueños pasar también unas pascuas felices bendiciendo vuestro nombre y el de vuestra esposa».

Las mujeres de Puerto Rico enviaron otro caluroso llamamiento a la novia del presidente, la señora Edith Bolling Galt (nac. 1872), viuda de Norman Galt y descendiente directo de la histórica princesa indígena Pocahontas. En la carta se le solicitó su ayuda en la petición dirigida al presidente para que intercediese ante el gobernador

Whitman en nombre de Antonio Pontón.

El presidente y su prometida se preparaban para su boda, prevista para el 18 de diciembre de 1915, y para su viaje de luna de miel en *Hot Springs*, Virginia, justo después de la ceremonia. Los recién casados tenían previsto regresar a *La Casa Blanca* el 3 de enero de 1916.

Con el tiempo del presidente consumido por sus planes de boda, la Guerra Europea y el inminente conflicto de la Primera Guerra Mundial, no era probable que el presidente y la señora Galt Bolling tuvieran la oportunidad de leer y de responder a las cartas de las damas de Bayamón. El fiscal general recibió estas solicitudes a nombre del presidente y remitió los escritos recibidos en *La Casa Blanca* a la oficina del gobernador Whitman, sin tomar una posición o hacer una recomendación.

. . .

El 8 de diciembre de 1915, un editorial en el diario *Albany Evening Journal* leía, en referencia a la delegación de líderes que llegarían a Nueva York desde Puerto Rico para reunirse con el gobernador Whitman sobre la cuestión de Antonio Pontón:

«Lo que podrá estar en la mente de los puertorriqueños que se dice están de camino a este estado para pedir que el gobernador Whitman conmute la pena de muerte de Antonio Pontón, difícilmente se puede imaginar. ... El crimen de Pontón fue cruel y a sangre fría».

El editorial no encontró un argumento a favor de conmutar la pena de muerte. Si bien se expresó cierta tristeza hacia los dos niños pequeños que perderían a su padre, su verdadera existencia fue incluso cuestionada. El editorial fue tan lejos como para sugerir que los hijos de Antonio eran impostores.

Entre las miles de cartas de clemencia recibidas por Whitman sólo se encontró una abogando a favor de la ejecución. Fue escrita por un hombre llamado Jack Hunter, quien escribió a mano el 9 de diciembre de 1915, expresando pensamientos similares a los indicados en el editorial.

«Pontón cometió uno de los actos más crueles a sangre fría. Si hay alguna clemencia para su acto, no hay justicia en la ley. ... La electrocución es una muerte demasiado fácil. Si tiene hijos, que es dudoso, es un peor villano. ... Que su electrocución no tuviera lugar el 7 de julio es de extrañar», afirmó. «Respetuosamente, Jack Hunter».

El gobernador recibió varias otras cartas de individuos estadounidenses. Entre ellos, se encontraba una carta de la señora Anna E. Warner. «Nuestro Querido Gobernador: ... Usted tiene el poder de vida o muerte para ese hombre. No es su destino lo único que está en juego. Os ruego que le perdone tan fuertemente como usted desea el perdón de su padre celestial», escribió. La señora Warner se unía a muchos en su creencia de que un asesinato es un asesinato bajo los ojos de Dios, ya sea cometido por un hombre o por un gobernador que actúe en nombre de la sociedad para hacer cumplir sus leyes terrenales.

. . .

La delegación puertorriqueña de cerca de 125 personas, entre ellos el reverendo Andrés Echevarría, llegó a Nueva York el 14 de diciembre de 1915, para reunirse con el gobernador Whitman. Ellos le pedirían que conmutase la sentencia de muerte de Antonio Pontón, o como alternativa, que concediera una tregua de 60 a 90 días, de manera que la nueva evidencia de su locura pudiera ser considerada. La delegación llevó consigo miles de solicitudes adicionales de puertorriqueños suplicando por la vida de Antonio.

La declaración, escrita por el mismo padre Echevarría, enumeró los motivos para conceder la clemencia, en un esfuerzo para persuadir a Whitman. Entre los puntos que representó sobre Antonio se encontraban los siguientes: «1. Hay una cepa de locura en su familia colateral; 2. La locura, aunque colateral, está cerca de él, ya que dos de las hermanas de su madre sufren locura; 3. [Debido al grado de locura en las diferentes ramas de la familia] hay una razón para creer que todo el árbol está contaminado; 4. Es posible que si el jurado hubiese sabido de estos hechos, el veredicto hubiera sido diferente; 5. La información de la locura no se recibió de Puerto Rico a tiempo para el juicio, y el hombre no es responsable de la negligencia de otras personas; 6. En la opinión de muchos médicos y otras personas, el hombre está loco».

El sacerdote dijo a Whitman que el indulto solicitado «es una cortesía que el pueblo de Puerto Rico apreciaría como regalo de Navidad a la isla». También dijo que apelarían al presidente Woodrow Wilson, si fuera necesario, para retrasar la ejecución.

. . .

Junto a la comisión se encontraba el abogado de la ciudad de Nueva York, Charles E. Le Barbier, quien luego de evaluar el expediente del caso, incluyendo el árbol genealógico y otras pruebas, el 18 de diciembre de 1915, escribió una carta persuasiva al gobernador:

«El caso parece presentarse a mí desde un ángulo totalmente nuevo en que no se le presentó al jurado la cuestión de la condición mental del acusado en el momento en que el acto fue cometido», Le Barbier escribió a Whitman. «Refiero respetuosamente a Su Excelencia a la página 449 de la transcripción del caso, Folio 1347, en el que el errante tribunal de primera instancia instruyó al jurado de la siguiente manera: 'No hemos tenido ningún testimonio directo de que este hombre estaba en un estado mental donde no conocía la diferencia entre el bien y el mal'». Le Barbier continuó: «Su Excelencia podrá observar, en un caso tan importante como éste fue, donde bajo la defensa de 'no culpable' se trató de demostrar que el ... acusado se encontraba en una condición enferma, y que, sin embargo, patológicamente hablando, no se presentaron pruebas al errante tribunal de primera instancia ni al jurado en cuanto a la condición mental del acusado. ... Yo respetuosamente sostengo que esto se trata de una cuestión de hecho, y en verdad un importante hecho, el cual debía haber sido presentado a la consideración del jurado».

Le Barbier solicitó al gobernador un receso para que el abogado evaluase la información de los alienistas y toda la información sobre el tema «con el fin de preparar una moción ante el tribunal de primera instancia para mostrar causa y solicitar un nuevo juicio».

Después de que la reunión de la delegación de Puerto Rico llegó a su conclusión, la prensa cuestionó al gobernador Whitman sobre el caso de Antonio. El gobernador anunció a la prensa que él no iba a indultar ni a conmutar la sentencia de Antonio, a pesar de las muchas peticiones.

Pero, poco después, Whitman cambió de opinión.

Capítulo 55. Los Recesos

El 21 de diciembre de 1915, la semana en que la electrocución de Antonio Pontón había sido fijada, el gobernador Whitman concedió una tregua de dos semanas, a pesar de que, previamente, había declinado el interferir con la ejecución.

El gobernador no ofreció razones para su decisión. Sin embargo, el padre Echevarría, quien tenía un poder notarial del padre de Antonio, Manuel Pontón, contrató a Charles Le Barbier y a su asociado A. Joalyn M. Mcgrath, de la ciudad de Nueva York, para obtener una orden judicial del Tribunal Supremo que permitiese un examen físico y mental de Antonio. El juez Alden Chester—quien daba cátedra sobre el sistema judicial federal en *Albany Law School* cuando Antonio estaba matriculado como estudiante—concedió la orden.

Dos médicos de renombre, los doctores Edward A. Spitzka y Harold Lyons Hunt, examinaron a Antonio bajo orden judicial. Posterior a dicho examen médico, la defensa proyectaba someter una moción ante el juez Van Kirk para solicitar un nuevo juicio.

El doctor Edward Anthony Spitzka (nac. 1876), natural de la ciudad de Nueva York, era reconocido como uno de los más renombrados anatomistas del cerebro del mundo. También fue profesor en la Universidad de Columbia y autor de una serie de publicaciones, incluyendo un número de ediciones de *Gray's Anatomy* (Anatomía de Gray). Además, en el 1901, el doctor Spitzka condujo la autopsia del cerebro de León Czolgosz, el asesino del presidente William McKinley. También era el hijo del famoso neurólogo Edward C. Spitzka, el ex presidente de la Asociación Neurológica Americana, autor del *Treatise on Insanity* (Tratado Sobre la Locura) y, más notablemente, el médico que dirigió la electrocución de William Kemmler, el primer hombre ejecutado por electricidad.

El segundo alienista, el doctor Harold Lyons Hunt, nació en Ontario, Canadá en el 1882, el mismo año que Antonio nació. Era un niño prodigio que entró en la escuela de medicina cuando tenía 14 años de edad y se destacó en todos los ámbitos en varios campos de la medicina. Más tarde, se convirtió en uno de los cirujanos plásticos de más renombre mundial, ampliamente publicando sobre el tema. El doctor Hunt inició su servicio militar como capitán del cuerpo médico del ejército de los Estados Unidos en el 1917 y luchó en la Primera Guerra Mundial, siendo dado de baja honorablemente en el 1919. Un defensor de la paz, registró "El Plan de Paz Mundial del Doctor Hunt" en el 1923 para obtener derechos de autor, y obtuvo una patente para una mina terrestre diseñada para evitar las perdidas de soldados estadounidenses en batalla.

El 30 de diciembre de 1915, después de que los médicos examinaran a Antonio Pontón, el doctor Spitzka envió un telegrama al gobernador Whitman comunicándole los resultados, en el cual afirmaba:

«Conforme a una orden del Tribunal Supremo para examinar la condición mental y física de Antonio Pontón, en conjunto con el doctor Lyons Hunt hice dicho examen. Lo encuentro profundamente loco, lo estaba en el momento de la comisión del acto, y su locura se ha extendido hasta la actualidad. Es progresiva e incurable. El doctor Hunt y yo encontramos que sufre de una locura delirante crónica sin saber diferenciar entre lo correcto e incorrecto y sería un quebranto de la justicia si el hombre fuera ejecutado. Doctor Edward Anthony, Spitzka, 63 E 91 St».

Al día siguiente, Luis Muñoz Rivera, Comisionado Residente de Puerto Rico ante el Congreso, también envió un telegrama al gobernador, declarando:

«Como representante de Puerto Rico en los Estados Unidos, me uno a la petición de la Comisión integrada por padre Echeverria, alienistas y abogados que le visitarán hoy a favor de Pontón. También creo que estaba loco en el momento de la comisión del crimen y está loco hoy, y que la conmutación es lo más aconsejable que se debe hacer. L M Rivera Comisionado Residente».

El 31 de diciembre de 1915, el gobernador Whitman concedió otro indulto a Antonio, el cual había sido programado para morir en la silla eléctrica de Sing Sing el lunes 3 de enero de 1916. La acción del gobernador se decía ser en respuesta a la petición de los abogados de Antonio, con el apoyo de las afirmaciones de prueba incontrovertible de su locura por las opiniones médicas de los doctores Edward A. Spitzka y Harold Lyons Hunt. Además, el gobernador se hallaba en posesión de una petición con unas 15,000 firmas de puertorriqueños que residían en los Estados Unidos, presentado por el Comité organizado por el doctor J. J. Henna.

El gobernador Whitman concedió un retraso en la ejecución hasta el viernes, 7 de enero de 1916, para que los abogados de Antonio pudieran introducir una moción al tribunal con la nueva evidencia.

Capítulo 56. Del Guardián Osborne al Nuevo Guardián Kirchwey

En el momento en el que Antonio llegó a Sing Sing, el guardián de la prisión era Thomas Mott Osborne, un reformador de prisiones que se había convertido en director en el 1914. Nacido en el 1859 en Nueva York, Osborne se graduó de la Universidad de Harvard con honores en el 1884, donde fue uno de los fundadores de la Sociedad Cooperativa de la Universidad de Harvard (hoy conocida como *The Harvard Coop*). Su familia incluía reformadores eminentes de derechos de la mujer. Daba charlas en contra de la esclavitud y sirvió dos términos como guardián de la prisión de Auburn. Osborne pasó una semana en la prisión estatal de Auburn en 1913 encubierto bajo el nombre de "Tom Brown", con el fin de ver por sí mismo lo que era vivir como un prisionero allí. Grabó sus experiencias en el libro *Within Prison Walls* (Dentro de los Muros de la Prisión) que publicó en el 1914, convirtiéndose en el reformador de la prisión más importante de su época y ayudando a poner fin a los abusos comunes hacia confinados en las prisiones de los Estados Unidos durante la época.

Como guardián de Sing Sing, Osborne estableció un sistema de autogobierno en la prisión llamado *The Mutual Welfare League* (La Liga de Beneficio Mutuo) y no transcurrió mucho tiempo antes de que conquistara el apoyo entusiasta de los dos guardias y la mayoría de los prisioneros. De hecho, el mismo día de la llegada de Antonio Pontón a Sing Sing coincidió con la entrega de uniformes retirados del equipo de béisbol *New York Yankees*, parte de la iniciativa de Osborne para mejorar la moral de los confinados mediante la formación de un equipo de béisbol de prisioneros de Sing Sing.

Aunque las iniciativas de Osborne fueron bien recibidas por muchos, los confinados ricos y de alto perfil que manipulaban el sistema penitenciario mediante la intimidación de otros prisioneros y el soborno a los guardias, no estaban del todo satisfechos con el desbalance que Osborne introdujo en la prisión. A principios de enero del 1916, cuando Antonio aún se encontraba en Sing Sing, estos prisioneros de alto perfil utilizaron su influencia para forzar a Osborne a tomar una sabática, mientras era juzgado por acusaciones falsas que plantaron en su contra.

Osborne eventualmente triunfó en el tribunal y su regreso a Sing Sing, el verano del 1916, fue muy celebrado. Sin embargo, él renunciaría a finales del 1916, dejando un tangible legado de reforma penitenciaria, pero harto de luchar contra sus superiores y el gobernador Charles S. Whitman.

. . .

Antes de tomar su sabática, Osborne envió al gobernador Whitman un telegrama confirmando la prórroga de la ejecución de Antonio Pontón pautada para el 20 de diciembre de 1915, la cual se había aplazado hasta el 3 de enero de 1916. El amigo y colega de Osborne, George W. Kirchwey, lo reemplazó como guardián de la prisión. El primer día del nuevo guardián Kirchwey en Sing Sing estaba previsto para el 4 de enero de 1916.

Nacido en Michigan en el 1855, Kirchwey fue un abogado, político, periodista y estudioso del derecho. Graduado de la Universidad de Yale, ex decano y profesor de ambas, *Albany Law School* y *Columbia Law School*, Kirchwey fue un pionero en la introducción del *Case Method* (Método del Caso) para la enseñanza de las leyes. También fue un ávido defensor de la reforma penitenciaria, llegando a ser un comisionado de la reforma de prisiones para el estado de Nueva York. También se convirtió en el presidente de *American Peace Society* (Sociedad Americana de la Paz) en el 1917.

El primer acto en la nueva capacidad oficial de Kirchwey como director de la prisión fue el presentar la orden de la concesión de un receso a Antonio Pontón hasta el 7 de enero de 1916. En su primer día de trabajo, el guardián Kirchwey dejó dicho claramente a la prensa que no era amigo de la pena de muerte y menos de electrocutar a un ser humano. Cuando un reportero del diario *New York Sun* le preguntó si estaría presente si Antonio Pontón fuera electrocutado, Kirchwey respondió: «Me parece que la ley permite a un guardián ausentarse [de la ejecución de un hombre] si está enfermo o discapacitado. Usted puede estar seguro de que voy a estar enfermo o discapacitado en ese momento. Si yo pudiera elegir, preferiría que un hombre tuviese que electrocutarme a mí, que yo electrocutarlo a él».

Capítulo 57. La Última Moción

El nuevo abogado de Antonio Pontón, Charles E. Le Barbier, el destacado abogado de la ciudad de Nueva York y ex fiscal de distrito de Nueva York, presentó ante el juez Charles C. Van Kirk una moción para un nuevo juicio con las últimas pruebas conteniendo las conclusiones de los alienistas, los doctores Hunt y Spitzka.

Cuando el *New York Herald* entrevistó a Hunt y a Spitzka sobre sus hallazgos, el doctor Spitzka compartió la opinión de los médicos, consistente con lo que ya habían transmitido al gobernador Whitman.

«No puede haber duda alguna de que Pontón está loco y que su ejecución legal sería un traspié de la justicia», dijo el doctor Spitzka al periodista. «La prueba de su irresponsabilidad mental creo es absoluta. Él está sufriendo ahora de demencia y delirio crónico y estaba sufriendo de la misma manera en el momento en que cometió el delito», continuó. «Incluso ahora, Pontón no se da cuenta de que la señorita Kromer está muerta y en su celda en la casa de la muerte de Sing Sing la llama constantemente y se refiere a ella como su amada con la cual se reunirá», dijo Spitzka. «Muchas ... de las pruebas que hemos hecho nos convencen de que no debe sufrir la pena de muerte, sino que debe ser trasladado a un hospital para criminales dementes», concluyó, resuelto.

El médico reiteró que al menos 13 de los familiares de Antonio se les había adjudicado absolutamente locos. También afirmó que los médicos se enteraron de que cuando estaba en Puerto Rico «Antonio Pontón empujó un caballo por el borde de un acantilado sólo para ver lo que sucedería con el animal, y en otra ocasión condujo un automóvil con pasajeros a gran velocidad en reversa durante 20 millas».

Los renombrados médicos afirmaron que existía un historial de enfermedad mental antes, durante y después de la comisión del delito.

Advirtieron que «la ejecución de este hombre sería un error de la justicia».

Aun así, a pesar de las montañas de evidencia de locura y el testimonio médico experto suscrito por un total de cuatro reconocidos y cualificados peritos, el tribunal negó la última moción.

Antonio Pontón sería ejecutado el viernes, 7 de enero de 1916.

Parte VII. A la Sombra de la Muerte

«Hago un llamamiento a sus sentimientos de humanidad en nombre de Pontón luego del dictamen de los alienistas creo que existe un motivo suficiente para la conmutación».
- Luis Muñoz Rivera, Comisionado Residente de Puerto Rico
ante el Congreso, Washington, DC
Telegrama al gobernador Whitman, 6 de enero de 1916

«En vista de la opinión de los alienistas de que el hombre está loco, ¿no sería posible conmutar la condena a cadena perpetua? Le agradecería tal acción».
- Arthur Yager, Gobernador de Puerto Rico
Telegrama al gobernador Whitman, 6 de enero de 1916

«Lo que están a punto de presenciar es una mancha en la civilización del siglo veinte».
- Spencer Miller, Diputado Guardián de Sing Sing
dirigiéndose a los testigos de la ejecución de Antonio Pontón
el 7 de enero de 1916

Capítulo 58. Las Últimas Súplicas

El 6 de enero de 1916, el día antes de la fecha fijada para la electrocución de Antonio Pontón, una delegación de puertorriqueños en Washington DC alistó al gobernador de Puerto Rico, Arthur Yager, para tratar de persuadir al gobernador Whitman por última vez. El gobernador Yager (nac. 1858), economista de Kentucky, ex compañero y amigo del presidente Wilson, y previo presidente de *Georgetown College*, trató de persuadir a Whitman. El Comisionado Residente de Puerto Rico en el Congreso, Luis Muñoz Rivera, escribió a Whitman una vez más. En telegramas separados, ambos oficiales apelaron al gobernador Whitman para salvar la vida de Antonio por razones de que él estaba «irremediablemente demente ahora y en el momento de cometer el delito». Además, el líder puertorriqueño Antonio Vélez Alvarado, e incluso Spencer Miller, el guardián diputado de Sing Sing actuando a nombre del guardián Kirchwey, se unieron a las súplicas desesperadas de última hora al inflexible gobernador.

El 6 de enero el telegrama del gobernador Yager leía:

«El pueblo de Puerto Rico está profundamente impresionado sobre la ejecución inminente de Pontón mañana. A la vista de la opinión de los alienistas que el hombre está demente, ¿no sería posible conmutar la condena a cadena perpetua? Le agradecería tal medida si se pudiese hacer y está de acuerdo con su juicio y conciencia. Arthur Yager Gobernador de Puerto Rico».

El telegrama de Luis Muñoz Rivera a Whitman el 6 de enero declaró:

«Hago un llamamiento a sus sentimientos de humanidad en nombre de Pontón luego del dictamen de los alienistas creo que existe

un motivo suficiente para la conmutación. Si usted adopta ese curso anticipo para usted la profunda gratitud del pueblo de Puerto Rico que está profundamente interesado en este asunto lamentable. L M Rivera Comisionado Residente».

El líder puertorriqueño Antonio Vélez Alvarado, representando al comité del doctor J. J. Henna, también se unió a las peticiones de última hora de Yager y de Muñoz Rivera, a través de un telegrama, diciendo:

«Puesto que los alienistas han informado que Antonio Pontón estaba demente durante y antes del momento de la comisión del delito y que ahora está profundamente demente, esta petición se presenta respetuosamente solicitando que usted designe de inmediato una comisión para examinarlo en cuanto a su salud mental. A. Vélez Alvarado, en representación del Comité de Puerto Rico».

Antonio Vélez Alvarado nació en Manatí, Puerto Rico en el 1864 y es conocido como "el padre de la bandera de Puerto Rico". Él era un periodista, político y revolucionario que abogaba por la independencia de Puerto Rico. También era masón y un íntimo amigo de los padres del patriota independentista cubano José Martí. Los padres de Vélez Alvarado eran los ricos propietarios de varias fincas en Puerto Rico y su padre, un ex capitán de la milicia española en Puerto Rico, tenía sueños de una carrera militar para su hijo en Toledo, España. Sin embargo, Vélez Alvarado se convirtió en escritor y abogó a favor de la independencia de España, en su lugar. Fue exiliado de Puerto Rico, se estableció en Nueva York y fundó varios periódicos. También fue amigo del doctor José Julio Henna (quien había trabajado tan diligentemente en la recogida de firmas para conmutar la sentencia de Antonio), a pesar de que Vélez Alvarado y Henna defendían puntos de vista opuestos con respecto a la independencia de Puerto Rico *versus* su anexión a los Estados Unidos.

El diputado guardián Miller también envió a Whitman un telegrama el 6 de enero a nombre del guardián Kirchwey, en la esperanza de que hubiese un cambio de última hora sobre la ejecución de Antonio. El telegrama de Miller declaró:

«¿Podría tener la amabilidad de conferir con el guardián Kirchwey que está en Albany hoy en referencia a la decisión sobre la Comisión de Locura estando al último minuto la decisión del caso de Pontón? S Miller Jr».

Todas las peticiones fueron nuevamente ignoradas.

El gobernador Whitman llamó a la prisión la noche del 6 de enero y dio instrucciones al diputado guardián Spencer Miller: «La ejecución de Antonio Pontón debe continuar».

Capítulo 59. La Última Milla

La ejecución de Antonio Pontón en Sing Sing estaba prevista para las 5:45 de la mañana del viernes, 7 de enero de 1916. Las ejecuciones se llevaban a cabo los jueves, pero el último receso dispuso que la de Antonio fuese en un viernes.

El día antes de su muerte inminente, Antonio se encontraba inquieto, pero más tarde se calmó con la ayuda del padre Andrés Echevarría, el buen sacerdote y amigo de su familia en Puerto Rico, el cual permaneció en Nueva York.

Asustado, Antonio rezaba el rosario que su madre le había enviado.

—¿Qué voy a hacer ahora, Padre? Voy a morir como un asesino y yo ni siquiera recuerdo el asesinato.

—Usted puede rezar, mi hijo. Usted está ahora en las manos de Dios —dijo el buen sacerdote.

—¿Dios me perdonará? —preguntó Antonio.

—Si usted se ha arrepentido, señor Pontón, Dios le perdonará —dijo el sacerdote.

Ese mismo día, el guardián George W. Kirchwey convocó una conferencia de prensa para anunciar que había establecido una nueva regla: «No habrá prensa en la sala de ejecución». Kirchwey dejó claro que no permitiría que la gente «hiciera un espectáculo de la muerte de un semejante».

El doctor Amos O. Squire, director médico de la prisión y oponente a la pena de muerte, también visitó a Antonio en la tarde para una última revisión antes de la temida mañana siguiente.

. . .

No hubo mucho sueño esa noche, especialmente para Antonio. Dentro y fuera de su mente perturbada, sus pensamientos lo acosaban.

Los acontecimientos que le llevaron a Sing Sing, desordenados en su mente enferma. Bessie. El dolor y la vergüenza que causó a su familia y a sus compatriotas. El impacto de su ejecución sobre sus padres. Sus hijos tan pequeños. Los esfuerzos del pueblo de Puerto Rico y de otros partidarios de su causa.

Antonio recordó los sonidos tortuosos de las electrocuciones de otros condenados que se fueron antes que él. El olor a carne chamuscada y el sonido de la sierra chillando en la sala de autopsias, tan cerca de las celdas de los que todavía vivían, flotando en el aire y en las mentes de todos los reclusos de la casa de la muerte, quienes esperaban la misma suerte.

No muy lejos de la celda de Antonio, su compañero de prisión condenado a muerte, Charles H. Stielow, yacía acostado en el catre de su celda, toda la noche despierto, rezando por Antonio y por sí mismo. La ejecución del hombre inocente estaba pautada no mucho tiempo después que la de Antonio, el 14 de abril.

. . .

Cuando los primeros rayos del sol comenzaron a cortar a través de la obscuridad de la casa de la muerte, los guardas de la prisión aparecieron en silencio para correr las pesadas cortinas verdes frente a las celdas, con el fin de cubrir la vista de la fatal procesión del resto de los condenados. El chillido de los aros de la cortina deslizándose por las varillas de metal despertó a todos. Algunos de los presos comenzaron a rezar, pero otros también maldecían con ira y frustración, sintiéndose impotentes y desamparados, en empatía con Antonio y temiendo su propio destino cercano.

—Es hora de prepararse, señor Pontón. Un oficial retiró a Antonio de su celda.

—Sí, señor —Antonio temblaba.

Fue bañado, afeitado y recortado. El barbero afeitó la parte de su cráneo donde más tarde se aplicaría un electrodo. El oficial Meserole, de guardia esa mañana, lo escoltó a la celda de preejecución, conocida como el *salón de baile*. El padre Andrés Echevarría, quien había luchado tan vigorosamente para salvar la vida de Antonio, esperaba dentro de la celda por él. Se sentó junto a Antonio rezando y llevando la tan pesada carga, representando a los padres de Antonio y a los seres queridos de Comerío.

Antonio no encontraba como permanecer sentado. Se puso de pie y comenzó a caminar de un lado para otro, aferrándose al rosario, sus pasos igualando el ritmo de los latidos de su corazón.

Bailaba al son del vals de miedo y muerte.

De repente, un oficial abrió la puerta de la celda para que un hombre entrase. Era Vélez Alvarado, quien había solicitado permiso para acompañar a Antonio durante sus últimos momentos.

—Señor Pontón, mi nombre es Antonio Vélez Alvarado. Estoy aquí para hacerle saber que sus hermanos y hermanas de Puerto Rico no le han abandonado —dijo—. Usted no está solo. Yo represento a sus compatriotas en este momento tan difícil.

—Gracias —respondió Antonio, mientras estrechaba la mano del hombre.

Antonio se sentó por un momento, aferrándose a su rosario, mientras continuaba rezando con el padre Echevarría, sacudiendo su pierna derecha, nervioso. El capellán de la prisión, el padre William E. Cashin, pronto se unió a los hombres en la preparación para la procesión de la muerte.

Nadie esperaba un indulto. Nadie, excepto Antonio.

El sonido de las llaves anunció el aterrador momento cuando el guardia abrió la puerta de la celda.

—Es hora de la marcha, señor Pontón —dijo el oficial.

Antonio se puso de pie y comenzó a caminar. Los sacerdotes y el compatriota le siguieron.

Las ejecuciones en Sing Sing normalmente procedían con una precisión ceremonial, sobre todo para evitar la perturbación o cualquier cosa que aumentara el horror de la ocasión, pero esto no sucedió la mañana de la ejecución de Antonio.

George Meserole vio a otro oficial súbitamente empujar a Antonio de nuevo dentro de su celda y cerrar de golpe la puerta en su cara. La marcha de Antonio se detuvo, junto con todas las oraciones.

Antonio estaba aterrorizado.

—¿Podría esto significar un receso? —preguntó Antonio, sus ojos muy abiertos, enfocando su mirada en cada uno de los presentes.

Se acordó de los indultos de último minuto de los demás, a veces llegando momentos antes de que se echara el interruptor.

Antonio podía escuchar los latidos de su corazón. Podía sentir el sudor en sus manos.

La noticia viajó por el pasillo, truncando el silencio del oficial, y revelando que un prisionero se había escapado. Joseph Hill logró huir de la prisión, mientras estaba haciendo un mandado. Corrió hacia la parte superior del techo, los guardias en su persecución.

La esperanza fugaz de Antonio se esfumó y el dolor de su espera se extendió.

. . .

Los testigos de la ejecución esperaban disfrutando un café en las oficinas del guardián, las cuales permanecían decoradas con adornos y un árbol de Navidad. Los testigos del estado fueron: S. Warren Hastings, médico de la oficina forense de Albany; el doctor E. H. Jackson, el forense de Schenectady que se hizo cargo del caso de asesinato; el alguacil Louis A. Welch, quien cuidó tan bien de Antonio cuando estaba en la cárcel de Schenectady; y el sargento Charles F. Engel, de la fuerza de policía de Schenectady, quien presenció el asesinato y detuvo a Antonio.

Después de que pasó media hora, los funcionarios de prisiones detuvieron al preso fugado. Alrededor de las 6:00 a.m., el diputado guardián pidió a los testigos que regresaran al salón blanco.

. . .

El guardián Kirchwey no se encontraba en la prisión, ya que era un firme opositor de la pena capital, al igual que su predecesor Thomas Mott Osborne. Kirchwey dejó al diputado guardián Spencer Miller y al principal Fred Dorner a cargo de supervisar la ejecución.

En el salón blanco, el diputado guardián Miller estaba indispuesto y dudaba de su autocontrol durante la electrocución de Antonio. Esta ejecución en especial le estaba afectando más que cualquier otra.

—Señor Dorner —dijo al principal—. Tengo que disculparme de la ejecución del señor Pontón. Me temo que no puedo soportar la injusticia. El hombre está demente. No se trata de una ejecución legal, en mi opinión. Esto es un asesinato. No deseo distraer a nadie. Quiero decir, si tuviera que ... no me siento bien. ¿Podría actuar en mi nombre?

—Ciertamente, señor Miller —dijo Dorner—. Éste es un momento difícil para todos. Yo actuaré en su nombre. Estaré allí para él.

—Gracias —dijo Miller—. Pido disculpas, pero no puedo participar.

Haré una declaración antes de retirarme.

Antes de excusarse, Miller se dirigió a los testigos en la sala de ejecución:

—Lo que están a punto de presenciar es una mancha en la civilización del siglo veinte. Sé que ustedes no están aquí sino por una curiosidad morbosa o en búsqueda de sensacionalismo, y espero que después de que vean esto, hagan lo que puedan para lograr la abolición de la pena capital, de manera que cada persona pueda tener una segunda oportunidad, el nuevo ideal al cual la prisión de Sing Sing se dedica.

Los testigos se mantuvieron en silencio.

—Voy a excusarme de la sala durante la ejecución. El principal Dorner asumirá las funciones de supervisión —dijo Miller, justo antes de abandonar el salón blanco, visiblemente perturbado.

Cuando salió Miller, mantuvo la puerta abierta para que entrase John Hulbert, el verdugo, quien entró al salón blanco y de inmediato pasó a la pequeña habitación en la parte trasera de la cámara de la muerte, detrás de la silla, y con rapidez cerró la puerta. Al igual que Miller, Hulbert se encontraba enfermo esa mañana. Estaba ansioso, tenía náuseas y escalofríos. De repente, perdió el equilibrio y se desmayó. Todos los hombres en el salón blanco escucharon el golpe de su cuerpo al caer al suelo, a pesar de que no pudieron verlo caer.

Dorner se apresuró a abrir la puerta de la pequeña habitación. Vio a Hulbert derrumbado en el suelo, inconsciente.

—Doctor Squire, el electricista se ha desplomado —dijo Dorner—. El doctor Squire, jefe médico de Sing Sing, y el doctor H. E. Mereness, ayudante del médico, se apresuraron a la pequeña habitación.

Hulbert, un hombre introvertido bajo y fornido, había efectuado muchas ejecuciones previamente, mostrando nervios perfectos y una excelente constitución, pero algo fue diferente la mañana de la ejecución de Antonio. El verdugo evitaba leer sobre crímenes en los periódicos, ya que no quería familiarizarse con una persona a la cual más tarde tendría que ejecutar. Deseaba estar totalmente libre de conocimiento de los condenados. Tal vez él no hizo esto con Antonio Pontón. Nadie sabía. Quizás, el trabajo se había convertido en una carga irreversible. El doctor Squire observó que esto último fue seguramente el caso.

—El trabajo probablemente ha acabado con él —comentó el doctor Squire.

Temiendo que no iba a ser capaz de trabajar el interruptor eléctrico esa mañana, el doctor Squire y el doctor Mereness dieron a Hulbert un estimulante para ayudarle a recuperar el sentido.

—¿Cómo se siente ahora, señor Hulbert? —preguntó el doctor Squire.

—Me encuentro mejor, gracias —respondió Hulbert, aún aturdido.

—¿Se siente lo suficientemente bien como para continuar con el trabajo de hoy? —preguntó el médico.

—Creo que sí —respondió el verdugo, mordiéndose un poco el labio inferior.

Los médicos esperaron un par de minutos para observar al electricista, en caso de que perdiera el sentido nuevamente. Hulbert recuperó su fibra y se preparó para hacer su trabajo. Todos salieron de la habitación trasera. El principal Dorner declaró que la ejecución procedería.

. . .

Desde su celda, Charles Stielow escuchó a los oficiales notificar a Antonio alrededor de las 6:10 a.m. que era el momento de reiniciar su marcha de la muerte. Oyó que un hombre cayó contra la pared de su celda y los sollozos y súplicas del asesino, seguido por el zumbido de los capellanes. Luego, a través de una rendija en la cortina verde, Stielow vio a Antonio caminar hacia la puerta verde, que luego se abrió y se lo tragó.

. . .

Después de entrar en la cámara de la muerte, Antonio se acercó a la silla con la ayuda de Dorner. En silencio se sentó en los colmillos de la silla, todo el tiempo rezando, acompañado por los dos sacerdotes. A Vélez Alvarado se le permitió unirse a los otros testigos.

Los testigos observaban a Antonio en silencio, siguiendo todos sus movimientos. Antonio miró a los ojos del alguacil Welch por un momento, pero no necesitaron intercambiar palabras. El espectáculo era nuevo para algunos, pero otros habían sido testigos de la muerte de otros presos antes, ya que sus puestos de trabajo lo exigían.

Antonio llevaba un traje oscuro. Desde la electrocución fallida de Kemmler, la ubicación del electrodo de la columna se trasladó a la pierna. Hulbert cortó una pequeña hendidura en el tejido del pantalón de la pierna derecha de Antonio para poder fijar el primer electrodo a su pantorrilla.

Antonio hizo un gesto al señor Dorner, quien se acercó a él.

—¿Hay indulto, señor Dorner? —Antonio susurró al principal.

—No, señor Pontón. No hay indulto —Dorner respondió.

—Adiós, señor Dorner —dijo—. Por favor, dígale a mi gente que los amo.

—Que Dios lo ampare señor Pontón —Dorner respondió—. Que Dios lo ampare.

La esponja fría y húmeda del segundo electrodo sobresaltó a Antonio cuando el verdugo la aplicó a su cráneo. Se usaba la esponja humedecida para asegurar el contacto apropiado con la piel, maximizando la conductividad durante la ejecución. El cuero y la malla de alambre del casco se ajustaron a su barbilla, seguido de la colocación de la máscara firmemente sobre sus ojos. La obscuridad se apoderó de él.

Su cuerpo estaba reclinado ligeramente hacia atrás. Los colmillos de la silla se hundieron aún más en el cuerpo de Antonio cuando el verdugo le ató los cinturones, los cuales limitaban su respiración.

Hulbert luego ató los brazos de Antonio, pero él se aferró a su rosario con su mano derecha.

—Padre nuestro que estás en los cielos —Antonio continuó rezando en voz alta, apretando su rosario.

—¡Ay, Dios mío! ¡Ay, Dios mío! —dijo Antonio, con la voz entrecortada y aterrada.

Sus últimas palabras.

Antonio podía oír el zumbido de los sacerdotes.

El doctor Squire señaló al señor Hulbert para que lanzara el interruptor.

Lo hizo.

. . .

Antonio escuchó la vibración del interruptor cuando hizo contacto, escuchó un zumbido, y al instante sintió la corriente difundirse a través de su cuerpo, entonces vivo. Sus músculos se contrajeron en dolor, arrojándolo hacia adelante y hacia atrás. Sus huesos doloridos y demolidos, su cabeza y su pantorrilla quemadas.

Sus oídos rechinando, su nariz goteando sangre. La piel de su cara y sus párpados crujían.

Se quedó inmóvil.

La corriente se dejó pasar a través del cuerpo de Antonio durante varios segundos, como lo requería la ley.

Cuando Hulbert llevó el interruptor de nuevo a su posición original, el doctor Squire dio señas al padre Echevarría para que recuperase el rosario de la mano de Antonio. El sacerdote se acercó a él. Se dio cuenta de que la mano de Antonio no había relajado su agarre y el crucifijo de metal del rosario se había incrustado en su piel. De repente, la mano de Antonio se movió ligeramente. El reverendo miró al doctor Squire, con horror.

. . .

—¡Está vivo! —Antonio escuchó al sacerdote decir, aterrorizado, en la obscuridad total.

Escuchó la charla en la habitación. Olía su propia carne chamuscada. Olía el aroma metálico de su sangre. Ansiaba liberarse y huir lo más rápido posible, pero su cuerpo no respondía a las órdenes de su cerebro.

¡El insoportable dolor!

Entonces sintió un objeto congelado en el pecho. Era el estetoscopio del doctor Squire, rastreando por cualquier signo de vida. El doctor Mereness también siguió a auscultar.

No podía gritar, pero las lágrimas bajaron por las mejillas de Antonio y corrieron por su rostro y su cuello, más allá de la máscara que se había despegado de su sitio. Los médicos y algunos testigos lo notaron.

Con labios apretados, los médicos se miraron entre sí, asintieron y se retiraron del cuerpo de Antonio.

El doctor Squire levantó la mano una vez más, señalando a Hulbert que Antonio aún vivía. El verdugo envió la corriente a través del cuerpo de Antonio por segunda vez.

Pero sus pulmones aún respiraban.

Antonio sintió su corazón defectuoso golpeando fuera de sincronía, entre el ruido de la charla de los presentes. Hacía gárgaras tratando de aferrarse al aire, pero comenzó a ahogarse en su propio vómito, incapaz de mover la cabeza.

El olor de la carne y los fluidos corporales quemados impregnados en la habitación eran insoportables.

Por tercera vez la corriente mortal fue transmitida a través de su cuerpo.

Esta vez, una suave brisa acarició el rostro de Antonio. Se había liberado de los colmillos. Se había alejado del horror y del dolor.

—¡Perdón! —la brisa susurró—. ¡Perdón!

Su pierna y cabeza echaban humo donde los electrodos habían quemado a través de su piel. Pero su cuerpo ya no sentía el martirio. Ya no sentía el terror.

La hora de su muerte se pronunció a las 6:24 a.m.

. . .

Los médicos cerraron las tenues cortinas blancas alrededor de su cuerpo. Hulbert tomó el casco y máscara, le removió los electrodos y desató el cuerpo sin vida de Antonio, alejándolo del mordisco mortal de la silla. Los médicos colocaron el cadáver en una camilla que rechinaba y, al rodar sus restos a la sala de autopsias, el rosario colgaba, aún aferrado a su mano derecha.

Según los oficiales se preparaban a escoltar a los testigos y al padre Echevarría de regreso a la oficina del guardián, el padre Cashin volvió a la casa de la muerte para calmar a los otros reclusos.

La sierra comenzó a chirriar.

Su gemido viajó a través del aire junto al olor de la piel chamuscada de Antonio, rumbo a las celdas de los que todavía vivían.

Capítulo 60. Sin Problemas

«**A**ntonio Pontón fue ejecutado esta mañana, de acuerdo con la ley. Geo W Kirchwey Guardián», declaró el telegrama enviado a la oficina del gobernador Whitman a las 8:40 a.m.

El diputado guardián Spencer Miller salió a la puerta de la prisión para informar a la prensa. Antes de que pudiera hablar, se derrumbó y lloró por el hecho de que se había visto obligado a dirigir el asesinato de un semejante. Después de recuperarse, abogó por la disolución de la pena de muerte.

—La ejecución de Antonio Pontón es una mancha en la civilización del siglo veinte —dijo Miller a la prensa, con ojos llorosos—. Se llevó tres choques para matarlo. Murió a las seis y veinticuatro de la mañana.

Miller no respondió a ninguna pregunta. Sin más, se dio la vuelta y regresó a la cárcel.

«La ejecución de Antonio Pontón procedió sin problemas. Afrontó a su destino con mucho más valentía de la que los testigos pensaron que lo haría», informó la prensa.

El padre Andrés Echevarría hizo los arreglos para el transporte de los restos de Antonio de regreso a Puerto Rico.

. . .

Ante los sonidos de la electrocución y autopsia de Antonio Pontón, Charles Stielow, recientemente trasladado a la celda número nueve, frente a la puerta verde y al lado de las habitaciones de ejecución y de autopsia, rompió en llanto y se arrojó sobre su catre, temblando. Los escalofríos se apoderaron de todo su cuerpo cuando escuchaba los sonidos de la sierra. Meserole, el funcionario de prisiones, fue a ver lo que le había sucedido.

—¿Qué ocurre, Stielow? —preguntó a través de los barrotes.

—¡Oh Dios! No puedo soportarlo. ¡Cámbieme a otra celda! —Stielow exclamó.

—Ya te acostumbrarás —respondió Meserole.

Stielow yacía allí, rezando a Dios, sin ninguna claridad sobre su futuro, y sin la garantía de que su sentencia fuese revocada, a pesar de que era un hombre inocente.

Angelo Leggio, otro recluso en la casa de la muerte, quien ocupaba la celda número diez frente a Stielow y también con vista a la puerta verde, había presenciado la marcha de la muerte de Antonio e igualmente sintió los sonidos y olores. Embebido en su angustia, perdió toda esperanza de que se le perdonara su sentencia de muerte. Su propia ejecución estaba programada para la próxima semana, el 13 de enero.

Esa noche, Stielow vio a Leggio apilando libros contra la puerta de su celda, y aunque se preguntó lo que Leggio podía estar haciendo, Stielow se hallaba agotado y sucumbió al sueño. A eso de la media noche, los guardias hicieron tremendos ruidos, despertando a todos los prisioneros.

Leggio se había ahorcado.

Había envuelto sus sábanas alrededor de su cuello, se había subido a la torre de libros que había construido y había pateado los libros, cayendo a su muerte.

Había burlado a la justicia.

. . .

El verdugo Hulbert continuó sintiéndose enfermo ese día y fue llevado al hospital, donde permaneció unos días. Después de su alta, regresó a hacer su trabajo. Se le pagaban $150 por cada ejecución y necesitaba el dinero para mantener a su esposa y tres hijos. Con el tiempo, se tornó cada vez más nervioso, estaba deprimido y perdió una buena cantidad de peso. Eventualmente sufrió una crisis nerviosa y renunció a su puesto.

«Estoy cansado de matar gente», dijo a la prensa el día en el que renunció.

Un par de años después de que Hulbert se retiró, su hijo lo encontró muerto a tiros en el sótano de su casa.

Se había suicidado.

. . .

Las noticias sobre Antonio Pontón se desvanecieron rápidamente en Nueva York. La prensa no tardó en enfocarse en noticias frescas, procediendo a informar sobre el próximo espectáculo.

Pero la tragedia no había terminado en Comerío.

Parte VIII. A Casa

«ME VOY PORQUE LA TIERRA YA NO ES MÍA
Porque mis pies están cansados,
mis ojos ciegos
mi boca seca,
y mi cuerpo dócil y ligero,
para entrar en el aire.
Me voy porque ya no hay caminos para mí en el suelo.
Salí del agua, he vivido en la sangre
y ahora me espera el viento
para llevarme al sol ...

Salí del mar ... y acabaré en el fuego».

- Segmento de "Me Voy", poema de León Felipe

Capítulo 61. La Décima

Las noticias sobre el primer puertorriqueño ejecutado en la silla eléctrica volaron a través de Puerto Rico, al igual que la carta de Antonio y la avalancha de apoyo de sus compatriotas y seres queridos habían hecho un par de meses antes. Su ejecución sacudió no sólo al pueblo de Comerío, un pueblo que amaba a la familia Pontón y había presenciado a su hijo crecer, pero también estremeció a toda la isla de Puerto Rico, la cual se encontraba de luto.

Sus oraciones no habían sido escuchadas. Antonio Pontón fue ejecutado, a pesar de la abrumadora evidencia de su enfermedad mental y los llantos de una isla entera.

Trovadores cantaron la décima (una estrofa de diez líneas de poesía) "El Puertorriqueño Ejecutado en Nueva York" en las montañas, las calles y las plazas. Ésta contaba acerca de la última carta de Antonio a sus padres enfermos y de su ejecución. El joven Antonio, aunque tuviese libre albedrío para guiar las atroces acciones que le llevaron a su destino final, seguía siendo un ser humano que sufrió, al igual que sus padres.

«Voy a morir ángel mío
Entre amargura y dolor
Sobre un sepulcro frío
No hay quien me ponga una flor
Ya murió Antonio Pontón
Su signo se le ha cumplido
En los Estados Unidos
Capital de Nueva York
Dios le dé fuerza y valor
Le alumbre el libre albedrío
Una carta ha dirigido
Despidiéndose del padre
y le dice a la triste madre
Voy a morir ángel mío».

- Segmento de la décima popular
"El Puertorriqueño Ejecutado en los Estados Unidos"

Capítulo 62. El Sueño de Manuel

Cuando visitaba, la musa del sueño consolaba el dolor de Manuel y de Etervina. Pero no se aparecía con frecuencia. Los sueños arropaban con un velo el desfigurado semblante de la realidad, aunque fuera por un momento fugaz. La noche de la ejecución de Antonio, la musa le trajo a Manuel una pesadilla, aliviada por una manifestación inesperada de paz.

En el sueño de Manuel, el cuerpo de Antonio había llegado a Comerío, todo el tiempo vigilado por el padre Echevarría. Para evitarle más angustia a Manuel y a Etervina, los hermanos de Antonio emprendieron la pesada carga de organizar la ceremonia del funeral de su hermano en la iglesia del pueblo, Santo Cristo de la Salud, seguida de su entierro en el cementerio del pueblo. Estaban todos allí: familiares, amigos, funcionarios y trabajadores.

El padre Echevarría dirigió la procesión a pie, acompañado por la gente del pueblo, escoltando el cuerpo de Antonio y a su familia desde su casa a la iglesia, y luego al lugar de descanso final.

Según el reverendo marchaba con la última procesión de la muerte de Antonio, los momentos finales de la vida de Antonio en Sing Sing invadieron la mente del buen sacerdote, como una película en moción infinita. En su cabeza resonaba el eco de las palabras de despedida de los reclusos hacia su compañero cuando caminaba hacia la puerta verde: «Adiós Antonio», «Mantente fuerte», «Nos vemos en el otro lado», «Dios bendiga tu alma», «Adiós», «¡Hasta pronto!».

Entonces, las palabras finales de Antonio atravesaron el alma del sacerdote: «¡Ay, Dios mío! ¡Ay, Dios mío!», pronunciadas mientras apretaba su rosario, el único consuelo que le quedaba, aferrándose a él como un niño asustado se aferra a su madre.

En el cementerio, el padre Echevarría pronunció algunas palabras antes de que el féretro de Antonio, conteniendo su cadáver carbonizado y cortado por la autopsia, fuera colocado en su tumba. En el trasfondo, se podían escuchar los sollozos de mujeres, niños y de muchos hombres, entremezclados con los susurros de las ráfagas de viento acariciando las hojas de los flamboyanes, los cuales, sorprendentemente, se encontraban en flor para esa época del año.

Los hijos de Antonio se hallaban junto a su madre, su mirada fija en el ataúd de su padre. La imagen quedaría plasmada en sus mentes para la eternidad.

El buen sacerdote comenzó a hablar.

–*Es cierto que para todos nosotros los mortales, la muerte es cosa segura, y que debemos vivir mientras esperamos que el velo de la muerte se robe nuestro aliento y selle nuestros ojos para siempre. Pero nuestra anticipación no se compara con la espera tortuosa de los condenados a ser ejecutados.*

Mientras esperamos la muerte, nos distraemos con una aventura llamada vida, no conscientes del momento en el cual la muerte pondrá un pie frente a nuestra puerta. En su mayor parte, a menos que la enfermedad o la vejez nos secuestren, no abundamos mucho en esta ocurrencia.

Los que están en la llamada "Casa de la Muerte" en la prisión de Sing Sing en Nueva York viven en angustia constante, temiendo la llegada de la hora de su cita con la muerte, contando los días, horas, minutos y segundos hasta el momento en que el fuego de una descarga eléctrica queme la vida de sus venas. Aun así, con cada respiración, desean y rezan que se les otorgue una segunda oportunidad para vivir.

¿Dónde está la justicia en un experimento tan retorcido?

También es cierto que los que violan los derechos de los demás deben enfrentar las consecuencias de sus actos. ¿Pero no debemos tener una consecuencia compasiva?

A diferencia de muchos de nosotros, bendecidos por Dios con una mente sana, los que padecen de una enfermedad mental no poseen los medios para distinguir el bien del mal. Han perdido su libre albedrío. Han perdido su voluntad. Ellos son como los niños, independientemente de su edad.

¿Cómo pueden los seres humanos condenar a un hombre que yerra a perecer de una manera tan horrible? ¿Cómo pueden condenar a un hombre demente a muerte? ¿Quién les da el derecho a asesinar?

¡Para ser justa, la justicia debe matar!

"Ojo por ojo", la fábula de la venganza se convierte literalmente en la ley. Se convierte en la luz obscura que guía a la sociedad moderna.

El Libro Sagrado dice, en Mateo 10:28: "No temáis a los que quieran matar a tu cuerpo, ya que no pueden tocar tu alma".

Tomaron el cuerpo de Antonio, pero no pudieron llevarse su alma. Ahora está descansando en paz con el Señor y nosotros sabemos que es así.

Se dirigió a su muerte con valentía, a pesar de su mente confundida y preocupada. No podía comprender la razón por la cual estaba recibiendo el castigo final. Tuvieron que recordarle los terribles hechos. Mientras esperaba la muerte, estaba todo el tiempo rezando; todo el tiempo afligido por el dolor que impuso a sus padres, a su familia y seres queridos. Sufría el haber causado la muerte de su víctima.

Todos debemos acordarnos que nuestro tiempo también vendrá; sólo que no sabemos cuándo. Por lo tanto, tomemos las mejores decisiones que podamos en este momento y vivamos una vida fructífera y productiva, siempre.

También debemos mostrar compasión por aquellos que son enfermos mentales, ya que sus mentes no pueden tomar las mismas decisiones que los que tienen una mente sana. Estas criaturas de Dios se sienten solas en el mundo, torturadas por sus pensamientos desfigurados. Tengamos piedad de ellos y de sus almas.

Tengamos piedad de Antonio Pontón. Que descanse en paz para siempre.

Amén.

Según el sepulturero sellaba la tumba de Antonio con la pesada lápida, la multitud susurraba sus amenes, uniéndose al padre Echevarría. Etervina sollozaba y descansaba en el abrazo de sus hijos. Pálida y sobrecogida por el dolor, colocó un ramo de flores de tabaco, blancas y rosadas, en la tumba de Antonio, mientras recordaba con amor las muchas veces que Antonio le había traído las mismas flores cuando niño.

Manuel dio un paso atrás en silencio, con lágrimas deslizándose por sus mejillas arrugadas y quemadas por el sol, visiblemente consumido, preguntándose qué podía haber hecho de otra manera para haber encaminado el destino de su hijo.

Antonio había regresado a casa por fin, pero no como todos esperaban.

Mientras la multitud se disipó, Etervina siguió adelante con sus hijos y algunos otros. Manuel quedó atrás, deseoso de pasar unos momentos más a solas junto al lugar de reposo final de su hijo. Colocó su mano sobre la fría lápida recientemente sellada, y rezó por el alma de su hijo y por que su familia alcanzara paz.

También oró por Bessie y su familia. Lo que su hijo había hecho era terrible. ¿Cómo podría encontrar la paz? ¿Lo perdonará Dios?

De repente, la más extraña sensación se apoderó de él. Sabía que no estaba solo.

Manuel levantó su vista y vio entre una niebla la silueta de una mujer. Al acercarse, se dio cuenta de que ella estaba cubierta con una larga vestimenta blanca y llevaba un elegante sombrero blanco, decorado con delicadas flores negras. Poseía una inexplicable belleza.

Notó que la mujer se secaba las lágrimas que bajaban por sus mejillas con un pañuelo bordado. Él no la conocía, pero tenía la impresión de que era americana.

Mientras ella se acercaba hacia la tumba de Antonio, Manuel se sintió obligado a indagar acerca la identidad de la mujer.

—*Mis, who are you?* —le dijo a la joven, en un inglés entrecortado.

—Mi nombre es Bessie —ella respondió en un tono sutil y tranquilo.

Manuel perdió el habla momentáneamente.

—He venido a traerle la paz que busca —dijo ella.

Cuando los ojos de Manuel se fijaron en la visión, los latidos de su corazón comenzaron a reducir su velocidad. Su presencia era apacible.

—El perdón —dijo Manuel.

—Él ha sido perdonado —respondió la aparición angelical—. Él está descansando en paz ahora —dijo.

Manuel suspiró, sin decir nada. Antes de que pudiera emitir una palabra, la visión se desvaneció.

—¡Era un buen hombre! ¡Su mente lo abandonó! ¡Perdió su libre albedrío! —Manuel exclamó al viento, con la esperanza de que llevara su mensaje a Bessie.

Los flamboyanes respondieron. Sus vaivenes acunaron a Manuel a lo largo de su travesía de vuelta a casa.

Manuel se despertó, todavía en un sueño, y la realidad se hundió en él.

Todo era más que un sueño. El cuerpo de su hijo aún no había llegado de Nueva York.

Había mucho trabajo por delante. Las plántulas tenían que ser trasplantadas al campo y la temporada de cosecha estaba a la vuelta de la esquina.

Pero Manuel estaba agotado. Todavía estaba oscuro. Cerró sus ojos de nuevo.

Los sonidos del coquí lo calmaban.

Capítulo 63. La Vida Después de Antonio

La muerte de Antonio extrajo la vida de la sangre de su padre Manuel y devastó a su madre Etervina. Manuel ya no pudo recuperarse de tan duro golpe. Pero Manuel no abandonó esta tierra sin antes dejar un legado.

Los registros de negocios agrícolas de Manuel Pontón formaron parte de la evidencia utilizada para transmitir la viabilidad económica de la isla en apoyo de un proyecto de ley en el Congreso de Estados Unidos otorgando la ciudadanía para los puertorriqueños, originalmente dirigido por el Comisionado Residente de Puerto Rico ante el Congreso, Luis Muñoz Rivera. Este proyecto de ley dio lugar a la aprobación de la *Ley Jones-Shafroth* del 2 de marzo de 1917, concediendo la ciudadanía que muchos puertorriqueños esperaban. El informe del Congreso lista a Manuel Pontón Fernández como dueño de 506 acres de tierra, en su mayoría dedicados al tabaco y café, con propiedades y estructuras, con un valor total estimado de $17,280.

Lamentablemente, el comisionado residente Luis Muñoz Rivera no vivió para ver por sí mismo los frutos de su trabajo con respecto a la ciudadanía de los Estados Unidos para los puertorriqueños. Murió de cáncer el 15 de noviembre de 1916, diez meses después de la ejecución de Antonio.

. . .

Manuel Pontón Fernández falleció el martes, 21 de enero de 1919 a las 7:30 p.m., tres años y 14 días después de que su hijo Antonio fuera ejecutado. Tenía 63 años de edad. El doctor Lavandero reportó la causa de la muerte como *nefritis*, una infección grave de los riñones. En el momento de cerrar los ojos para siempre, Manuel vivía con su esposa Etervina en la calle Eduardo Georgetti núm. 3 en Comerío. El hijo de Manuel, Manolo, firmó su certificado de defunción. Álvaro

Rivera Rivera y José Juan Mandes fueron testigos. Manuel fue enterrado en el cementerio del pueblo junto a sus hijos muertos, Antonio y Etervina.

Etervina encontró fortaleza en los hijos que le quedaban, y en particular en su hija Mercedes y su marido, un español llamado Sandalio García San Julián, quien dio la bienvenida a Etervina en su casa durante muchos años después de que Manuel muriera. Ella también vivió con su hijo Sixto durante algún tiempo. En el 1943, Etervina murió de cáncer de pulmón en San Juan. Tenía 80 años de edad.

. . .

Tres décadas de destrucción siguieron la transición de Puerto Rico de colonia española a colonia estadounidense. Después de la campaña de la Primera Guerra Mundial, un gran incendio consumió el pueblo de Comerío. Cuatro grandes huracanes, un tsunami y un terremoto siguieron el fuego; todo llegó en conjunto con la ola de la Gran Depresión.

Doscientos treinta y seis mil puertorriqueños en la isla se registraron con el ejército estadounidense para la Primera Guerra Mundial y 18,000 sirvieron en la guerra, la mayoría de ellos en primera línea de batalla. Se dice que el primer disparo de los Estados Unidos de la Primera Guerra Mundial fue descargado desde El Castillo del Morro en San Juan, en el 1915, contra un buque de suministro alemán, mucho antes de que los Estados Unidos entraran en el conflicto en el 1917.

La Gran Depresión afectó a Puerto Rico como lo hizo en el territorio continental de los Estados Unidos. Tres cuartas partes de los habitantes de la isla se consideraban pobres.

Y entonces llegó El Gran Fuego de Comerío del 1925. En la noche del 24 de febrero de 1925, un incendio rabioso devoró casi la mitad del pequeño pueblo, incluyendo una gran mayoría de sus registros históricos. El incendio destruyó 133 casas. Cientos de personas sin hogar fueron reubicados a viviendas temporeras en la escuela del pueblo, la iglesia Católica *Santo Cristo de la Salud* y el hospital del pueblo. La Guardia Nacional, la Cruz Roja y trabajadores de primeros auxilios viajaron desde San Juan y del vecino pueblo de Bayamón para ayudar a mitigar las llamas y facilitar la búsqueda de sobrevivientes bajo los escombros. También aseguraron cunas, tiendas de campaña y otros suministros. Generosamente, la colonia de Puerto Rico en Nueva York recaudó activamente para las familias sin hogar en Comerío.

La investigación reveló que el incendio se originó en una pequeña tienda dirigida por Emeterio Loyola en la casa de José Santiago. Los dos hombres fueron arrestados por negligencia y les impusieron una fianza de $10,000. La reconstrucción tomó años. Sólo diez casas estaban aseguradas.

La parte occidental de Puerto Rico sintió el tsunami y el terremoto con más fuerza, pero los huracanes fueron una historia diferente. Al llegar en julio del 1926, el huracán San Liborio causó enormes pérdidas de tabaco. Aunque más débil que otros huracanes que seguirían, sus vientos de 66 millas por hora destruyeron el tabaco curado en los graneros, limpiando hasta la mitad del cultivo cosechado del año en algunos pueblos, incluyendo Comerío. El 13 de septiembre de 1928, San Felipe II, un huracán de categoría cinco con cerca de 200 millas por hora de vientos, el más grande en Puerto Rico, diezmó a la isla. Aunque las 312 víctimas que se robó no compararon con las más de 3,000 que resultaron de huracán San Ciriaco en el 1899 (en parte debido a la nueva presencia de un sistema de alerta), las pérdidas de bienes alcanzaron los $50 millones. El huracán destruyó las plantaciones de tabaco, café y azúcar, así como la mayoría de los árboles de sombra y frutos, y dejó más de medio millón de personas sin hogar, matando a 29 en Comerío. El huracán San Nicolás siguió en el 1931 y San Ciprián en el 1932, este último fue un huracán de 120 millas por hora, causando pérdidas de $30 millones.

Fueron 30 años de emergencia económica, destrucción masiva de cultivos, enfermedades epidémicas y desolación flagrante.

. . .

A pesar de las enormes calamidades, una detrás de otra, luego de la muerte de Manuel, Sixto Pontón continuó dirigiendo el negocio de su padre y tendiendo su tierra. Parte de los terrenos se habían dividido entre los hijos el año anterior y algunos habían sido vendidos a la empresa *Puerto Rico Leaf Tobacco*.

No era lo mismo sin Manuel. Nada era lo mismo desde que Antonio murió.

Con el aumento de la producción, el precio del tabaco comenzó a declinar. En el 1931, "Los Caballeros de la Noche" presionaron a los plantadores a detener la siembra, con la idea de reducir la producción y aumentar los precios. En el marco del movimiento de "La No Siembra", cualquier persona que plantase estaría sujeta a la pérdida de cultivos, ya que los caballeros y otras personas irrumpirían en sus terrenos y arrancarían las plantas de la tierra. No se podía hacer mucho al respecto.

En el 1935, Sixto apareció en el *Censo Oficial de Agricultura* de Puerto Rico como manejador de 200 cuerdas (unos 194 acres) de tierra en Comerío, que manejaba desde el 1919 (el año en el que Manuel murió). De las 200 cuerdas, alrededor de 76 se cultivaban. El valor de la tierra fue catalogado como de $12,000 y la propiedad estaba hipotecada por $8,900. Había 22 estructuras en la tierra, las cuales se utilizaban para la agricultura y hogares de la familia y de sus trabajadores. Había «33 personas de raza blanca y 30 personas de color» reportados viviendo en esas estructuras.

Los 200 cuerdas se dividían entre dos sectores del pueblo, o barrios: 130 cuerdas en barrio Palomas y 70 cuerdas en barrio Naranjo. Se informó que la cosecha cultivada en el 1935 era la siguiente:

«maíz (16 cuerdas, 64 quintales); arroz (2 cuerdas, 3 quintales); frijoles (12 cuerdas, 30 quintales); gandules (2 cuerdas, 3 quintales); yerba 'Guinea Grass' (3 cuerdas, 2000 manojos); batatas (12 cuerdas, 600 quintales); yautía (2 cuerdas, 80 quintales); café (16 cuerdas, 500 quintales, número de árboles de café 4,800); tabaco (27 cuerdas, 1,890 quintales)

Frutas Tropicales: bananos 'guineos' (8,000 árboles en producción, 3,000, no en producción, 5,000 manojos); plátanos (1,000 árboles en producción, 300 no en producción, 700 manojos); naranjas (20 árboles en producción, 10 no en producción, 20 cajas.)

Animales: 3 caballos, 2 terneros, 4 toros, 6 bueyes, 4 vacas (que producen 1,200 litros de leche), 8 cerdos y 8 pollos».

Sixto dejó de trabajar en el 1936, cuando cayó enfermo con fuertes dolores de estómago. Falleció en el verano del 1937 de "shock postoperatorio" mientras era intervenido de cáncer de estómago en la Clínica García Díaz (hoy conocida como el Hospital Pavía). Tenía 46 años de edad.

Manolo siguió trabajando su tierra hasta el 1925, cuando se retiró. Perdió su batalla contra el cáncer en enero del 1947, a los 65 años de edad. Un tumor agresivo de la piel, el cual invadió su nariz cinco años antes, le quitó la vida. Cuando Manolo firmó el registro militar de los Estados Unidos en el 1942, el registrador del gobierno, Epifanio Fiz Jiménez, señaló que Manolo no tenía parte de su nariz.

Mercedes se trasladó a San Juan con su esposo y sus dos hijos. Murió en el 1971, a los 75 años de edad.

Después de terminar la escuela secundaria, el hijo de Antonio, Manolo, se mudó a Nueva York para reunirse con su hermano Antonio, Jr. y su madre. Más tarde se casó allí. Antonio, Jr. regresó a Puerto Rico con su madre, luchó en la Segunda Guerra Mundial como sargento del ejército de Estados Unidos, se casó y tuvo una familia.

. . .

La producción de tabaco de Puerto Rico comenzó a disminuir como resultado de un cambio en el mercado por la preferencia de cigarrillos. Puerto Rico pasó de una economía agrícola a una economía industrial como parte de la Operación Manos a la Obra, presentada por el gobierno en el 1948. En el 2010, *Reynolds American, Inc.* (el segundo mayor fabricante de productos de tabaco en el mundo) cerró sus plantas de manufactura en Puerto Rico. Hasta la fecha, los cigarros *Don Collins* siguen siendo fabricados en San Juan.

. . .

Con el paso del tiempo, la tierra de Manuel fue vendida y el viejo cementerio de Comerío, conteniendo los restos de Manuel Pontón Fernández y sus dos hijos, Etervina y Antonio, fue abandonado y olvidado, borrado por los elementos. Un nuevo cementerio se inauguró en el 1930 y otros dos siguieron después del 1980. Recientemente, una escuela y un hospital fueron construidos en los terrenos sagrados de la tumba abandonada.

En Comerío, Manuel Fernández Pontón, el niño inmigrante asturiano que viajó por el agua a Puerto Rico y se convirtió en un prominente plantador de tabaco en Comerío a principios del siglo XX, es ahora un recuerdo desvanecido consumido por el fuego, como su hijo Antonio.

Pero el espíritu de Manuel Pontón aún vive. Vive, en el Río de la Plata, en el lecho de las escarpadas montañas una vez cubiertas de nieve de tabaco. En los silbidos del coquí. Vive, en las hojas de los flamboyanes de Comerío que se sacuden susurrando «¡La tierra no se acaba!». Vive, en la brisa que acarrea la plegaria de un padre clamando perdón, por su hijo querido que perdió su voluntad.

FIN

Epílogo

Yo fui un hombre cuya voluntad lo abandonó en los tiempos más oscuros. Estaba enfermo de una dolencia hereditaria y de una aflicción incurable. Perdí el control de mis acciones y caí entre las rendijas de la justicia.

Cometí un horrible crimen, pero fui injustamente ejecutado. Quiero que el mundo sepa que yo era inocente por razones de demencia y que el sistema de justicia estadounidense, impulsado por hombres imperfectos y leyes imperfectas, me falló miserablemente. Y así ha fallado a muchos otros.

Cien años después del acontecimiento que marcó mi destino, se supone que nuestro sistema legal haya evolucionado. ¿Pero lo ha hecho?

El sistema de justicia estadounidense ha progresado un poco desde el año 1915. Las reglas de evidencia a menudo cierran la puerta del tribunal a pruebas poco fiables, y los derechos que provee la ley Miranda ahora existen para informar a un acusado que tiene derecho a un abogado si así lo desea, antes de decir una palabra o ser sujeto a una invasión de su persona. Las órdenes de protección contra allanamiento añaden otra salvaguardia. Me place ver que la estricta regla M'Naghten se consideró finalmente una ley injusta para los acusados con enfermedades mentales, que la sociedad de hoy entiende mejor la mente (aunque hay un largo camino por recorrer en este campo), que la discriminación no es tan rampante en la sala del tribunal (aunque está siempre presente), y que existen más garantías para la protección de un acusado antes de que las garras de la sociedad se entierren en este ser humano hasta su muerte.

Sin embargo, incluso con un siglo de lecciones aprendidas escritas en el *curriculum vitae* del sistema de jurisprudencia estadounidense, personas inocentes están siendo condenadas, las ejecuciones continúan y, lo peor de todo, es que seres inocentes siguen siendo ejecutados.

Hoy, el estado de Nueva York ya no acepta la pena de muerte. Esto es un gran paso adelante, aunque sea demasiado tarde para mí. Métodos modernos "más humanos" de ejecución, como el gas de cianuro y la inyección letal, han fracasado. Estudien las últimas ejecuciones fallidas para que vean lo que quiero decir, si no me creen. Y Virginia, ¿realmente quiere este estado regresar al uso de la silla eléctrica? ¿Qué están pensando? Caminan hacia atrás.

La historia ha demostrado que la pena de muerte es una abominación. Era una mancha en la civilización hace un siglo y sigue siendo una mancha en la actualidad. No funciona para disuadir a los delincuentes (especialmente los dementes), no puede conciliarse con las creencias morales y religiosas de nuestra sociedad, y es económicamente prohibitiva.

He aquí una sugerencia: La sociedad debe enfocarse en la comprensión y el tratamiento de las enfermedades mentales y centrarse en la educación y prevención del crimen. Hablemos en otros cien años a partir de este cambio de enfoque.

Mi voluntad me falló hace un siglo, pero hoy mi voluntad—mi legado—es que mi historia de injusticia sirva para proteger los derechos de otros como yo, para que ellos no tengan que sufrir lo que yo, lo que sufrió mi familia, lo que mi isla entera sufrió.

Mi historia ha sido contada. El mundo ahora sabe la verdad sobre las injusticias cometidas en mi contra.

Descanso en paz.

Respetuosamente,

José Antonio Pontón Santiago

Nota de la Autora

É sta es la historia del plantador de tabaco e industrial Manuel Pontón Fernández, un hombre que se hizo él mismo, quien en el 1870 emigró de niño desde Asturias, España, a Comerío, Puerto Rico, y de su hijo, José Antonio, quien en el 1911 fue a estudiar a *Albany Law School*, se enamoró y, en el 1916, se convirtió en el primer puertorriqueño y el primer hispano ejecutado en la silla eléctrica en los Estados Unidos.

Ante un recorrido histórico de lugares, personas y eventos abarcando tres países y más de un siglo, *La Voluntad de Antonio* ofrece un relato de la familia, la vida, el encarcelamiento, el juicio y la ejecución de Antonio Pontón por electrocución, y sugiere que Antonio Pontón fue ejecutado injustamente. Antonio Pontón, el hijo de una prominente familia puertorriqueña, cometió el horrible acto de matar a otro ser humano, forzado por la locura que le robó su libre albedrío.

Además de la clara evidencia de poseer una historia familiar de enfermedad mental, Antonio sufría de una enfermedad que invadió su cerebro y lo volvió loco. Sin embargo, los fiscales de Nueva York, los políticos, los jueces y el jurado no podían darse el lujo de no ejecutar al joven puertorriqueño, estudiante de derecho. Un ambiente invadido de prejuicios, de ignorancia y de tabú, junto con las leyes defectuosas de los tiempos y el fracaso de los tribunales en aplicar las protecciones constitucionales debidas a Antonio, triunfaron sobre la justicia y el debido proceso de ley.

Sí, Antonio brutalmente asesinó a otro ser humano. Pero cuatro médicos de renombre diagnosticaron su enfermedad mental. Él proporcionó la historia familiar y la evidencia de un análisis de sangre para demostrarlo. Antonio Pontón debió haber sido enviado a una institución mental y ser tratado por su enfermedad. En su lugar, fue ejecutado, víctima de "la tormenta perfecta" que le privó del debido proceso legal.

Más de 600 personas fueron condenadas y ejecutadas en la silla eléctrica en Nueva York desde la ejecución de Antonio Pontón. Muchos de ellos eran inocentes o fueron injustamente ejecutados. Charles Stielow, el pobre analfabeta compañero de prisión de Antonio, fue uno de los afortunados que se salvaron. Finalmente, fue liberado, después de 18 meses de confinamiento en Sing Sing y después de haber caminado la milla verde un total de cinco veces. En la última "procesión de la muerte" de Stielow, solamente 20 minutos antes del momento cuando hubiese sido arrojado el interruptor, el gobernador Whitman llamó al director de Sing Sing para detener la ejecución. Si los verdaderos asesinos no hubiesen confesado, Stielow se habría unido a la larga lista de los injustamente ejecutados.

. . .

Como se demuestra en *La Voluntad de Antonio*, a principios del 1900 no todo el mundo favorecía la pena de muerte, ni estaban ciegos a la conexión entre la enfermedad mental y la criminalidad. En su libro *Sing Sing Doctor*, publicado en el 1935, el doctor Amos O. Squire, médico jefe de Sing Sing durante el encarcelamiento y ejecución de Antonio, expresó su profundo desacuerdo con la ley de defensa por locura de Nueva York de esa época. También transmitió su opinión médica de que enfermedades como la demencia y los desequilibrios químicos, no sólo el medio ambiente circundante y la educación, podían conducir a una persona a cometer el acto final. «Cualquier persona puede ser un criminal... [y] ninguno de nosotros debemos felicitarnos demasiado por nuestro éxito en mantenernos fuera de la cárcel», escribió.

El doctor Squire también compartió que hay momentos en los que los seres humanos no poseen la capacidad de controlar sus acciones ni de discernir su verdadera naturaleza, y que en estos casos la ley actúa injustamente al ejecutarlos. Él sabía esto de primera mano. El médico renunció a su puesto en Sing Sing en el 1925, en gran parte persuadido por su hija, después de que ella se enteró de que su padre había desarrollado una ansiedad progresiva sobre la participación en las ejecuciones. El doctor Squire comenzó a sufrir impulsos involuntarios que le forzaban a tocar al recluso mientras estaba siendo electrocutado; un día, el impulso fue tan fuerte que el buen doctor casi tuvo éxito en cruzar "al otro lado", junto al condenado. El doctor

Squire era un hombre adelantado a su tiempo, al igual que los guardianes Thomas Mott Osborne, George W. Kirchwey y el diputado guardián Spencer Miller, a diferencia de aquellos quienes decidieron ejecutar a Antonio Pontón.

Hoy en día, la ley ha evolucionado y los tribunales han creado medidas para asegurar garantías constitucionales designadas a evitar injusticias como las cometidas en el caso de Antonio Pontón. Pero aunque hoy existen más controles y equilibrios que en el 1915, la sociedad todavía no ha llegado donde debe llegar. El tema del caso de Antonio Pontón, cien años más tarde, se discute más a fondo en el libro de no-ficción *Antonio's Grace: An Island's Plea for a Native Son*, de esta autora (en proceso de traducción al español a la fecha de este escrito). Éste presenta en más detalle argumentos que revelan los graves errores cometidos durante el juicio de Pontón, ofrece una visión histórica de la ley de la pena de muerte y modificaciones de defensa por locura en Nueva York, y provee un resumen de las protecciones constitucionales que han surgido desde el 1915 para resguardar a los acusados. Además, presenta una perspectiva médica acerca de la mente criminal—incluyendo el efecto de fármacos en la demencia, como las píldoras que tomaba Antonio para su dolor de cabeza—y también aboga por la abolición de la pena capital bajo argumentos éticos, constitucionales y económicos. El libro está ilustrado con cartas, secciones de artículos de periódico, documentos y fotos históricas de algunos personajes de la novela, incluyendo a Antonio Pontón y sus hijos, Bessie S. Kromer y su familia, entre otros.

. . .

La Voluntad de Antonio es el resultado de muchos años de estudio que se iniciaron con la investigación de historia familiar. Para aquellos atraídos por la historia, la antropología y el misterio, la genealogía puede ser una experiencia gratificante. Es un viaje sin fin que puede rescatar fácilmente a una persona de las rutinas cotidianas de la vida, transportándole al mundo fascinante de sus antepasados. Lo que parece como un "pasatiempo extendido" para muchos puede absorber una gran cantidad de nuestro tiempo, incluso años, como lo ha hecho conmigo. Nos convertimos en investigadores, detectives de la historia; interminablemente sedientos por encontrar la siguiente pista, integrando las piezas de muchos rompecabezas, a menudo a la vez. Y a veces no estamos preparados para lo que descubrimos.

La investigación muchas veces se siente como si estuviéramos viendo una película al revés. El observador tiene el reto de descubrir "lo que pasó después", como si la siguiente escena de la película se hubiese llevado a cabo hace mucho tiempo. Frecuentemente, al no encontrar más pistas, uno permanece congelado en el tiempo, con la esperanza de que la bóveda que encierra a nuestros rastros como rehenes se abra de par en par, liberando todos los indicios para nuestro descubrimiento. Pero una sabiduría poética habita en la investigación histórica: aunque a veces nos permita viajar a través de cientos de años en cuestión de días o momentos, otras veces decide decelerar nuestro "viaje a través del tiempo", quizás para que así aprendamos a valorar cada hecho descubierto como se lo merece.

Aun así, la larga y frustrante búsqueda puede ser gratificante y emocionante. Con cada ápice de progreso, ganamos una comprensión más clara acerca de dónde venimos y esta información puede, muchas veces, revelar el legado silencioso de un antepasado desconocido, lo cual nos ayuda a explicar por qué hacemos las cosas que hacemos, por qué tenemos una tendencia específica de comportamiento, o un don de ser artistas, artesanos, maestros, abogados, médicos, científicos, músicos, escultores o historiadores.

Pero sobre todo, este viaje a través del tiempo revela la historia en una luz completamente diferente: hace que la historia sea personal. Aprendemos cómo vivían nuestros parientes lejanos, sus alegrías, sus adversidades, su entorno histórico y social y, a veces, si tenemos suerte, nos tropezamos con hechos o relatos que nunca se han transmitido de generación en generación; hechos que nuestros antepasados decidieron no eran importantes; o hechos que simplemente se perdieron en el tiempo, llevados con ellos a la tumba. Estos descubrimientos son, probablemente, los que nos otorgan los momentos más emotivos en nuestra investigación.

Sin haberlos conocido nunca, llegamos a conocer a nuestros antepasados. Compartimos con ellos en una dimensión diferente en el tiempo, como en una película de ciencia-ficción. Y gozamos de un privilegio, porque entonces realmente nos damos cuenta de lo transcendental que es la vida de cada ser humano, no importa cuán imperfecta ni cuán corta haya sido, y aprendemos cómo sin esta cadena humana–y sin cada hecho histórico que rodeó a las personas que forman los eslabones de la cadena–no estaríamos aquí hoy. Así, honramos a nuestros antepasados y honramos a nuestra historia.

Hace algún tiempo, mientras investigaba una de las líneas del árbol genealógico de mi padre de principios del siglo XX, originaria de la región española de Asturias, me encontré con una de esas historias nunca transmitidas. Al trazar la línea más a fondo, continué conectando los puntos de información y se hizo claro que había descubierto un trágico suceso de gran importancia, no sólo para mi familia, sino también para la historia de Puerto Rico y la historia hispana. Ni mi padre ni sus hermanos conocían esta información, a pesar de que fue motivo de titulares de los periódicos de primera plana a principios del 1900, tanto en los Estados Unidos como en Puerto Rico. A consecuencia, decidí que este hallazgo necesitaba investigación adicional y que la historia debía ser compartida más allá de mi familia inmediata. Y así, derramé mi alma en este proyecto.

Si bien los hechos históricos en este libro son reales, me tomé la libertad de inyectar algunos elementos de ficción, representados por mi imaginación de ciertos aspectos de la vida y las interacciones de los personajes. La ficción está presente, por ejemplo, en los detalles del viaje de Manuel Pontón Fernández a Puerto Rico y su primera carta a casa, la cual escribí inspirada por decenas de cartas escritas por otros inmigrantes como él; en mi ideación de experiencias de cómo Manuel se adaptó a la cultura y las tradiciones de Puerto Rico; en los intercambios entre Antonio y sus padres en el Puerto de San Juan; en los intercambios entre Manuel y Etervina; en los eventos e intercambios que tuvieron lugar en Schoharie entre Antonio, Bessie, la señora Kromer y otros; en el intercambio entre Antonio y Bessie en Coney Island cuando discutieron el desafortunado destino de Topsy, el elefante electrocutado y alter ego de Antonio; en los intercambios entre Antonio y sus padres y otros, cuando él era un estudiante en *Albany Law School*; y en los acontecimientos posteriores en Comerío cuando Manuel soñó con la procesión del funeral y el entierro de Antonio, cuando tuvo una visión de Bessie. Experiencias personales de Antonio en Nueva York, por ejemplo, durante las caminatas desde su apartamento a la escuela, en el salón de clases, y durante los viajes de turismo también son ficticios, pero se basaron en lugares cuidadosamente investigados, eventos, tiempos y otra información histórica. Los acontecimientos que rodearon su ejecución son hechos verdaderos, excepto por el diálogo y el ambiente creado para transmitir la angustia que probablemente sintió. Sus últimas palabras fueron las reales.

Nosotros probablemente nunca sabremos a ciencia cierta lo que realmente sucedió en la mente de los personajes, a excepción de lo que revelaron ellos mismos o lo que se ha documentado a través de periódicos, cartas, libros y otros medios de comunicación. Todavía tenemos que descubrir información fáctica e histórica adicional. Digo "tenemos", porque espero que si algún pariente o descendiente de los personajes, o cualquier persona que lea este libro, tiene información adicional pertinente que puedan compartir sobre el tema, lo saquen a la luz. La investigación histórica nunca termina. La página web del libro (www.AntoniosWill.com) transmitirá la nueva información y descubrimientos.

. . .

Aunque publicaré la investigación académica que llevé a cabo para escribir esta novela por separado, me siento obligada a compartir algunas fuentes importantes que me ayudaron a entender y a dar un aliento de vida a la historia detrás de *La Voluntad de Antonio*. El entorno de no-ficción y el detalle histórico se reconstruyeron utilizando fuentes secundarias (publicadas) y primarias (orales). En "la era de la información", la Internet fue un recurso investigativo invaluable.

Cerca de 2,000 referencias, incluyendo libros, artículos, blogs, expedientes judiciales, registros civiles, registros de entierros, de cementerios, registros de prisión, manifiestos de pasajeros, archivos militares, registros de propiedad, de agricultura y de impuestos, censos, periódicos, cartas, telegramas y otras comunicaciones, documentos del gobierno, anuarios, catálogos universitarios, fotografías, mapas y otras referencias, así como mis propias entrevistas orales e intercambios escritos, me ayudaron a dar forma a la historia y a presentar el entorno fáctico, cultural e histórico empleado en la narración.

La historia de Puerto Rico está muy bien documentada en una diversidad de publicaciones. Uno de los más fascinantes relatos de la colonización de la isla por España se revela en *Las Obras del Obispo D. Fray Bartolomé de las Casas* (1552) donde el obispo católico español Las Casas transmite sus primeras observaciones personales acerca de los esfuerzos de la colonización, el descubrimiento de Puerto

Rico, sus habitantes los indios taínos y su cultura, y su explotación injusta por los colonizadores. Otro recurso histórico invaluable es de Salvador Brau, *Puerto Rico y su Historia, Investigaciones Críticas* (1894). Ambas referencias están disponibles en formato digital a través de *Google Books*, el cual posee una amplia biblioteca digital con materiales de dominio público.

Numerosas publicaciones que abordan la historia del tabaco, la industria y su desarrollo en Puerto Rico, particularmente en el pueblo de Comerío, asistieron en mi comprensión del entorno empresarial de Manuel Pontón Fernández y de su vida, incluyendo el arte, la ciencia y el arduo trabajo que conllevaba el cultivo de tabaco. El libro de Epifanio Fiz Jiménez, *Comerío y Su Gente: Datos Históricos, Estampas de mi pueblo, Datos Geográficos, Barcelona: Ediciones Rumbos* (1957) proporciona una visión sobre la llegada de Manuel a Comerío. *El Archivo General de Puerto Rico* contiene muchos tesoros que ayudaron a arrojar luz sobre Manuel Pontón y sus asuntos de negocios. Boletines comerciales históricos revelaron como él promovía su negocio, e informes del Congreso de los Estados Unidos a principios del siglo XX le mencionan entre los terratenientes más importantes de Puerto Rico en el 1917.

El Archivo Histórico Nacional de España y su línea PARES poseen una base de datos (http://pares.mcu.es) con un vasto repositorio en línea de documentos históricos, incluyendo documentos originales coloniales españoles gubernamentales que reflejan, por ejemplo, gastos de viaje de la Corona, las listas de contribuyentes, información acerca de elecciones, censos y documentos legales relacionados con España y sus colonias. *El Archivo Militar de Madrid* (http://www.portalcultura.mde.es) es una excelente fuente de información militar relevante a los acontecimientos de la Guerra Hispano-Americana del 1898 en Puerto Rico.

Las bases de datos de historia genealógica y familiares fueron claves para la identificación de las personas, las relaciones familiares, lugares, fechas y eventos. La base de datos comercial *Ancestry.com* es un gran recurso de investigación genealógica que contiene, entre otra información, los barcos con sus listas de pasajeros, el Censo de los Estados Unidos, referencias militares, documentos vitales de nacimiento y defunción, algunos periódicos, y entre muchos otros recursos valiosos añadidos recientemente, la "Biblioteca de registros civiles de nacimiento, matrimonio y defunción de Puerto Rico". Es ofrecido en colaboración con *FamilySearch.org,* al cual me hubiese gustado tener acceso durante mis primeros años de la investigación a mano.

FamilySearch.org, una base de datos en línea gratuita organizada por *La Iglesia Mormona de los Santos de los Últimos Días* (LDS por sus siglas en inglés), también proporciona censos y otra información vital, pero los activos más útiles para mi investigación particular fueron los libros y registros de la Iglesia Católica en Puerto Rico, los cuales fueron digitalizados por LDS, revelando datos de nacimiento, matrimonio y defunción. En su mayor parte, los registros deben ser estudiados página por página, lo cual es una ardua tarea investigativa (sobre todo cuando la mayoría de los libros carecen de índices y muchos son casi ilegibles, están rotos o destruidos por las termitas o las manchas de humedad).

Sin embargo, valiosos documentos se han conservado y se hallan accesibles en línea, ahorrando mucho esfuerzo en comparación con tiempos anteriores, cuando los investigadores tenían que realizar todas sus investigaciones *in situ*, en las iglesias, juzgados y otras oficinas públicas, a menudo teniendo que esperar meses para obtener los permisos del gobierno y/o funcionarios de la Iglesia para acceder a los activos de información deseados. Muchas veces emprendí esta búsqueda en vano. A pesar de que sigue siendo el caso aún en muchos pueblos, y he tenido que sufrir algo de este aspecto tan laborioso de la investigación (como muchos otros investigadores lo han hecho antes que yo), *FamilySearch.org* ha demostrado ser un recurso muy valioso para levantar las barreras de acceso a un sinnúmero de documentos históricos. El esfuerzo de LDS es una enorme contribución a la historia y la genealogía del mundo entero.

Numerosos periódicos, particularmente el *Schenectady Gazette, Albany Evening Journal* y el *Amsterdam Daily Democrat and Recorder*, periódicos de Puerto Rico como *La Democracia, El Tiempo* y *El Mundo*, junto con reportes del caso y los informes de la prisión, contienen información sobre los acontecimientos que culminaron con el asesinato de Bessie S. Kromer, el encarcelamiento de Antonio Pontón, su juicio y las apelaciones, incluyendo algunas de las declaraciones de Antonio, policías, médicos, testigos del juicio, juez, abogados, el gobernador, entre muchos otros. Los periódicos también proporcionaron información acerca del gran apoyo del público y los repetidos esfuerzos para persuadir al gobernador y a los tribunales para que se conmutara la condena de muerte de Antonio.

El *New York Times* y el *Evening Herald* proporcionaron detalles sobre la desafortunada electrocución de Topsy el elefante, el alter ego de Antonio. La investigación de artículos de periódicos, reportando detalles del juicio, reveló aspectos clave sobre los casos de Harry K. Thaw, así como la vida de los médicos, jueces, guardianes, profesores, decanos, criminales, ejecuciones y otros acontecimientos y personajes reales representados en el libro.

Escritos de los que fueron testigos de primera instancia del día a día de los acontecimientos en la prisión de Sing Sing dieron luz a los detalles de la ejecución de Antonio Pontón, revelando datos importantes para facilitar el recuento de sucesos. El libro *Sing Sing Doctor*, por el doctor Amos O. Squire, narró las experiencias del médico como Jefe Médico de la prisión de Sing Sing durante 1914-1925, abriendo la puerta de su mente, cediendo los detalles acerca de la vida en la prisión de Sing Sing y revelando sus propias teorías de medicina relevantes a la criminología.

Entrevistas de prensa exclusivas proporcionadas por Charles Stielow, el cual pasó 18 meses en Sing Sing cuando Antonio estaba allí, y de George B. Meserole, el oficial de prisiones de Sing Sing, quien trabajó durante más de cuatro décadas en la penitenciaría–ambos testigos del día de la ejecución de Antonio–ofrecieron recuentos dolorosos y espantosos de los últimos momentos de la vida de Antonio Pontón. También revelaron datos del ambiente de la prisión y el tormento sufrido por los presos condenados a muerte.

El libro *Edison and the Electric Chair: A Story of Light and Death* de Mark Essig, Bloomsbury Publishing (2009), presentó un recuento detallado y magníficamente investigado de la historia de la silla eléctrica, incluyendo la participación de Thomas Edison en su desarrollo y la historia horripilante de sufrimiento humano causado por el proceso de ejecución por electrocución. Más de una docena de referencias adicionales complementaron mi educación sobre este tema.

Los archivos estatales de Nueva York, sociedades históricas, sociedades médicas, colecciones especiales y publicaciones históricas como "*Who's Who*", entre otras referencias, ayudaron a añadir dimensión a los personajes y detalles de los acontecimientos de la época. La colección de documentos *Edison's Papers* de *Rutger's*

University proporcionó información sobre el hijo de Edison, William. Estas fuentes también presentaron una oportunidad para yuxtaponer a William L. Edison con Harry K. Thaw y Antonio Pontón como hijos de hombres trabajadores adinerados que, aparte de cualquier posible enfermedad mental presente u otras influencias, parecen haber dado todo a sus hijos, tal vez haciéndoles daño en el proceso.

La jurisprudencia y los informes gubernamentales disponibles en el dominio público, así como los informes de noticias, establecieron una cronología de hechos históricos relevantes a la pena de muerte, su impacto en la sociedad y en las personas relacionadas con las víctimas y los acusados, y abrieron una ventana a las perspectivas estadounidenses y globales acerca de la pena capital. La organización *Death Penalty Information Center* (www.deathpenaltyinfo.org) demostró ser un excelente recurso para datos y estadísticas sobre el tema, manteniendo un repositorio de ejecuciones históricas y modernas, publicaciones generales, así como información actualizada sobre la pena de muerte en los Estados Unidos, desglosado por estado y territorios.

El *Centro de Estudios Puertorriqueños* en *Hunter College, City University of Nueva York* (http://centropr.hunter.cuny.edu) posee una base de datos de tarjetas de identificación de puertorriqueños en los Estados Unidos que reveló información acerca de un evento en la vida de uno de los descendientes de los personajes (el cual no fue presentado en este libro, pero fue importante en mi estudio genealógico de la familia Pontón).

Las asociaciones de genealogía son un recurso muy valioso para desarrollar conexiones y conocer a otras personas con intereses similares, así como para el intercambio de información. *La Sociedad Genealógica de Puerto Rico* (http://www.genealogiapr.com), por ejemplo, mantiene una biblioteca de publicaciones y recursos útiles disponibles. Algunos de sus miembros fueron muy amables y siempre se mostraron dispuestos a ayudar a localizar referencias y a compartir información cuando ésta se solicitó. Este recurso es especialmente beneficioso con libros que se encuentran fuera de impresión, ya que muchos de los miembros han construido sus propias bibliotecas personales de referencia incluyendo algunos de estos libros.

Si bien el mundo de la Internet es un motor muy valioso y poderoso para obtener información, una parte considerable de mi tiempo se invirtió en efectuar entrevistas por teléfono, correo electrónico, fax, escribir cartas y visitar bibliotecas y otros lugares, en un esfuerzo por reunir y verificar la información y llegar a las personas u organizaciones que compartirían datos, para después conectarlos entre sí y desarrollar historias. Éste fue un aspecto que tomó mucho tiempo y a veces resultó costoso en mi investigación, la cual sufragué personalmente, pero que fue importantísimo para corroborar hechos, descubrir nueva información y proporcionar una dimensión más rica a las historias en el libro. Muchas murallas todavía permanecen, evitando la extracción de información adicional, por ahora.

Antes de concluir, no puedo enfatizar lo suficiente el valor de la historia oral. Damos por sentado las historias en la mente de nuestros padres y abuelos, tías y tíos, primos mayores, parientes lejanos o incluso aquellos que conocían a nuestra familia. Pero cuando nuestros seres queridos mueren—o cuando la edad o enfermedad borra, sin piedad, sus recuerdos—las historias en sus mentes nos abandonan. Debemos trabajar para anotar, registrar y documentar sus historias y preservar sus fotografías, cartas y documentos históricos. Estos son parte de nuestra historia y nuestro patrimonio. Esta tarea se ha hecho mucho más fácil con la tecnología actual. Debemos aprovechar este privilegio.

. . .

Espero que mi contribución primordial al escribir *La Voluntad de Antonio* no se limite a relatar la historia de cómo Manuel Pontón Fernández se convirtió en un exitoso plantador, el desafortunado destino de su hijo Antonio y las historias que rodean las suyas. Si bien considero importante compartir estos recuentos, mi final deseo es que el libro invite al lector a indagar acerca de su historia familiar, lo inspire a investigar su propia ascendencia, y espero que esto le acerque a su patrimonio y su cultura.

Existen muchas historias nuevas por revelarse y muchas que aún no se han relatado. Participemos todos en el descubrimiento de "lo que pasó después".

Yasmín Tirado-Chiodini

Acerca de la Autora

Yasmín Tirado-Chiodini es abogada, empresaria e historiadora familiar. Trabajó anteriormente como ingeniero del transbordador espacial "Space Shuttle" de la NASA y como profesora adjunta de ética legal y negociaciones para el programa ejecutivo de administración de empresas M.B.A. en Rollins College, Crummer Graduate School of Business, en Winter Park, Florida. Además de ser autora de "La Voluntad de Antonio", una novela acerca de la historia de injusticia del primer hispano ejecutado en la silla eléctrica en los Estados Unidos, es autora del libro de no ficción "Antonio's Grace" (el segundo libro de la serie de Antonio), el cual contiene una selección de fotos y documentos históricos, análisis y comentarios sobre el caso criminal de Antonio Pontón. También es autora del libro de no ficción "¿Funciona su Brújula?", una guía legal para empresarios. Ejerce el derecho corporativo y de propiedad intelectual, es oradora, bloguera y publica con frecuencia en varios medios de comunicación. Vive en la Florida con su marido, su hija y sus perros labradores rescatados.

Para más información:

Visite la página web de la autora:
http://www.Tirado-Chiodini.com

Visite las páginas web de los libros:
http://www.AntoniosWill.com
http://www.AntoniosGrace.com
http://www.DoesYourCompassWork.com

Siga su página en Facebook:
http://www.facebook.com/Yasmin.Tirado.Chiodini.Author

Subscríbase a su Blog: *https://TiradoChiodini.wordpress.com*

Contáctela directamente por e-mail: *Yasmin@Tirado-Chiodini.com*

Notas

www.ingramcontent.com/pod-product-compliance
Lightning Source LLC
Chambersburg PA
CBHW021305250626
47155CB00002B/392